# पाण्डेय बेचन शर्मा 'उग्र'

1900–1967

पाण्डेय बेचन शर्मा 'उग्र' एक राष्ट्रवादी और क्रांतिकारी लेखक थे जिनकी 1927 में प्रकाशित पुस्तकें *चाकलेट* और *चंद हसीनों के खुतूत* ने उस समय के समाज में एक तूफान खड़ा कर दिया। हिन्दी साहित्य में पहली बार समलैंगिकता को उजागर करने वाली *चाकलेट* की आठ कहानियों के विरुद्ध एक अश्लीलता विरोधी आन्दोलन शुरू हो गया। गांधी जी ने इस पर टिप्पणी करते हुए लिखा, "मुझ पर इस किताब का गलत प्रभाव नहीं पड़ा। लेखक का उद्देश्य अच्छा जान पड़ता है।" पाण्डेय बेचन शर्मा 'उग्र' का जन्म 1900 में उत्तर प्रदेश के मिर्ज़ापुर जिले के एक गाँव में हुआ था। परिवार की आर्थिक विपन्नता और पिछड़ी सोच के कारण उन्हें बचपन में शिक्षा नसीब नहीं हो पाई और रामलीला मंडलियों में सीता और लक्ष्मण की भूमिकाएँ करते तेरह साल की उम्र से उनकी औपचारिक शिक्षा शुरू हुई। बनारस के सेंट्रल हिन्दू स्कूल में कुछ वर्ष गुज़ारे, जिसका उन पर गहरा प्रभाव पड़ा। स्कूल की शिक्षा पूरी किए बिना वह पत्रकारिता और साहित्य के क्षेत्र में कूद पड़े और उपनाम 'उग्र' अपनाया। उनकी पहली प्रकाशित पुस्तक *ध्रुव चरित* एक वृत्त-काव्य थी और दूसरी पुस्तक थी *महात्मा ईसा*। इसी बीच उन्होंने कहानियाँ भी लिखनी शुरू कीं जो उस समय की पत्रिकाओं में प्रकाशित होने लगीं। उनके लेखन की दो विशेषताएं हैं—पहली, आचार्य रामचन्द्र शुक्ल के शब्दों में, "उग्र की भाषा बड़ी अनूठी, चपलता और आकर्षक वैचित्र्य के साथ चलती है।" दूसरी, उनका प्रकृतिवादी कथा-साहित्य जिसमें समाज के गलित-पतित पक्षों को उन्होंने उभारा। कहानी, आत्मकथा, संस्मरण, रेखाचित्र आदि विधाओं में लिखने वाले 'उग्र' एक प्रखर लेखक थे जिनका अधिकतर लेखन विवादास्पद रहा।

# उग्र की श्रेष्ठ कहानियाँ

*सम्पादन व भूमिका*

**सुरेश सलिल**

राजपाल

₹ 235

ISBN : 978-93-5064-324-2



UGRA KI SHRESHTH KAHANIYAN (Stories)

edited by Suresh Salil

मुद्रक : दीपिका एन्टरप्राइज़ेज, दिल्ली

**राजपाल एण्ड सन्ज़**

1590, मदरसा रोड, कश्मीरी गेट-दिल्ली-110006

फोन: 011-23869812, 23865483, फैक्स: 011-23867791

website : www.rajpalpublishing.com

e-mail : sales@rajpalpublishing.com

# भूमिका

बीसवीं सदी की शुरुआत के साथ हिन्दी भाषा और उसके लगभग सभी साहित्य-रूप अपनी छटा छहराने लगे थे। कविता में गया प्रसाद शुक्ल सनेही और मैथिलीशरण गुप्त ने नये युग की अपेक्षाओं के अनुरूप स्वर साधा, तो कथा-साहित्य में चन्द्रधर शर्मा गुलेरी, प्रेमचन्द, जयशंकर प्रसाद और विश्वम्भर नाथ शर्मा कौशिक भगीरथ की भाँति आगे आए। और इस युगारम्भ में महावीर प्रसाद द्विवेदी सम्पादित *सरस्वती* व जयशंकर प्रसाद सम्पादित इन्दु पत्रिकाओं ने नूह की नाव की भूमिका अदा की। लगभग उसी समय हिन्दी कथा-साहित्य में दो धाराएँ प्रवाहित हो चली थीं—एक; प्रेमचन्द की राष्ट्रीय जागृति और सामाजिक यथार्थ की धारा और दूसरी; प्रसाद की जातीय गौरव से प्रेरित अतीत-मोह की धारा। प्रसाद की शैली भावमयी और भाषा काव्यमयी होती थी और दृष्टि दार्शनिक सम्मान वाली आदर्शोन्मुख। इसके विपरीत प्रेमचन्द की शैली सरल-प्रवाहमयी और भाषा में हिन्दी प्रदेश की साधारण बोलचाल का लहजा और उर्दू की चुस्त, चुलबुली मुहावरेदानी। प्रसाद की वातावरण व भावप्रधान कहानियों के विपरीत, प्रेमचन्द ने वस्तु को प्रधानता दी और उसी के अनुरूप स्पष्ट घटनाक्रम, नाटकीय कथोपकथन वाला सहज-सुबोध अन्दाज़।

गुलेरी ने यद्यपि कुल तीन कहानियाँ लिखीं—'सुखमय जीवन', 'बुद्धू का घंटा' और 'उसने कहा था', किन्तु 'उसने कहा था' को आधुनिक हिन्दी कहानी का प्रस्थान बिन्दु कहा गया। अपने शैली-शिल्प, भाषा और वस्तु में आज तक वह अपनी मिसाल आप बनी हुई है।

हिन्दी की पहली दो क्लिष्ट कहानियाँ—रामचन्द्र शुक्ल की 'ग्यारह वर्ष का समय' और बंगबाला की 'दुलाई वाली' क्रमशः 1903 और 1907 में *सरस्वती*

में आ चुकी थीं। जयशंकर प्रसाद की 'ग्राम' (1911), विश्वम्भर नाथ शर्मा कौशिक की 'रक्षाबन्धन' (1913) और प्रेमचन्द की 'परीक्षा' (1914) भी 'उसने कहा था' (1915) से पहले आ चुकी थीं, 'प्रसाद' का पहला कहानी-संग्रह *छाया* (1912) भी आ चुका था, किन्तु शैली-शिल्प, भाषा और वस्तु की दृष्टि से आधुनिक हिन्दी कहानी का पहला मील-पत्थर 'उसने कहा था' बनी। उसके अगले वर्ष 1916 में *सरस्वती* में प्रेमचन्द की 'पंच परमेश्वर' आई, और यहीं से वस्तुत: हिन्दी कहानी की दो भिन्न धाराएँ पहचानी गईं। उल्लेखनीय है कि प्रेमचन्द हिन्दी में उर्दू के रास्ते आए थे और उर्दू में वह पहले ही, *ज़माना, अदीब* आदि पत्रों के जरिए, अपनी स्वतन्त्र पहचान बना चुके थे और उनका पहला कहानी-संग्रह *सोज़े-वतन* 1908 में आ गया था।

ऊपर हिन्दी कहानी की जिन दो भिन्न धाराओं का उल्लेख हुआ है, उनसे संकेत प्रेमचन्द और प्रसाद की ओर है। श्री स.ही. वात्स्यायन 'अज्ञेय' ने भी इन्हीं को "अपने समय तक की कहानी की दो मुख्य प्रवृत्तियों का प्रतीक" माना है। और यह भी कि "प्रसाद की भावमूलक परम्परा को कम लोगों ने अपनाया और यथार्थवादी परम्परा ज़ोरों से आगे चली।"

इस पृष्ठभूमि के बाद, जब हम प्रख्यात कथाकार पाण्डेय बेचन शर्मा 'उग्र' (1900-1967) की कहानियों पर दृष्टिपात करते हैं, तो उन्हें प्रेमचन्द की यथार्थवादी धारा का अनुवर्ती मानना ही सुविधाप्रद प्रतीत होता है।

## जीवनगत तथ्य

पाण्डेय बेचन शर्मा 'उग्र' का जन्म बनारस से लगे मिर्ज़ापुर ज़िले के चुनार क़स्बे में हुआ था। परिवार की आर्थिक विपन्नता और पिछड़ी सोच के कारण 13-14 वर्ष की उम्र तक बेचन को विद्यालय की शिक्षा नसीब नहीं हो पाई और कोई 11 वर्ष की उम्र तक वे रामलीला मण्डलियों से जुड़कर सीता और लक्ष्मण की भूमिकाएँ करते मध्य प्रदेश, उत्तर प्रदेश व पंजाब के सीमावर्ती अंचलों तक की यात्राएँ करते रहे। 13 की उम्र में चुनार के चर्च मिशन स्कूल में तीसरी कक्षा में उन्हें भरती कराया गया और छठी कक्षा तक वे वहाँ निर्विघ्न पढ़ते रहे किन्तु अपने जन्मजात विद्रोही स्वभाव के कारण स्कूल के एक शिक्षक से उनका टकराव हुआ और इसी बिना पर, अनुशासनहीनता का आरोप लगाकर उन्हें वहाँ से निष्कासित कर दिया गया।

बनारस पास ही था। बेचन ने बनारस का रुख किया और चाचा के अनुग्रह से उन्हें वहाँ सेण्ट्रल हिन्दू स्कूल में छठी कक्षा में दाखिला मिल गया। सातवीं तक की उनकी पढ़ाई और आवास की व्यवस्था भी उन्हीं चाचा ने की और आठवीं में, बनारस की राष्ट्रीय एवं सांस्कृतिक गतिविधियों के अगुआ श्री शिवप्रसाद गुप्त का आर्थिक संरक्षण उन्हें मिला, किन्तु तभी एक काण्ड हो गया।

हिन्दू स्कूल के बेचन के सहपाठियों में श्री कमलापति त्रिपाठी, श्री विनोदशंकर व्यास, श्री शान्तिप्रिय द्विवेदी थे। सभी का रुझान उस दौरान साहित्यिक और राष्ट्रीय गतिविधियों की ओर था। उनमें कमलापतिजी आगे चलकर, पत्रकारिता के रास्ते राजनीति की दिशा में गए और राष्ट्रीय राजनीति में काँग्रेस से जुड़कर काफी प्रसिद्ध हुए, शेष तीनों ने साहित्य का क्षेत्र चुना और आगे चलकर काफी नाम कमाया, किन्तु यह बाद की बात है।

उन दिनों साहित्यिकों की एक युवा पीढ़ी बनारस में बड़ी तेज़ी से विकसित हो रही थी। उनमें विश्वनाथ प्रसाद मिश्र, कृष्णदेव प्रसाद गौड़, 'बेढब बनारसी', सीताराम चतुर्वेदी, कामतानाथ पाण्डेय 'चोंच', 'रुद्र' कार्तिकेय, रामनाथ 'सुमन' के साथ, पाण्डेय बेचन शर्मा 'उग्र' भी थे। इन सभी ने आगे चलकर साहित्य की विभिन्न विधाओं में काफी काम किया और यश अर्जित किया। विशेष बात यह, कि इन सभी के साहित्य गुरु थे श्री लाला भगवानदीन 'दीन'।

अभी बेचन 'उग्र' आठवीं के छात्र थे और हिन्दू स्कूल में पढ़ रहे थे कि बनारस में एक कविगोष्ठी हुई और उसमें समस्या रखी गई—"भाखे बनै न बनै बिनु भाखे।" उसमें श्रेष्ठ समस्यापूर्तियों के लिए पुरस्कार की व्यवस्था भी थी। हिन्दू स्कूल के हेडमास्टर थे उन दिनों, महाकवि हरिऔध के अनुज, रायसाहब गुरुसेवक उपाध्याय, जो कठोर अनुशासन और दण्डात्मक कार्रवाइयों के लिए छात्रों के बीच बहुत अलोकप्रिय थे। 'उग्र' ने उस कविगोष्ठी में अपनी जो समस्यापूर्ति सुनाई, उसका लक्ष्य उक्त हेडमास्टर साहब ही थे। समस्यापूर्ति इस प्रकार थी—

*सेवक छात्र, पिता गुरु हैं,*
*कलि में यह नीति रहि धरि ताखै*
*सेवक को गुरु मानै नहीं,*
*गुरु को लखि सेवक को मनु भाखै*
*आप अनीति सदैव करै, गुरु*
*सेवक बेंतन मारि कै राखै*

*हा, 'गुरु-सेवक' की करनी यह*
*भाखे बनै न बनै बिनु भाखै।*

'उग्र' की इसी समस्यापूर्ति को निर्णायकों ने प्रथम पुरस्कार-योग्य माना। दूसरा पुरस्कार गया 'बेढब' के हिस्से। इस साहसपूर्ण अहिंसात्मक प्रतिवाद और प्रथम पुरस्कार ने एक ओर जहाँ रातोरात 'उग्र' को बनारस के युवाओं का हीरो बना दिया, वहीं दूसरी ओर उनकी स्कूली पढ़ाई पर पूर्णविराम भी लग गया। हेडमास्टर गुरुसेवक उपाध्याय की यह शर्त, कि बेचन को इस गुरु-द्रोह के लिए लिखित रूप से क्षमायाचना करनी होगी, और बेचन का यह हठ कि यह गुरुद्रोह नहीं, बल्कि शान्तिपूर्ण साहित्यिक प्रतिवाद है। इसके लिए क्षमायाचना कैसी!

बहरहाल इसी घटना के बाद वे अपने विद्यार्थी-जीवन को अन्तिम रूप से तिलांजलि देकर साहित्य और पत्रकारिता के क्षेत्र में कूद पड़े और बेचन के बजाय हो गए पाण्डेय बेचन शर्मा 'उग्र'। प्रारम्भिक काव्याभ्यास में यदि उन्होंने लाला भगवानदीन 'दीन' का गुरु-पद स्वीकार किया था, तो लेखन और पत्रकारिता में उन्हें गुरुवत् संरक्षण मिला यशस्वी पत्रकार एवं दैनिक *आज* के तत्कालीन सम्पादक श्री बाबूराव विष्णु पराड़कर का। और 'उग्र' प्रत्येक शनिवार को *आज* में 'ऊटपटाँग' स्तम्भ में 'अष्टावक्र' के छद्म नाम से व्यंग्य-विनोदपूर्ण टिप्पणियाँ लिखने लगे। समय-समय पर कविताएँ और लेख भी वे *आज* में देते और उनके साथ उनका नाम रहता पाण्डेय बेचन शर्मा 'उग्र'। इस सबसे महीने में तीन रुपये उनकी आय हो जाती और इसी से 'बे नाथ के साँड़' उग्र का खाना-पीना चलता।

साहित्य और पत्रकारिता के साथ-साथ उन दिनों राष्ट्रीय स्वाधीनता आन्दोलन से भी उग्र की गहरी प्रतीति थी। 'स्वदेशी' और 'असहयोग' का दौर था और 'उग्र' में राष्ट्रीय भावनाएँ जोर मार रही थीं। उन्होंने अपने बालसखा कमलापति त्रिपाठी, विनोदशंकर व्यास, शान्तिप्रिय द्विवेदी आदि का एक ग्रुप बनाया और बनारस के निकटवर्ती गाँवों में जा-जाकर स्वदेशी का शंखनाद करने लगे। 'उग्र' को कविता के साथ-साथ, व्याख्यान कला भी खूब आती थी। राष्ट्रीय भावना उभारने वाले कुछ लोकगीत भी उन्होंने लिखे थे। भाषणों के बीच वे लोकगीत भी सुनाते। ऐसे ही एक गीत के प्रारम्भिक बोल थे—"यारो, अँग्रेज़ रजवा कटारी मारे ना/जे के जन-धनवा हरौनी जन मितवा/सो बिसारे सारे ना..." कालान्तर में 'उग्र', शचीन्द्रनाथ सान्याल के नेतृत्व वाले सशस्त्र क्रान्तिकारी आन्दोलन के सम्पर्क में भी आए, किन्तु सशस्त्र कार्रवाइयों से वे सदा दूर रहे और कहानियों द्वारा ही अपने क्रान्तिकारी विचारों को अभिव्यक्त करते रहे।

## साहित्य-साधना

इसी तरह साहित्यिक, पत्रकारिता और आन्दोलनकारी हलचलों के बीच 'उग्र' ने विधिवत् अपने लेखकीय जीवन का श्रीगणेश किया। आगे चलकर यद्यपि उनकी पहचान कथा-साहित्य में बनी, किन्तु यह तथ्य गौरतलब है कि 'उग्र' ने शुरुआत कविता और नाट्य-लेखन से की। उनकी पहली प्रकाशित पुस्तक *ध्रुव चरित्र* वृत्त काव्य थी, जिसके प्रकाशन का व्यय कमलापति त्रिपाठी की सम्बन्धी—एक साहित्य-सुरुचि वाली महिला ने वहन किया था। उनकी दूसरी प्रकाशित पुस्तक नाट्य विधा की थी— *महात्मा ईसा*। इसके संशोधन-सम्पादन में किंचित् योगदान प्रेमचन्दजी ने भी दिया था और श्री सम्पूर्णानन्दजी के प्रोत्साहन से इसका प्रकाशन हुआ था।

'उग्र' की ये दोनों कृतियाँ क्रमशः 1921-22 में आईं। इसी दौरान वे कहानी-लेखन की ओर अभिमुख हुए और उनकी पहली दो कहानियाँ—'बलिदान' व 'ध्रुव धारणा' *प्रभा* (कानपुर) के क्रमशः अप्रैल व दिसम्बर, 1922 के अंकों में प्रकाशित हुईं।

इसके बाद 'उग्र' ने पीछे मुड़कर नहीं देखा। कलकत्ता, बम्बई, इन्दौर, उज्जैन, दिल्ली में प्रवास करते हुए अन्त तक साहित्य-सृजन करते रहे।

## पत्रकारिता

साहित्य-सृजन के अतिरिक्त 'उग्र' का दूसरा कार्यक्षेत्र था पत्रकारिता। पीछे उल्लेख हो चुका है कि उनकी शब्द-साधना की शुरुआत बनारस के *आज* अखबार से हुई। लेखन के साथ-साथ कुछ समय तक उन्होंने *आज* के सम्पादन विभाग में काम भी किया। उसी दौरान 'उग्र', 'बेढब बनारसी' और सम्पूर्णानन्दजी के अनुज श्री अन्नपूर्णानन्द 'निखट्टू' के प्रोत्साहन व सहयोग से बनारस से हास्य-व्यंग्य का साप्ताहिक *भूत* निकला, जिसके मुख्य कर्ता-धर्ता यही तीनों थे। उसमें व्यंग्य की तीखी मार करने वाली 'उग्र' की टिप्पणियाँ सालों चर्चा में रहीं। *भूत* के बाद 1924 में गोरखपुर से श्री दशरथ द्विवेदी के सम्पादन व स्वामित्व वाले साप्ताहिक *स्वदेश* के विजयांक का सम्पादन 'उग्र' ने किया, जिसे प्रकाशित होते ही न सिर्फ ब्रिटिश सरकार ने ज़ब्त कर लिया, बल्कि सम्पादक दशरथ द्विवेदी और मुद्रक महताब राय (प्रेमचन्द के भाई) को क्रमशः तीन वर्ष व एक वर्ष की जेलयात्रा भी करनी पड़ी। वारण्ट 'उग्र' के नाम भी था, किन्तु वे बम्बई खिसक गए। इसलिए तत्काल तो बच गए, लेकिन खुफिया पुलिस ने अन्ततः वहाँ भी खोज निकाला

और बाद में उन्हें भी दो साल के लिए जेल में डाल दिया गया, जहाँ से अन्ततः एक-डेढ़ साल बाद वे मुक्त हुए। उसी के बाद, उनके जीवन में जुड़ा *मतवाला* प्रकरण, जिसने 'उग्र' को अखिल हिन्दी जगत का मंच दिया और 'उग्र' अपने वास्तविक कृति-व्यक्तित्व के साथ साहित्य में स्थापित हुए।

*मतवाला* साहित्य का एक साप्ताहिक पत्र था, जिसका प्रकाशन कलकत्ता से, मिर्ज़ापुर के सम्पन्न साहित्यिक श्री महादेव सेठ करते थे। वहाँ उनकी एक प्रकाशन संस्था व पुस्तकों की दुकान भी थी। बाबू शिवपूजन सहाय, निराला और मुंशी नवजादिकलाल उक्त पत्र से पहले से संयुक्त थे। 'निराला' को यह कवि नाम देने, उन्हें काव्यजगत में स्थापित करने और उसी दौरान उभर रहे 'छायावाद' को प्रमुख मंच देने का काम श्री महादेव सेठ और उनके *मतवाला* ने किया। 'उग्र' अपने बनारस-काल में ही *मतवाला* को लेखकीय सहयोग देने लगे थे। उनकी कई कथाकृतियाँ भी सेठजी ने प्रकाशित की थीं। 1925-26 में 'उग्र' के जेल से बाहर आने के बाद, सेठजी ने बाकायदा अपना आदमी भेजकर 'उग्र' को कलकत्ता बुला लिया और इस तरह नवजादिक लाल, शिवपूजन सहाय, निराला के साथ 'उग्र' जी भी *मतवाला* मण्डल के विधिवत सदस्य हो गए। जिस तरह की व्यंग्य-व्यंजित तीखी मार वाली टिप्पणियाँ अपने प्रारम्भिक लेखकीय जीवन में 'उग्र' *आज* में लिखा करते थे, वैसी ही उनकी टिप्पणियाँ अब नियमित रूप से *मतवाला* में आने लगीं। उनकी कहानियाँ और उपन्यास भी धारावाहिक रूप में वहाँ छपते। 'निराला' और 'उग्र' की कई शुरुआती कृतियाँ *मतवाला* में ही प्रकाशित हुईं। उनका पुस्तकाकार प्रकाशन भी महादेव बाबू ने अपनी प्रकाशन संस्था से किया। 'निराला' के *अनामिका, परिमल* आदि पहले काव्य-संग्रह वहीं से आए। 'उग्र' मूलतः गद्यकार थे, कहानी-उपन्यास उनकी विधाएँ थीं, चुटीली भाषा-शैली के धनी थे और पूँजीवादी समाज-व्यवस्था सदा उनके निशाने पर रहती थी। रूढ़ियों, सामाजिक छल-छद्म और आर्थिक शोषण पर जोरदार प्रहार करना तथा राष्ट्रीय चेतना-सम्पन्न उनका कथा-साहित्य दिनों-दिन लोकप्रियता के दिगन्त छू रहा था। कम लोगों ने ध्यान दिया है कि 19वीं सदी के अन्त में प्रकाशित देवकीनन्दन खत्री के *चन्द्रकान्ता* आदि तिलिस्मी-ऐयारी वाले मनोरंजक उपन्यासों के बाद, बीसवीं सदी के तीसरे दशक में हिन्दी के पहले बेस्ट सेलर कथाकार 'उग्र' ही थे। सामाजिक यथार्थ की मारक चित्रण वाली उनकी कृतियों के एक-एक महीने में छह-छह संस्करण होते थे और उस जमाने में उन्हें 25 प्रतिशत रॉयल्टी मिलती थी। *चन्द हसीनों के खतूत, चिनगारियाँ, शैतान मण्डली, दिल्ली का दलाल, बुधुआ की बेटी,*

*चॉकलेट* आदि उग्र जी की कथाकृतियाँ कलकत्ता के उसी *मतवाला* युग में प्रकाशित हुईं। इनमें से *चन्द हसीनों के खतूत* और *चॉकलेट* ने तो तत्कालीन हिन्दी समाज में तूफान ही ला दिया था।

## साहित्यिक षड्यन्त्र के शिकार

सफेदपोश समाज में गलित कुष्ठ की भाँति व्याप्त विकृतियों को उजागर करती 'उग्र' की ये सोद्देश्य साहित्यिक कृतियाँ भद्रलोक के गले नहीं उतर पाईं। समलैंगिकता के कोढ़ को उजागर करते और उस पर कुठाराघात करते 'उग्र' के कहानी-संग्रह *चॉकलेट* (1928) को लेकर तो पत्रकार बनारसीदास चतुर्वेदी ने 'घासलेटी साहित्य' नाम से एक अश्लीलता-विरोधी आन्दोलन ही छेड़ दिया। फलतः उस समय के अधिकांश हिन्दी पत्र और साहित्यकार 'उग्र' जी के विरुद्ध बनारसीदास जी के साथ जा खड़े हुए। यह बनारसीदासजी की शैली का ही कमाल था। वे मूलतः पत्रकार थे, सृजनात्मक साहित्य से दूर-दूर तक उनका कोई सम्बन्ध नहीं था। कहते थे, डाक टिकट और पत्राचार के लिए सौ रुपये जेब में हों, तो कभी कोई आन्दोलन खड़ा किया जा सकता है। घासलेटी साहित्य विरोधी आन्दोलन उनकी इसी शैली की अभिव्यक्ति था। इतना शोर मचा, इतना हंगामा हुआ कि बात महात्मा गाँधी तक जा पहुँची। उन्होंने *चॉकलेट* को मँगवाकर स्वयं पढ़ा और एक पत्र में बनारसीदासजी को अपनी राय भेजी, कि "मुझ पर तो इस किताब का गलत प्रभाव नहीं पड़ा। लेखक का उद्देश्य अच्छा जान पड़ता है।"

महात्माजी की यह सम्मति यदि समय से सामने आ जाती तो 'उग्र' को बल मिलता, किन्तु चतुर्वेदीजी उस समय उसे दबा गए और उसका रहस्योद्घाटन 25 वर्ष बाद तब हुआ, जब जन्मना विद्रोही 'उग्र' जी स्वभावजन्य उग्रता और कटुता की सभी हदें पार कर चुके थे। इस तरह, एक साहित्यकार का स्वाभाविक विकास बीसवीं सदी के, हिन्दी के सबसे बड़े साहित्यिक स्कैण्डल से बाधित हुआ।

## भटकन

दुर्भाग्यपूर्ण *चॉकलेट* प्रकरण के बाद उग्रजी ने कलकत्ता छोड़ दिया। *मतवाला* भी बन्द हो गया, 'मतवाला मण्डल' बिखर गया। कुछ समय उग्रजी बनारस-मिर्ज़ापुर रहे। पाँच-छह हज़ार रुपये अण्टी में थे। उनकी गर्मी में *मतवाला* को फिर से निकालने, 'उग्र' नाम से एक साप्ताहिक पत्र शुरू करने, अपना प्रकाशन शुरू करने की योजनाएँ बनाते रहे, किन्तु वह सब कुछ हो नहीं पाया। धीरे-धीरे जेब की

रकम भी खत्म हो गयी और एक मित्र से पचास रुपये उधार लेकर फिल्म-लेखन में हाथ आजमाने बम्बई चले गये।

बम्बई में कई वर्ष 'उग्र' जी रहे। फिल्मों में अच्छा ब्रेक भी मिला। 'हिन्दिया' नाम से एक प्रकाशन शुरू करने और इसी नाम से एक मासिक पत्रिका निकालने की योजना बनाई, किन्तु इसमें उन्हें कामयाबी नहीं मिली। साप्ताहिक *संग्राम* नाम से एक पत्र अवश्य उन्होंने वहाँ से निकाला, जो कुछ अरसा चलने के बाद बन्द हो गया।

कलकत्ता के बाद उन्हें बम्बई नगरी ही रास आई थी। इसीलिए अन्तिम रूप से दिल्ली-प्रवास से पहले कई बार थोड़े-थोड़े अरसे बाद वे बम्बई गए, वहाँ रहे, अर्थार्जन भी किया, किन्तु अपनी अराजक जीवन-शैली के कारण स्थायी रूप से टिक नहीं सके।

बम्बई के बाद कई साल वे इन्दौर व उज्जैन में भी रहे। इन्दौर में मध्यभारत साहित्य समिति के भवन में रहते हुए *वीणा* पत्रिका का सम्पादन किया। उज्जैन में, श्री सूर्यनारायण व्यास ने उनके टिकने की पूरी व्यवस्था की, खास उन्हीं के लिए *विक्रम* नाम का मासिक पत्र निकाला, जिसके कोई आठ अंकों का सम्पादन करने के बाद 'उग्र' जी ने उज्जैन छोड़ दिया।

## अन्तिम पड़ाव : दिल्ली

1953-54 के आसपास उग्रजी ने दिल्ली की ओर रुख किया और स्वभाव के विपरीत, दिल्ली ही उनका अन्तिम स्थायी पड़ाव बनी। अपने जीवन के अन्तिम 13-14 वर्ष उन्होंने दिल्ली में बिताए और 23 मार्च, 1967 को हिन्दी के इस चिर कुमार, रमता योगी, मूर्ति भंजक साहित्यकार ने दिल्ली की ही सरज़मीं पर अपनी इहलीला समाप्त की।

एक तरह से देखें, तो कलकत्ता के बाद, उग्रजी विधिवत् लेखन-प्रकाशन दिल्ली में ही कर सके। *जी! जी! जी!, कढ़ी में कोयला, फागुन के दिन चार, जुहू* (उपन्यास), *कला का पुरस्कार, जब सारा आलम सोता है, पोली इमारत, चलचित्र, यह कंचन सी काया, कालकोठरी, ऐसी होली खेलो लाल, मुक्ता* (कहानी-संग्रह), *कंचन-घर* (काव्य-संग्रह), *व्यक्तिगत* (संस्मरण), *अपनी खबर* (अपूर्ण आत्मकथा), *ग़ालिब-उग्र* (ग़ालिब की ग़ज़लों की वृहत् व्याख्या), 'फ़ाइल-प्रोफ़ाइल' (पत्र-संग्रह) आदि का प्रकाशन इसी अवधि में हुआ। कई अप्राप्य पुरानी पुस्तकों के नए संस्करण भी हुए और 'उग्र' के साप्ताहिक, दैनिक

संस्करणों तथा पाक्षिक *हिन्दी पंच* का प्रकाशन-सम्पादन भी उग्रजी ने दिल्ली से किया।

उग्र और निराला के रूप में, बीसवीं सदी ने दो महाप्राण व्यक्तित्व हिन्दी साहित्य को दिए। निराला को रामविलास शर्मा मिल गए। उन्होंने उनके महाप्राणत्व को पहचाना और शीर्ष साहित्यकार के पद पर प्रतिष्ठित किया। 'उग्र' अब तक अपने दाय से वंचित हैं। उनका सम्पूर्ण कृतित्व तक अभी व्यवस्थित रूप में सामने नहीं आ पाया है। इस विडम्बना को क्या कहें!

## मूल्यांकन

उग्रजी का साहित्यिक मूल्यांकन करते हुए प्रायः तीन बातें बार-बार दुहराई जाती रही हैं—एक तो यह कि वे हिन्दी के महत्त्वपूर्ण शैलीकार हैं, उनके लेखों और कथा-साहित्य में जीवन की परिस्थितियों के प्रति तीव्र कटाक्ष और विरोध स्पष्ट झलकता है। आचार्य शुक्ल के शब्दों में " 'उग्र' की भाषा बड़ी अनूठी, चपलता और आकर्षक वैचित्र्य के साथ चलती है। उस ढंग की भाषा उन्हीं के उपन्यासों और 'चाँदनी' ऐसी कहानियों में ही मिल सकती है।" उग्रजी के अन्तरंग मित्र और प्रसिद्ध लेखक श्री रामनाथ 'सुमन' ने उनकी शब्द-सम्पदा की ओर खासतौर से संकेत किया है। यह निश्चय ही 'उग्र' जी की शैली का एक महत्त्वपूर्ण पक्ष है। वे अभिव्यक्ति में जीवन्तता लाने, एक विशिष्ट संगीत पैदा करने के लिए शब्दों और शब्द-पदों का सृजन करते थे, परम्परा से खोजकर लाते थे। मिसाल के तौर पर, उन्होंने अपनी आत्मकथा का नामकरण *अपनी ख़बर* ग़ालिब के एक शे'र से शब्द लेकर किया—"तुम दूर हो तो किसलिए दिल में मुकाम है/मैं पास हूँ तो क्यों नहीं अपनी ख़बर मुझे।" और यह बतर्ज 'उग्र', हिन्दी का एक विशिष्ट प्रभावोत्पादक मुहावरा बन गया।

बनारस के अपने बालसखा और हिन्दी के सुलेखक श्री विनोद शंकर व्यास के निधन पर उग्रजी ने, 'घनीभूत पीड़ा' शीर्षक से जो गद्य लिखा, वह भी उनके शैलीकार को सही सन्दर्भों में समझने में बहुत सहायक हो सकता है। देखें, "कोई आधी सदी पूर्व जवानी के जोश में विनोदशंकर व्यास और इन पंक्तियों के लेखक ने आपस में अहद किया था कि हम दोनों में से जो भी पहले मरेगा, उसकी मौत पर जानदार यार रोएगा नहीं, न तो उसकी चिता के आगे किसी को शोकार्चना ही करने दी जाएगी, नचाया जाएगा नाच-नारियों को, महाकाल के गंगातटस्थ महास्नान को मैखाना बनाकर सागर की तैयार गर्दिश में रखा जाएगा। ऐसा निश्चय

करते वक्त अवश्य ही हमने यही सोचा होगा कि जीवन बराबर बनारसी फ्रेम में ही जड़वत् जड़ा रहेगा। नाच-नारियों की कल्पना में ज़रूर ही उस ज़माने की बोलक परियाँ राजेश्वरी, सिद्धेश्वरी, कमलेश्वरी, चन्दा, तारा, रसूलन, अनवरी, मुस्तरी होंगी। तब यही रही होंगी प्राणप्रियाएँ, अन्यथा मरने के बाद समाजस्वीकृत मृतक कर्म की जगह नाच-गाना-पान को ही हम महाप्रस्थान पथ का सरल सामान क्यों मानते! जबकि यह चर्चा है तब देश में विदेशी राज था। तब या तो हमारे चिन्तन में स्वराज्य था ही नहीं, अथवा था भी तो हमने यही समझ रखा था कि मौत और मस्ती के बारे में नागनाथ और साँपनाथ एक ही मत वाले होंगे। तब हम 25 वर्ष से भी कम उम्र के दीवाने थे। यह समझ सकने के नाकाबिल कि 25 वाला जब तक 50 के आगे बढ़ता है, तब तक उसके अनुभव, ज्ञान, परिज्ञान में ज़मीन-आसमान का अन्तर आ जाता है।...हमारी दृष्टि में उन दिनों जो पब्लिक परियाँ थीं—अनवरी, मुस्तरी, तारा, चन्दा, चार दिनों की चाँदनी के बाद उनके भी उज्ज्वल पक्ष को पक्षाघात हुआ। क्रूर काल के चलते, समय उनकी कायारूपी कमलिनी का धूप-हवा में रंगो-बू कहीं का भी न रहा। वे रह गईं महज मलिनी। यानी कल तक जो अर्वस्क (छवि आगरी नागरी) थीं, वही आज ग्राण्टस्क (भीमा भयंकरा) भाव से, लावण्य के अभाव से, (सालन साल अलोना) जैसी धरा पर धरी हैं। भूतनी बाला कहने-कहलाने लगीं। बनारस में बहुत प्रिय और मैं भी बनारसी। फिर भी कल की पब्लिक परियाँ अगर आज मेरी चिता के सामने लास्य लोल-लय में लंकिनी लंक लचकाने लगें, तो मैं तो कफ़न फाड़ 'मार डाला रे, मार डाला रे' चिल्लाता हुआ भूतनाथ नगरी से रामनगर की ओर त्वरित तेज-तेजतर चलूँ।" यह है 'उग्र' की शैली, जिसके लिए उन्हें विशिष्ट शैलीकार कहा जाता है। कितनी अभिव्यक्तियों, शब्दों-वाक्य पदों-भाषा परम्पराओं से सम्पुंजित भावाभिव्यक्ति। शोकांजलि भी और शोक-क्षण का विखण्डन भी!

उग्रजी के बारे में दूसरी बात यह कही जाती है कि उनका कथा-साहित्य प्रकृतवादी (नेचुरलिस्ट) है, उन्होंने समाज के अशुभ, गलित-पतित पक्षों को ही उभारा। इस तरह की जुमलेबाजी यथास्थितिवादी ही कर सकता है। शुभ के नाम पर छद्म आवरण में ढँका सामाजिक कदाचार, जनगण की मुक्ति और कल्याण के झूठे दावे करता सामन्ती-पूँजीवादी तन्त्र यदि 'उग्र' के निशाने पर रहा, तो क्या इसे उनका साहित्यिक अपराध माना जाए? यूरोप में फ्लाबेर, एमिल ज़ोला, कुप्रिन प्रकृतवादी साहित्यकार ही थे, किन्तु वहाँ के साहित्येतिहासकार ने, आलोचकों ने उन्हें हाशिये पर तो नहीं खिसकाया, बल्कि सामाजिक यथार्थवाद की पूर्व-पीठिका

तैयार करने, पथ प्रशस्त करने वाला माना। उन्हीं अर्थों में यदि 'उग्र' को प्रकृतिवादी ही माना जाए (यद्यपि वस्तुत: यह उचित नहीं होगा), तो भी वे प्रेमचन्द की कथा-परम्परा में आते हैं, यथार्थवाद का पथ प्रशस्त करते हुए। 'उग्र' जी की 'अभागा किसान', 'वीभत्स', 'जल्लाद' आदि ग्राम-परिवेश की कहानियाँ तथा साम्प्रदायिकता पर सीधी चोट करती अनेक कहानियाँ प्रेमचन्द की यथार्थवादी परम्परा में ही आती हैं। बाल-विवाह के प्रश्न पर प्राय: यशपाल की *फूलों का कुर्ता* का उल्लेख होता है। उग्र की 'मों को चूनरी की साध' यशपाल की उपर्युक्त कहानी से पहले लिखी गई थी। यशपाल ने जहाँ उस प्रश्न को व्यंग्य-विडम्बना और हास्य का पुट देकर रेखांकित किया है, उग्र ने वहीं बाल-विवाह और बाल-विधवा की समस्या को एकीकृत करके अद्‌भुत मार्मिकता की सृष्टि की है। एक भिन्न सन्दर्भ में 'उग्र' की 'डाभ' कहानी भी अन्तर से रेखांकित की जानी चाहिए। बहुत ही सादे शिल्प में लिखी गई इस कहानी में शुभ के हाथों अशुभ की पराजय को जिस कौशल से उभारा गया है, वह 'उग्र' की अपनी ही कथा-परम्परा का अतिक्रमण है।

तीसरी बात, जो 'उग्र' जी की कहानियों के बारे में कही जाती है, वह है हिन्दी में, 'क्रान्तिकारी कहानी' की शुरुआत। यह यद्यपि एक नया 'टर्म' है हिन्दी कहानी की आलोचना के सन्दर्भ में, फिर भी इसे हम यथावत् ही लें, तो 'उग्र' के लेखनगत विकास को सामने रखना होगा। वे राष्ट्रीय स्वाधीनता आन्दोलन की प्रेरणा से कहानी-लेखन में प्रवृत्त हुए थे। *प्रभा* पत्रिका में प्रकाशित उनकी पहली दो कहानियाँ 'बलिदान' और 'ध्रुव धारणा' स्वाधीनता आन्दोलन की उस बलिदानी धारा से जुड़ी थीं, जो श्री गणेशशंकर विद्यार्थी के पत्रों, *प्रताप* और *प्रभा* से प्रकाशित थी और गाँधीजी के अहिंसात्मक आन्दोलन से आगे, रूस की समाजवादी क्रान्ति से अनुप्रेरित थी और गाँधी की अहिंसावादी धारा के साथ-साथ सशस्त्र क्रान्तिकारियों की सरफरोशी की तमन्ना को भी स्वाधीनता आन्दोलन का पूरक पक्ष मानती थी। उसी युवावस्था में 'उग्र' का सम्पर्क क्रान्तिकारी शचीन्द्रनाथ सान्याल और उनके दल से भी हो गया था। स्वयं उन्होंने भी *स्वदेश* के विजयांक का सम्पादन करते हुए ऐसी विस्फोटक सामग्री उसमें दी थी कि न सिर्फ वह विशेषांक जब्त हुआ, बल्कि उसके संचालक-सम्पादक, मुद्रक के साथ 'उग्र' जी को भी जेल की हवा खानी पड़ी थी। तो, चूँकि गाँधी के नेतृत्व के साथ-साथ आज़ादी के आन्दोलन की क्रान्तिकारी धारा से भी 'उग्र' का भावनात्मक जुड़ाव था, निस्सन्देह उन्होंने हिन्दी में ऐसी कहानियों का सूत्रपात किया, जो रूस और भारत के क्रान्तिकारियों की वैचारिक अभिव्यक्ति थीं। 'उसकी माँ, 'स्वदेश की लिए', 'निहलिस्ट' आदि

इसी धारा में आती हैं। 'उसकी माँ' का स्वागत उस दौरान क्रान्तिकारियों के बीच तो हुआ ही था, आचार्य शुक्ल ने भी 'उग्र' की इस कहानी को अलग से रेखांकित किया। राष्ट्रीय चेतना-सम्पन्न 'उग्र' की कहानियों का एक सिरा यदि 'बलिदान', 'उसकी माँ' जैसी कहानियाँ हैं, तो दूसरा सिरा है 1947 के आसपास लिखी गई 'आज़ादी से आठ दिन पहले' व 'जब सारा आलम सोता है' जैसी कहानियाँ, जिनमें तथाकथित आज़ादी का छद्म उजागर हुआ है। आचार्य रामचन्द्र शुक्ल के शब्दों में—''राजनीतिक आन्दोलन में सम्मिलित नवयुवकों के स्वदेश-प्रेम, त्याग, साहस और जीवनोत्सर्ग (तथा) समाज के भिन्न-भिन्न क्षेत्रों के बीच धर्म, समाज सुधार, व्यापार, व्यवसाय, सरकारी काम, नयी सभ्यता आदि की ओट में होने वाले पाखण्डपूर्ण पापाचार को सामने लाने वाली कहानियाँ 'उग्र' जी की हैं।'' सूत्र रूप में शुक्लजी की बात सत्य है, किन्तु जीवन और समाज के अन्य अनेक रंग भी 'उग्र' जी की कहानियों में हैं। समग्रत: 'उग्र' की कहानियाँ आधुनिक हिन्दी कहानी का एक ऐसा अध्याय है, जिसके बिना इस विषय की चर्चा आगे नहीं बढ़ाई जा सकती और हरदम अधूरी ही रहेगी।

**—सुरेश सलिल**

# क्रम

# बलिदान*

"विलायती कपड़े छोड़िए, पवित्र खद्दर को अपनाइए! काँग्रेस की आज्ञा मानिए।"

एक षोडशवर्षीय बालक ने सेठ छैलबिहारी की दुकान के सामने खड़े होकर उपर्युक्त वाक्य कहे। उस समय सेठजी की दुकान पर ग्राहकों की बड़ी भीड़ लगी थी। खरीददारों में अधिकतर ग्रामीण कृषक ही थे। बालक की बात सुनकर सब उसकी ओर देखने लगे। जब उन्होंने लड़के को यह कहते सुना कि–

"विलायती वस्त्र धारण करना महापाप है!" तब सबके सब ग्राहक सेठ जी की दुकान से उठकर उस बालक के पास आए और उससे प्रश्नोत्तर करने लगे।

एक ने पूछा, "क भैया, बिल्लायती कपड़ा पहिरै में कौन महापाप है?" दूसरे ने पूछा, "खद्दर त बड़ा महँगा मिलला अउर एतना चलबो नाहीं करत। फिर हम बिल्लायती काहे न लईं?" तीसरे ने प्रश्न किया, "क बाबू, काँगरेस के के कहलन?" इत्यादि।

लड़के ने सबको एक साथ उत्तर दिया, "भाइयो, आप लोग नहीं जानते कि इस विलायती कपड़े से हमारी कितनी बड़ी हानि होती है। पहले हमारे यहाँ घर-घर चर्खे चला करते थे और हम लोग अपने ज़रूरी कपड़े खुद तैयार कर लेते थे। किसी का मुँह नहीं देखना पड़ता था, परन्तु जबसे हम विलायती कपड़े पर प्रेम करने लगे हैं, तब से नितान्त आलसी बन गए हैं। इसी कारण हमारे घरों में चर्खे के दर्शन नहीं मिलते। अब यदि विलायत वाले कपड़े देना बन्द कर दें तो

* उग्र की पहली प्रकाशित कहानी। प्रकाशन : अगस्त, 1922, *प्रभा* पत्रिका में।

हमें नंगा फिरना पड़े। इस प्रकार हम उनके दास बने हुए हैं। हमें अपने अधीन समझकर वे तिगुने और चौगुने मुनाफे पर कपड़े बेचते हैं और हम लाचार होकर उन्हें खरीदते हैं।

"इस समय दुनिया की प्रत्येक जाति स्वतन्त्रता चाहती है। स्वतन्त्र होने के लिए लोगों का स्वावलम्बी होना अत्यावश्यक है। अस्तु, जब तक हम लोग इन विदेशी वस्त्रों का बहिष्कार करके स्वयं सूत कातकर खद्दर तैयार करने न लग जाएँ, तब तक स्वराज्य पाने की इच्छा करना केवल खिलवाड़ समझा जाएगा। इसीलिए काँग्रेस ने, जो कि देश के हित-चिन्तकों द्वारा स्थापित एक सबसे बड़ी संस्था है, यह आज्ञा प्रचारित की है कि विदेशी वस्त्रों का पूर्ण बहिष्कार किया जाए। अस्तु...।"

बालक का भाषण अभी समाप्त होने ही को था कि शहर कोतवाल बीस सिपाहियों के साथ घटना-स्थल पर आ धमके! उन्होंने कड़ककर उस बालक से प्रश्न किया, "क्योंजी, क्या मामला है?" बालक उत्तर देने ही वाला था कि सेठ छैलबिहारी दोनों हाथ जोड़कर कोतवाल के सामने भीगी बिल्ली की तरह खड़े हो गए और बोले—

"सरकार इस लड़के से हम परीशान (परेशान) हो गए हैं। यह हर घड़ी मेरी दुकान पर भीड़ लगाए डटा रहता है। सौगन्ध है परमात्मा की ग़रीब-परवर! इधर अठवारों से एक गज़ की भी बिक्री नहीं होती।"

कोतवाल ने लाल-लाल आँखें दिखलाकर लड़के से पूछा, "क्यों बे! सेठ जी क्या कहते हैं?"

बालक, "ठीक तो कहते हैं! शहर काँग्रेस कमेटी की आज्ञानुसार मैं अठवारों से इनकी दुकान पर धरना देता हूँ।"

यह सुनकर कोतवाल साहब ने अपने साथ के सिपाहियों से कहा—

"दो धौल लगाकर इसे गिरफ्तार कर लो!"

दो के स्थान पर दस धौल लगाकर पाँच-सात सिपाहियों ने उस बालक के हाथ बाँध दिए। बीस पुलिस वालों के बीच में वह वीर बालक कोतवाली की ओर चला।

भीड़ से आवाज़ आई—

"भारत माता की जै!

महात्मा गाँधी की जै!"

"तेरा नाम क्या है?"

"कैलास।"

"तेरे बाप का क्या नाम है?"

"मेरे पिताजी का नाम है पं. आनन्दीप्रसाद मिश्र।"

"पेशा?"

"उनका पेशा है जेल जाना!"

"वह इस वक्त कहाँ है?"

"जेल में!"

"अच्छा बोल, तुझे माफ़ी माँगना मंज़ूर है या बेंत खाना? ख़ूब समझकर जवाब देना।"

कैलास, "इसका जवाब मैंने महीनों पहले से सोच रखा है। आप जो चाहें करें। मैं माफ़ी हरगिज़ नहीं माँगूँगा।"

कोतवाल, "कैलास मुझे क्रोध न दिला। माफ़ी माँग ले, लड़कपन न कर।"

कैलास, "जनाब, आप अपना समय नष्ट न करें, मैं क्षमा-प्रार्थना कदापि न करूँगा।"

कैलास के इस उत्तर को सुनकर कोतवाल क्रोध से अन्धा हो गया। उसने दो सिपाहियों को ललकार कर कहा, "इस हरामज़ादे की लात और घूँसों से ख़ूब ख़ातिर करो!"

कहने की देर थी; दो की जगह चार सिपाही कोमल बालक कैलास पर टूट पड़े। उन्होंने उसे पृथ्वी पर पटक दिया। दो सिपाही उसकी छाती पर चढ़ गए और उसे घूँसों तथा थप्पड़ों से मारने लगे! शेष दो बीच-बीच में मौक़ा पाकर उस पर लात चलाते थे!

प्रायः 10 मिनट तक यही व्यापार होता रहा। सैकड़ों घूँसे और पचासों लात खाने पर भी कैलास ने 'उफ़!' नहीं किया। हाँ, बीच-बीच में उसके मुख से—"भारत माता की जै" निकलती थी।

कोतवाल ने कहा, "कैलास! अभी कुछ नहीं बिगड़ा है; माफ़ी माँग लो और लो (पाँच रुपये का नोट दिखलाकर) इसकी मिठाई खाते चले जाओ!"

कैलास, "कोतवाल साहब, किसी ग़ुलाम के लिए इन रुपयों को रख छोड़िए। आपकी दुआ से मुझे इनकी आवश्यकता नहीं है। मैंने एक बार पर्वत की तरह दृढ़ होकर कह दिया है—मैं माफ़ी नहीं माँग सकता।"

इस पर कोतवाल बेहद बिगड़ गया। उसने सिपाहियों से कहा, "इसे ऐसे न मारो। पहले उठाकर इस खम्भे से ख़ूब कसकर बाँध दो और फिर इससे (हण्टर दिखलाकर) इस बदमाश को तब तक पीटो, जब तक बेहोश न हो जाए या माफ़ी न माँग ले।"

चारों सिपाही कैलास को छोड़कर एक ओर खड़े हो गए और उस साहसी बालक के मुख की ओर देखने लगे। यह देखकर कोतवाल बिगड़कर बोला—

"सुना नहीं, मैंने क्या कहा? रस्सी लाकर इस बदज़ात को बाँधो! अलीबख़्श!"

अलीबक्श, "ख़ुदाबन्द!"

कोतवाल, "जाओ, पूरब वाली कोठरी में रस्सी है; जल्दी ले आओ!"

अलीबख़्श, "हु...ज़ू...र, अब इसे बख़्श दें। इतने छोटे बच्चे को इतनी कड़ी सज़ा...!"

कोतवाल, "चुप रह बदमाश! तुझे क़ाज़ी बनने को कौन कहता है? जाओ जी अवधबिहारी! रस्सी लाओ!"

अवधबिहारी, "सरकार! हमने इसे बहुत मारा है। अब इस पर हाथ छोड़ना, गऊ पर हाथ छोड़ने के बराबर है!"

कोतवाल, "क्या? तुम्हारी शामत तो नहीं आई है? देखो, मुझे फ़ज़ूल ग़ुस्सा न दिलाओ। कोई जाओ! जल्द रस्सी ले आओ!"

इस पर उन चारों सिपाहियों ने अपनी वर्दी-पेटी उतारकर कोतवाल के सामने रख दी और बोले, "साहब, हमने इस बेक़ुसूर लड़के पर हाथ चलाकर बहुत बड़ा पाप किया है। यह उसी का प्रायश्चित है। हम भी बाल-बच्चे वाले हैं, हमसे यह क़साईपन नहीं हो सकता। हमारा इस्तीफ़ा मंज़ूर कीजिए।"

कोतवाल साहब अचकचाकर उन सिपाहियों की ओर देखने लगे। उस समय उनकी बुद्धि बिल्कुल बेकार हो गई थी।

यद्यपि कैलास अर्धमृतक बना पृथ्वी पर पड़ा था, फिर भी उन सिपाहियों का साहस देखकर उसके हृदय की प्रसन्नता फूट पड़ी। बोलने की शक्ति न होते हुए भी उसने कहा—

"भा...र...त...मा...ता...की...जै!"

"मारो! मारो!! खूब मारो!!! मेरी बोटी-बोटी अलग कर दो...मगर...मगर कोतवाल साहब मैं माफ़ी माँगने का नहीं। तु...म तुम नहीं जानते मैं किस माता...पिता की सन्तान हूँ? मेरे पिताजी, हाँ हाँ पिताजी, आजकल इसी शहर के कारागार में कड़ी

सज़ा भोग रहे हैं। मेरी स्नेहमयी माता किसी दिन, भरपेट भोजन नहीं करती। साफ़-सुथरे बिछौने पर नहीं सोती! और...तुम कहते हो, मैं माफ़ी माँग लूँ? चुप रहो! ऐसा फिर न कहना! तुम्हें क्या पड़ी है, जो इतनी हाय हाय मचाए हो! बस मारो...मा...रो...मुझे मार डालो!!!"

बेहोश कैलास अपनी माता की गोद में पड़ा हुआ यों ही प्रलाप कर रहा था। आज से चार दिन पहले उसने कोतवाली पर मार खाई थी। तबसे वह बराबर बेहोश है। बीच-बीच में कभी-कभी वह प्रलाप करता था। उसकी माता पार्वती ने चार दिनों से अन्न-जल के दर्शन भी नहीं किए थे। वह दिन-रात अपने लाल को हृदय से लगाए रोया करती थी।

कैलास की प्लीहा के पास की हड्डी...किसी सिपाही के घूँसे से टूट गई थी। डॉक्टरों ने जवाब दे दिया था कि अब इसके बचने की कोई आशा नहीं है। जब तक चल जाए, तभी तक बहुत है।

आज कैलास की स्थिति बड़ी भयानक हो गई है। 4 बजे शाम को डॉक्टर ने पार्वती की दासी से धीरे-से कह दिया था कि अब कुशल नहीं है।

एक पलँग पर कैलास अपनी जननी के अंक में पड़ा है। पूर्णिमा का चन्द्रमा एक खिड़की में से पार्वती के उदास मुख...चन्द्र की ओर देखकर हँस रहा था। मानो कहता था, "क्यों पार्वती! यही मुख है न, जिसे दिखा-दिखाकर तुम मेरा अपमान किया करती थीं? बोलो! आज तुम्हारी वह मन-मोहनी हँसी कहाँ है? मेरे सम्मुख, तुम्हारा मुख आज नीचा क्यों है?" तुमने नहीं सुना है—

"जहाँ बजते हैं नक्क़ारे—
वहाँ मातम भी होता है!"

चन्द्रमा की चापलूसी में चूर अनन्त तारिकाएँ भी उसके स्वर में स्वर मिलाकर हँस रही थीं। पार्वती इस समय अपनी ही चिन्ता में व्यस्त थी। उसका हृदय अपने बालक की रक्षा के लिए भगवान् श्रीकृष्ण का स्मरण कर रहा था। इधर कृष्ण-वेशधारी बादलों को, चन्द्रमा की बदला लेने की यह नीति अच्छी न मालूम पड़ी। उन्होंने झपटकर उसका मुख काला कर दिया!!!

इस समय एकाएक कैलास की आँखें खुल गईं। वह उत्तेजित स्वर में कहने लगा—

"रुके क्यों? मारो! मारते चलो!! कोतवाल साहब, स्वदेश के लिए मार खाने में बड़ा आनन्द आता है। कर्त्तव्य के लिए कष्ट उठाने में बड़ा सुख मिलता है।"

पुत्र को हृदय से लगाकर पार्वती ने कहा, ''लाल! क्या कहते हो। यहाँ कोतवाल कहाँ है? यह तो मैं हूँ; देखो बेटा! मैं हूँ!''

इस समय कैलास पूर्णतः चैतन्य हो गया था; उसने कहा—

''तुम हो माँ! अच्छा एक काम तो करो, ज़रा *प्रभा* में प्रकाशित 'वन्देमातरम् सीरीज़' की पहली तस्वीर तो ले आओ। मैं भारतमाता के दर्शन करूँगा।''

तस्वीर आई। कैलास ने कहा, ''माँ मुझे तकिया के सहारे बैठाकर तुम मेरे सामने बैठो और अपने हाथ में लेकर उस तस्वीर को मुझे दिखला दो!''

ऐसा ही हुआ। पार्वती ने कैलास को तकिये के सहारे बैठा दिया और स्वतः चौखटे में जड़ी हुई भारतमाता का चित्र लेकर उसके सामने बैठ गई।

कैलास ने कहा, ''माँ! तुम्हें याद है न?'' तुमने कहा था, ''बेटा! मैं भारतमाता के लिए तेरा भी बलिदान कर सकती हूँ।''

पार्वती ने कैलास की बातों का कुछ भी मर्म न समझकर उत्तर दिया, ''हाँ!''

कैलास ने कहा, ''अच्छा माँ! ज़रा 'वन्दे मातरम्' गाओ तो। मैं भी गाऊँगा।''

वीणा-विनिन्दक स्वर से पार्वती ने गाना आरम्भ किया। कैलास भी हाथ जोड़े हुए माता के स्वर में स्वर मिला रहा था—

''वन्दे मातरम्!
सुजलां, सुफलां, मलयज शीतलां शस्य श्यामलां
मातरम्! वन्दे मातरम!''

अभी गान का प्रथम चरण ही गाया गया था कि कैलास मूर्छित होकर पलँग के एक ओर लुढ़क गया!

''यह क्या? यह क्या? मेरे लाल!'' कहकर पार्वती ने कैलास का मस्तक अपनी गोद में रख लिया। कैलास ने धीरे-से नेत्र खोलकर कहा—

''बस माँ! प्र...णा...म!''

आधी रात का समय है। आज पूर्णिमा है, इसलिए निशा सुन्दरी ने अपना अपूर्व श्रृंगार किया है। उसका प्रियतम चन्द्र उसकी छवि पर फूला नहीं समाता। वह, यह सोचकर कि, कहीं मेरी सुन्दरता मेरी हृदयेश्वरी से कम तो नहीं है,बार-बार अपना रूप देव-सरि के हृदय-मुकुर में देखता है। फिर भी उसे सन्तोष नहीं!

भागीरथी के तट पर एक चिता, 'हो' 'हो' कर के जल रही है। उसके आस-पास दस-बीस आदमी बैठे हैं। वहीं एक स्त्री हाथ में एक लम्बा-सा लट्ठ लिये खड़ी है। उसके केश मुक्त होकर उसके कटि-प्रदेश पर वायु के झोंकों से

खेल रहे हैं, परन्तु उसका ध्यान केशों की ओर बिल्कुल नहीं है। सुनिए, वह क्या कह रही है—

"धीरे—अग्नि देव! धीरे-धीरे जलो! मेरा लाल बड़ा सुकुमार है, देखना उसके शरीर में छाले न पड़ जाएँ! पवन! यह नीचता कैसी? तुम इतनी तीव्र गति से क्यों चलने लगे? मैं ऐसा जानती तो अपने प्राण को तुम्हारे हवाले कदापि न करती! राम! राम!! इतनी निर्दयता!!! यह क्या अग्निदेव! तुमने मेरे कुक्ष-रत्न को उदरस्थ क्यों कर लिया? यह नहीं हो सकता। तुम्हें मालूम है मैंने कितने स्नेह से अपने लाल का पालन-पोषण किया था? तुम उसकी वैसी सेवा कदापि न कर सकोगे! क्या कहते हो पवन देव! मेरे लाल को तुम लोगों ने भगवती-भागीरथी के हवाले कर दिया! चलो यह अच्छा ही किया! परन्तु माँ! तुम्हारा यह 'कलकल' बड़ा कर्कश है! मेरा लाल सो रहा है, वह तुम्हारी 'कलकल' ध्वनि से जाग पड़ेगा! ऐसा न करो माँ! ओह! इतनी तीव्र गति! ज़रा धीरे-धीरे चलो माँ! मेरे लाल को अपनी गोद में लेकर इतनी शीघ्रता से न चलो! वह सोता है, जाग पड़ेगा!" क्या कहती हो?, "तुझे इस बीच में बोलने का अब कोई अधिकार नहीं है! मैंने अपने लाल को भारतमाता पर बलि चढ़ा दिया है?" (कुछ ठहरकर) "ठीक कहती हो, मुझे कोई हक़ नहीं है! ले जाओ!!"

इतने में कहीं से गाने का स्वर सुनाई पड़ा। कोई विहाग रागिनी में गा रहा था—

"जननि मेरी है पर-आधीन!
सुन्दर बाल हाय! बिखरे हैं रूप बना श्रीहीन।
जननि मेरी है पर-आधीन!"

आश्चर्यचकित होकर लोगों ने देखा कि एक योगी, उनकी ओर गाता हुआ आ रहा है। लोग श्रद्धा से उठ खड़े हुए। योगी ने पार्वती को सम्बोधन कर कहा—

"देवि! अब भारत के स्वतन्त्र होने में देर नहीं है!"

# ध्रुव-धारणा

"यह असम्भव है।"

"कभी नहीं।"

"तुम कैसे मिलोगी?"

"देख लेना।"

"मान लो मुझे तीन महीने की कड़ी सज़ा हुई।"

"हो जाए! मेरी जब इच्छा होगी, तुमसे मिल लूँगी।"

"छह महीने की हुई तो?"

"मिल लूँगी।"

"यदि एक वर्ष की हो।"

"एक ही बात को बीस बार क्यों दुहराते हो? मैंने कह दिया कि मैं जब चाहूँगी, तुमसे मिल लूँगी।"

"मैं तुम्हारी बात कैसे मान लूँ। रमा! वह जेलख़ाना है; थियेटर-हाल तो है ही नहीं, जो तुम अपनी इच्छानुसार वहाँ जिससे चाहो, उससे मिल सकोगी? वहाँ का प्रत्येक कार्य नियम से होता है। जिनकी सज़ा कड़ी होती है, उनसे तीन महीने से पहले कोई भेंट नहीं कर सकता और तीन महीने बाद भी केवल एक ही आदमी मिल पाता है; सो भी एक बार। फिर इसके लिए भी पचास तरह के बखेड़ों को उठाना पड़ता है। सुपरिटेंडेंट से मिलो; जेलर से प्रार्थना करो; जमादार की पूजा करो—इत्यादि-इत्यादि।"

रमा—मेरी बात सुनिए; मुझे बहस करना नहीं आता। मैं तो केवल इतना ही कह सकती हूँ कि मेरा मन कभी झूठ नहीं बोलता—उसकी धारणा सूर्योदय की

तरह सत्य और मृत्यु की तरह निश्चित होती है। उस दिन—याद है? वह किसी पर्व का दिवस था—शायद दीपावली थी, जब तुम मेरे भाई के साथ मेरे घर पर आए थे और हमने एक-दूसरे को पहले-पहल देखा था, उसी समय मेरे भीतर से कोई पुकार उठा, "ये तो मेरे हैं।" अन्त में हुआ भी वही। तुम मेरे ही हुए। बस, उसी दिन से मैं अपनी अन्तरात्मा पर विश्वास करती हूँ। यदि सुन सको तो कान लगाकर सुन लो; वह अभी तक चिल्ला-चिल्लाकर कह रही है कि, "हम तुम बन्धन में भी मुक्त रह सकेंगे—एक-दूसरे से मिल सकेंगे! यह हमारा जन्मसिद्ध अधिकार है।"

"अच्छा मैं सुनूँ।"—कहकर रमा के पति ने पहले तो उसके हृदय पर अपने कान लगा दिए, फिर, "हृदय की बात कान न समझ सकेगा।" कहकर उसे हृदय से लगा लिया।

सत्येन्द्र प्रसाद मथुरा के एक असाधारण धनिक महाजन हैं। उनका प्रासाद-निन्दक भवन कालिन्दी के कूल पर ही बना हुआ है। यमुना, अनेक वर्षों से—सच बात तो यह है कि—उस भवन वर के जन्मकाल से ही उस पर मुग्ध जान पड़ती हैं। वह दिन-रात न जाने किस मधुर भाषा में, न जाने किस भुवन-मोहिनी रागिनी में अपनी अप्सरा-दुर्लभ गति से नाचती हुई न जाने क्या गाया करती है? यमुना के कारण उस घर का महत्त्व और भी बढ़ गया है। सत्येन्द्र प्रसाद के अनेक मित्र केवल तरणि-तनया का गान और नृत्य देखने के लिए ही उनके यहाँ सन्ध्या और सविता के सम्मेलन के समय आया करते हैं।

हिन्दी-साहित्य से सत्येन्द्र का सदा स्नेह रहा है। वे मथुरा के प्राचीन नागरिक नहीं हैं। उनकी जन्मभूमि रियासत रामपुर में है। श्रीकृष्णचन्द्र की अनन्य-भक्ति के आग्रह से सत्येन्द्र ने रामपुर का परित्याग कर दिया है। उन्होंने वहाँ की अपनी ज़मींदारी बेचकर उसके नक़द रुपये कर लिये हैं और कोई बारह वर्षों से यहीं—मथुरा में—एक मकान बनवाकर रहने लगे हैं। यहाँ पर इस समय उनकी आठ मिलें हैं, जिनमें कपड़े, आटे और चीनी का काम होता है।

सत्येन्द्र के एक ही सन्तान—उपेन्द्र है। कहा जाता है कि पहले उनके कोई सन्तान न थी। एक दिन उनसे एक महात्मा ने कहा कि तू पुत्रोत्पत्ति के उपरान्त मथुरा जाने की प्रतिज्ञा करे तो तेरे एक पुत्र होगा। सत्येन्द्र ने प्रतिज्ञा की। प्रतिज्ञा के एक वर्ष बाद उपेन्द्र ने जन्म ग्रहण किया। जिस समय सत्येन्द्र ने रामपुर का परित्याग किया, उस समय उपेन्द्र की अवस्था 10 वर्ष की थी। इस समय वह बाईस

वर्ष का है। वह इलाहाबाद विश्वविद्यालय के थर्ड इयर—तृतीय वर्ष—तक पढ़ चुका है। इस समय राष्ट्र की पुकार सुनकर वह असहयोग व्रत धारण किए हुए है। सत्येन्द्र अपने पुत्र पर उसके असहयोगी हो जाने के कारण अप्रसन्न नहीं हैं। उन्हें उपेन्द्र के कर्त्तव्य-ज्ञान पर गर्व है।

उपेन्द्र का विवाह इसी वर्ष, सत्येन्द्र के एक सुहृद की कन्या से हुआ है। उनका भी घर-द्वार मथुरा ही में है। रमा उपेन्द्र की पत्नी है।

रमा की कमल-कली-सी आँखें अपने जीवन-सर्वस्व को एकाएक अपने सामने पाकर हँस दीं। उनकी इच्छा उपेन्द्र की आँखों से कुछ बातें करने की थी; परन्तु बाहर से—

"भारत माता की जय!"

"महात्मा गाँधी की जय!!"

का गगन-भेदी-घोष सुनकर उनके (आँखों के) पार्श्ववर्ती कानों ने उनको वैसा करने से रोका।

रमा बोली, "यह कैसी आवाज़ आ रही है? क्या कोई गिरफ्तार हुआ है?"

उपेन्द्र, "हुआ न होगा तो होने वाला होगा। बोलो, किसे गिरफ्तार कराना चाहती हो?"

रमा, "तुम्हें।"

उपेन्द्र, "अच्छा, तो मैं जाता हूँ।"

रमा, "सच?"

उपेन्द्र, "नहीं तो क्या झूठ?"

रमा, "बैठ जाओ; मैं तुम्हारे चरण की धूल अपने सिर पर लगा लूँ। तुम जेल जाओगे! जान पड़ता है मेरा हृदय आनन्द से फट जाएगा।"

उपेन्द्र, "रमा!"

रमा, "प्यारे!"

उपेन्द्र, "तुम मुझे चाहती हो?"

रमा, "प्यारे, जेल जाओ! यह प्रश्न वहाँ से लौटने पर हल कर लिया जाएगा। इतने दिनों से हम-तुम साथ रहे; परन्तु प्रति दिन यही सवाल उठता रहा। एक नहीं सैकड़ों बार 'हाँ' से इसका उत्तर दिया गया, परन्तु अभी तक यह प्रश्न हल नहीं हो सका, हो भी नहीं सकता। इस समय जहाँ जाते हो जाओ! वहीं इसका उत्तर मिल जाएगा।"

रमा ने जल्दी से उपेन्द्र की चरण-धूल अपने सिर-आँखों पर मल ली।

उपेन्द्र ने कहा, "रमा! स्मरण है!"

रमा, "मेरी स्मरण-शक्ति तुमसे कहीं बढ़कर है।" तुमने एक बार कहा— "रमा, मैं तुम्हें हृदय से प्यार करता हूँ।" यह बात अभी तक मेरे हृदय में शिलालेख की तरह अंकित है। मैं तुम्हें नित्य-प्रति 'जीवन धन' कहती हूँ, फिर भी तुम, "मुझे चाहती हो?" पूछना नहीं भूलते, "जाओ! मैं मिलूँगी।"

सूर्यास्त से पहले जैसे चक्रवाक पक्षी अपनी प्रियतमा को तृषित नेत्रों से देखता है, वैसी ही एक दृष्टि रमा के रति-रमणीय मुख पर डालकर उपेन्द्र ने अपने ओठों को उसके ओठों के हृदय से मिला दिया! बाहर से फिर आवाज़ आई— "भारत माता की जय!"

उपेन्द्र जल्दी से बाहर आया!

कोतवाल ने कहा, "उपेन्द्र बाबू शीघ्रता कीजिए।"

उत्तर मिला, "मैं तैयार हूँ।"

उपेन्द्र ने पिता के चरणों पर अपना मस्तक रख दिया। सत्येन्द्र ने जैसे चुम्बक लोहे को गले से लगाता है, वैसे ही अपने पुत्र को खींचकर हृदय से लगा लिया। वे स्वर्गिक गर्व से फूल गए। सहस्रशः कण्ठों से ध्वनि हुई—

"सत्येन्द्र प्रसाद जी की जय!"

जब मोटर उपेन्द्र के घर से कोई बीस गज़ के फ़ासले पर आई उस समय उन्होंने पीछे मुड़कर अपने भवन पर एक दृष्टि डाली। उन्होंने देखा असंख्य आँखें मोटर की ओर निहार रही थीं। उनमें भिन्न-भिन्न प्रकार के भाव-जल भरे थे। दर्शकों की आँखों में उल्लास था और थी उपेन्द्र के प्रति श्रद्धा। मित्रों की आँखों में विपक्षियों पर क्षोभ था। सत्येन्द्र प्रसाद की आँखों में स्वर्गिक-गौरवमय वात्सल्य था। शिवा (उपेन्द्र की माता) की आँखों में करुणा थी और रमा की आँखों में थी एक पहेली की तरह प्रेमपूर्वक हँसी—मानो वे कह रही थीं कि "मैं मिलूँगी!"

"देवकुमार, तुम कचहरी गए थे?"

—रमा ने अपने भाई से पूछा।

देवकुमार, "अभी वहीं से आ रहा हूँ। विचारपति ने फैसला सुना दिया।"

रमा, "क्या सुनाया? उन्हें कितने दिनों की सज़ा हुई?"

देवकुमार, "दो वर्ष की कड़ी सज़ा।"

रमा, "किस अपराध में?"

देवकुमार, "उनके ऊपर भारतीय दण्ड-विधान की 124(अ) धारा लगाई गई थी। उनका अपराध था सम्राट के विरुद्ध अप्रीति फैलाना। इसे जासूसों ने उनके कई भाषणों से सिद्ध किया था।"

रमा, "वे जेल भेज दिए गए?"

देवकुमार, "हाँ।"

रमा, "अच्छा! चलो, कपड़े उतारो। अभी घर न जाना। भोजन यहीं पर कर लेना।"

देवकुमार चला गया। रमा सोच में पड़ गई। अब उसे जान पड़ने लगा कि कर्त्तव्य और प्रेम, बल में, एक-दूसरे के बराबर हैं। कभी-कभी तो प्रेम ही कर्त्तव्य से बली जान पड़ने लगता है—साधारण लोगों के लिए तो वह कर्त्तव्य से सदा बली है। कर्त्तव्य पहाड़ है तो प्रेम भूकम्प, जिसके आक्रमण से बड़े-बड़े भूधर काँप उठते हैं! कर्त्तव्य समुद्र है तो प्रेम पूर्ण चन्द्र, जिसके दर्शनों से वारीश की बुद्धि लुप्त हो जाती है!

रमा पलँग पर तकिया के सहारे बैठ गई। विचारते-विचारते उसके नेत्र बन्द हो गए। उसने देखा—तीन हाथ चौड़ी और आठ हाथ लम्बी एक कोठरी में उपेन्द्र बैठा है। कोठरी का जँगलेदार द्वार बन्द है, उसमें ताला पड़ा हुआ है! उपेन्द्र के पास की सामग्री एक लोहे की कटोरी, एक तसला, दो कम्बल, एक चटाई, एक अत्यन्त छोटा जाँघिया और एक कुरता मात्र है! उसके पैरों में बेड़ियाँ पड़ी हुई हैं। कोठरी के बाहर ख़ाकी वर्दी पर काला साफ़ा बाँधे एक सिपाही हाथ में डण्डा लिये खड़ा है। उपेन्द्र उसे देखकर हँस पड़ा। उसने कहा, "रमा, यहाँ बड़ा सुख है। मुझसे मिलने आई हो क्या? आओ!" रमा जैसे ही कोठरी के दरवाज़े की ओर बढ़ी, वैसे ही उसकी आँखें खुल गईं!

गाढ़ निद्रा में पड़ी हुई अपनी प्रियतमा के शान्त-सौन्दर्य पर मुग्ध होकर जिस प्रकार भावुक प्रेमी उसे धीरे से चूम लेता है, वैसे ही प्रात:कालीन सूर्य के करों ने वसुन्धरा के सरोज-मुख को चूम-चूमकर क्षण-भर के लिए लाल कर दिया। कारागार की पीली दीवालों पर अरुण की लाली पड़कर ऐसी शोभा दे रही थी मानो किसी ने चम्पा-पुष्प पर अबीर डाल दिया है।

उपेन्द्र स्नान-सन्ध्या से निवृत्त होकर प्रकृति की इस लीला को चुपचाप बैठकर देख रहा था। अन्य अनेक क़ैदी प्रातः कर्म से छुटकारा पाने की चेष्टा में

लगे थे। उपेन्द्र में तथा दूसरे क़ैदियों में पृथ्वी-आकाश का अन्तर था। वे सब डाकू, चोर, लुटेरे और बदमाश थे।

धीरे-धीरे आठ बज गए। सब क़ैदी अपने-अपने कामों में लग गए; परन्तु उपेन्द्र ने अपना स्थान नहीं छोड़ा। दो बार 'हेड-वार्डर' आया और आँखें दिखाकर चला गया। उपेन्द्र टस-से-मस न हुआ। इतने में एक 'वार्डर' अपनी पगड़ी सँभालते हुए बोल उठा, "साहब।"

उपर्युक्त शब्द को सुनते ही सब क़ैदियों ने अपने-अपने कामों को 'मशीन' की तरह करना आरम्भ कर दिया। कुछ देर बाद जेल-सुपरिटेंडेंट, जेलर तथा अनेक सिपाहियों के साथ उस 'बैरक' में आए। उनका दल उपेन्द्र ने सामने जाकर ठहरा। जेल सुपरिटेंडेंट ने पूछा—

"क्यों मिस्टर उपेन्द्र, आज तुम अपना काम क्यों नहीं करते हो?"

उपेन्द्र, "आप जानते होंगे; आज 13वीं अप्रैल है। आज ही के दिन जलियाँवाला बाग़ हमारे भाइयों के रक्त से रंगा गया था। मैं आज दिन-भर व्रत करके उनकी आत्मा की शान्ति के लिए परम पिता से प्रार्थना करूँगा। शहर में भी आज हड़ताल होगी।"

जेल सुपरिटेंडेंट, "उपेन्द्र, तुम्हें जानना चाहिए कि यह जेल है; घर नहीं और तुम बन्दी हो; स्वतन्त्र नहीं। तुम्हें जेलों के नियम का पालन करना और हमें कराना पड़ेगा।"

उपेन्द्र, "चाहे जो हो, मैं आज काम न करूँगा। एक बन्दी भी अपनी आत्मा की आज्ञा मानने के लिए स्वतन्त्र है। आप जानते होंगे, मैं प्रायः तीन महीने से बिना किसी प्रकार की हिचकिचाहट के अपना काम करता चला आता हूँ। मैंने किसी भी जेल नियम का उल्लंघन नहीं किया है, पर आज यदि इसे आप आज्ञोल्लंघन कहेंगे तो वह भी करूँगा। दिन-भर कुछ भी न करूँगा।"

जेल सुपरिटेंडेंट, "यदि तुम से ज़बरदस्ती काम कराया जाए?"

उपेन्द्र, "ऐसा भी कर देखिए, आपको इसमें सफलता मिलेगी, इसकी मुझे आशा नहीं।"

सुपरिटेंडेंट बहादुर "कम्बु-कुन्देन्दु-कर्पूरविग्रह"—गौरांग थे। एक असितांग की दृढ़तामयी बातों ने उन्हें अपने आपे के बाहर कर दिया। वे तमककर बोल उठे, "फ़ाल इन!" यह शब्द सुनते ही प्रायः 20 सिपाही एक साथ उपेन्द्र पर टूट पड़े और उन्हें हाथों, लातों और घूँसों से लगे मारने। पशु-बल का यह ताण्डव पन्द्रह मिनट तक होता रहा। इतनी ही देर में सुकुमार उपेन्द्र मृत-प्राय हो गया।

उसके शरीर के अनेक स्थानों से रक्त निकलने लगा! सुपरिटेंडेंट ने पुनः प्रश्न किया—

"बोल! बदमाश, अब काम पर जाएगा?"

उपेन्द्र ने दृढ़ता भरे स्वर में उत्तर दिया, "कदापि नहीं।"

सुपरिटेंडेंट ने जेलर को हुक्म दिया, "इसके पैरों में सलाखदार बेड़ी डाल दो और इसे सालिटरी सेल (एकान्त कोठरी) में तीन महीने के लिए भेज दो।"

उपेन्द्र, "झन्न", "झन्न" करता हुआ गज-गति से 'एकान्त कोठरी' में पहुँच गया!!!

"ललिता, जेलख़ाने से लौट आई? बाबूजी के साथ और कौन गया था?"

रमा ने अपने घर की दासी से उक्त प्रश्न किया।

ललिता, "बाबूजी थे तथा माताजी और मैं—बहिन!"

रमा, "कह, वहाँ के सब समाचार कह।"

ललिता, "पहले तो जेलर हम तीनों आदमियों को उपेन्द्र भैया से मिलने पर राज़ी ही नहीं होता था। जैसे-तैसे आग्रह करने पर राज़ी हुआ।"

रमा, "उनके रहने की कोठरी कितनी बड़ी थी?"

ललिता, "यह सब हमें क्या मालूम? हम लोगों से और भैया से जेल के फाटक पर ही भेंट हुई। हम तीनों एक ऐसी कोठरी में थे, जिसमें जँगले लगे हुए थे। उसी के बाहर भैया एक सिपाही के साथ आकर खड़े हो गए। उस समय—"

रमा, "क्या हुआ? कहती क्यों नहीं?"

ललिता, बहिन! उस समय हम लोगों की विचित्र अवस्था हो गई थी, जिस समय हमारे भैया ने एक आधी बाँह का कुरता और एक लँगोटे की तरह जाँघिया पहने, हमारे सामने आकर, हँसते हुए बाबूजी और माताजी को, पृथ्वी में माथा टेककर प्रणाम किया। हमारे बाबूजी यद्यपि बड़े धीर पुरुष हैं; परन्तु उस समय उनके लिए भी अपने आँसुओं को रोकना असम्भव हो गया और माताजी तो जान पड़ता था कि, जँगला तोड़कर भैया को गले लगा लेंगी। वे, "बेटा! लाल!! मेरा राजा!!!" कहकर रो पड़ीं।

रमा, "फिर!"

ललिता, "बस, इतने में ही जेलर महोदय का एक घण्टा समाप्त हो गया।" जमादार चिल्लाने लगा, "चलिए समय हो गया!" बहिन! जान पड़ता है कि जेल के अधिकारियों का हृदय पत्थर का होता है। हाय! वे माताजी के आँसुओं से भी

न पिघले! माताजी ने पूछा, "बेटा! तुम्हें यहाँ बहुत कष्ट होता होगा? हाय! मेरा लाल सूखकर काँटा हो गया!" भैया ने उत्तर दिया, "नहीं माँ! मैं यहाँ बहुत प्रसन्न हूँ। तुम मेरे लिए दुःख न करना। यहाँ बड़ा सुख है।" जमादार फिर बोला, "बस चलिए साहब! जेलर साहब बिगड़ते हैं।" जान पड़ता था बाबूजी को जमादार की बात असह्य हो गई। वे भैया के ऊपर एक करुणा-भरी दृष्टि डालकर लौट चलने के लिए तैयार हो गए। मारे प्रेम के एक शब्द भी न कह सके। चित्र की तरह माताजी ने भी उनका अनुकरण किया; परन्तु जब तक भैया दिखाई पड़ते थे, माँ उन्हीं की ओर देखती आती थीं।

इतना कहकर ललिता क्षण-भर के लिए रुक गई। उस समय वह दुःख की मूर्ति जान पड़ती थी। रमा को सन्तोष नहीं हुआ। वह अभी कुछ और सुनना चाहती थी, परन्तु जब उसने देखा कि ललिता की कथा समाप्त हो गई, तब एक लम्बी साँस लेकर वह पृथ्वी के हृदय पर नखाघात करने लगी। ललिता फिर बोली—

"बहिन! जब बाबूजी और माताजी चल पड़ीं, तब विवश मुझे भी उनका अनुकरण करना पड़ा, परन्तु वैसा करने के पहले मैंने एक और भी काम कर लिया।"

ललिता ने और कौन-सा काम किया, यह जानने के लिए रमा आकुल हो गई। उसने शीघ्रता से प्रश्न किया, "क्या किया ललिता!"

ललिता, मैंने धीरे से भैया से प्रश्न किया, "बहिन के लिए भी कोई सन्देशा है?"

रमा की साँस शीघ्रता से चलने लगी।

ललिता कहती गई—उन्होंने उत्तर दिया, "अपनी बहिन से कह देना कि भैया पूछते थे—स्मरण है?"

आज कालिन्दी[1] और घनश्याम रात से ही होली खेल रहे हैं। जान पड़ता है कि निशा सुन्दरी इनके इस आचरण से अप्रसन्न थी, इसीलिए वह जहाँ तक हो सका शीघ्रता से चली गई। उसके जाते ही उज्ज्वल हृदय वाला प्रभात प्रकृति-प्रांगण में आकर हँसने लगा। उसकी इस हँसी में तरणि-तनया[2] और घनश्याम की होली और भी जम गई!

---

1. यमुना।
2. यमुना।

जैसे छोटा बच्चा अपनी सहोदरा के साथ होली खेलने में संकोच या लज्जा का अनुभव नहीं करता, वैसे ही यमुना का भाई अरुण भी गुलाल की झोली लेकर प्रकृति माता के पास आने को चल पड़ा था। अनेक लोगों ने उसे प्राची के द्वार तक आते देखा भी था, परन्तु, फिर न जाने क्यों वह इस उत्सव में सम्मिलित न हो सका! शायद कालिन्द[1] ने रोक दिया हो!

जिस समय रमा की आँखें खुलीं, उस समय घनश्याम की अनन्त पिचकारियाँ यमुना पर पड़ रही थीं। उसकी दशा उस समय किसी मुग्धा नायिका की-सी थी। वह चुपचाप अपने प्रियतम के प्रेम-प्रहारों को सह रही थी। रह-रहकर उसके शरीर में पुलकावली हो आती थी, यह रमा ने अपनी आँखों से प्रत्यक्ष देखा!

पर यह क्या? रमा का शरीर कण्टकित क्यों हो गया? कालिन्दी की प्रेम-पुलकावली ने उसे भी क्यों पुलकित कर दिया? उसने सकरुण नेत्रों से घनश्याम की ओर देखा!

शायद रमा के ऊपर घनश्याम को दया आ गई। इसीलिए उसने उसके मुख पर वायु की ओट से एक प्रेमपूर्ण छींटा दिया! पर क्या इससे रमा शान्त हुई?

वह काँप उठी! क्षण-क्षण पर उसे रोमांच होने लगा। अब तक वह वातायन से यमुना का दृश्य देख रही थी; परन्तु अब वहाँ बैठना उसके लिए असम्भव हो गया। वह भागकर पलँग पर चली आई।

यमुना की क्रीड़ा रमा को विष की तरह जान पड़ने लगी। घनश्याम का छींटा उसके लिए आग की चिनगारी हो गया! यह क्यों?

रमा सोचने लगी। लोग ठीक कहते हैं, बरसात में विरहियों को मर्मान्तक कष्ट होता है। इस समय यदि वे...

वह इसके आगे न सोच सकी। उपेन्द्र का कारागार-जीवन उसके नेत्रों के सामने, 'सिनेमा' के 'फ़िल्म' की तरह घूमने लगा। उसने उपेन्द्र के तेजपूर्ण दुर्बल वदन को देखा। उसका तसला, उसकी कटोरी भी सामने आई। मन महाराज रामबाँस का गट्ठा और मुंगरे का रखना भी न भूल सके। रमा ने देखा, उपेन्द्र रामबाँस कूटते-कूटते हँसने लगा। उसने कहा, "रमा! स्मरण है?"

रमा फिर व्याकुल हो उठी! अब क्या करे? कहाँ जाए? वह क्षण-भर के लिए किंकर्तव्यविमूढ़ हो गई। एकाएक उसकी दृष्टि कोने में रखे हुए हारमोनियम पर पड़ी। उसके जी में जी आ गया। उसने बाजा बजाकर गाने का निश्चय किया।

---

1. सूर्य।

क्या गावे?—इस विषय पर बहुत देर तक उसके हृदय में विवाद होता रहा। अन्त में सूरदासजी के पावस-विरह-वर्णन के पद गाने का निश्चय हुआ पर, कौन 'पद' गावे? वह एक पद गुनगुनाकर मन से पसन्द करने का आग्रह करने लगी। वह पद था—

*''बदरिया बधन विरहिनी आई!''*

मन को यह पसन्द न आया। रमा ने दूसरा पद आरम्भ किया—

*''शिखिनि शिखर चढ़ि टेर सुनायो।*
*विरहिन सावधान होइ रहियो सजि पावस दल आयो।''*

मन ने इस 'पद' को भी पसन्द न किया। इस बार रमा को जो पद याद आया, उसे स्वर में सुने बिना ही उसने पसन्द कर लिया। 'मलार राग' में वह गाने लगी—

*''निशि दिन बरसत नैन हमारे।*
*सदा रहत बरसा रितु हम पर जब ते श्याम सिधारे।*
*नैन अंजन न रहत निशि वासर कर कपोल भये कारे।*
*कंचुकि-पट सूखत नहिं कब हूँ उर बिच बहत पनारे।।*
*ऐसे सलिल सबै भइ काया पल न जात रिस टारे।*
*'सूरदास' प्रभु गोकुल बूड़त काहे न लेत उबारे।।''*

गाना समाप्त होने पर रमा ने देखा कि उसके नेत्रों ने हारमोनियम को स्नान करा दिया है!!

आज रमा ने निश्चय कर लिया। वह कल उपेन्द्र से मिलेगी।

प्रलय काल की वृष्टि हो रही थी। जलपात-शब्द के सम्मुख और किसी का भी शब्द सुनाई नहीं पड़ता था। हाँ, रह-रहकर वज्र-नाद अवश्य होता था। ऐसे समय में उपेन्द्र अपनी 'एकान्त कोठरी' में बैठा हुआ रामबाँस कूट रहा था।

एकाएक कोठरी का दरवाज़ा, जो अब तक बन्द था, खुल पड़ा। एक सिपाही ने उपेन्द्र से कहा, ''आप फाटक पर चलिए।''

उपेन्द्र, ''क्यों?''

सिपाही, ''यह मुझे नहीं मालूम। आपको साहब ने बुलाया है।''

उपेन्द्र ने सोचा, शायद वह मथुरा जेल से किसी दूसरे स्थान पर भेजा जाएगा। पर, ऐसे समय जबकि घोर वृष्टि हो रही है! क्या जेल के अधिकारी एकदम से राक्षस होते हैं? उपेन्द्र कोठरी के बाहर हुआ।

कहाँ क्या हो रहा है, इसकी चिन्ता छोड़कर मेघगण पानी बरसा रहे थे। सूर्य देव का कहीं पता भी न था। चारों ओर अन्धकार का साम्राज्य था। पवन देव भी पैशाचिक नृत्य कर रहे थे! आगे-आगे हाथ में लालटेन लिये और छाता लगाए सिपाही था तथा उसके पीछे भीगता हुआ उपेन्द्र!

फाटक पर आकर उपेन्द्र ने देखा कि जेलर कुछ लिख रहा है। उसने उपेन्द्र को देखकर क़लम रख दी और बोला—"सुपरिटेंडेंट साहब की आज्ञा मिली है कि आपको आज इस जेल से दूसरी जेल में भेज दिया जाए।"

उपेन्द्र, "कहाँ के लिए मेरा 'ट्रान्सफ़र' हो रहा है?"

जेलर, "नैनी जेल।"

उपेन्द्र, "क्या मुझे आज ही जाना होगा?"

जेलर, "आज ही नहीं; अभी। मोटर बाहर खड़ी है।"

उपेन्द्र सोचने लगा—तो क्या रमा से भेंट न हो सकेगी। नैनी जेल! उपेन्द्र का मुख क्षण-भर के लिए विवर्ण हो गया। इसलिए नहीं कि नैनी जेल में कष्ट अधिक दिए जाते हैं, परन्तु इसलिए कि फिर रमा से भेंट होगी या नहीं? इस प्रश्न का उत्तर किसी गुप्त शक्ति ने उपेन्द्र को दिया। उसने कहा, "होगी!" परन्तु फिर न जाने कौन बोल उठा, "होगी कैसे? तू तो आज, नहीं-नहीं, अभी नैनी जेल जा रहा है। वहाँ रमा कैसे मिल सकेगी?" उपेन्द्र व्याकुल हो गया।

इतने में कारागार का बड़ा लोहे का फाटक एक कर्कश स्वर के साथ खुला। उपेन्द्र ने देखा, 10 सिपाही उसे पहुँचाने के लिए सशस्त्र प्रस्तुत हैं। उनमें से एक ने कहा, "बाहर चलो!"

वह फाटक के बाहर आया। इस समय जल का वेग पहले से दूना हो गया था। सिपाही के हाथ की लालटेन अपनी क्षीण ज्योति से इतने बड़े अन्धकार का मुक़ाबला करने में हिचकती-सी जान पड़ती थी। चंचला की ज्योति में उपेन्द्र ने एक ख़ूनी मोटर अपने सामने देखा। वह उसी पर बैठाया गया। मोटर के चलने का उपक्रम होने लगा!

उपेन्द्र मन में सोचने लगा—अब रमा न मिल सकेगी। रमा न मिल सकेगी? उपेन्द्र की आँखों में आँसू आ गए। मोटर चलना ही चाहती थी कि फिर किसी ने उसके अन्तस्तल में ज़ोर से कहा, "मिल सकेगी।"

इस 'मिल सकेगी' का विरोध किसी ने नहीं किया। तब? क्या वह आती है? राह में मिलेगी?

मोटर चल पड़ी।

"यदि राह में वह मिली! मान लो वह मुझसे मिलने के लिए आती हो। मेरी मोटर और उसकी गाड़ी आगे मिल जाए! और मैं उसे देख लूँ, तब? क्या मिल न सकूँगा? कैसे मिल सकूँगा! उपेन्द्र की दुर्बल दृष्टि ने अपने चारों ओर दस सिपाही और दस संगीने देखीं!"

मोटर कुछ अधिक वेग से चली। हवा ने एक थपेड़ा मारकर लालटेन ठण्डी कर दी। मोटर में चारों ओर अन्धकार हो गया! इसी समय उपेन्द्र के कानों में किसी गाड़ी के पहिये की-सी आवाज़ आई। उपेन्द्र के रोमांच हो आया, क्या रमा आ रही है?

मोटर चारों ओर से बन्द 'प्रिज़न यान' थी। उसमें बाहर देखने के लिए झिलमिली लगी हुई थी। उसी से उपेन्द्र ने अपने कानों की बात की सत्यता जाँचने में सहायता लेने का निश्चय किया। वह सड़क की ओर देखने लगा, परन्तु अन्धकार ने उसके कार्य में बाधा डाल दी। उसे कुछ भी न दिखाई पड़ा! कानों ने फिर कहा, "कोई गाड़ी आ रही है।"

अब उपेन्द्र आँखें फाड़-फाड़कर देखने लगा। सहसा बिजली चमक गई! उसी के प्रकाश में उपेन्द्र ने एक गाड़ी आते हुए देखी। मोटर की आवाज़ सुनकर उसके बाहर मुँह निकालकर कोई झाँक रहा था। क्या वह रमा थी?

उपेन्द्र फिर देखने लगा। वह मन-ही-मन ईश्वर से प्रार्थना कर रहा था, "प्रभो! एक बार पुनः चंचला को चमकने दो, जिससे मैं निश्चय कर सकूँ कि गाड़ी में रमा है या कोई और!"

प्रार्थना स्वीकार हुई। चंचला के प्रकाश में उपेन्द्र ने देखा कि गाड़ी और मोटर में केवल 20 हाथों का अन्तर है? और?—और उसके भीतर से रमा...

क्या करे? उपेन्द्र व्याकुल हो गया। रमा उससे मिलने के लिए जेल जा रही है और वह कहीं और जा रहा है! अभागा उपेन्द्र करे तो क्या करे?

उसने देखा पीछे की खिड़की खुली हुई है। वह झपटकर उसी ओर दौड़ गया। इतने में मोटर और गाड़ी एक-दूसरे के अगल-बगल हो गईं। एक बार फिर बिजली चमकी। खिड़की के बाहर आधा धड़ निकालकर उपेन्द्र ने कहा, "रमा ठहरो! मैं यहाँ हूँ!" सिपाही, "बैठ! बैठ!!" चिल्लाते ही रहे। उपेन्द्र मोटर पर से कूद पड़ा!!!

परन्तु यह क्या! पृथ्वी पर आते-न आते उसने अपने को किसकी भुजाओं में पाया? कौन कह रही थी, "नाथ! मेरी धारणा सत्य निकली न? मैं तुमसे मिल गई!" चपला फिर चमकी! मूर्छित होने से पहले उपेन्द्र ने रमा को और रमा ने उपेन्द्र को अपने से अभिन्न पाया!!

मोटर रुकी परन्तु फिर उसके भाग्य में उपेन्द्र को अपने हृदय में स्थान देना नहीं लिखा था! रमा की गाड़ी भी अपनी ख़ाली गोद फिर न भर सकी! दसों सिपाही बन्दूक़ ताने हुए काठ-मारे से रह गए! वायु काँप कर खड़ी हो गई; उसका साँस बन्द हो गया!! जल थम गया! बादलों का हृदय फट गया!!!

# स्वदेश के लिए

युवक ने पूछा, "स्वर्ग कहाँ है?"

पादरी ने उत्तर दिया, "स्वदेश-सेवा में?"

पुनः प्रश्न हुआ, "किस कर्म के करने से अद्वितीय पुण्य की प्राप्ति होती है?"

उत्तर मिला, "स्वदेश-द्रोहियों का दमन।"

युवक, "सबने बड़ा सुख किसे मिलेगा?"

पादरी, "स्वदेश के ऊपर बलि चढ़ जाने से।"

युवक आश्चर्यचकित मुद्रा से पादरी के मुख की ओर देखने लगा। वह बोला, "आप क्या कहते हैं? अर्थ, धर्म, काम, मोक्ष सभी इस 'स्वदेश' शब्द के भीतर है? फिर यह बाइबिल व्यर्थ है?"

ज़रा मुस्कराकर पादरी बोला, "युवक! मैंने जो कुछ कहा है, वह बाइबिल के बाहर की बात नहीं है। बाइबिल के सर्वस्व ईश्वरपुत्र ईसा की जो संसार में पूजा होती है, वह किसलिए, जानते हो, इसीलिए कि वह स्वदेश के नाम पर बलि-वेदी के हृदय से लग फाँसी पर चढ़ गए। संसार में स्वदेश से बढ़कर पवित्र, गौरवमय और पूजनीय और कोई भी देवता नहीं है। इस बात पर वैसे ही विश्वास रखना जैसे दिन के अन्त में रात्रि के होने पर।"

पादरी को जल्दी थी, वह आगे बढ़ गया। युवक ने भी प्रणाम कर अपना रास्ता लिया। वेशभूषा और आकृति से वह सैनिक जान पड़ता था।

ऊपर जिस युवक की चर्चा की गई है उसका नाम वसीली लायवफ़ था। वह सन्

1904 में रूस-जापान-युद्ध के समय रूसी 287वीं शेनवालस्की रेजीमेण्ट का एक खुफ़िया सैनिक था। सेण्ट पीटर्सबर्ग के पास ही एक कस्बे में उसका घर था। पादरी और युवक की उपर्युक्त बातें रूस-जापान-संग्राम की घोषणा के एक मास पूर्व हुई थीं। अब उक्त संवाद के दस दिन बाद की कथा सुनिए—

रोज़ी ने अपने विशाल नेत्रों से न जाने क्या मन्त्र फूँककर वसीली लायवफ़ से पूछा, "आज तो वायदा पूरा करोगे न?"

"असम्भव! असाध्य!"

"क्यों? इस ज़रा-सी बात में कौन ऐसी असम्भव बात रखी है? आज उत्तर देना ही होगा।"

"देना ही होगा?"

"हाँ-हाँ-हाँ। पचास बार हाँ। उत्तर दो—तुम किसे बड़ा समझते हो? मुझे या स्वदेश को?"

दो-तीन अँगुलियों के सहारे पर अपना चिबुक रखकर लायवफ़ ने एक बार आकाश की ओर दृष्टि की, फिर रूप की राशि रोज़ी के चन्द्रानन पर और फिर माता वसुन्धरा के हृदय पर। वह निश्चय न कर सका कि क्या उत्तर दे? शायद रोज़ी के प्रश्न का उत्तर कोई अप्रिय सत्य था।

देर होते देख किंचित् रुक्ष होकर रोज़ी ने कहा, "बोलो, नहीं तो मैं जाती हूँ।"

लायवफ़ बोला, "रोज़ी, मैं तुम्हें भी चाहता हूँ और स्वदेश को भी। दोनों की प्रसन्नता ही मेरे हृदय की शान्ति है।"

बीच में ही रुककर रोज़ी कहने लगी, "मैं पूछती हूँ तुम्हारा प्रेम किस पर अधिक है? मुझ पर या स्वदेश पर?"

लायवफ़, "सुनो रोज़ी, तुम मेरी दृष्टि में वसन्त ऋतु की पूर्णिमा की हिमकर करोज्वला अर्धरात्रि हो, जिसे देखकर हृदय न जाने किस-किस स्वर्गिक सुख की कल्पना और सुख अनुभव करने लगता है, और यह विशाल रूस स्वदेश—शीतल समीर सहचर युक्त प्रभात है। यह प्रभात, अवर्णनीय है, अतुल है, पर-पर..."

रोज़ी रुष्ट हो गई।

वह बोली, "यह रूपहीन रूस बड़ा है! मुझसे, तुम्हारी रोज़ी से! अच्छी बात है, अब मैं तुमसे विवाह न करूँगी। तुम अब अपने अतुल रूस ही के रूप पर मरो। उसी को गले लगाओ। मैं चली।"

लायवफ़ अभी कर्त्तव्य-निश्चय कर रहा था—सोचता था कि इस हृदय-

प्रतिमा को कैसे प्रसन्न करूँ? पर रोज़ी चली गई। लायवफ़ ने एक ठण्डी साँस ली। उसका हृदय चिल्ला उठा—

"रूप! तुम्हारे पीछे अभिमान क्यों लगा रहता है? बर्फ की तरह क्षणभंगुर तुम किस बिरते पर बड़े-बड़ों से भिड़ पड़ते हो! आह! तुम बड़े ही नादान हो।"

घूमते-घूमते पहाड़ की एक शिला पर दोनों बैठ गए। रोवस्की ने जब देखा कि वसीली लायवफ़ के मुख की चिन्ता की रेखा अभी ज्यों-की-त्यों है, तब वह बोला, "भाई लायवफ़! तुम छुट्टी क्यों नहीं ले लेते?"

भ्रू-युगल और मस्तक सिकोड़कर लायवफ़ ने कहा, "क्यों?"

रोवस्की, "रोज़ी को सन्तुष्ट करने के लिए।"

लायवफ़, "और यह रूस! ऐसी अवस्था में छुट्टी लेना कायरता नहीं होगी? 'सर्वस खाइ भोग कर नाना, समर भूमि या दुर्लभ प्राना!'...।"

रोवस्की, "तो तुम रोज़ी को नहीं चाहते, यही बात है न?"

लायवफ़, "यही बात है, ऐसी बात नहीं। रोज़ी मेरे रोम-रोम में रमी हुई है। वही मेरे शरीर का रक्त है, पर, यह शरीर तो रूस का है। यदि वह इसकी चिन्ता और रक्षा न करता तो रोज़ी का ध्यान अपने लिए स्थान ही कहाँ पाता।"

रोवस्की, "आखिर तुम छुट्टी नहीं लोगे?"

लायवफ़, "कभी नहीं।"

रोवस्की, "पर इससे लाभ? ऐसा करने से सिवाय इसके कि वह और भी रुष्ट हो, कोई भलाई की आशा नहीं। इस युद्ध के बाद तुम्हारा जीवन व्यर्थ हो जाएगा।"

लायवफ़, "सो नहीं होने का, रोवस्की! इस लड़ाई के बाद तुम लायवफ़ को जीवित ही नहीं पाओगे। वह इसी कोरिया-युद्ध में ही अपनी जननी—रूस—का ऋण परिशोधन कर देगा। देखते नहीं हो, शत्रुओं की फ़ौजें स्वदेश को अपमानित करने की घात में लगी हुई हैं। क्या यह देखकर तुम्हें रोमांच नहीं होता? क्या अपने देश के दुश्मनों के रक्त से अपनी तलवार को धोने की तुम्हारी इच्छा नहीं है? इस समय कर्त्तव्य रूस के पक्ष में है और, मेरी दृष्टि में प्रेम कर्त्तव्य से बड़ा नहीं। रोज़ी से मेरा सम्बन्ध न हुआ, न सही। लायवफ़ का जीवन तो प्रियतम रूस के चरणों पर अर्पित है।"

रोवस्की आश्चर्यचकित होकर वसीली लायवफ़ के मुख की ओर देखने लगा। लायवफ़ फिर बोला—

"तुम क्या समझते हो, रोज़ी मुझे भुला देगी? यह असम्भव है। जब तक

मैं उसे याद करता हूँ, तब तक क्रोध से ही सही, घृणा से ही सही, वह मुझे स्मरण करेगी ही। तुम देखोगे, यदि मैं सौभाग्य से इस लड़ाई में काम आया तो मेरी मृत्यु पर सबसे पहला अश्रुबिन्दु रोज़ी के ही नेत्रों से गिरेगा।''

प्रेम-गद्गद होकर वसीली लायवफ़ अपनी मातृभाषा में एक गाना गाने लगा। उसका भाव कुछ-कुछ ऐसा ही था—

*''खुद चले आएँगे वे—*
*तुर्बत पै मेरी देखना।*
*मेरे मरने की ज़रा*
*उनको खबर होने तो दो।''*

तीन दिनों बाद।

रूसी सेनापति ने 'लियावयांग' (कोरिया) की पहाड़ी तराई में अपनी सेना के सब गुप्तचरों को एकत्र कर कहा—

''हमें शत्रुदल के सब समाचारों का जानना अत्यन्त आवश्यक है और यह करना तुम्हीं लोगों के हाथ है। अस्तु, तुमसे ऐसा कौन अपनी जन्मभूमि का प्रिय पुत्र है, जो माता के नाम पर अपनी आहुति देने को सबसे पहले तैयार हो? उसे रूप बदलकर जापानी सेना में जाना और लियावयांग की चढ़ाई के बारे में उनकी तैयारियों का पता लगाना होगा।''

सेनापति चुप हुए। क्षणभर; नहीं, प्रायः पाँच मिनटों तक सभा में सन्नाटे का अधिकार रहा। न कोई बोला और न कोई आगे ही बढ़ा।

इसके बाद लोगों ने देखा कि एक जवान सैनिक सेनापति के सम्मुख जाकर अभिवादन कर खड़ा हुआ। वह वसीली लायवफ़ था।

''तुम्हारा नाम?''

''वसीली लायवफ़।''

''तुम अपनी जन्मभूमि के लिए जापानी सेना में भेदिया बनकर जाने को तैयार हो?''

''जी हाँ।''

''हाथ में शस्त्र लेकर प्रतिज्ञा करो कि 'मैं जीते-जी अपनी सेना का एक भी भेद शत्रु को नहीं दूँगा।''.

लायवफ़ ने बादलों की तरह गम्भीर स्वर में प्रतिज्ञा की। उसे सुनकर लियावयांग के पहाड़ों ने भी भोले लड़कों की तरह दुहरा दिया।

लायवफ़ चीनी और जापानी दोनों भाषाओं का जानकार था। वह चीनी किसान के रूप में जापानी फौज़ में जाने-आने लगा। अपने काम में वह इतना दक्ष था कि अपने को बहुत होशियार जताने वाले जापानी कई दिनों तक अत्यन्त प्रखर दृष्टि रखने पर भी लायवफ़ की असलियत न जान सके।

पर रोज़ के आने-जाने से लोगों का उस पर सन्देह हुआ। आखिर एक दिन जापानियों ने उसे गिरफ़्तार किया ही। तलाशी में चीनी किसान रूपी वसीली लायवफ़ के पास एक पॉकेट बुक मिली और मिले अनेक नक्शे। पॉकेट बुक से जापानियों ने जाना कि लायवफ़ ने अब तक अनेक समाचार अपनी सेना में भेजे हैं। वह जापान-सेनापति के सामने पेश किया गया।

सेनापति, "अब तो तुम गिरफ़्तार हो ही गए। इसलिए सच-सच बता दो। तुम कौन हो?"

लायवफ़, "मैं रूसी 287वीं शेनवालस्की रेज़ीमेण्ट का एक खुफिया सैनिक हूँ। मेरा नाम वसीली लायवफ़ है।"

सेनापति, "तुम इस सेना में क्यों आए?"

लायवफ़, "भेद लेने के लिए।"

सेनापति, "तुम्हें मालूम नहीं कि भेदियों को पकड़े जाने पर प्राण-दण्ड दिया जाता है।"

लायवफ़, "यह मैं एक युग से जानता हूँ।"

सेनापति, "तो तुम फाँसी पर चढ़ने के लिए तैयार हो?"

लायवफ़, "मेरे तैयार होने या न होने से क्या होता है? आप अपनी तैयारी पर विचार कीजिए।"

सेनापति, "मैं तुम्हें क्षमा कर सकता हूँ। यदि..."

लायवफ़, "यदि क्या?"

सेनापति, "यदि तुम रूसी सेना के भेदों का पता दे सको।"

लायवफ़ जापानी सेनापति की बातें सुनकर ज़रा मुस्कराया। सेनापति चकित होकर उसका मुख देखने लगा।

"बताओ! तुम ईश्वर को साक्षी रखकर अपनी सेना के भेद बताओगे? यदि ऐसा कर सको तो तुम्हें क्षमा तो मिलेगी ही, पुरस्कार भी यथेष्ट दिया जाएगा।" सेनापति ने पुनः कहा।

लायवफ़, "सेनापति, आप इसके लिए मुझे क्षमा करें। मैं अपने तुच्छे प्राणों

के लिए अपनी जन्मभूमि का अहित कभी न करूँगा। मैं उसे पशु समझता हूँ, मृतक समझता हूँ, राक्षस समझता हूँ और समझता हूँ पापियों का सरदार, जो अपने तुच्छ स्वार्थों के लिए अपनी मातृभूमि के गले को रेतता है, शत्रुओं से मिल जाता है। ऐसा घृणित और नीच कर्म मुझसे कदापि न होगा।''

'कोर्ट मार्शल' ने रूसी-भेदिये वसीली लायवफ़ को प्राण-दण्ड की आज्ञा दी।

30 सितम्बर, 1904 ई. की बात है। उस दिन आकाश जलद-पटलाच्छन्न था। सूर्यदेव के दर्शन दुर्लभ थे, पर वृष्टि नहीं हो रही थी।

एक विस्तृत मैदान में फाँसी का चबूतरा बनाया गया। उसको घेरकर जापानी सेना—हथियार के साथ—खड़ी हो गई।

वसीली लायवफ़ चबूतरे पर खड़ा किया गया। सेनापति ने उससे पूछा, ''युवक! तुम किसी ऐसी वस्तु की—प्राणों को छोड़—कामना रखते हो, जिसे कि हम दे सकें?''

लायवफ़ मुस्कराकर बोला, ''धन्यवाद! मुझे कुछ नहीं चाहिए।''

सेनापति, ''तुम्हारे माता-पिता हैं?''

लायवफ़, ''जी हाँ!''

सेनापति, ''क्या तुम उनके पास कोई संवाद भेजने के इच्छुक हो? यदि ऐसा हो तो, बताओ, हम भरसक इसका प्रबन्ध करेंगे।''

लायवफ़, ''नहीं, मुझे उनके पास कोई भी समाचार नहीं भेजना है।''

सेनापति, ''तुम्हारी स्त्री है! बच्चे हैं?''

इस बार सबने देखा कि लायवफ़ के नेत्रों में एक अद्भुत भाव दौड़ गया। उसने एक ठण्डी साँस ली। वह बोला, ''बच्चे तो नहीं हैं, पर...''

सेनापति, ''स्त्री है?''

''हाँ, है—नहीं...''

लायवफ़ निश्चित न कर सका कि क्या उत्तर दे। अन्त में तीन बार खाँसकर गला साफ कर लेने के बाद उसने कहा, ''नहीं, मेरे स्त्री नहीं है।''

सेनापति, ''खैर! मैं तुमसे एक बार और पूछता हूँ, तुम्हें किसी चीज़ की आकांक्षा है?''

लायवफ़, ''महाशय! अब मुझे किसी चीज़ की कामना नहीं है। यह सोचकर बड़ा प्रसन्न हूँ कि मेरे प्राण स्वदेश की सेवा में बलि हो रहे हैं। इससे अधिक और कोई क्या कहेगा? अब आप कृपा कर क्षण-भर के लिए मेरे बन्धन खोल दें, जिससे मैं अपने धर्मानुसार प्रार्थना कर लूँ।''

सेनापति की आज्ञा से लायवफ़ का बन्धन खोला गया। उसने चिह्नों द्वारा महात्मा ईसा की सूली पर चढ़ने के समय की तस्वीर बनाई। फिर स्तोत्र-पाठ कर प्रार्थना करने के बाद आत्म-बलिदान के लिए तैयार हो गया। फाँसी की रस्सी गले में पड़ने के पहले उसने जापानियों को उनके सद्व्यवहार के लिए धन्यवाद भी दिया।

यद्यपि भगवान् भुवन भास्कर बादलों में व्यूह में बन्दी थे, तो भी वह स्वदेश-भक्त लायवफ़ के फाँसी चढ़ने का दृश्य देखने की अपनी उत्सुकता न रोक सके। यद्यपि प्रकृति ने पवनदेव को ठहरने की आज्ञा दे दी थी, फिर भी वह लायवफ़ के चरणों को स्पर्श करने के लिए आने से न रुके। यद्यपि अधिक उदारता दिखाने के कारण बादलों के पास कुछ भी पृथ्वी को दान देने के लिए शेष नहीं था, फिर भी लायवफ़ के मस्तक पर विजय-अभिषेक करने के लिए हज़ार प्रयत्न कर उन्होंने पवित्र समुद्र का जल इकट्ठा किया ही।

वसीली लायवफ़ के कण्ठ में विजयमाल के रूप में फाँसी की रस्सी डाली गई। बस, वनज-बन्धु इसके आगे का दृश्य देखने के लिए न ठहर सके। यही दशा पवन देव की भी हुई। उन्होंने मेघों के अभिषेक करने के पूर्व ही वीर लायवफ़ की चरण-रज अपने मस्तक पर धारण कर अपना रास्ता लिया। विलम्ब से पहुँचने के कारण अभिषेक करते-करते घनश्याम ने रूसी वीर लायवफ़ के पवित्र प्राणों को अपनी ही (स्वर्ग की) ओर आते देखा।

हँसता-हँसता वह फाँसी पर चढ़ गया। उसकी वह तस्वीर जापानियों के हृदय पर खिंच गई। सबने सहानुभूति प्रकट कर दो आँसू गिराए।

# निहिलिस्ट

मित्र के घर से रेटकिन का घर कोई दो फर्लांग पर था। उस दिन गपशप में कुछ अधिक विलम्ब हो जाने के कारण वह रात बारह बजे के बाद अपने घर को लौटा। वह जल्द-जल्द पाँव बढ़ाता चला जा रहा था। उसे दो लम्बी-लम्बी गलियों को पार कर लेने के बाद एक सड़क से होकर अपने घर पर पहुँचना है।

ऊपर जिन गलियों और सड़कों की चर्चा है, वे सब रूस की प्राचीन राजधानी मास्को की हैं। पृथ्वी के अन्य श्रेष्ठ नगरों की तरह ही, मास्को की गलियों में भी रात बारह बजे के बाद लोगों का आना-जाना बहुत कम हो जाता है। फिर उस गली में तो, जिससे रेटकिन जा रहा था, बिल्कुल सन्नाटा था। शीत अधिक होने के कारण घरों के दरवाज़े आपस में खूब चिपककर खड़े थे। पवन देव के लिए उनके भीतर प्रवेश करना उतना ही दुरूह था, जितना कि दानवों के हृदय में दया का, ज़ार के हृदय में प्रजा-हित-चिन्तन का और विदेशियों तथा शासकों के हृदय में 'लोष्ठवत् परद्रव्येषु', सिद्धान्त का!

रेटकिन न जाने कहाँ-कहाँ अपने विचारों को दौड़ाता हुआ उस शून्य-शर्बरी की शान्ति को अपने बूट की ठोकरों से भंग करता चला जा रहा था। उसने आधा रास्ता तय कर लिया, पर अभी तक एक भी जीव के दर्शन उसे नहीं मिले। वह और भी तेज़ी से बढ़ा।

पीछे से किसी ने पुकारा, "भाई रेटकिन!"

कौन पुकारता है?—रेटकिन ने पीछे मुड़कर देखा।

साथ ही, बगल से, किसी ने एक भारी लबादा उसके सिर पर डालकर उसका मुख बन्द कर दिया।

बोलने में असमर्थ होने पर भी रेटकिन ने अनुभव किया कि दो-तीन आदमी उसके हाथ-पैर बाँधकर उसे कहीं उठाए ले जा रहे हैं।

ठीक कहना तो असम्भव है, पर प्रायः दो घण्टे के बाद रेटकिन के बन्धन खोले गए और उसके मुख पर की बड़ी नक़ाब हटाई गई। उसकी पहली दृष्टि उन तीन आदमियों पर गई जो उसे इस प्रकार बलात् उठा लाए थे। वह अभी तक उनके विषय में न जाने क्या-क्या कल्पना कर रहा था। उसने उन्हें डाकू समझा था, पर, नेत्र खुलने पर, वह कुछ निश्चित न कर सका कि वे कौन हैं, क्योंकि उन तीनों के मुख पर एक प्रकार की काली झिल्ली लगी हुई थी। ऐसी अवस्था में वे प्रेत छोड़कर और क्या कहे जा सकते थे!

रेटकिन को अधिक चंचल देख उनमें से एक अत्यन्त नम्रता से बोला, "रेटकिन महोदय! आप हमें लुटेरे या बदमाश न समझिए। हम लोगों ने किसी विशेष प्रयोजन से आपको इतना कष्ट दिया, आशा है आप हमें क्षमा करेंगे और अपने कष्टों पर ध्यान न देंगे। आपको एक घण्टे का समय दिया जा रहा है। इतनी देर में आप इस कमरे के सम्पूर्ण साहित्य का अध्ययन कर लें। ऐसा करने पर ही आप अपने घर जा सकेंगे। आपने भोजन तो कर लिया होगा?"

रेटकिन मन्त्र-मुग्ध की तरह उन छद्मवेशियों की घातों को सुन रहा था। उसने 'भोजन तो कर लिया होगा' प्रश्न पर सिर हिलाकर 'हाँ' कर दिया।

छद्मवेशी चले गए।

रेटकिन ने उस बड़े कमरे की चीज़ों को देखना आरम्भ किया। वह कमरा कोई बीस गज लम्बा और दस गज चौड़ा था। उसमें कुल चार दरवाज़े और एक खिड़की थी। सब-के-सब द्वार बन्द थे। खिड़की मनुष्य की पहुँच से कोई दस फुट ऊपर थी। उसमें जँगले लगे थे, जिससे कमरे में वायु आ रही थी। दो दीवारगीर और एक बड़ी बैठकी से वहाँ पर खूब प्रकाश फैल रहा था।

उसको यह देखकर बड़ा आश्चर्य हुआ कि कमरे में देखने की सामग्री केवल तस्वीरें थीं। उनकी संख्या भी तीस-चालीस से अधिक नहीं थी। वह उन्हें ध्यानपूर्वक देखने लगा।

पूर्व की दीवार पर आदमी के क़द के बराबर एक चित्र था। रेटकिन की दृष्टि, सबसे बड़ी तस्वीर होने के कारण, पहले उसी पर पड़ी। वह उसे बहुत निकट से देखने लगा—ओह! चित्र क्या था, जादू था! उसके रोंगटे खड़े हो गए। उसने देखा कि उस चित्र में एक ओर कोई अत्यन्त बूढ़ी अबला और दीना स्त्री खड़ी है। उसके पैरों के नीचे लिखा था, 'हमारी दुःखिता जन्मभूमि!' दुःखिता जन्मभूमि! क्यों? —हाँ, चित्र से तो ऐसा ही जान पड़ता है मानो इसे पेट-भर भोजन नहीं मिलता। आँखें बैठ गई हैं। वस्त्र फटे हैं। शरीर में हाड़ छोड़कर मांस है ही नहीं। और, यह? ये सब शैतान के बच्चे-से कौन चिल्ला रहे हैं? इनकी भी एक-एक हड्डी गिनी जा सकती है। सब-के-सब कम्पित-कलेवर क्यों हैं? क्या लिखा है, 'हमारे दरिद्र किसान और मज़दूर भाई-बहन!'

अच्छा! ये राक्षस कौन हैं? अरे, इनमें सबसे आगे वाला तो सम्राट् ज़ार से मिलता-जुलता है, फिर रासपुटिन, प्रोटोपाफ़ और अनेक मिल-मालिक, ज़मींदार, मार्शल, पुलिस प्रिफेक्ट, सैनिक आदि। सब-के-सब राक्षस!! आश्चर्य! चित्र के नीचे स्वर्णाक्षरों में लिखा था, ''तुम मनुष्य हो? अपने अन्तस्थल में स्थित मनुष्यता से पूछो, वह तुम्हें क्या आदेश देती है? यदि वह कहे—मेरे नाम पर दानवता का दमन करो, तो ईश्वर के लिए, रूसी अन्न-जल से पले हुए मनुष्यो! हमारी सहायता करो!''

चिन्ता-मग्न रेटकिन दूसरी तस्वीर की ओर बढ़ा। यह तस्वीर उस बड़ी तस्वीर के दाहिनी ओर टँगी थी। इसमें हिम-आलय साइबेरिया के जंगल में अनेक कष्ट भोगकर तपस्या करने वाले स्वदेश-भक्तों के चित्र थे। दुःखों ने उन वीरों को असभ्य-जंगलियों से भी भयानक बना डाला था। उनमें अनेक ऊँचे घराने के लोग, अच्छे-अच्छे पत्रों के सम्पादक तथा किसान-नेता थे। उस चित्र के नीचे लिखा था, 'मनुष्यता देवी के अमर आराधक!'

इसके बाद जो तस्वीर थी, उसमें एक ओर तो पूँजीपति और अधिकारी बैठे शराब-क़बाब उड़ा रहे थे, अपने एक-एक बार के भोजन पर सहस्र-सहस्र रुपये फूँक रहे थे, यहाँ तक कि अपने कुत्तों को भी दूध से नहला रहे थे; और...और दूसरी ओर बड़ा ही करुणाजनक दृश्य था। कहीं एक टुकड़ा रोटी को पन्द्रह आदमियों का एक परिवार कातर दृष्टि से देख रहा था, कहीं पर कोई दरिद्र कृषक घास उबालकर अपने हृदय-रत्नों की रक्षा का प्रबन्ध कर रहा था और कहीं पर भूख के मारे तड़पकर माता के प्रेममय नेत्रों के सम्मुख बच्चे अपनी ऐहिक लीला

समाप्त कर रहे थे! हाय!!

उस चित्र के नीचे लिखा था, 'विषमता की पराकाष्ठा!'

एक चित्र में कोई दानव एक मनुष्य की जीभ को उसके होंठों से सटाकर-सी रहा था। दानव के नीचे लिखा था, 'पशु-बल', मनुष्य के मुख के पास लिखा था, 'हमारी बोलने की स्वतन्त्रता।' और सूजे के पास लिखा था, 'कानून'। एक चित्र में अनेक चन्द्राननी अबलाएँ; 'प्रलोभन', 'अत्याचार' और 'भय' की रस्सी में बँधी, ज़ार-सहित अनेक रूसी अधिकारियों के सामने वैसी ही खड़ी थीं, जैसे क़साई के आगे गऊ। उसके नीचे लिखा था, 'पार्थिव परमेश्वर और उनके भक्तों की लीला!'

"तो तुम राजद्रोहियों के दल में सम्मिलित हो गए?" रेटकिन के नवयुवक मित्र डी. श्रेंगरिफ ने उससे पूछा।

रेटकिन, "हाँ।"

श्रेंगरिफ, "क्यों?"

रेटकिन, "मनुष्यता के नाम पर। स्वदेश हित के लिए।"

श्रेंगरिफ, "पर, रेटकिन। इसमें..."

बीच ही में टोककर रेटकिन ने कहा, "प्राणों का भय है। यही कहते हो न? प्यारे श्रेंगरिफ, प्राणों का भय करने से कर्त्तव्य का पालन नहीं हो सकता।"

श्रेंगरिफ, "तो..."

रेटकिन, "आगे मत कहो। तुम क्या कहना चाहते हो, मैं जानता हूँ। अपने विषय में तुम स्वयं विचार कर लो। हाँ, मैं इतना कहूँगा कि प्रत्येक व्यक्ति पर उसकी जन्मभूमि का भी कोई ऋण होता है, जो उसका परिशोध करने की चेष्टा नहीं करता, 'वह नर नहीं, नर-पशु निरा है और मृतक समान है।' "

रेटकिन बड़े आवेग से बातें कर रहा था। क्षण-भर रुककर वह बोला, "मैं विद्रोही अवश्य हो गया हूँ, पर मेरा उद्देश्य हत्या करना नहीं है। हम लोगों की समिति में दो विभाग हैं—एक तो निरंकुश शासकों की हत्या करने वाला और दूसरा क्रान्तिकारी-साहित्य और भावों का प्रचार करने वाला। मैंने अपना नाम अन्तिम दल में ही लिखाया है। मुझे हत्याओं से घृणा है; पर स्वदेश से प्रेम है। इसलिए स्वतः प्राण देकर उसकी सेवा करूँगा, स्वयं किसी पर तलवार न उठाऊँगा।"

डी. श्रेंगरिफ और रेटकिन बाल-सखा थे। दोनों की अवस्था एक ही, प्रायः बाईस वर्षों की थी। दोनों अविवाहित थे, दोनों मध्य श्रेणी के नागरिक थे। दोनों ही ने कॉलेज तक पढ़ा था। क्षण-भर में दोनों के विचार भी एक ही हो गए।

*हमारे प्यारे बन्धु किसान,*
*मरते हाय! अ-नय के कर से पाते दुःख महान्।*
*अनियन्त्रित शासन है, कारण इसका एक प्रधान।*
*जब तक यह न मिटेगा तब तक कहीं नहीं कल्याण।*

मास्को के हेड पुलिस-स्टेशन (कोतवाली) पर बैठे हुए पुलिस सुपरिंटेंडेंट ने सुना और देखा—कोई युवक उक्त गान को गाता हुआ चला जा रहा था। फौरन चार पुलिस कांस्टेबिल दौड़ाए गए। युवक पुलिस सुपरिंटेंडेंट के सामने लाया गया।

"तुम्हारा नाम?"

"डी. श्रेंगरिफ।"

"तुम्हारा मकान इसी शहर में है?"

"जी हाँ।"

"तुम अभी क्या गा रहे थे?"

"कुछ भी गा रहा था—क्यों? उससे आपकी कोई हानि तो नहीं हुई?"

ज़रा घूरकर सुपरिंटेंडेंट ने कहा, "कैसे बोलता है?"

"जैसे आप पूछते हैं।"

सुपरिंटेंडेंट ने अपने सामने बैठे पुलिस इन्स्पेक्टर से कहा, "इसे हवालात दो। यह राजद्रोही जान पड़ता है।"

ज़रा दृढ़ होकर श्रेंगरिफ ने पूछा, "मेरे राज्य-विद्रोही होने का प्रमाण?"

"वह साइबेरिया के जंगलों में दिया जाएगा।"

बस, इसी तुच्छ अपराध पर सुपरिंटेंडेंट साहब ने अभागे श्रेंगरिफ को कारागार की कोठरी में ठूँस दिया।

पृथ्वी के विधाता (एडजस्टर ऑफ दि अर्थ) ज़ार का भेदिया-दल संसार में अद्वितीय था। उसी के सहारे ज़ारशाही अपने कमाल दिखाया करती थी। भेदियों के इशारा-मात्र से अच्छे-अच्छों को ज़ार-कोपाग्नि में जलना पड़ता था। कभी-कभी तो वे

केवल विनोद के विचार या अपनी शक्ति की थाह लेने की इच्छा-मात्र से अनेक निरपराधियों को आजन्म द्वीपान्तर-वास और मृत्यु-दण्ड दिलवा दिया करते थे।

उन्हीं भेदियों ने श्रेंगरिफ़ के घर, उसके परिवार और मित्रों का पता लगाना आरम्भ किया, पर उसके घर में उसकी माता और एक छोटे भाई को छोड़ और कोई नहीं था। उन्हें तो कृपा कर उन यमदूतों ने नहीं छेड़ा; पर रेटकिन की रक्षा नहीं हो सकी। उसकी तलाशी हुई, जिसमें कुछ सन्देहजनक काग़ज़-पत्र मिले। वह भी बन्दी बनाया गया।

उन दिनों अत्याचारी ज़ार ने साम्राज्य-भर के पुलिस अफ़सरों को आदेश दे रखा था कि कहीं राज्यविद्रोह की गन्ध मिलते ही मुझे सूचना दी जाए। तदनुसार मास्को के उक्त युवकों की गिरफ़्तारी का विस्तृत विवरण पेट्रोग्राड भेजा गया। वहाँ से आज्ञा आई कि वे युवक महाराजाधिराज के सम्मुख उपस्थित किए जाएँ। वैसा ही हुआ।

दो मन्त्रियों के साथ सम्राट् ज़ार अपने प्रासाद के एक प्रान्तर में बैठा था। उसके सम्मुख बीस-पच्चीस कज्जाक सैनिक मूर्तिमान-काल-से सशस्त्र खड़े थे तथा उन्हीं सैनिकों से थोड़ा हटकर श्रेंगरिफ़ और रेटकिन लोहे के सींखचों में कसे चुपचाप खड़े थे।

ज़ार जहाँ बैठा था, वह एक बारहदरी थी। उसी के सामने एक बड़ा-सा आँगन भी था, जिसमें अनेक पुष्प तरु सजे हुए थे।

ज़ार ने रेटकिन से पूछा, "तू निहिलिस्ट है?"

रेटकिन, "मैं मनुष्य के सिवाय और कुछ भी नहीं हूँ।"

ऐसा स्पष्ट उत्तर! चापलूस मन्त्रियों के होश उड़ गए। एक ने रेटकिन के ऊपर घृणापूर्ण कटाक्षपात कर महाराजाधिराज से कहा, "धर्मावतार, यह बड़ा धृष्ट जान पड़ता है।"

इस चापलूस ने ज़ार के क्रोध की मन्द अग्नि में मिट्टी के तेल का काम किया। इस बार वह कड़ककर बोला—

"मैं पूछता हूँ तुम राजविद्रोही हो? तुम्हारा दल कहाँ है? उसमें कितने लोग हैं?"

रेटकिन ने दृढ़तापूर्वक उत्तर दिया, "मैं इसका जवाब देने में असमर्थ हूँ।"

चापलूसों का आसन पुनः हिला। उनमें से एक बोला, "ज़रूर निहिलिस्ट है।"

दूसरा कहने लगा, "अवश्य। सब कुछ जानता है, छिपा रहा है।"

ज़ार ने कहा, "बतलाएगा कैसे नहीं? मार के आगे भूत भागता है।"

इस बार उसने श्रेंगरिफ से प्रश्न किया, "देखोजी, यदि तुममें से एक भी राजविद्रोहियों का पता बता देगा तो तुम दोनों पुरस्कृत किए जाओगे। नहीं तो मैं सच कहता हूँ, अभी अपने सामने तुम्हें ज़िन्दा जलवा दूँगा। बताओ क्या चाहते हो—स्वर्ग या नरक? जीवन या मृत्यु? प्रेम या कोप?"

श्रेंगरिफ ने बड़ा ही तीखा उत्तर दिया। रेटकिन भी उस उत्तर को सुनकर आश्चर्य में आ गया। उसने कहा—

"नरक का कीड़ा स्वर्ग क्या देगा? काल से किसे जीवन मिला है। नर-रक्त-पिपासु पशु 'प्रेम' क्या जाने? हम लोग कुछ भी उत्तर नहीं दे सकते। तुम जो चाहो, करो।"

इसके बाद क्रुद्ध ज़ार के अनेक प्रश्न हुए, पर वीरों ने एक का भी उत्तर नहीं दिया। फिर क्या था? शक्ति पर अहंकार का आक्रमण हुआ। ज़ार की पशु-वृत्ति प्रज्वलित हुई। सैनिकों को आज्ञा हुई, "इन दोनों के कपड़ों पर मिट्टी का तेल छिड़ककर आग लगा दो।"

क्षण-भर में आज्ञा का पालन हुआ। तेल छिड़का गया, अब आग लगाने की कसर थी। रेटकिन ने अपने अभिन्न हृदय की ओर देखा। अहा! प्रकृत सुन्दर श्रेंगरिफ़ उस समय और भी सुन्दर हो गया था। रेटकिन को जान पड़ा मानो कोई देवता खड़ा है। उसने पूछा, "श्रेंगरिफ़!"

श्रेंगरिफ़ ने मुस्कराकर कहा, "कहो!"

"मृत्यु से भय लगता है?"

"नहीं।"

"मेरे सुकुमार श्रेंगरिफ़—यह क्यों?"

"दूसरों के लिए मरने में न जाने क्यों बड़ा सुख मिलता है। आत्मबलि में ही स्वर्ग होता है क्या रेटकिन?"

"कहने वालों ने तो ऐसा ही कहा है।"

आग लगा दी गई। पहले उन दोनों वीरों के हाथों को ही अग्निदेव ने स्पर्श किया था। उन्हें ऐसा स्वर्गिक भोजन शायद ही कभी मिला हो। उनका जन्म सफल हो गया।

आग लगने के एक मिनट बाद ज़ार ने दोनों बहादुरों से पुनः कहा, ''अभी बच सकते हो। बता दो।''

दोनों का उत्तर एक ही था, ''कदापि नहीं।''

दानवता के दासों ने मनुष्यता-भक्तों का तड़पना हँस-हँसकर देखा। उस समय शायद पृथ्वी पर हृदय नहीं था, करुणा नहीं थी, मनुष्यता भी नहीं थी और न ही था वह मायावी, जिसे लोग 'ईश्वर' कहकर पुकारते हैं!

# उसकी माँ

दोपहर को ज़रा आराम करके उठा था। अपने पढ़ने-लिखने के कमरे में खड़ा-खड़ा धीरे-धीरे सिगार पी रहा था और बड़ी-बड़ी अलमारियों में सजे पुस्तकालय की ओर निहार रहा था। किसी महान् लेखक की कोई महान् कृति उनमें से निकालकर देखने की बात सोच रहा था, मगर, पुस्तकालय के एक सिरे से लेकर दूसरे तक मुझे महान्-ही-महान् नज़र आए। कहीं गेटे, कहीं रूसो, कहीं मेज़िनी, कहीं नीत्शे, कहीं शेक्सपियर, कहीं टाल्स्टॉय, कहीं ह्यूगो, कहीं मोपासां, कहीं डिकिन्स, स्पेन्सर, मेकाले, मिल्टन, मोलियर...उफ़्! इधर-से-उधर तक एक-से-एक महान् ही तो थे! आखिर मैं किसके साथ चन्द मिनट मन-बहलाव करूँ, यह निश्चय ही न हो सका, महानों के नाम ही पढ़ते-पढ़ते परेशान-सा हो गया।

इतने में मोटर की पों-पों सुनाई पड़ी। खिड़की से झाँका तो सुरमयी रंग की कोई 'फिएट' गाड़ी दिखाई पड़ी। मैं सोचने लगा—शायद कोई मित्र पधारे हैं, अच्छा ही है। महानों से जान बची।

जब नौकर ने सलाम कर आने वाले का कार्ड दिया, तब मैं कुछ घबराया? उस पर शहर के पुलिस सुपरिंटेंडेंट का नाम छपा था। ऐसे बे-वक्त यह कैसे आए?

पुलिस-पति भीतर आए। मैंने हाथ मिलाकर एक चक्कर खाने वाली गद्दीदार कुर्सी पर उन्हें आसन दिया। वह व्यापारिक मुस्कराहट से लैस होकर बोले, "इस अचानक आगमन के लिए आप मुझे क्षमा करें।"

"आज्ञा हो?" मैंने भी नम्रता से कहा।

उन्होंने पॉकेट से डायरी निकाली, डायरी से एक तस्वीर...'देखिए इसे, ज़रा बताइए तो, आप पहचानते हैं इसको?"

"हाँ, पहचानता तो हूँ।" ज़रा सहमते हुए मैंने बताया।

"इसके बारे में मुझे आपसे कुछ पूछना है।"

"पूछिए।"

"इसका नाम क्या है?"

"लाल! मैं इसी नाम से बचपन ही से इसे पुकारता आ रहा हूँ, मगर, यह पुकारने का नाम है। एक नाम कोई और है, सो मुझे स्मरण नहीं।"

"कहाँ रहता है यह?" सुपरिंटेंडेंट ने पुलिस की धूर्त-दृष्टि से मेरी ओर देखकर पूछा।

"मेरे बँगले के ठीक सामने एक दोमंज़िला, कच्चा-पक्का घर है, उसी में वह रहता है। वह है और उसकी बूढ़ी माँ।"

"बूढ़ी का नाम क्या है?"

"जानकी।"

"और कोई नहीं है क्या इसके परिवार में? दोनों का पालन-पोषण कौन करता है?"

"सात-आठ वर्ष हुए, लाल के पिता का देहान्त हो गया। अब उस परिवार में वह और उसकी माता ही बचे हैं। उसका पिता जब तक जीवित रहा, बराबर मेरी ज़मींदारी का मुख्य मैनेजर रहा। उसका नाम रामनाथ था। वही मेरे पास कुछ हज़ार रुपये जमा कर गया था, जिससे अब तक उनका खर्चा चल रहा है। लड़का कॉलेज में पढ़ रहा है। जानकी को आशा है, वह साल-दो साल बाद कमाने और परिवार को सँभालने लगेगा। मगर क्षमा कीजिए, क्या मैं यह पूछ सकता हूँ कि आप उसके बारे में क्यों इतनी पूछताछ कर रहे हैं?"

"यह तो मैं आपको नहीं बता सकता, मगर इतना आप समझ लें, यह सरकारी काम है। इसीलिए आज मैंने आपको इतनी तकलीफ़ दी है।"

"अजी, इसमें तकलीफ़ की क्या बात है? हम तो सात पुश्त से सरकार के फरमाबरदार हैं। और कुछ आज्ञा...।"

"एक बात और..." पुलिस-पति ने गम्भीरता से धीरे से कहा, "मैं मित्रता से आपसे निवेदन करता हूँ, आप इस परिवार से ज़रा सावधान और दूर रहें। फिलहाल इससे अधिक मुझे कुछ कहना नहीं।"

"लाल की माँ!" एक दिन जानकी को बुलाकर मैंने समझाया, "तुम्हारा लाल आजकल क्या पाजीपन करता है? तुम उसे केवल प्यार ही करती हो न! हूँ! भोगोगी।"

"क्या है, बाबू?" उसने कहा।

"लाल क्या करता है?"

"मैं तो उसे कोई भी बुरा काम करते नहीं देखती।"

"बिना किए ही तो सरकार किसी के पीछे पड़ती नहीं। हाँ, लाल की माँ! बड़ी धर्मात्मा, विवेकी और न्यायी सरकार है यह। ज़रूर तुम्हारा लाल कुछ करता होगा।"

"माँ! माँ!!' पुकारता हुआ उसी समय लाल भी आया—लम्बा, सुडौल, सुन्दर, तेजस्वी।

"माँ! उसने मुझे नमस्कार कर जानकी से कहा, "तू यहाँ भाग आई है। चल तो! मेरे कई सहपाठी वहाँ खड़े हैं, उन्हें चटपट कुछ जलपान करा दे, फिर हम घूमने जाएँगे!"

"अरे!" जानकी के चेहरे की झुर्रियाँ चमकने लगीं, काँपने लगीं, उसे देखकर, "तू आ गया लाल! चलती हूँ, भैया! पर, देख तो, तेरे चाचा क्या शिकायत कर रहे हैं? तू क्या पाजीपना करता है, बेटा?"

"क्या है, चाचाजी?" उसने सविनय, सुमधुर स्वर से मुझसे पूछा, "मैंने क्या अपराध किया है?"

"मैं तुमसे नाराज़ हूँ लाल!" मैंने गम्भीर स्वर में कहा।

"क्यों, चाचाजी?"

"तुम बहुत बुरे होते जा रहे हो, जो सरकार के विरुद्ध षड्यन्त्र करने वालों के साथी हो! हाँ, तुम हो! देखो लाल की माँ, इसके चेहरे का रंग उड़ गया, यह सोचकर कि यह ख़बर मुझे कैसे मिली।"

सचमुच एक बार उसका खिला हुआ रंग ज़रा मुरझा गया, मेरी बातों से! पर तुरन्त ही वह सँभला।

"आपने ग़लत सुना, चाचाजी। मैं किसी षड्यन्त्र में नहीं। हाँ, मेरे विचार स्वतन्त्र अवश्य हैं, मैं ज़रूरत-बेज़रूरत जिस-तिस के आगे उबल अवश्य उठता हूँ। देश की दुरावस्था पर उबल उठता हूँ; इस पशु-हृदय परतन्त्रता पर।"

"तुम्हारी ही बात सही, तुम षड्यन्त्र में नहीं, विद्रोह में नहीं, पर यह बक-बक क्यों? इससे फायदा? तुम्हारी इस बक-बक से न तो देश की दुर्दशा दूर होगी और न उसकी पराधीनता। तुम्हारा काम पढ़ना है, पढ़ो। इसके बाद कर्म करना होगा, परिवार और देश की मर्यादा बचानी होगी। तुम पहले अपने घर का उद्धार तो कर लो, तब सरकार के सुधार का विचार करना।"

उसने नम्रता से कहा, ''चाचाजी, क्षमा कीजिए। इस विषय में मैं आपसे विवाद करना नहीं चाहता।''

''चाहना होगा, विवाद करना होगा। मैं केवल चाचाजी नहीं, तुम्हारा बहुत कुछ हूँ। तुम्हें देखते ही मेरी आँखों के सामने रामनाथ नाचने लगते हैं, तुम्हारी बूढ़ी माँ घूमने लगती है। भला मैं तुम्हें बेहाथ होने दे सकता हूँ। इस भरोसे न रहना।''

''इस पराधीनता के विवाद में, चाचाजी, मैं और आप दो भिन्न सिरों पर हैं। आप कट्टर राजभक्त, मैं कट्टर राज-विद्रोही। आप पहली बात को उचित समझते हैं—कुछ कारणों से, मैं दूसरी को—दूसरे कारणों से—आप अपना पथ छोड़ नहीं सकते—अपनी प्यारी कल्पनाओं के लिए मैं अपना भी नहीं छोड़ सकता।''

''तुम्हारी कल्पनाएँ क्या हैं, सुनूँ तो! ज़रा मैं भी जान लूँ कि अब के लड़के कॉलेज की गर्दन तक पहुँचते-पहुँचते कैसे-कैसे हवाई-क़िले उठाने के सपने देखने लगते हैं। ज़रा मैं भी तो सुनूँ, बेटा?''

''मेरी कल्पना यह है कि जो व्यक्ति, समाज या राष्ट्र के नाश पर जीता हो, उसका सर्वनाश हो जाए!''

जानकी उठकर बाहर चली; ''अरे! तू तो जमकर चाचा से जूझने लगा। वहाँ चार बच्चे बेचारे दरवाज़े पर खड़े होंगे। लड़, तू, मैं जाती हूँ।'' उसने मुझसे कहा, ''समझा दो बाबू, मैं तो आप ही कुछ नहीं समझती, फिर इसे क्या समझाऊँगी?'' उसने फिर लाल की ओर देखा, चाचा जो कहें, मान जा, बेटा। यह तेरे भले ही की कहेंगे।''

वह बेचारी कमर झुकाए, उस साठ बरस की वय में भी घूँघट सँभाले, चली गई। उस दिन उसने मेरी और लाल की बातों की गम्भीरता नहीं समझी।

''मेरी कल्पना यह है कि...'' उत्तेजित स्वर से लाल ने कहा, ''ऐसे दुष्ट, नाशक व्यक्ति, राष्ट्र के सर्वनाश में मेरा भी हाथ हो।''

''तुम्हारे हाथ दुर्बल हैं, उनसे जिससे तुम पंगा लेने जा रहे हो, चर्र-मर्र हो उठेंगे, नष्ट हो जाएँगे।''

''चाचाजी, नष्ट हो जाना तो यहाँ का नियम है। जो सँवारा गया है, वह बिगड़ेगा ही। हमें दुर्बलता के डर से अपना काम नहीं रोकना चाहिए। कर्म के समय हमारी भुजाएँ दुर्बल नहीं, भगवान् की सहस्र भुजाओं की सखियाँ हैं।''

''तो तुम क्या करना चाहते हो?''

''जो भी मुझसे हो सकेगा, करूँगा।''

"षड्यन्त्र?"

"ज़रूरत पड़ी तो ज़रूर..."

"विद्रोह?"

"हाँ, अवश्य!"

"हत्या?"

"हाँ, हाँ, हाँ!"

"बेटा, तुम्हारा माथा न जाने कौन किताब पढ़ते-पढ़ते बिगड़ रहा है। सावधान!"

मेरी धर्मपत्नी और लाल की माँ एक दिन बैठी हुई बातें कर रही थीं कि मैं पहुँच गया। कुछ पूछने के लिए कई दिनों से मैं उसकी तलाश में था।

"क्यों लाल की माँ, लाल के साथ किसके लड़के आते हैं तुम्हारे घर में?"

"मैं क्या जानूँ, बाबू?" उसने सरलता से कहा, "मगर वे सभी मेरे लाल ही की तरह प्यारे मुझे दिखते हैं। सब लापरवाह। वे इतना हँसते, गाते और हो-हल्ला मचाते हैं कि मैं मुग्ध हो जाती हूँ।"

मैंने एक ठण्डी साँस ली, "हूँ, ठीक कहती हो। वे बातें कैसी करते हैं, कुछ समझ पाती हो?"

"बाबू वे लाल की बैठक में बैठते हैं। कभी-कभी जब मैं उन्हें कुछ खिलाने-पिलाने जाती हूँ, तब वे बड़े प्रेम से मुझे 'माँ' कहते हैं। मेरी छाती फूल उठती है...मानो वे मेरे ही बच्चे हैं!"

"हूँ..." मैंने फिर साँस ली।

"एक लड़का उनमें बहुत ही हँसोड़ है। खूब तगड़ा और बली दिखता है? लाल कहता था, वह डण्डा लड़ने में, दौड़ने में, घूँसेबाज़ी में, खाने में छेड़खानी करने और हो-हो, हा-हा कर हँसने में समूचे कॉलेज में फ़र्द है। उसी लड़के ने एक दिन, जब मैं उन्हें हलवा परस रही थी, मेरे मुँह की ओर देखकर कहा, 'माँ! तू तो ठीक भारत माता-सी लगती है। तू बूढ़ी, वह बूढ़ी। उसका उजला हिमालय है, तेरे केश। हाँ, नक्शे से साबित करता हूँ...तू भारत माता है। सिर तेरा हिमालय, माथे की दोनों गहरी बड़ी रेखाएँ गंगा और यमुना, यह नाक विन्ध्याचल, दाढ़ी कन्याकुमारी तथा छोटी-बड़ी झुर्रियाँ-रेखाएँ भिन्न-भिन्न पहाड़ और नदियाँ हैं। जरा पास आ मेरे! तेरे केशों को पीछे से आगे बाएँ कन्धे पर लहरा दूँ, वह बर्मा बन जाएगा। बिना उसके भारत माता का श्रृंगार शुद्ध न होगा।' "

जानकी उस लड़के की बातें सोच गद्‌गद हो उठी, "बाबू, ऐसा ढीठ लड़का! सारे बच्चे हँसते रहे और उसने मुझे पकड़, मेरे बालों को बाहर कर, अपना बर्मा तैयार कर लिया! कहने लगा, 'देख, तेरा यह दाहिना कान 'कच्छ' की खाड़ी है—मुम्बई के आगे वाली और यह बायाँ बंगाल की खाड़ी। माँ, तू सीधा मुँह करके ज़रा खड़ी हो। मैं तेरी ठुड्ढी के नीचे, उससे दो अँगुली के फ़ासले पर, हाथ जोड़कर घुटनों पर बैठता हूँ। दाढ़ी तेरी कन्याकुमारी! हा हा हा—और मेरे जुड़े, ज़रा तिरछे, हाथ सीलोन का! हा हा हा हा! बोलो, 'भारत माता की जय!' "

"सब लड़के ठहाका लगाकर हँसने लगे। वह घुटने टेककर, हाथ जोड़कर, मेरे पाँव के पास बैठ गया। मैं हक्की-बक्की-सी हँसनेवालों का मुँह निहारने लगी। बाबू, वे सभी बच्चे मेरे 'लाल' हैं, सभी मुझे माँ कहते हैं।"

उसकी सरलता मेरी आँखों में आँसू बनकर छा गई। मैंने पूछा, "लाल की माँ! और भी वे कुछ बातें करते हैं? लड़ने की, झगड़ने की, गोला, गोली या बन्दूक की?"

"अरे, बाबू!" उसने मुस्कराकर कहा, "वे सभी बातें करते हैं। उनकी बातों का कोई मतलब थोड़े ही होता है। सब जवान हैं, लापरवाह हैं। जो मुँह में आता है, बकते हैं। कभी-कभी तो पागलों-सी बातें करते हैं। महीना-भर पहले एक दिन लड़के बहुत उत्तेजित थे। वे जब बैठक में बैठकर गलचौर करने लगते हैं, तब कभी-कभी उनका पागलपन सुनने के लोभ से, मैं दरवाज़े से सट और छिपकर खड़ी हो जाती हूँ।"

"न जाने कहाँ, लड़कों को सरकार पकड़ रही है। मालूम नहीं, पकड़ती भी है या वे यों ही गप हाँकते थे, मगर उस दिन वे यही बक रहे थे। कहते थे—'पुलिस वाले केवल सन्देह पर भले आदमियों के बच्चों को त्रास देते हैं, मारते हैं, सताते हैं। यह अत्याचारी पुलिस की नीचता है। ऐसी नीच शासन-प्रणाली को स्वीकार करना अपने धर्म को, कर्म को, आत्मा को, परमात्मा को भुलाना है। धीरे-धीरे घुलाना-मिटाना है।' "

"एक ने उत्तेजित भाव से कहा, 'अजी, ये परदेसी कौन लगते हैं हमारे, जो बरबस राजभक्त बनाए रखने के लिए हमारी छाती पर तोप का मुँह लगाए अड़े और खड़े हैं! उफ़्! इस देश के लोगों के हिये की आँखें मुँद गई हैं। तभी तो इतने जुल्मों पर भी आदमी आदमी से डरता है। ये लोग शरीर की रक्षा के लिए अपनी-अपनी आत्मा की चिता सँवारते फिरते हैं। नाश हो इस परतन्त्रतावाद का!' "

"दूसरे ने कहा, 'लोग ज्ञानी न हो सकें, इसलिए इस सरकार ने हमारे पढ़ने-लिखने के साधनों को अज्ञान से भर रखा है। लोग वीर और स्वाधीन न हो सकें, इसलिए अपमानजनक और मनुष्यता-नीति-मर्दक क़ानून गढ़े हैं। ग़रीबों को चूसकर, सेना के नाम पर पले हुए पशुओं को शराब से, क़बाब से, मोटा-ताजा रखती है यह सरकार, धीरे-धीरे जोंक़ की तरह हमारे देश का धर्म, प्राण और धन चूसती चली जा रही है यह लूटक-शासन-प्रणाली! नाश हो इस प्रणाली का! इस प्रणाली की तस्वीर सरकार का!' "

"तीसरा वही बंगड़ बोला, 'सबसे बुरी बात यह है, जो सरकार रोब से, 'सत्तावनी'—रोब से, धाक से, धाँधली से, धुएँ से, हम पर शासन करती है, वह आँखें खोलते ही कुचल-कुचलकर हमें दब्बू, कायर, हतवीर्य बनाती है और किसलिए? ज़रा सोचें तो? मुट्ठी-भर मनुष्यों को अरुण-वरुण और कुबेर बनाए रखने के लिए! मुट्ठी-भर मनचले सारे संसार की मनुष्यता की मिट्टी पलीद करें, परमात्मा-प्रदत्त स्वाधीनता का संहार करें—छिः! नाश हो ऐसे मनचलों का!' "

"ऐसे ही अण्ट-सण्ट ये बातूनी बका करते हैं, बाबू।" जभी चार छोकरे जुड़े, तभी यही चर्चा। लाल के साथियों का मिज़ाज भी उसी-सा अल्हड़-बिल्हड़ मुझे मालूम पड़ता है। ये लड़के ज्यों-ज्यों पढ़ते जा रहे हैं, त्यों-त्यों बक-बक में बढ़ते भी जा रहे हैं।"

"यह बुरा है, लाल की माँ!" मैंने गहरी साँस ली।

ज़मींदारी के कुछ ज़रूरी काम से चार-पाँच दिनों के लिए बाहर गया था। लौटने पर बँगले में घुसने के पूर्व लाल के दरवाज़े पर जो नज़र पड़ी, तो वहाँ एक भयानक सन्नाटा-सा नज़र आया—जैसे घर उदास हो, रोता हो।

भीतर आने पर मेरी धर्मपत्नी मेरे सामने उदास मुख खड़ी हो गईं।

"तुमने सुना?"

"नहीं तो, कौन-सी बात?"

"लाल की माँ पर भयानक विपत्ति टूट पड़ी है।"

मैं कुछ-कुछ समझ गया, फिर भी विस्तृत विवरण जानने को उत्सुक हो उठा। "क्या हुआ? ज़रा साफ़-साफ़ बताओ।"

"वही हुआ, जिसका तुम्हें भय था। कल पुलिस की एक पलटन ने लाल का घर घेर लिया था। बारह घण्टे तक तलाशी हुई। लाल, उसके बारह-पन्द्रह साथी सभी पकड़ लिये गए हैं। सभी लड़कों के घरों की तलाशी हुई है। सबके

घर से भयानक-भयानक चीज़ें निकली हैं।''

''लाल के यहाँ... ?''

''उसके यहाँ भी दो पिस्तौल, बहुत-से कारतूस और पत्र पाए गए हैं। सुना है, उन पर हत्या, षड्यन्त्र, सरकारी राज्य उलटने की चेष्टा आदि आरोप लगाए गए हैं।''

''हूँ!'' मैंने ठण्डी साँस ली, ''मैं तो महीनों से चिल्ला रहा था कि वह लौंडा धोखा देगा। अब यह बूढ़ी बेचारी मरी। वह कहाँ है? तलाशी के बाद तुम्हारे पास आई थी?''

''जानकी मेरे पास कहाँ आई। बुलवाने पर भी कल नकार गई। नौकर से कहलाया, 'पराँठे बना रही हूँ; हलवा, तरकारी अभी बनाना है; नहीं तो, वे बिल्हड़ बच्चे हवालात में मुरझा न जाएँगे। जेल वाले और उत्साही बच्चों की दुश्मन यह सरकार उन्हें भूखों मार डालेंगे, मगर मेरे जीते-जी यह नहीं होने का।''

''वह पागल है, भोगेगी।'' मैं दुःख से टूटकर चारपाई पर गिर पड़ा। मुझे लाल के कर्मों पर घोर खेद हुआ।

इसके बाद प्रायः एक वर्ष तक वह मुक़दमा चला। कोई भी अदालत के काग़ज़ उलटकर देख सकता है। सी.आई.डी. ने और उसके प्रमुख सरकारी वकील ने उन लड़कों पर बड़े-बड़े दोषारोपण किए। उन्होंने चारों ओर गुप्त समितियाँ क़ायम की थीं, ख़र्चे और प्रचार के लिए डाके डाले थे, सरकारी अधिकारियों के यहाँ रात में छापा मारकर शस्त्र एकत्र किए थे, पलटन में उन्होंने बग़ावत फैलाने का प्रयत्न किया था। उन्होंने न जाने किस पुलिस के दारोग़ा को मारा था और न जाने कहाँ, न जाने किस पुलिस सुपरिटेंडेंट को। ये सभी बातें सरकार की ओर से प्रमाणित की गईं।

उधर उन लड़कों की पीठ पर कौन था! प्रायः कोई नहीं। सरकार के डर के मारे पहले तो कोई वकील ही उन्हें नहीं मिल रहा था, फिर एक बेचारा मिला भी, तो 'नहीं' का भाई। हाँ, उनकी पैरवी में सबसे अधिक परेशान वह बूढ़ी रहा करती। वह सुबह-शाम उन बच्चों को लोटा, थाली, ज़ेवर आदि बेच-बेचकर भोजन पहुँचाती। फिर वकीलों के यहाँ जाकर दाँत निपोरती, गिड़गिड़ाती, कहती, ''सब झूठ है। न जाने कहाँ से, पुलिस वालों ने ऐसी-ऐसी चीज़ें हमारे घरों से पैदा कर दी हैं। वे लड़के केवल बातूनी हैं। हाँ, मैं भगवान् का चरण छूकर कह सकती हूँ, तुम जेल में जाकर देख आओ वकील बाबू! भला, फूल-से बच्चे हत्या कर सकते हैं?''

उसका तन सूखकर काँटा हो गया, कमर झुककर धनुष-सी हो गई, आँखें निस्तेज, मगर उन बच्चों के लिए दौड़ना, 'हाय-हाय' करना उसने बन्द न किया। कभी-कभी सरकारी नौकर, पुलिस या वार्डन झुंझलाकर उसे झिड़क देते, धकिया देते। तब वह खड़ी हो जाती छड़ी के सहारे कमर सीधी कर और, "अरे! तुम कैसे जवान हो! कैसे आदमी हो! मैं तो उन भोले बच्चों के लिए दौड़ती-फिरती हूँ और तुम मुझे धक्के दे रहे हो! मैंने तुम्हारा क्या बिगाड़ा है, भैया?"

उसको अन्त तक यह विश्वास रहा कि यह सब पुलिस की चालबाज़ी है। अदालत में जब दूध-का-दूध और पानी-का-पानी किया जाएगा, तब वे बच्चे ज़रूर बेदाग़ छूट जाएँगे। वे फिर उसके घर में लाल के साथ आएँगे। हा-हा, हो-हो, करेंगे। उसे 'माँ' कहकर पुकारेंगे।

मगर उस दिन उसकी कमर टूट गई, जिस दिन ऊँची अदालत ने भी लाल को, उस बंगड़ लठैत को तथा दो और लड़कों को फाँसी और दस को दस वर्ष से सात वर्ष तक की कड़ी सज़ाएँ सुना दीं।

वह अदालत के बाहर झुकी खड़ी थी। बच्चे बेड़ियाँ बजाते, मस्ती से झूमते बाहर आए। सबसे पहले उस बंगड़ की नज़र उस पर पड़ी।

"माँ!" वह मुस्कराया, "अरे, हमें तो हलवा खिला-खिलाकर तूने गधे-सा तगड़ा कर दिया है, ऐसा कि फाँसी की रस्सी टूट जाए और हम अमर-के-अमर बने रहें, मगर तू स्वयं सूखकर काँटा हो गई है। क्यों पगली, तेरे लिए घर में खाना नहीं है क्या?"

"माँ!" उसके लाल ने कहा, "तू भी जल्द वहीं आना जहाँ हम लोग जा रहे हैं, यहाँ से थोड़ी देर का रास्ता है, माँ! एक साँस में पहुँचेगी। वहीं हम स्वतन्त्रता से मिलेंगे। तेरे गोद में खेलेंगे। तुझे कन्धे पर उठाकर इधर-से-उधर दौड़ते फिरेंगे। समझती हैं? वहाँ बड़ा आनन्द है।"

"आएगी न, माँ!" बंगड़ ने पूछा।

"आएगी न, माँ?" लाल ने पूछा।

"आएगी न, माँ?" फाँसी-दण्ड-प्राप्त दो दूसरे लड़कों ने भी पूछा।

और वह टुकुर-टुकुर उनका मुँह ताकती रही। "तुम कहाँ जाओगे। पागलो?" जब से लाल और उसके साथी पकड़े गए, तब से शहर या मोहल्ले का कोई भी आदमी लाल की माँ से मिलने से डरता था। उसे रास्ते में देखकर जाने-पहचाने बगलें झाँकने लगते। मेरा स्वयं अपार प्रेम था उस बेचारी बूढ़ी पर, मगर मैं भी

बराबर दूर ही रहा। कौन अपनी गर्दन मुसीबत में डालता, विद्रोही की माँ से सम्बन्ध रखकर?

उस दिन ब्यालू करने के बाद कुछ देर के लिए पुस्तकालय वाले कमरे में गया, वहीं किसी महान् लेखक की कोई महान् कृति क्षण-भर देखने के लालच से। मैंने मेज़िनी की एक जिल्द निकालकर उसे खोला। पहले ही पन्ने पर पेंसिल की लिखावट देखकर चौंका। ध्यान देने पर पता चला, लाल का वह हस्ताक्षर था। मुझे याद पड़ गई। तीन वर्ष पूर्व उस पुस्तक को मुझसे माँगकर उस लड़के ने पढ़ा था।

एक बार मेरे मन में बड़ा मोह उत्पन्न हुआ उस लड़के के लिए। उसके पिता रामनाथ की दिव्य तस्वीर मेरी आँखों के आगे नाच गई। लाल की माँ पर उस पाजी के सिद्धान्तों, विचारों या आचरणों के कारण जो वज्रपात हुआ था, उसकी एक ठेस मुझे भी, उसके हस्ताक्षर को देखते ही लगी। मेरे मुँह से एक गम्भीर, लाचार, दुर्बल साँस निकलकर रह गई।

पर, दूसरे ही क्षण पुलिस सुपरिटेंडेंट का ध्यान आया। उसकी भूरी, डरावनी, अमानवीय आँखें मेरी 'आप-सुखी तो जग-सुखी' आँखों में वैसे ही चमक गईं, जैसे ऊजड़, गाँव के सिवान में कभी-कभी भुतही चिनगारी चमक जाया करती है। उसके रूखे, फ़ौलादी हाथ, जिसमें लाल की तस्वीर थी, मानो मेरी गर्दन चापने लगे। मैं मेज़ पर से 'इरेज़र' (रबर) उठाकर उस पुस्तक पर से उसका नाम उधेड़ने लगा।

उसी समय मेरी पत्नी के साथ लाल की माँ वहाँ आई। उसके हाथ में एक पत्र था।

"अरे!" मैं अपने को रोक न सका, "लाल की माँ! तुम तो बिल्कुल पीली पड़ गई हो। तुम इस तरह मेरी ओर निहारती हो, मानो कुछ देखती ही नहीं हो। यह हाथ में क्या है?"

उसने चुपचाप पत्र मेरे हाथ में दे दिया। मैंने देखा, उस पर...जेल की मुहर थी। सज़ा सुनाने के बाद वह वहीं भेज दिया गया था, यह मुझे मालूम था।

मैं पत्र निकालकर पढ़ने लगा। वह उसकी अन्तिम चिट्ठी थी। मैंने कलेजा रूखा कर उसे ज़ोर से पढ़ दिया—

"माँ!

जिस दिन तुम्हें यह पत्र मिलेगा, उसके ठीक सवेरे मैं बाल-अरुण के किरणरथ पर चढ़कर उस ओर चला जाऊँगा। मैं चाहता तो अन्त समय तुमसे मिल सकता

था, मगर इससे क्या फ़ायदा? मुझे विश्वास है, तुम मेरी जन्म-जन्मान्तर की जननी ही रहोगी। मैं तुमसे दूर कहाँ जा सकता हूँ? माँ! जब तक पवन साँस लेता है, सूर्य चमकता है, समुद्र लहराता है, तब तक कौन मुझे तुम्हारी करुणामयी गोद से दूर खींच सकता है?

दिवाकर थमा रहेगा, अरुण रथ लिये जमा रहेगा! मैं, बंगड़, वह, यह सभी तेरे इन्तज़ार में रहेंगे।

हम मिले थे, मिले हैं, मिलेंगे। हाँ, माँ! तेरा—लाल।''

काँपते हाथ से पढ़ने के बाद पत्र को मैंने उस भयानक लिफाफे में भर दिया। मेरी पत्नी की विकलता हिचकियों पर चढ़कर कमरे को करुणा से कँपाने लगी, मगर, वह जानकी ज्यों-की-त्यों, लकड़ी पर झुकी, पूरी खुली और भावहीन आँखों से मेरी ओर देखती रही, मानो वह उस कमरे में थी ही नहीं।

क्षण-भर बाद हाथ बढ़ाकर मौन भाषा में उसने पत्र माँगा और फिर, बिना कुछ कहे कमरे के फाटक के बाहर हो गई। डुगुर-डुगुर लाठी टेकती हुई।

इसके बाद शून्य-सा होकर मैं धम से कुर्सी पर गिर पड़ा। माथा चक्कर खाने लगा। उस पाजी लड़के के लिए नहीं, इस सरकार की क्रूरता के लिए भी नहीं; उस बेचारी भोली, बूढ़ी जानकी—लाल की माँ के लिए। आह! वह कैसी स्तब्ध थी। उतनी स्तब्धता किसी दिन प्रकृति को मिलती तो आँधी आ जाती। समुद्र पाता तो बौखला उठता।

जब एक का घण्टा बजा, मैं ज़रा सुगबुगाया। ऐसा मालूम पड़ने लगा, मानो हरारत पैदा हो गई है—माथे में, छाती में, रग-रग में। पत्नी ने आकर कहा, ''बैठे ही रहोगे? सोओगे नहीं?'' मैंने इशारे से उन्हें जाने को कहा।

फिर मेज़िनी की ज़िल्द पर नज़र गई। उसके ऊपर पड़े रबर पर भी। फिर अपने सुखों की, ज़मींदारी की, धनिक जीवन की और उस पुलिस-अधिकारी की निर्दय, नीरस, निस्सार आँखों की स्मृति कलेजे में कम्पन भर गई। फिर रबर उठाकर मैंने उस पाजी का पेन्सिल-खचित नाम पुस्तक की छाती पर से मिटा डालना चाहा।

''माँ ाँ ाँ ाँ ाँ ाँ ाँ ाँ ाँ ाँ ाँ ाँ ाँ ाँ...''

मुझे सुनाई पड़ा। ऐसा लगा, गोया लाल की माँ कराह रही है। मैं रबर हाथ में लिये, दहलते दिल से, खिड़की की ओर बढ़ा। लाल के घर की ओर कान लगाने पर कुछ सुनाई न पड़ा। मैं सोचने लगा, भ्रम होगा। वह अगर कराहती होती तो एकाध आवाज़ और अवश्य सुनाई पड़ती। वह कराहने वाली औरत है भी नहीं।

रामनाथ के मरने पर भी उस तरह नहीं घिघियाई जैसे साधारण स्त्रियाँ ऐसे अवसरों पर तड़पा करती हैं।

मैं पुनः उसको, उसी को सोचने लगा। वह उस नालायक के लिए क्या नहीं करती थी। खिलौने की तरह, आराध्य की तरह, उसे दुलराती और सँवारती फिरती थी, पर आह रे छोकरे!

"माँ ाँ ाँ ाँ ाँ ाँ ाँ ाँ ाँ ाँ..."

फिर वही आवाज़! ज़रूर जानकी रो रही है, वैसे ही, जैसे कुर्बानी के पूर्व गाय रोवे। ज़रूर वही विकल, व्यथित, विवश बिलख रही है। हाय री माँ! अभागिनी वैसे ही पुकार रही है, जैसे वह पाजी गाकर, मचलकर, स्वर को खींचकर उसे पुकारता था।

अँधेरा धूमिल हुआ, फीका पड़ा, मिट चला। उषा पीली हुई, लाल हुई, रथ लेकर वहाँ क्षितिज के उस छोर पर आकर पवित्र मन से खड़ा हो गया। मुझे लाल के पत्र की याद आ गई।

"माँ ाँ ाँ ाँ ाँ ाँ ाँ ाँ ाँ ाँ..."

मानो लाल पुकार रहा था, मानो जानकी प्रतिध्वनि की तरह उसी पुकार को गा रही थी। मेरी छाती धक-धक करने लगी। मैंने नौकर को पुकारकर कहा..."देखो तो, लाल की माँ क्या कर रही है?"

जब वह लौटकर आया, तब मैं एक बार पुनः मेज और मेज़िनी के सामने खड़ा था। हाथ में रबर लिये उसी-उसी उद्देश्य से। उसने घबराए स्वर से कहा, "हुज़ूर उनकी तो अजीब हालत है। घर में ताला पड़ा है और वह दरवाज़े पर पाँव पसारे, हाथ में कोई चिट्ठी लिये, मुँह खोले, मरी बैठी हैं। हाँ सरकार, विश्वास मानिए, वह मर गई हैं। साँस बन्द है, आँखें खुलीं..."

# अभागा किसान

"शहर में बैल बेचने गए थे?"

"हाँ भाई," एक ठण्डी साँस खींचकर भिक्खन ने उत्तर दिया, "दोनों बहुत अच्छे बैल थे। मैंने बच्चों की तरह उनका पालन-पोषण किया था।"

"आख़िर उन्हें निकाला क्यों? ऐसी कौन-सी ज़रूरत थी?"

"ज़रूरत थी, तभी तो निकाला है। पारसाल बड़ी लड़की के विवाह के लिए महाजन से कुछ रुपये कर्ज़ लिये थे। सोचा था कि इस वर्ष की फ़सल अच्छी होगी तो रुपये भर दूँगा, पर, ईश्वर के आगे किसी की कुछ चलती है। फ़सल ऐसी खराब हुई कि कहना मुश्किल है। इधर महाजन के प्यादे ड्योढ़ी खोदने को तैयार थे। रोज़ साँझ-सवेरे दो-चार बातें सुननी पड़ती थीं। लाचार होकर बैलों को बेच देना पड़ा।"

"अब इस साल खेती कैसे करोगे?"

"राम मालिक है," फिर वही लम्बी साँस खींचकर भिक्खन ने कहा, "किसी से किराए पर बैल माँगूंगा या किसी के साझे में खेती करूँगा।"

"और सब तो आनन्द है न?"

"प्राण बचे हैं तो आनन्द ही है।"

"अच्छा जाऊँ, रात हो रही है।"

"अच्छा भाई, पालागी!"

उपर्युक्त बातें भिक्खन और उसके एक परिचित कृषक मित्र में हुई थीं। भिक्खन का मित्र बहादुरपुर के पास ही के एक गाँव का निवासी था।

जिस समय भिक्खन घर लौट रहा था, उस समय शीतल-मन्द समीरण चल

रहा था। अनन्त मुक्ता-मन्दित नीलाम्बर से निशा सुन्दरी की शोभा चौगुनी हो रही थी। निशा के श्रृंगारमय रूप पर मुग्ध निशापति फूले नहीं समाते थे। प्रकृति की उस शोभा को यदि कोई कवि देखता तो उसकी कल्पना का स्रोत मारे प्रसन्नता के फूट पड़ता। चित्रकार देखता तो उसकी तूलिका आनन्द-मुग्ध होकर इधर-से-उधर थिरकने लगती। मनचले 'बाबू' देखते तो वासना-तरंगिणी में गोते लगाने लगते, पर, अभागे भिक्खन के लिए प्रकृति की वह रूप-छटा व्यर्थ थी। निशा सुन्दरी का वह श्रृंगार श्मशान-यात्रा के समय का संगीत था; और चन्द्रदेव का हँसना मानो किसी पिशाच का अट्टहास था!

अभी वह अपने फूस के मकान की मिट्टी की ड्योढ़ी लाँघने का विचार ही कर रहा था कि किसी ने ललकारा, "कौन है? भिखुआ!"

भिक्खन सन्न हो गया। आवाज़ ज़मींदार के प्यादे की थी। अभी इस वर्ष की मालगुज़ारी भी अदा नहीं की थी। अदा होती तो कैसे होती? फ़सल तो इतनी भी नहीं हुई कि स्त्री-बच्चों को साल-भर भरपेट भोजन मिल सके! मगर, ज़मींदार-सरकार-राजा मानेंगे? कदापि नहीं। बड़े क्रूर हैं। असामियों को धूप में खड़ा कराते हैं, कोड़े लगवाते हैं, बैल नीलाम करा देते हैं। 'अब' भिक्खन मन-ही-मन सोचने लगा, 'अब?'

आवाज़ फिर आई, "अरे, बोलता क्यों नहीं? कौन भूत की तरह खड़ा है?"

"हम हैं, भैया। भिक्खन।"

"भिक्खन!" क्रोध से गरजकर प्यादे ने कहा, "भिक्खन लाट साहब के नाती ही तो हैं। दो घण्टे से पुकार रहा हूँ, बोलता ही नहीं है! जा, जल्द रुपये ले आ! हम लोग शाम ही से तेरे यहाँ बैठे हैं।"

ज़रा पास जाकर भिक्खन ने देखा, ज़मींदार के प्यादे! बड़े-बड़े डण्डे लिये यमदूतों की तरह उसकी ओर घूर रहे थे! उसने कहा—

"बाबू, सरकार से हमारी ओर से विनती कह देना, इस साल हम सबकी फ़सल मारी गई है। हम सब उजड़ गए हैं। अभी मालगुज़ारी देने को हमारे पास एक फूटी कौड़ी भी नहीं है।"

"फूटी कौड़ी भी नहीं?" तमककर एक प्यादे ने पूछा, "ससुर, तब खाते क्या हो? खाने के लिए रुपये हैं और सरकार को देने के लिए नहीं? सीधे से, बस जाकर लेते ही जाओ।"

"नहीं बाबू, सच कहता हूँ। भगवान् जानते होंगे। इस वक्त ग़रीबी ने हमें

बुरी तरह अपने चंगुल में फँसा रखा है। सरकार ईश्वर है, कह देना महीना-पन्द्रह दिन सब्र करें। हम बेईमान नहीं हैं। एक-एक कौड़ी भर देंगे।''

गालियों का स्तोत्र पाठ करते हुए प्यादे लौटे। जाते-जाते उन्होंने भिक्खन से कहा, ''सरकार ख़ुद ही कल आवेंगे। अगर कल तक तुमने रुपयों का इन्तज़ाम न किया तो अनर्थ हो जाएगा। जानता नहीं, हमारे सरकार बड़े जण्डेल हैं।''

भिक्खन के 'सरकार' जाति के क्षत्री हैं। वह बड़े गर्व से अपने को रघुवंशी और भगवान् राम का वंशज कहते हैं। उनकी अवस्था, इस समय, पचास के ऊपर है। उनका नाम ठाकुर देवन सिंह। वह गोरखपुर ज़िले के असाधारण ज़मींदार हैं। जन-साधारण में वह 'गंगा गंज के ठाकुर' के नाम से विख्यात हैं। ईश्वर की दया से उनकी विभूतियों का वार-पार नहीं, उनके अनेक इलाके हैं, अनन्त धन-सम्पत्ति है, सरकार की नज़रों में काफी मान है, सब कुछ है।

गोरखपुर ज़िले में वैसे तो अनेक भू-पति अपनी क्रूरता के लिए कुख्यात हैं, पर देवन सिंह इसमें भी सबसे आगे हैं। ठाकुर देवन सिंह ही एक ऐसे ज़बरदस्त ज़मींदार हैं, जिनके विषय में यह विख्यात है कि मारे डर के भूत तक उनका हल जोतते हैं। लोगों का अनुमान है कि अपने शासनकाल में ठाकुर साहब ने अनेक ख़ून किए हैं, अनेक कृषक-युवती अबलाओं का सर्वनाश किया है, कितनों की पैतृक सम्पत्ति अपनी कूटनीति से हज़म कर चुके हैं, कितनों को तबाह कर दिया है। असामियों से ठीक समय पर, चाहे जैसे हो, वह मालगुज़ारी के पैसे वसूल कर ही लेते हैं। रुपयों की वसूली के समय उनके पास मनुष्यता या दया नाम की कोई चिड़िया नहीं फटकने पाती है। उस समय वह (यद्यपि देवन सिंह जैसे प्राणियों के लिए ये उपमाएँ उपयुक्त नहीं, फिर भी) सत्य की तरह कठोर और न्याय की तरह कोई समझौता शून्य हो जाते हैं। रुपयों के लिए असामियों पर कोई भी अत्याचार करना उनके न्याय-शास्त्र में अनुचित नहीं है। रुपये न देने वाले असामी की कोई भी बात, चाहे वह कितनी ही करुणामयी क्यों न हो, उनके अन्तस्तल को स्पर्श नहीं कर पाती। ग़रीब किसानों की 'आह' का उत्तर वह अपने 'अट्टहास' से देते हैं और उनके रोदन का स्वागत अपनी ताड़ना से करते हैं।

धूप मजे में निकल आई थी। देवन सिंह का प्रशस्त प्रासाद भगवान् मरीचिमाला के करों में खेल रहा था। ठाकुर साहब शौचादि कर्मों से छुट्टी पाकर बारहदरी में बैठे तमाखू पी रहे थे। उनका एकमात्र पुत्र द्वारकानाथ सिंह उनके पास ही चौकी

पर बैठा अख़बार पढ़ रहा था। एक वर्ष हुआ द्वारका ने प्रयाग विश्वविद्यालय से बी.ए. की उपाधि प्राप्त कर ली है। अब ठाकुर साहब उसे अपना ही-सा दक्ष बनाकर संसार से कूच करने की धुन में थे। जिस समय भी उन्हें अवकाश मिलता, वह अपने पुत्र को अपनी नीति सिखाते। मुँह से धुआँ निकालते हुए ठाकुर साहब ने कहा, "क्या पढ़ रहे हो?"

"एक अँग्रेज़ी अख़बार है, हुज़ूर।" छुटपन से ही द्वारका अपने पिता को 'हुज़ूर' कहने का आदी है। देवन सिंह को सब 'हुज़ूर' ही कहा करते थे, अतः द्वारका भी 'पिताजी' को वही कहा करता है।

सटक को क्षण-भर हाथ में लेकर हुज़ूर ने कहा, "अख़बार? अख़बार पढ़कर समय नष्ट क्यों किया करते हो? अख़बारों में सब झूठी बातें रहती हैं।"

"झूठी बातें? यह आपसे किसने कहा? अख़बार यदि झूठी बातें लिखा करते तो सरकार उन्हें चलने देती?"

"अब मुझे पढ़ाओगे, बेटा? यह ठीक है, मैंने तुम्हारी तरह गिटपिट करना नहीं सीखा है, मुझे तो हिन्दी ही पढ़ना नहीं आता। फिर भी, बड़े-बड़े 'बालिस्टर' और वकील मेरे सामने बेवकूफ बन जाते हैं। कितने 'कलक्टेरों' और 'जजों' को हवा बता चुका हूँ। इसी में उम्र तमाम हुई है, अख़बार झूठ नहीं तो क्या लिखते हैं? उस दिन दिरगज सिंह (दिग्गज सिंह,) कह रहा था कि, 'अख़बार में छपा है, विलायत में नदी के नीचे रेलगाड़ी चलती है।' हा-हा-हा-हा! नदी के नीचे रेलगाड़ी! मुझे मालूम है दिरगज भाँग अधिक पीता है। नशे की झोंक में उसने सपना देखा होगा। नहीं तो नदी के नीचे रेलगाड़ी चल सकती है? नदी के नीचे रसातल और रसातल में भगवान् शेषनाग। शेषनाग की खोपड़ी पर कौन ऐसा 'अमर बल' है, जो रेल चलाए? एक बार उनके 'फों' करने पर संसार चक्कर खा जाएगा। रेल-सेल हवा में मिल जाएगी। हा-हा-हा-हा! नदी के नीचे रेल! यह गप नहीं है तो क्या है?"

अपने पिता की अनभिज्ञता पर द्वारका को दया आई। इस बात को वह खूब समझता था कि इनसे वाग्युद्ध में विजय पाना असम्भव है। अतः वह चुप रहा, पर ठाकुर साहब कब मानने वाले थे! अख़बारों के विरोध में उनकी वाग्धारा प्रबल वेग से आगे बढ़ी—

"अभी उस बार, वह तुम्हारा बी.ए. का साथी जो आया था...अरे, उसका नाम भूल रहा हूँ। उसने कहा कि—अख़बार में उसने—वह कौन विलायत है? हाँ, रूस के बलवा का हाल पढ़ा था। वहाँ के बादशाह को रियाया ने राजगद्दी से उतार

दिया। केवल उतार ही नहीं दिया, गोली भी मार दी। हा-हा-हा-हा! बादशाह को गोली!" एक सिपाही की ओर कोई माई का लाल अँगुली तो उठा ही नहीं सकता और रूस में बादशाह पर गोली चल गई। बादशाह क्या थे, भुनगे-मच्छर थे! ही-ही-ही-ही! उसने कहा किसानों पर ज़मींदारों को ज़ोर-जबरदस्ती न करनी चाहिए, क्योंकि ज़ोर-ज़बरदस्ती के कारण ही रूस के किसानों ने वहाँ के ज़मींदारों की बुरी गत बना दी। उनके महलों में आग लगा दी। उन्हें टुकड़े-टुकड़े कर गिद्ध-कौओं के आगे फेंक दिया और उनके लड़के-बालों को भिखमंगा बनाकर छोड़ दिया। गप्पी अख़बार वाले ईश्वर का डर भी नहीं मानते। दिल्लगी है ज़मींदारों का नाश करना। ज़रा मेरी ओर कोई किसान का बच्चा नज़र उठाए। ख़ून पी लूँ। हलाल करके छोड़ दूँ। हम ज़मींदार हैं, खेलवाड़ नहीं।

शायद ठाकुर साहब अख़बारों को और कोसते, पर बहादुरपुर के प्यादों की उपस्थिति ने उनके वक्तव्य में बाधा दी।

"क्या है हरनाम? बहादुरपुर वालों ने मालगुज़ारी अदा कर दी?"

"सबने तो..." आवश्यकता से अधिक नम्रता और चापलूसी दिखाते हुए हरनाम ने कहा, "सबने तो अदा कर दी है, पर एक..."

"एक ने अभी नहीं की? वह कौन बदमाश है? उसे पकड़ लाए हो?"

"अभी नहीं हुज़ूर! इस बार बहादुरपुर में फ़सल खराब हो जाने की शिकायत है। तिस पर भिक्खन के खेत में तो सबसे खराब फ़सल हुई है। वह ग़रीब भी..."

"बदमाश! जान पड़ता है उस साले ने तुझे कुछ घूस दे दी है। मुझे भिक्खन की ग़रीबी सुनाने चला है! किसी की ग़रीबी से मेरा क्या सरोकार? सरकार तो मुझे ग़रीब समझकर दो दिन बाद मालगुज़ारी नहीं लेती। एक दिन की देर हो जाने से ज़ुर्माने का डर रहता है, फिर मैं भिक्खन की ग़रीबी क्यों देखूँ? क्या उसके खेत में एक पौधा भी नहीं उगा?"

बहुत डरते-डरते हरनाम ने कहा—

"उगा क्यों नहीं, हुज़ूर! पर इतना नहीं उगा कि वह साल-भर अपने बाल-बच्चों को खिलाए भी और ठीक वक़्त पर आपकी मालगुज़ारी भी दे। जो कुछ थोड़ा-बहुत पैदा हुआ है, उसने अपने पेट के लिए रख छोड़ा है।"

"पेट के लिए रख छोड़ा है! इन सब चालबाज़ियों को मैं खूब समझता हूँ। अच्छा तुम लोग अभी बहादुरपुर जाओ। तुम्हारे साथ, 'छोटे सरकार' (द्वारका) जाएँगे। छोटे!"

ठाकुर साहब की शासन की दृष्टि द्वारका पर पड़ी। उसने कहा, "हुज़ूर!"

"तुम अभी बहादुरपुर जाओ। जाता तो मैं ही, पर अब तुम बच्चे नहीं रहे। तुम्हें भी सब कामों को समझ लेना चाहिए। वहाँ पर दो काम करना है। पहले मुखिया को बुलाकर कहना कि मुझे मोटर खरीदनी है, इसलिए इलाके-भर से 'मोटरवान' लिया जाएगा। हल पीछे एक रुपया। इसका जल्द इन्तज़ाम होना चाहिए। इसके बाद उस बदमाश भिक्खन को भी देखना। अगर वह सीधे से रुपये न दे, तो प्यादों की मदद से उसके घर से अनाज निकलवाकर मुखिया के हाथ बेच देना। ये असामी साले बिना लात खाए मानते ही नहीं। अच्छा!"

छोटे सरकार द्वारकानाथ सिंह की प्रकृति अपने पिता से भिन्न थी। शिक्षा और सत्संग से उसकी आँखें खुल गई थीं। अपने पिता के फ़ौलादी शासन से वह घृणा करता था, पर पिता की उग्रता के कारण उसकी हिम्मत विरोध करने का साहस नहीं करती थी। अधिकतर पठन-पाठन में व्यस्त रहने के कारण, उसे ज़मींदारी के कामों में दस्तन्दाज़ी करने का अवसर भी नहीं मिलता था। फिर भी, मौक़ा पाते ही वह दबी ज़बान से 'हुज़ूर' के सम्मुख अपनी राय कभी-कभी ज़ाहिर कर दिया करता था, पर हुज़ूर की ओर से उनका उत्तर 'अभी तुम बच्चे हो, क्या जानो?' ही मिलता है।

यह पहला ही मौक़ा था, जब वह एक ज़मींदार के उत्तराधिकारी की हैसियत से बहादुरपुर जा रहा था। पिता की आज्ञा मिलने पर पहले तो उसकी इच्छा हुई कि कोई बहाना कर न जाऊँ, पर फिर पिता की प्रकृति का ध्यान कर उसने आज्ञा-पालन करना ही उचित समझा। यह सब होते हुए भी उसको अपने मन पर विश्वास नहीं था। वह रास्ते-भर यही सोचता रहा कि यदि बहादुरपुर पहुँचने पर पिता की राय से मेरी राय न मिली तो? तो?—तब?

गाँव के मुखिया और छोटे सरकार को पन्द्रह-बीस प्यादों के साथ अपने घर की ओर आते देख भिक्खन सूख गया 'हे ईश्वर! क्या होनेवाला है?' वह झपटकर घर के भीतर गया और एक टूटी-सी चारपाई निकाल लाया। इसी पर छोटे सरकार और मुखिया बैठ गए।

"भिक्खन!" मुखिया ने कहा, "छोटे सरकार आए हैं। तुमने अभी अपनी मालगुज़ारी क्यों नहीं दी?"

"मुखिया बाबा!" वृद्ध मुखिया की ओर हाथ जोड़कर और करुण दृष्टि

फेरकर भिक्खन ने कहा, "आप भी पूछ रहे हैं कि मैंने अभी सरकारी मालगुज़ारी क्यों नहीं दी ? आपसे कुछ छिपा है ? आपने देखा है गाँव-भर में सबसे खराब फ़सल मेरी हुई है। वही दस-पाँच मन दाना है। अगर सरकार को मालगुज़ारी दे दूँ, तो बूढ़ी माँ को क्या खिलाऊँगा ? स्त्री और दो बच्चे किसके दरवाज़े पर चक्कर खाएँगे ?"

मुखिया के कुछ कहने के पहले ही एक कारिन्दा बोल उठा—

"ज़्यादे आँस-बाँस मत गिराओ। तुम्हारे जैसे कितने चालबाज़ों को हम देख चुके हैं। जाकर रुपये ले आओ। हुज़ूर की यही मरज़ी है।"

उस कारिन्दे की ओर घृणा से देखकर द्वारका ने कहा, "तुम चुप रहो!"

मुखियाजी पुनः बोले—

"देखो भाई, सरकार को भी बड़े-बड़े झंझटों का सामना करना पड़ता है। उन्हें भी मालगुज़ारी देनी पड़ती है। तुम तो सौ-पचास रुपये इन्तज़ाम करके ही छुट्टी पा जाते हो। हुज़ूर को हज़ारों, कई हज़ार रुपयों का इन्तज़ाम करना पड़ता है। वक़्त से मालगुज़ारी न मिलने पर ऊपर के साहबों की झिड़कियाँ भी सुननी पड़ती हैं। इसलिए जैसे भी हो, रुपयों का इन्तज़ाम कर दो। नहीं तो बैल ही बेचकर मालगुज़ारी दे दो। जब जोताई का वक़्त आवे, तो मुझसे कहना। मैं तुम्हें सस्ते भाड़े पर हल-बैल दिलवा दूँगा।"

"बैल ?" भिक्खन बैलों की याद आ जाने से रोने लगा, "बैल तो मुखिया जी, कभी के बिक गए। कर्ज़ लेकर लड़की की शादी की थी। महाजन सिर खा रहा था। दावा करने की धमकी दे रहा था। इसी से लाचार होकर मैंने अपने प्यारे बैलों को कल बेच दिया और महाजन की भरपाई कर दी। अब बैल कहाँ हैं ? मेरे बैल कैसे तैयार थे, मुखिया बाबा ? मैं चाहे खुद न खाता, पर उन्हें मज़े में रखता था। अनबोलते जानवरों की कलपना बाल-बच्चों के आगे आता है। इसी से मैं उन्हें बड़े सुख से रखता था। फिर बैल ही हमारे महादेव बाबा हैं। वही अन्नदाता हैं..."

कहते-कहते भिक्खन ने सोचा कि महादेव बाबा (बैल) घर से चले गए, तो ज़रूर कोई-न-कोई अनर्थ होने वाला होगा। नहीं तो वे क्यों जाते ? उसने व्यग्रतापूर्ण स्वर से कहा—

"मुखिया बाबा! रुपयों के लिए हमने अपने महादेव बाबा को, देवता को कल बेच दिया है। अब बैल मेरे पास कहाँ ?"

इसी समय भिक्खन की वृद्ध माता दौड़कर छोटे सरकार के पैरों से लिपट गई। उसने रोते-रोते कहा—

"भैया! बाबू!! मेरे भीख को कोठी पर पकड़कर मत ले जाना। सुना है वहाँ पर लोगों पर बड़ी मार पड़ती है। मेरा बेटा खाए बिना टूट गया है, भैया! हमारे पास एक कौड़ी भी नहीं है, नहीं तो हम ज़रूर सरकार की मालगुज़ारी दे देते।"

"यह क्या करती हो, माँ, यह क्या करती हो?" कहकर द्वारकानाथ ने अपने पैर खींच लिये। उनकी आँखों से आँसू की दो बूँदें वृद्धा के श्वेत केशों पर गिर पड़ीं। उन्होंने कहा, "घबराओ मत। भिक्खन को कोठी पर न ले जाएँगे।"

इतने में द्वारकानाथ की दृष्टि तीन-चार वर्ष के एक दुर्बल बालक पर पड़ी। वह भी भिक्खन की माता का हाथ पकड़े रो रहा था। उसे भी अपने पिता पर आई हुई विपत्ति से भय था। अबोध बालक! युवक द्वारकानाथ ने ऐसा करुणामय दृश्य कभी नहीं देखा था। वह घबरा गया। उसकी आँखों ने अधिक देर तक भिक्खन, वृद्धा और बालक की ओर देखने से इनकार कर दिया। वह कौन है? द्वारकानाथ ने देखा, भिक्खन के मकान की देहली के पास, दीवार की आड़ से दो अश्रुपूर्ण आँखें उसकी ओर निहार रही थीं। वहाँ भी कोई स्त्री गोद में बच्चा लिये रो रही थी। वह अभागे भिक्खन की गृहलक्ष्मी थी।

जेब में हाथ डालते हुए द्वारकानाथ ने भिक्खन से कहा, "अच्छा। जब तुम्हारे पास रुपये हों, तब मालगुज़ारी देना। जान पड़ता है इस समय तुम्हारे पास खर्च करने के लिए एक पैसा भी नहीं है। यह लो..."

दस-दस रुपये के दो नोट! छोटे सरकार की उदारता ने भिक्खन, उसकी वृद्धा माँ और गृहिणी को भरपेट रुलाया। सच्ची उदारता को देखकर भले आदमियों की दरिद्रता रोने क्यों लगती है?

क्रोध से काँपते हुए ठाकुर देवन सिंह ने द्वारकानाथ से पूछा, "मैंने तुझे इसीलिए भेजा था?"

"हुज़ूर..."

"हुज़ूर के बच्चे! पहले यह बता कि मैंने तुझे क्या करने को कहा था? तूने भिक्खन से मालगुज़ारी क्यों नहीं वसूल की?"

"वह बड़ा ही ग़रीब है। मालगुज़ारी वसूल करने के लिए उसके घर का अनाज छीन लेना पड़ता। ऐसी हालत में वह खाए बिना मर जाता। केवल वही नहीं, उसकी बूढ़ी माँ, स्त्री और बच्चे..."

"चुप रह, गधे! केवल एक बात का जवाब दे। तूने उससे मालगुज़ारी क्यों

नहीं वसूल की? वह तेरा कौन लगता है, जो उसके लिए मेरी बात टाल दी? उत्तर दे!"

"वह बड़ा ग़रीब है।"

"फिर उसे रुपये भी दे आया है! इसी तरह ज़मींदारी करेगा? कमाकर रुपये देता तो मैं तेरा मुँह चूम लेता। बाप के रुपयों को पानी की तरह बहाने में कोई बहादुरी नहीं है। इसी तरह रियाया चौपट होती है। उदारता दिखाने चले थे। चला जा सामने से नहीं तो ख़ून पी लूँगा। नालायक, पाजी!"

उसी समय एक कारिन्दे को बुलाकर देवन सिंह ने हुक्म दिया—

"अभी जाकर भिखना से मालगुज़ारी वसूल कर लाओ। चाहे जैसे हो, वसूल करके ही लौटना। घर में आग लगा देना। औरतों को बाहर घसीट लाना, पर मालगुज़ारी लेकर आना। हमारे नालायक (द्वारका) ने जो बीस रुपये दिए हैं उन्हें भी छीन लाना। अभी जाओ!"

शाम होते-होते भिक्खन से मालगुज़ारी वसूल कर देवन सिंह के प्यादे-कारिन्दे लौटे। उनके साथ ही द्वारकानाथ की उदारता के दोनों नोट भी लौट आए। नौकरों ने देवन सिंह को बताया कि भिक्खन के घर का एक-एक दाना बेच दिया गया।

उम्र-भर में उस दिन, पहली बार, द्वारकानाथ ने 'अपमान' के दर्शन किए। पिता के सामने से जाने के बाद घण्टों तक वह बालकों की तरह रोता रहा। जिस समय नौकर देवन सिंह को भिक्खन के सर्वनाश की भूमिका सुना रहे थे, उस समय द्वारकानाथ भयंकर ज्वर की गोद में तड़प रहा था!

उक्त घटना के दस दिन बाद की बात है। द्वारकानाथ की तबीयत बहुत कुछ अच्छी हो गई थी, फिर भी कभी-कभी ज्वर हो आता था। वह दिन-रात भिक्खन के विषय में ही सोचा करता। उस दिन दोपहर की दवा पीने के बाद भिक्खन की ही बातें सोचते-सोचते उसकी आँखें लग गईं। वह स्वप्न देखने लगा—मानो रात का समय है। तीन के ऊपर बज गए हैं। वह भिक्खन के द्वार पर खड़ा है, पर भिक्खन का कहीं पता नहीं। उसने आवाज़ दी, पर भीतर से कोई उत्तर नहीं आया। लाचार वह घर के भीतर घुसा। भीतर पहुँचने पर उसे ऐसा मालूम हुआ मानो कोई चक्की चला रहा है। इतने में सामने की कोठरी में से किसी के गाने की आवाज़ आई—

"सुनियत दीनबन्धु तुम राम!"

द्वारका झपटकर उस कोठरी में घुस गया। उसने देखा, भिक्खन की स्त्री और वृद्ध माता बैठकर चक्की चला रही थीं। वृद्धा के हाथ का मांस, चक्की के प्रत्येक चक्कर के अन्त में, बड़े ज़ोर से और बड़ी देर तक काँपता था। फिर भी वह चक्की चला रही थी! गर्भ के कारण भिक्खन की स्त्री को चक्की चलाने में बड़ा कष्ट मालूम हो रहा था, उसकी साँस ज़ोर-ज़ोर से चल रही थी, फिर भी वह चक्की चला रही थी। द्वारका को देखकर वे क्षण-भर के लिए रुक गईं। भिक्खन की स्त्री ने घूँघट खींचकर अपना मुँह ढँकना चाहा, पर उसकी धोती इतनी बड़ी कहाँ थी जो उसका मुख ढँक सकती! अभागिनी ने मारे लाज के अपना मस्तक नीचे झुका लिया। द्वारका ने वृद्धा से पूछा—

"माँ, इतनी वृद्धा होने पर भी तुम चक्की चलाती हो?"

"हाँ, बेटा! हम ग़रीब लोग जन्म-भर काम करते हैं। हमारे लिए जवानी, बुढ़ापा एक ही है।"

"और यह? यह तो गर्भ...इनसे भी काम लिया जाता है?"

"हाँ, बेटा! हम ग़रीब लोग हर हालत में काम करने के लिए लाचार हैं। यह अगर काम न करेगी तो बच्चे खाएँगे क्या?"

"माँ, बहुत कम, यह कौन अनाज़ है? इतना कम? तुम लोग इतना ही पीस सकती हो?"

"नहीं, बेटा! इतना ही मिला है। जिस दिन से तुम्हारे पिता ने हमें लुटवा दिया है, उसी दिन से हम लोग यहाँ-वहाँ से उधार अन्न माँगकर काम चलाती हैं। दो बच्चे हैं, उनसे भूख नहीं बर्दाश्त होती है। हमारा पापी पेट भी नहीं मानता। आज तक तो उधार भी मिला है, कल यह भी न मिलेगा। बेटा। कल हमारा रामू, हमारी मुन्नी भूखी सो रहेगी। ओह! बहुत रोएगी। मगर कल..."

"भिक्खन कहाँ है?"

"वह...वह? मेरा लाल! बेटा उसे अब तुम देखने से पहचानोगे नहीं। सूखकर काँटा हो गया है! दिन-रात इधर-से-उधर नौकरी की तलाश में दौड़ रहा है; पर, उसे कोई नौकर नहीं रखता। कहीं जगह नहीं है। अगर उसे तीन-चार दिनों तक और नौकरी नहीं मिली, तो हम भूखों मर जाएँगे। उसे अपने ही यहाँ काम दिला दो। तुम राजा हो। हमारे बच्चों की जान बचाओ। ईश्वर तुम्हारा भला करेगा। कहो तो उसे तुम्हारे यहाँ भेज दूँ। बुलवा दूँ? वह बग़ल वाली कोठरी में सो रहा है।"

"नहीं, बुलवाओ मत। कल भेज देना। हम नौकरी दिला देंगे।"

"ईश्वर तुम्हें राजा बना दे।"

दोनों पुनः चक्की चलाने लगीं। द्वारका ने कहा—

"माँ, अपना गीत भी गाओ!"

दोनों करुण-कण्ठ से गाने लगीं—

"सुनियत दीनबन्धु तुम राम!

पर हम पर टुक दया न लावत कैसे करुणा-धाम तुम?"

गाना सुनते-सुनते द्वारका अपने मन में सोचने लगा कि सचमुच 'राम' नामक कोई शक्ति है या नहीं? यदि संसार का रक्षक कोई ईश्वर होता और वह होता न्यायी और दीनबन्धु, तो क्या भिक्खन और उसके परिवार की यह अवस्था होती? सब ढोंग है, असत्य है। ईश्वर कहीं नहीं है। यदि वह कहीं होता तो संसार की इस विषमता को कदापि न देख सकता!

इसी समय किसी नौकर ने द्वारकानाथ को जगाया—

"सरकार, शाम हो गई।"

"उफ़्! मैं सो रहा था? उफ़्।"

"बाहर कई घण्टों से भिक्खन बैठा है। वह आपसे मिलना चाहता है।"

"भिक्खन! उसे अभी ले आओ।"

भिक्खन आया। द्वारकानाथ ने देखा कि उसकी बुरी हालत थी। बिल्कुल सूख गया था। ऐसा जान पड़ता था मानो महीनों से कुछ खाया नहीं। द्वारका ने पूछा—

"क्या हाल है, भाई भिक्खन?"

"सरकार!" आँखों में आँसू भरकर भिक्खन ने कहा, "मुझे अपने यहाँ कोई नौकरी दिला दीजिए। हमारा परिवार तीन दिनों से उपवास कर रहा है। चलकर देख आइए, बच्चे मारे भूख के छटपटा रहे हैं, बूढ़ी का बुरा हाल है, मेरा घर नरक हो रहा है। कोई नौकरी दिलाइए, नहीं तो हम सब मर जाएँगे।"

द्वारका ने कहा, "आज से तुम हमारे यहाँ नौकर हुए। पन्द्रह रुपये महीना मिलेंगे। इतने से तुम्हारा काम चल सकेगा?"

भिक्खन, "बहुत हैं, सरकार। ईश्वर आपको सुखी रखें। इतने से हमारी जान बच जाएगी। जब तक दूसरी फ़सल तैयार नहीं हो, तभी तक सब तकलीफ़ें हैं, फिर तो भगवान् की दया से मुझे नौकरी न करनी होगी। किसानों का काम नौकरी से नहीं चल सकता।"

भिक्खन को एक महीने का वेतन पेशगी दिलवाकर उसके साथ ही द्वारकानाथ भीतर से बाहर निकला। न जाने क्यों उसकी इच्छा बहादुरपुर जाने की हुई। उसने अपना घोड़ा मँगवाया।

मुन्नी, भिक्खन की छोटी लड़की, ढाई बरस की थी। उसे अपने घर की दरिद्रता और विपत्ति का क्या ज्ञान! उसने कहा—

"माँ, भूख; रोटी दो, माँ! भूख!"

चौबीस घण्टों से मुन्नी ने एक दाना भी नहीं खाया था। उसकी माँ की आँखों में आँसू आ गए। अपना नीरस स्तन उसके मुँह में देते हुए उसने कहा—

"बेटी, तेरे बाबा मिठाई लाने गए हैं। अब आते ही होंगे।"

पास ही, टाट के एक टुकड़े पर पड़ी, भिक्खन की माँ मारे भूख के अन्तिम साँस खींच रही थी। मुन्नी की रोती आवाज़ उसके कानों में गई। स्त्रियों को बच्चों का बड़ा मोह होता है। कल शाम को भी मुन्नी ने कुछ भी नहीं खाया था और आज दूसरी शाम भी आ गई! अभागिनी मुन्नी!! धीरे से करवट बदलते हुए बूढ़ी ने अपनी पतोहू से कहा—

"देख बेटी! किसी के यहाँ से कुछ माँग ला। मुन्नी मारे भूख के तड़प रही है। हे भगवान्। ऐसे दिन किसी शत्रु को भी न दिखाना।"

आँखों से आँसू टपकाते हुए मुन्नी की माँ ने कहा—

"माँ जी! अब कोई कुछ नहीं देता। सब ताने मारते हैं। कहते हैं साँड़-सा खसम तो जीता है, भीख माँगते शरम नहीं आती? सब झिड़कते भर हैं, कोई कुछ देता नहीं!"

इतने में बाहर से दौड़ता हुआ रामू आया। उसने भी कल से ही नहीं खाया था।

माँ, कुछ खाना दो! चने भी नहीं हैं, माँ? चने ही दो। बड़े ज़ोर की भूख..."

"माँ, मुझे भी भूख..."

चारों ओर से एक ही आवाज़। भूख! मुन्नी की माँ सोचने लगी—ईश्वर जिसे ग़रीबी देता है, उसके पेट क्यों बनाता है? यदि आज हमें पेट की चिन्ता न होती! दस दिनों से रामू के पिता चारों ओर घूम रहे हैं, पर इस अभागे पेट की शान्ति का कोई प्रबन्ध नहीं हो रहा है। इन दिनों वह कैसे हो गए हैं मानो प्रेत सवार है। हर वक़्त मुँह सूखा रहता है। दिन-पर-दिन आँखें भीतर घुसी जा रही हैं। दिन-भर वह पेट के लिए रोते हैं और रात-भर हमारे लिए! हमारे बच्चों के लिए! यदि

मैं न होती, तो ये बच्चे कहाँ से होते? तब उन्हें इतना कष्ट होता? कदापि नहीं! मैं ही उनके कष्टों का कारण बनी हुई हूँ। मैं ही अभागिनी हूँ। वैसे कितनी स्त्रियाँ हैं, सबकी यही हालत थोड़े ही है। जान पड़ता है, उस जन्म में मैंने कोई बड़ा पाप किया है। तभी तो मैं सबसे बड़ी दुखिया हूँ। मेरे कारण यह भी दुःख भोग रहे हैं। स्त्रियों का कर्त्तव्य पति को सुख देना है, पर मैं उस कर्त्तव्य का पालन करती हूँ कहाँ? मेरे ही कारण तो उन्हें दुःख हो रहा है। वह हमेशा यही कहा करते हैं कि, 'मुझे तुम्हीं लोगों की अधिक चिन्ता है। यदि मैं अकेला होता—तुम न होती—तो क्या चिन्ता थी। साधु हो जाता। भीख माँगकर अपने पापी पेट को भर लेता।' मैं ही अपने पतिदेव के दुःखों का कारण हूँ, मैं ही।

शाम हो गई। अभी तक वह नहीं लौटे। गंगागंज से तो दो घण्टे में लौट सकते थे। ज़रूर उन्हें वहाँ भी नौकरी नहीं मिली। मिलेगी कैसे? जिसने हमारा सर्वनाश किया, वही खाने को देगा? असम्भव! वह आज जाने के पहले कह गए हैं कि यदि आज भी कोई ठिकाना नहीं मिला तो तुम्हें मुँह न दिखाऊँगा। तो? तो क्या वह कहीं चले गए? अब, न लौटेंगे? ज़रूर अब न लौटेंगे। बच्चों का भूख से तड़पना देखने से तो मर जाना ही अच्छा है। तो? मेरे ही कारण... ??

मुन्नी ने तड़पकर कहा, "माँ, भूख!"

रामू ने रोकर कहा, "माँ भूख!"

मुन्नी की माँ घबरा गई। उसकी सहनशक्ति ने जवाब दे दिया। उसने मुन्नी को गोद में लेकर और रामू को अँगुली पकड़कर कहा—

"चल, खाना देती हूँ।"

चारों ओर अँधेरा हो गया था। आकाश में तारे टिमटिमा रहे थे। मुन्नी की माँ अपने बच्चों के लिए खाना दिलाने जा रही थी। जब वह घर से बहुत दूर गाँव के बाहर चली आई, तब रामू ने पूछा—

"इधर कहाँ? माँ, इधर तो तालाब है!"

"हाँ-हाँ, वहीं तेरे लिए खाना रखा है, चल भी।"

तालाब के किनारे बिल्कुल सन्नाटा था। उस समय वहाँ कोई भी नहीं था। मुन्नी की माँ ने चारों ओर नज़र उठाकर देखा कि कोई है तो नहीं। उसने न जाने क्या विचार किया था। किसी को न देखकर उसे थोड़ी-सी प्रसन्नता भी हुई और भय भी। वह तट पर बैठ गई। रामू तालाब की शून्यता देखकर डर गया। वह अपनी माँ से चिपककर कहने लगा—

"माँ, यहाँ क्यों आई? यहाँ कौन खाना देगा?"

"मैं दूँगी, बेटा!" कहकर उसने रामू की गर्दन अपने हाथ से पकड़कर उसे अपने सामने खींचा। साथ ही कुछ सोचकर काँप उठी। इस बार मुन्नी ने कहा—

"माँ भूख!" फिर वही भूख? हत्यारिनी, पिशाचिनी भूख? माता ने पुत्र को कलेजे से लगाकर उसका मुँह चूमा। फिर बोली—

"बेटा, मैंने तुझे बड़ा कष्ट दिया। गुलाब-सा मेरा लाल दो दिनों से तड़प रहा है। अब तुझे खाने की तकलीफ़ कभी नहीं होगी, मेरे लाल।"

रामू को उसकी माता ने अपने हृदय से हटाकर सामने बैठाया। उसके दोनों हाथ रामू की गर्दन की ओर बढ़े। हाथों की आहट पाकर उसने सोचा माँ कुछ दे रही है।

"क्या है, माँ? खाना?"

"हाँ, बेटा!" ज़ोर से पकड़कर दुबले-पतले पुत्र की गर्दन को अभागिनी माँ ने ऐंठ दिया। इतने ज़ोर से ऐंठा कि वह साँस भी न ले सका। क्षण-भर बाद तालाब के भीतर से आवाज़ आई, "छपाक!"

मुन्नी को भी तालाब की कण्ठ-ध्वनि सुनाई पड़ी, पर उसका ध्यान उधर न गया। वह सोच रही थी कि उसका भैया खाना पाकर चुप हो गया है। अभी माँ ने उसे खाना नहीं दिया!

"माँ, भूख!"

"हाँ बेटी, तुझे भी देती हूँ।" मुन्नी—सुकुमार मुन्नी की गर्दन दबाने में माँ को जितना कष्ट हुआ, उसका वर्णन नहीं हो सकता। फिर भी माता ने उसे क्षमा नहीं किया। क्षण-भर में वह पुष्प भी मसलकर तालाब के पेट में डाल दिया गया। फिर वही आवाज़ आई, "छपाक!"

थोड़ी देर बाद एक भयंकर छपाक! और सुनाई पड़ी। वह अभागे किसान भिक्खन की गृहिणी की आत्महत्या की क्रूर कण्ठ-ध्वनि थी।

अपनी वृद्धा माँ, प्यारी स्त्री और हृदय के टुकड़े बच्चों को भयंकर चिता में भस्म कर देने के बाद, श्मशान के हृदय को कम्पित करते हुए अभागे किसान ने छोटे सरकार के चरणों पर पन्द्रह रुपये रखते हुए कहा—

"अब नौकरी नहीं करूँगा, सरकार! अब मुझे खाने की तकलीफ़ भी न होगी। आप अपने रुपये सहेज लें।"

भिक्खन को हृदय से लगाकर द्वारकानाथ बच्चों की तरह फूट-फूटकर रोने लगा, पर अभागे भिक्खन की आँखों में आँसू नहीं थे।

# वीभत्स

शौच-फराग़त से निपटकर सुमेरा जाट घर की ओर लौटा आ रहा था। अब सवेरा खिल और खुल गया था। पास-पड़ोस के लोग अलस, शीघ्रता से दिन के अपने-अपने आरम्भिक कर्मों से फुर्सत पाने की चेष्टा कर रहे थे। कोई बैलगाड़ी के पहियों की जाँच कर रहा था, उसमें तेल डाल रहा था; कोई बैलों के कलेवा के लिए घर के भीतर से खाँचों में भूसा बाहर कर रहा था। औरतें बड़े-बड़े घनघोर घाघरे लहराती हुईं, घड़े दबाए या माथे पर टेढ़ा उठाए, कुएँ की ओर जा रही थीं। किसी-किसी जाट के दरवाज़े पर मलिना, दरिद्रा, कुरूपा जाट-महिलाएँ, असभ्यता से लहँगे सँभाले, सीधी बैठी हुईं, प्रायः मर्दानी अकड़ से, पिछली रात के जूठे बर्तन मल रही थीं।

सुमेरा ने देखा, उसका द्वादश-वर्षीय लड़का शमशेरा उसके दरवाज़े पर खड़ा अपनी माँ से कुछ उत्तेजनापूर्ण बातें कर रहा था। लड़के की नज़र भी आते हुए सुमेरा पर पड़ी। वह टूटकर दौड़ा और चार ही छलाँग में सुमेरा के सामने आश्चर्यविमुग्ध-सा आ खड़ा हुआ। वह हाँफ रहा था।

"क्या है, शमशेरा?"

"बाबा, गज़ब है!"

"क्या गज़ब है?"

"हमारी लैला को न जाने क्या हो गया है!"

"कहाँ है वह?"

"है तो वहीं, उसी ओसारी में; मगर बेहोश-सी पड़ी है।"

"सोई होगी रे!"

"अरे, नहीं बाबा! वह इस तरह बेहोश कब सोती है। मैं गया, माँ गई। हमने उसे पुकारा, हिलाया-डुलाया भी; लेकिन वह तो ज़रा सुगबुगाती भी नहीं।"

"भला, चल ज़रा। मैं भी तो देखूँ।"

दरवाज़े पर पहुँचकर सुमेरा ने देखा, उसकी पत्नी उदास खड़ी थी। उसकी आँखों में आँसू थे।

"क्या हुआ है लैला को?"

"ओह!" वह बोली, "चलकर देखो न, वह मर गई है।"

"धत्! मरे उसका दुश्मन! पगली कहीं की! सुबह-सुबह नुकसान ही की बात सोचती है। चल तो।"

पति-पत्नी और पुत्र लपककर उस ओसारी में पहुँचे, जहाँ लैला रहती थी। सुमेरा की तीव्र दृष्टि ने देखा, सचमुच लैला बेहोश पड़ी थी। उसका पेट कुछ अस्वाभाविक फूला था, बड़ी-बड़ी कजरारी आँखें अपलक और निस्तेज-सी दिखाई पड़ती थीं। निकट जाकर सुमेरा ने आवाज़ दी, "लैला! ओ लैला!" मगर, लैला ज्यों-की-त्यों रही।

"वह मर गई।" सुमेरा की पत्नी ने उदासी से कहा।

"अब वह कभी नहीं बोलेगी बाबा! हाय! अब मुझे दूध कौन पिलाएगा?" शमशेरा रुआँसा हो गया।

सुमेरा की पत्नी ने देखा, वह बड़े ध्यान से लैला की फूली काया की ओर देख रहा था, जैसे कुछ सोच रहा था। उसने कहा, "डोक्कर (चमार) को बुला दो, इसे उठा ले जाए। चमड़ा इसका साफ कर लौटा जाएगा, या दो जोड़े जूते बनवा लेना—एक अपने लिए, एक शमशेरा के लिए।"

सुमेरा चुप रहा, सोचता रहा।

"और तेरे लिए एक 'लतरी' (देहाती चप्पल) भी इसमें से निकल सकेगी, अम्मा! काफी चमड़ा निकलेगा।" शमशेरा ने अपनी माँ से कहा। फिर सुमेरा की ओर देखकर बोला, "मैं मोहना चमार को बुला लाऊँ बाबा?"

"नहीं रे!" गम्भीर स्वर में सुमेरा बोला, "ऐसी बढ़िया, हट्टी-कट्टी बकरी भला मैं चमार को खाने के लिए दूँगा?"

"तब क्या करोगे?" उसकी पत्नी ने खीझ-भरे स्वर से पूछा।

"क्यों? हमीं सब इसको खाएँगे। हुआ क्या है?"

"ओ री माँ!" घबराई उसकी पत्नी, "मरी बकरी खाओगे! ऐसा भला कोई करता है!"

''तो क्या मैं मुफ्त ही में उसे दे दूँगा? न, न, यह मुझसे नहीं होने का। अरे शमशेरा! ज़रा छुरा तो ला। मैं अभी इसे साफ किए देता हूँ। इसे खाने में कोई भी हर्ज़ नहीं। जिसे मोहना खा सकता है, उसे हम लोग क्यों नहीं खा सकते?''

''ना रे,'' शमशेरा की माँ ने लड़के को छुरा लाने से मना किया, ''छुरा-सुरा न लाना। हम भला मरी बकरी खाएँगे!'' पति को ताककर बोली, ''अजीब सूम-सट्ट आदमी हो!''

''मैं तो खाऊँगा।''

''खाना तो दूर, मैं तो पका भी नहीं सकती। क्यों शमशेरा! तू खाएगा बेटा?''

''न, माँ!'' लड़का बोला, ''मरी लैला को खाने में मुझे घिन लगेगी, मितली छूटेगी, क़ै कर दूँगा।''

''छुरा ला। छुरा ला।'' सुमेरा इस बात पर बिगड़ा, ''कोई न खाए, मैं अकेला खाऊँगा। यह न पकाएगी, बला से! ज़रा नमक भी लेता आ। बस, मेरा काम हो जाएगा।''

शमशेरा अपने बाप का तीखा मिजाज़ खूब जानता था। वह समझ गया कि अब छुरा लाने में ज़रा भी देर करने से उसका पिता उसकी खोपड़ी को चपतगाह बनाए बिना न रहेगा। वह दौड़ा।

छुरा आया। सुमेरा लैला 'दि बकरी' के सामने वीरासन बैठ गया। उसने उसे चित कर दिया और गर्दन से दुम तक छुरे से एक गहरी रेखा खींच दी। देखते-देखते लैला के पेट की सारी माया बाहर झाँकने लगी। जमे हुए रक्त की हल्की लाली लिये उसके पेट का मल-रस ओसारी की ज़मीन में फैल गया। अँतड़ियों के गुच्छों को सुमेरा इस आसानी से उसके पेट से बाहर कर रहा था, जैसे कोई खरबूज़े के बीज़ों को बाहर करे। मांस के दबीज़ टुकड़ों को छुरे की सहायता से वह ऐसे निकालने लगा जैसे कोई कटहल से कोए बाहर करे। एक रक्त-श्याम खण्ड को निकालकर, मुँह में डालकर कच्-कच् खाते हुए बोला, ''कौन कहता है कि मरी बकरी का गोश्त ख़राब हो जाता है। बिल्कुल ठीक है। बहुत बढ़िया है। ज़रा चखकर देख।'' पत्नी की ओर एक टुकड़ा उसने बढ़ाया।

''न बाबा।'' वह भागी घर की ओर, ''धन्य है तुम्हारा जी, जो मरी लैला को कच्-कच् खाए जा रहे हो। मुझे मितली छूटती है।''

अपना मैला दुपट्टा फैलाकर सुमेरा ने कोई पाँच सेर साफ गोश्त उसमें इकट्ठा किया। अँतड़ियों और झिल्लियों को ज़मीन पर एक ओर चुन दिया और फिर स्वयं

कच्चा ही मांस खाने लगा। इस सरलता से जैसे फलाहारी फलाहार पाए।

स्वयं खा चुकने पर चमड़े को उसने आँगन में सूखने के लिए ज़रा नमक लगाकर डाल दिया और दुपट्टे के गोश्त की गठरी कर ली। अब वह अँतड़ियों और गन्दे हिस्से को ज़मीन से समेटने लगा।

"दुपट्टे वाला गोश्त क्या होगा, बाबा? और इन अँतड़ियों को क्या करोगे?"

"अँतड़ियाँ बैलों की सानी में डालूँगा, वे बड़े चाव से चखेंगे। बाकी गोश्त अनूपशहर में किसी झटके वाले के हाथ बेच दूँगा। पाँच सेर से कम न होगा। कुछ भी नहीं, तो दो रुपये मिलेंगे। तेरी माँ तो निरी उल्लू है, शमशेरा! भला मैं मोहना चमार को अपनी बकरी क्यों देता? मैंने अपना पेट भरा, अब आज कुछ खाना थोड़े ही खाऊँगा; बैलों का इन्तज़ाम किया और दो रुपये भी बनाऊँगा। मैं मोहना को क्यों देता? क्या मैं इतना बड़ा बेवकूफ हूँ?"

शमशेरा आश्चर्य-विमुग्ध भाव से अपने पिता का भयानक मुँह देखता रहा। उसकी दाढ़ी पर कच्चे मांस का लाल रस यत्र-तत्र जमा दिखाई पड़ता था और कहीं-कहीं चर्बी के सफेद टुकड़े भी।

बात तो यों है। सुमेरा जाट अपने गाँव-भर में अपवाद-सा प्राणी था। उसके स्वभाव और आचार-विचार का एक भी और जाट उस गाँव में नहीं था। रुपये के लोभी और भी अनेक थे, उस दो सौ व्यक्तियों की क्षुद्र बस्ती में, मगर सुमेरा जाट का लोभ असाधारण था, अमानुषिक था। रुपये कमाने और बचाने के नाम पर वह कुछ भी कर सकता था। गाँव वालों का तो यहाँ तक विश्वास था कि उसने कहीं-न-कहीं हज़ारों रुपयों की गिन्नियाँ गाड़ रखी हैं। कैसे? कहाँ से कमा या पाकर? इसका उत्तर यदा-कदा आपस में कानाफूसी करते हुए उसके पड़ोसी बन्धु इस तरह दिया करते—सन् 1916 में उसने छः और साथियों को जोड़कर अनूपशहर में एक जाट महाजन के घर पर, दीवाली वाली अमावस्या की अँधेरी रात में, छापा मार, सेंध काटकर चोरी की थी। सातों साथियों ने उस धनिक के पक्के मकान में तीन-तीन सेंधें काटी थीं।

उसी चोरी की घटना के कारण तो गाँव के दूसरे ग़रीबों ने उसे टाट-बाहर या जाति-च्युत भी कर दिया था, क्योंकि पाँव के निशान के सहारे जब पुलिस ने सातों चोरों में से सुमेरा के साथ-साथ चार को गिरफ्तार कर लिया, तब वह बन्धुद्रोही और विश्वासघातक सरकारी क्षमा का सहारा लेकर 'मुख़बिर' बन गया था। मुख़बिर बनकर उसने ऐसी शान्ति और गम्भीरता से अपना बयान गढ़ सुनाया

कि थानेदार से लेकर मुख़्तार तक दंग रह गए। उसने पहले पुलिस को और फिर अदालत को बताया, "सरकार, मैं ग़रीब और सीधा गाड़ीवान हूँ। मुझे इन्होंने मुफ़्त ही में इस चोरी में फँसा मारा।" इन्होंने लालच दिया, "व्यर्थ ही गाड़ीवानी में ज़िन्दगी ख़राब करने से क्या फ़ायदा? अरे, चलकर एक रक़म ऐसी क्यों नहीं मारते कि ज़िन्दगी आराम से कट जाए। कुछ भी तकलीफ़ और मेहनत नहीं। बस, ज़रा-सी हिम्मत की ज़रूरत है।"

अदालत के यह पूछने पर, "सुमेरा, तुम भी घर में घुसे थे?" सुमेरा ने जवाब दिया, "नहीं हुज़ूर! ये तो मुझे भीतर घुसने ही का काम देते थे, मगर पहला-पहला वाक़या होने से मेरी छाती धुक-पुक कर रही थी। मेरी हिम्मत के हाथ-पाँव ठण्डे पड़े जा रहे थे, मगर माल बहुत लाना था और इनके पास आदमी कम थे, इसी से ये मुझे ले गए। मेरा काम था मकान के बाहर खड़े रहकर बाहर की आवश्यक गतिविधि की भीतर वालों को सूचना देना। किस तरह, सो भी कहूँगा—दोहाई ग़रीब परवर की! ज़रा भी झूठ बोलूँ, तो मेरी जीभ सड़ जाए। मुझे काम मिला था गली की निगरानी करना और मेंढ़क की बोली बोल-बोलकर कुशल की सूचना देते रहना। यही हमारा इशारा था कि मेरी आवाज़ रुके और भीतर वाले साथी तुरन्त ख़तरा समझ भाग खड़े हों, मगर रात अँधेरी थी, गली अकेली और चुप। हमने पूर्ण शान्ति से चोरी की। तीन सन्दूक गहने और एक सन्दूक गिन्नियाँ। इतना सामान ढोकर निश्चित स्थान पर लाते-लाते हम लस्त-पस्त हो गए, मगर दोहाई ग़रीब परवर की। उस वक़्त इन सबों ने मुझे अँगूठा दिखा दिया। वह, जो सरदार था हमारा, बड़ा बेईमान निकला। सब माल अपनी कोठरी में इकट्ठा कर बोला, 'अब सवेरा होने वाला है। सुमेरा, इस वक़्त बाँट-बखरा करने से सोने-चाँदी की आवाज़ मोहल्ले वालों के कानों में पड़कर भण्डाफोड़ कर सकती है। रात में बाँटा जाएगा।' मगर कौन बाँटता है, हुज़ूर! इन पाजियों ने आपस ही में सारी रक़म तक़सीम कर ली। सरदार ने केवल दस रुपये मेरे हाथ में धर दिए। बोला, 'गाड़ीवानी करके इतने रुपये तुम दस दिन में भी न जुटा सकते। एक दिन की मजूरी यह बहुत है। अब की हमारे साथ 'कमाने' चलोगे, तब इसका दूना हिस्स मिलेगा। चोरी क़ानून का यही नियम है।' "

इस तरह मुख़बिर सुमेरा तो साफ़-साफ़ बच गया और अन्य छहों को डेढ़-डेढ़, दो-दो साल की सख़्त सज़ा हो गई। सुमेरा के इस काण्ड से उसके गाँव के ग़रीब मन-ही-मन बहुत असन्तुष्ट हुए। उनका यह विश्वास बराबर बना रहा कि उस दुष्ट ने तो पहले तो एक जाट ही के घर चोरी की और फिर अपने अनेक

साथियों से विश्वासघात किया। वे यह भी हमेशा मानते रहे कि माल के बँटवारे के बारे में सुमेरा का बयान सरासर ग़लत था। उसे उसका भाग मिला था, जिसे उसने ज़रूर कहीं गाड़ रखा है। अस्तु, और कुछ नहीं, तो चोरी के आचरण के विरोध में, गाँव के चन्द चुने ग़रीब गाड़ीवान या ऊँटवान पंचों ने, उसे जाति-च्युत कर दिया।

मगर जिस रुपये के लिए सुमेरा ने चोरी और बेईमानी की, उसका उपभोग करते हुए कभी किसी ने नहीं देखा। वह हमेशा फटी हालत में रहा। हमेशा ही उसके घर पर एक बार, रात में रोटियाँ पकतीं। कभी-कभी तो गाड़ीवानी में तीन रुपये रोज़ तक वह पैदा करता। छः बजे जो बैलों के कन्धे पर गाड़ी का जुआ रखता, तो नौ बजे रात में ही उतारता और यदि, उस समय भी, अर्थाभाव से, शमशेरा की माँ रोटी न पकाए रहती, तो वह रुपये न तुड़ाता। कहता, "रात के सात-आठ घण्टे बचे हैं। आओ, आज काट लें। अब कल अनूपशहर से लौटते वक़्त आटा-दाल लाऊँगा, तो पकाना। एक रात में कुछ मर तो जाना नहीं।" इस पर शमशेरा की माँ कुछ हाँ-ना करती, सुमेरा को डिगाकर पैसे लेना चाहती, तो गाली-गलौज़, हाथा-बाँहीं और रो-गा की नौबत आ जाती, पर समेुरा रात में रोटी कभी न पकाने देता। थके बैलों को उस दिन सानी भी न देता। छोड़ ज़रूर देता, गाँव की गलियों में घूम-घूमकर स्वावलम्बन का सबक़ सीखने के लिए!

सुमेरा की एक और आदत ऐसी थी, जिससे गाँव वाले बहुत चिढ़ते, मगर जाति-च्युत होने से वह उनकी रीझ-खीझ से एक तरह से निर्द्वन्द्व हो गया था। लोग कोने-अँतरे बकते ही रहते और वह अपने मन की करता ही रहता। सुमेरा गाँव के चारे और खेत-खलिहान के भूले-भटके दानों पर बसर करने वाले कबूतरों को बड़ी निर्दयता से पकड़ता था। वह गोश्त खाने का बहुत ही शौक़ीन, किन्तु खर्च न करने का प्रेमी था। गाँव में जंगली कबूतर सैकड़ों से ऊपर थे। बस, हफ़्ते में दो बार उन्हीं के माथे पर अपना मांस-प्रेम निबाहता था। मुट्ठी-भर भुने या कच्चे चने या कोई मोटा अनाज लेकर वह कबूतरों को कभी यहाँ, कभी वहाँ आकर्षित करता और जब वे नादान दाने चुगने लगते, तब सुमेरा ऐसा झपट्टा मारता कि दो से कम कभी न पकड़ता। इस तरह अधेले के ख़र्च में ताज़े पक्षी का गोश्त उसे मिल जाता। उसकी इस हरक़त के ख़िलाफ़ गाँव का एक भी बच्चा कुछ बोलता, तो बिना उसके कान गर्म किए वह न मानता। बात बढ़ती, तो बहुतों से युद्ध करने को तैयार हो जाता। ग़रीब बेचारे फ़ौजदारी और पुलिस की हैरानियों से डरकर चुप रह जाते। इतना सूम होने पर भी सुमेरा बली काफ़ी था। कोई-कोई उसके

कुल गुणों की महिमा मानकर उसे सूने-बे-सूने दैत्य कहा करते। वह सात फ़ीट दो इंच लम्बा, काला, रूखा और परम भयावना था।

सन्' 17 की बात है। देश के अधिकांश भागों में युद्ध-ज्वर या इन्फ्ल्युएंज़ा का नाशकारी आतंक छाया हुआ था। एक-एक शहर में रोज़ शत-शत प्राणी मर रहे थे। एक-एक गाँव में अनेक-अनेक। अनूपशहर और उसके आस-पास के हाट-बाज़ारों में कुहराम-सा छाया था। खास सुमेरा के गाँव के सभी प्राणी त्रस्त थे। मारे डर के कोई बाज़ार नहीं जाता था, क्योंकि लोगों ने सुन रखा था कि वह रोग छूत से भी फैलता है, मगर सुमेरा प्रसन्न था, क्योंकि आजकल उसके माथे पर कोई विशेष खर्चा नहीं था। बीमारी फैलते ही, एक बहाने से, उसने अपनी बीवी और शमशेरा को अपनी ससुराल भेज दिया था। अब उसे कोई फ़िक्र न थी। वह रुपयों के खर्च होने से जितना दहलता था, उतना न तो इन्फ्ल्युएंज़ा के कोप से और न रोज़-रोज़ सैकड़ों अपने ही से आदमियों के लोप से। हाँ, बीमारी के कारण बैलगाड़ी का रोज़गार कुछ मन्दा पड़ गया था, इसका उसे दुःख था।

सुबह आठ-साढ़े आठ का वक़्त था। आज ज़रा देर से बैलगाड़ी जोतकर सुमेरा अनूपशहर की ओर जा रहा था। वह गाँव के बाहर ही हुआ था कि दो व्यक्ति दिखाई पड़े। सुमेरा ने, यों ही उनसे पूछा, "कहाँ से आए? तुम तो इस गाँव के नहीं।"

"हम हाट से आए थे, मगर काम नहीं हुआ।"

"क्या काम?"

"हमें बैलगाड़ी की ज़रूरत थी।"

"क्यों?"

"हाट के चार-पाँच प्राणी दो दिनों से मरे पड़े हैं। उन्हें कोई फेंकनेवाला नहीं। उन्हीं मुर्दों को गंगाजी में बहाने के लिए किसी गाड़ीवान को ठीक करने आए थे।"

"मुर्दों के लिए गाड़ीवान!" सुमेरा साश्चर्य हँसा, "क्या उनके घर के सभी मर गए हैं?"

"नहीं जी, मरे नहीं।" दूसरे व्यक्ति ने उत्तर दिया, "मगर मुर्दों को उठाकर घाट तक ले जाने में मरने का पूरा ख़तरा है। पिछले हफ्ते दस आदमी इसी तरह मर गए। जिसने भी इस रोग के मुर्दे को कन्धा दिया, वह बचा नहीं। मसान से लौटते ही सबकी देह में दर्द, भयानक, बुखार आफत का!"

“इसी से लोग डर गए हैं—है न?” गम्भीरता से सुमेरा ने पूछा!

“डर? डर की तो यह हालत है कि बाप बेटे को मसान ले जाने को तैयार नहीं। जान किसे नहीं प्यारी होती? जो मरा, सो मरा! अब जो बचे हैं, वे क्यों जान दें?”

“और बैलगाड़ी वाला नहीं मर जाएगा?”

“अहँ! क्या समझ है इस गाँव के गाड़ीवानों की! अरे भाई, बैलगाड़ी वाले को क्या कन्धा देना होगा! अर्थी उठानी होगी! बैल पर लादा, गंगाजी में जा बहाया।”

“गाँव वालों ने क्या कहा?”

“कोई तैयार नहीं, बल्कि जिससे पूछा, वही लड़ने पर आमादा हो गया।”

“क्या मज़दूरी मिलेगी?” व्यापारिक उत्सुकता से सुमेरा ने दरियाफ्त किया।

“एक रुपया फ़ी मुर्दा। पाँच हैं। गंगाजी हमारे हाट से पाँच कोस पर पड़ती हैं। चलोगे?”

“मैं तो अनूपशहर जाता हूँ। मज़दूरी तो बहुत कम है, काम बड़े ख़तरे का।”

“चलो, तो चलो, चार आने और ले लेना।”

बैलों को एक चाबुक मार तेज़ बढ़ाते हुए सुमेरा ने कहा, “काम ख़तरे का है, दो रुपया मुर्दा मिले, तो चलूँ।”

मगर उन दोनों गरज़मन्दों को यह विश्वास नहीं हुआ कि जिस गाँव के सभी बैल वालों ने मुर्दे ढोने से इनकार कर दिया है, उनका कोई आदमी उस काम को स्वीकार करेगा। उन्होंने सुमेरा के निश्चय की दृढ़ता जानने के लिए पुनः प्रश्न किया, “चलोगे भी या महज़ बातें ही... ?”

दृढ़ता से सुमेरा ने कहा, “दो रुपये फ़ी मुर्दा देना हो, तो आओ, बैठ जाओ गाड़ी पर—पाँच हैं न? मैं फेंक दूँगा।”

मज़दूरी के दस रुपये लेकर मुर्दों का पहला खेप निर्भय भाव से सुमेरा ने उस हाट से लादकर गंगाजी में जा बहाया। रास्ते-भर एक दिन की इतनी अधिक मजूरी की खुशी के कारण उसकी नज़र न तो मुर्दों की वीभत्सता पर पड़ी और न वह डरा या घबराया ही। हाट के लोग उसके इस जीवट पर दंग रह गए, साथ ही उन्हें एक गाड़ीवान के मिल जाने से मुर्दों की ओर से कुछ निश्चिन्तता भी हो गई। उन्होंने लौटानी पुनः सुमेरा को बुलाया; क्योंकि उसके जाते-जाते तीन व्यक्ति और मर चुके थे। उन्हें भी तो बहाना था।

सुमेरा के सौभाग्य से समझिए या दुर्भाग्य से, जिस दिन से उसने हाट वालों के मुर्दे बहाना शुरू किया, उसी दिन से गाही-के-गाही आदमी मरने लगे। सात दिनों तक बराबर मुर्दे फेंकने के बाद कमर की थैली निकालकर सुमेरा ने जो रुपये गिने, तो पूरे पचहत्तर निकले, पचहत्तर इसलिए कि एक दस वर्ष की लड़की की लाश को उसने आधे ही रेट में फेंक दिया था। अब वह मन-ही-मन में यह सोच रहा था कि यदि पचीस रुपये की मज़दूरी-भर को और मुर्दे मिलते तो पूरे सौ की कमाई-महज़ आठ दिनों में होती। सौ रुपये! आठ दिनों में! लोभी सुमेरा की कल्पना इस विचार-मात्र से नाच उठी।

सचमुच आठवें दिन सुमेरा की गाड़ी पर गंगा-यात्रा करने के लिए उत्सुक ग्यारह मुर्दे तैयार मिले। वह बहुत ही प्रसन्न हुआ। यद्यपि गाड़ी पर आठ मुर्दों से अधिक के लिए स्थान नहीं था, फिर भी उसने ग्यारहों को लाद लिया। कुछ को लम्बे-लम्बे रखा, तीन को आगे बेंड़े-बेंड़े और दो को पीछे तर पर रख रस्सी से बाँध दिया। मज़दूरी के बाईस रुपये लेकर टेंट में सँभाले और एक रूखा ग्रामीण गाना गाता, बैलों की पीठ पर चाबुक से ताल देता हुआ गंगा-तट श्मशान की ओर चल पड़ा। मन-ही-मन सोचता जा रहा था, एक दिन और मज़दूरी करने से उसकी थैली में सौ से ऊपर रुपये हो जाएँगे।

गंगा-तट पर पहुँचकर उसका यह नियम होता कि वह मुर्दों को गिन-गिनकर, कमर-भर में हिलकर बहा देता, मगर इस बार उसने जो मुर्दों को गिना, तो आश्चर्य! वे ग्यारह की जगह दस ही निकले। दस ही क्यों? सुमेरा ज़रा विचलित हुआ। मज़दूरी तो ग्यारह की मिली है। गिन-गिनकर उतने ही मुर्दे उसने लादे भी थे, फिर यहाँ आकर इस बार एक कम कैसे हो गया? एक भाग गया क्या? भाग गया? सुमेरा इस बार ज़रा सिहर उठा। मुर्दा भाग गया—हाँ, उसने सुना था कभी कि प्रेत-बाधित मुर्दे भाग भी जाते हैं। तो क्या उन ग्यारह में कोई शैतान मुर्दा भी था? या केवल भ्रम है, उसने दस ही मुर्दे लादे हैं?

टेंट से रुपये निकालकर उस सुनसान श्मशान में, गोधूलि वेला में, सुमेरा रुपये गिनने लगा। दो-दो कर ग्यारह जोड़े। रुपये थे ग्यारह! फिर एक मुर्दा गया कहाँ?

उसने सोचा, हो-न-हो, पीछे से कहीं रास्ते में गिर गया हो। इसलिए गाड़ी पर के मुर्दों को गंगा-प्रवाह कर पिछड़े मुर्दे को खोज लाकर बहाने का निश्चय किया। वह एक-एक को उतारकर बहाने लगा। थोड़ी देर में गाड़ी खाली हो गई। गोधूलि भी अधिक काली हो गई। गंगा की ओर नज़र कर उसने देखा, मुर्दे लहरों

से खेलते उलटे-सीधे बहे चले जा रहे थे। वह इस बार धारा में किनारे से उन्हें गिनने लगा। एक बार इनकी संख्या भ्रमवश उसे ग्यारह मालूम पड़ी। ग्यारह! एक ही साँस में वह दहल भी उठा, मुस्करा भी पड़ा। फिर गिनने लगा, और फिर, मगर मुर्दे अन्त में दस ही ठहरे।

आख़िर एक गया कहाँ? यही सोचता हुआ सुमेरा हाट की ओर लौटा। रास्ते में अन्धकार होने पर भी वह सावधानी से भूले मुर्दे को ढूँढ़ता जा रहा था, मगर सड़क पर मीलों तक कहीं कुछ पता न चला।

वह क्या! सुमेरा ने देखा, दूर पर एक बरगद के पेड़ के नीचे आग जल रही थी—और—और कोई नंग-धड़ंग, रूखा, दढ़ियल, शैतान-सा प्राणी अग्नि के प्रकाश के पास खड़ा नाच रहा था। उसके हाथ में साधुओं का चिमटा था और उसके पाँव के नीचे—ऐं! सुमेरा दहल उठा। उस भयानक साधु के नीचे कोई मुर्दा-सा पड़ा था, जिसके पेट में रह-रहकर वह अपना चिमटा घुसेड़ देता और नाचने लगता। सुमेरा ने यह भी देखा कि कभी-कभी चिमटे से मुर्दे का मांस निकालकर आग पर सेंक-सेंककर वह राक्षस खा भी रहा था। मुर्दा खा रहा है! सुमेरा की अन्तरात्मा थर-थर काँपने लगी। सप से एक चाबुक मार उसने बैलों को ज़ोर से आगे बढ़ाया। उसे निश्चय हो गया कि वह व्यक्ति साधु नहीं, मनुष्य नहीं, शैतान है।

अब की सुमेरा हाट की ओर नहीं गया। वह सपासप चाबुक मारकर बैलों को ज़ोरों से हाँकता अपने गाँव और घर की ओर भागा। आठ दिनों से रुपये के लोभ से वह घर नहीं लौटा था, बराबर हाट ही में कुछ खा-पीकर सो जाता और दिन में मुर्दे फेंकता, मगर आज की लीला से उस 'दैत्य' का दिल दहल उठा। उसके छक्के छूट गए। उसने कभी आदमी को मुर्दा खाते नहीं देखा था। सुना था ज़रूर कि एक तरह के अघोरी ऐसे होते हैं, जो श्मशान में मुर्दा खाते हैं, मगर ऐसी बातों पर उसे विश्वास नहीं था, लेकिन इस आँखों-देखी घटना पर वह कैसे अविश्वास करता!

घर आकर, बैलों को खोल और बाँधकर, सलाई जलाकर वह मिट्टी का चिराग़ ढूँढ़ने लगा, पर यह क्या? उसने देखा, उसकी खाट पर जैसे कोई मुर्दा पड़ा था—मुँह विकृत, दाँत निकले। आ...ह! भय से उसके मुँह से निकला और जलती सलाई हाथ से गिरकर पाँव पर पड़ी। पंजे पर जलने का अनुभव हुआ। घर में घोर अन्धकार छा गया और उस अन्धकार में जैसे बरगद के पेड़ के नीचे का नज़ारा स्पष्ट रूप से नाचने लगा। सुमेरा को काठ मार गया। उससे बाहर भागा तक न

गया। कुछ देर तक आँखें बन्द किए जहाँ-का-तहाँ खड़ा वह काँपता रहा। देह से पसीने का परनाला बह चला।

दूसरी बार पुनः हिम्मत कर, खाँस-खाँसकर उसने सलाई जलाई। अब उसे मालूम हुआ कि असल में खाट पर कुछ भी नहीं था, सब भ्रम-मात्र था। अब कहीं उसकी जान में जान आई, मगर छाती उसकी धड़कती ही रही। पसीना पोंछने के लिए माथे पर जो हाथ ले गया, तो मालूम पड़ा, माथा तवे-सा जल रहा था। उसे निश्चय हो गया, बुखार हो आया था।

वह चुपचाप खाट पर जाकर लेट गया और लेटे-लेटे कमर से थैली निकालने की कोशिश करने लगा, मगर उफ़्! कमर में तो भयानक दर्द हो रहा था। कमर में दर्द, बुखार। तो क्या वह बीमार हो गया? सुमेरा सोचने लगा।

फिर उसका ध्यान गंगा-तट की ओर गया। दस मुर्दे—एक गायब। लौटते वक़्त बरगद के नीचे आग—वह—वह राक्षस, मुर्दाखोर! आ...ह! वह मुर्दा खा रहा था—मुर्दा!

पहले कमर से उस दिन की मज़दूरी के रुपये निकालकर उसने गिने—2, 4, 6, 8, 20, 22। ग्यारह मुर्दों की मज़दूरी, मगर वे तो दस-दस ही थे। अहँ! रहे होंगे। मन मज़बूत कर इस बार थैली निकाल, उसमें वे रुपये डाल, उसे बाँध पुनः कमर में लपेट लिया। थकावट अधिक मालूम पड़ने लगी। तमाम देह में उसकी पीड़ा उत्पन्न हो गई। वह एकाकी, पीड़ा और ज्वर से लिपटा, बिना बिस्तर की खाट पर इधर-से-उधर गर्म करवटें लेने, प्रायः उछलने लगा।

उसे क्षण-भर बाद ज़रा-सी झपकी लगी, ज़रा ही-सी तो और उतने ही में उसने क्या-क्या सपना देखा। देखा, शमशेरा कह रहा है, "बाबा, लैला मर गई।" देखा, वह लैला को काट रहा है। उसकी स्त्री नाक सिकोड़कर मना कर रही है, "हटो, मुर्दा खाओगे!" मगर वह खा रहा है, पर यह कौन है!—उसने देखा, ओसारी में वह तो लैला बकरी का मुर्दा खा रहा है और आँगन में वही बरगद वाला शैतान उसकी गाड़ी की ग्यारहवीं लाश चिमटे से कुरेद-कुरेदकर खिलखिलाता हुआ खा रहा है। आग जल रही है, वह भयानक नाच नाच रहा है।

सुमेरा मारे भय के ऐसा उछला कि खाट के नीचे धड़ाम से आ रहा। वह ज़ोर से चिल्ला पड़ा, "कौन मेरे आँगन में मुर्दा खा रहा था?" उसकी आँखें खुल गईं। उफ़्! कोठरी में घोर अन्धकार था। चिराग़ स्नेहाभाव से बुझ गया था। सुमेरा ने सुना, जैसे उसकी कोठरी में पास ही, किसी के पैर की आवाज़ सुनाई पड़ रही है, मानो वही अघोरी नाच रहा है। साँस खींचने पर उसे ऐसा अनुभव हुआ, मानो

तमाम कोठरी में जली लाश की बदबू भर गई है। मारे भय के वह बेहोश हो गया।

तीन दिन बाद सुमेरा के घर से भयानक बदबू चारों ओर फैलने लगी। पास-पड़ोसियों का साँस लेना दुश्वार हो गया। लाचार उस दिन दो-एक पड़ोसियों ने पहले तो दरवाज़े पर से उसे पुकारा, मगर कोई उत्तर न पा वे घर में घुस गए। उफ़्! भीतर तो नारकीय दुर्गन्ध का राज्य था!

क्षण-भर बाद, कपड़े से नाक दबाए, पड़ोसियों ने कोठरी में सुमेरा की फूली और सड़ी लाश देखी। उसका पेट तो भयानक फूलकर विदीर्ण हो गया था, अँतड़ियाँ बाहर झाँक रही थीं। दाहिना हाथ उसका कमर और थैली पर था, जिसमें मुर्दों की ढोआई के पचहत्तर और बाईस, कुल सत्तानवे रुपये थे!

# समाज के चरण

स्वामीजी की आज्ञा होते ही, धीरे-धीरे भक्त मण्डली अपने-अपने घर की ओर चली। देखते-देखते कुटी खाली हो गई। केवल स्वामीजी का एक अनन्य भक्त उनके पास बैठा रह गया। कुटी के द्वार देश के सम्मुख, छत्रवत् खड़े वट-वृक्ष की ओर देखकर महात्मा ने अपने शिष्य से पूछा—

"आनन्द, वह कौन है? वह देखो। उस वट-वृक्ष के नीचे।"

आनन्द, "न जाने कौन है, स्वामिन्! आज्ञा हो तो भीतर बुलाऊँ या कुछ पूछूँ?"

स्वामी, "हाँ, उससे पूछो वह क्या चाहता है? यदि भीतर आना चाहे तो बुला लो।"

आनन्द बाहर गए और क्षण-भर बाद लौटकर ज़रा व्यग्रता से कहने लगे, "वह भीतर कैसे आ सकता है, महाराज? वह...।"

"क्यों? उसके यहाँ आने में क्या आपत्ति है।"

"उसको कुछ आपत्ति नहीं है, पर आप...वह अछूत जो है। श्वपच है।"

"अछूत? श्वपच? समाज द्वारा तिरस्कृत? समाज का प्राण? समाज की क्रूरताओं का शिकार?"

स्वामीजी कुटी के बाहर निकल आए और वट-वृक्ष के नीचे बैठे समाज के चरण—अछूत से कहा—

"कहो भैया! तुम यहाँ क्यों बैठे रह गए? कब से बैठे हो, भाई? भीतर क्यों नहीं चले आए? आओ!"

महापुरुष का यह व्यवहार! बेचारा अछूत किंकर्तव्यविमूढ़ हो गया। वह कैसे भीतर जाए? इतनी हिम्मत कहाँ से पैदा करे?

पर, उसे सोचने-विचारने का अवसर न मिल सका। महात्मा ने उसका हाथ पकड़कर उठाया और कुटी के भीतर लाकर एक आसन पर बैठाया।

"कहो, कैसे चले भाई? तुम लोग तो हमारे यहाँ कभी नहीं आते। क्यों नहीं आते?"

अछूत, "महाराज...स्वामी...बाबा साहेब..."

"कहो, कहो! रुक क्यों गए? घबराते क्यों हो?"

"मेरी उम्र चालीस साल की हो गई है, पर महाराज मेरे यहाँ अभी तक कोई सन्तान नहीं हुई है। लोग कहते हैं, सन्तान के बिना स्वर्ग नहीं मिलता है। महाराज, न जाने मैं क्यों इस जन्म में नरक भोग रहा हूँ।"

"तुम्हारा हाथ देखें," कहकर महात्माजी अछूत का हाथ अपने हाथ में लेकर देखने लगे। हथेली देखी, कर पृष्ठ देखा, कुछ सोचा, मस्तक पर कई रेखाएँ पड़ीं, चिन्तित हुए, मुस्कराए और अछूत की ओर दया-दृष्टि से देखकर बोले—

"तुम्हें एक वर्ष के भीतर ही एक पुत्र होगा, अवश्य होगा, पर देखो, पुत्र होने के बाद श्री सत्यनारायण की कथा सुनाना तथा जो मन्त्र बताता हूँ, उसे आज से ही जपना आरम्भ कर दो।"

थोड़ा ठहरकर महात्मा ने आनन्द से कहा, "आनन्द, थोड़ा गंगाजल लाओ। मैं इसे मन्त्र दूँगा।"

जल आया। महात्मा ने उस पवित्र जल को अपने तथा अछूत के ऊपर छिड़कने के बाद उसके कान में कहा—

"ॐ नमः शिवाय!"

अछूत के चले जाने पर आनन्द ने स्वामीजी से पूछा—

"महाराज, वह अछूत था—श्वपच था। उसे आपने क्यों स्पर्श किया?"

"भाई!" ज़रा व्यग्रता से महात्मा कहने लगे, "अछूतों को इतना नीच क्यों समझते हो? दयामय भगवान् का काम तुम क्यों करना चाहते हो? किसी को अछूत कहना और अस्पृश्य समझकर उसे न छूना, दण्ड देना है। दण्ड देना हमारा काम नहीं है। याद रखो, यह ईश्वर का काम है।"

आनन्द ने कुछ कहना चाहा, पर स्वामी जी के वक्तव्य का तार न टूटा—

"इन्हें अछूत कहकर, अछूत बनाकर, समाज ने कितना भीषण, कितना अमानुषिक और कितना क्रूर दण्ड दिया है। ये विद्या का अभ्यास नहीं कर सकते, क्योंकि अछूत हैं! इनके सद्गुणों को लोग सद्गुण नहीं कहते, क्योंकि ये अछूत हैं! ये जी खोलकर ईश्वर का नाम तक नहीं जप सकते, क्योंकि अछूत हैं! हाय

रे ढोंगी समाज! यदि ईश्वर किसी को अछूत समझता होता, तो अब तक कभी का तेरा सर्वनाश हो गया होता। परमपूत परमात्मा की पवित्रता के सम्मुख ऐसा कौन मनुष्य है, जो अपने को अधिक पवित्र सिद्ध कर सके? पर, वह दयानिधान है, उसकी दृष्टि में कोई भी अछूत नहीं, कोई भी तुच्छ नहीं, कोई भी घृणित नहीं।"

आनन्द ने पुनः कुछ पूछना चाहा, पर परमात्मा कुछ उत्तेजित हो गए थे। उनकी वाग्धारा न रुक सकी—

"परमात्मा का सूर्य किस अछूत को प्रकाश नहीं देता? दयानिधान का चन्द्र किस श्वपच की झोंपड़ी पर अमृत के स्थान पर विषवृष्टि करता है? करुणा-करुणालय के जलद किस चमार के घर पर आग बरसाते हैं? फिर? अभिमानी मनुष्य! तू किसी को अछूत क्यों बनाता है? ईश्वर के आगे क्यों बढ़ना चाहता है? सम्राटों के सम्राट् के विरुद्ध विरोध, बगावत, षड्यन्त्र है? मनुष्य! मनुष्य!! तू किधर जा रहा है?"

फिर आनन्द ने कुछ कहने का असफल प्रयास किया, पर महात्मा न रुके—

"अछूतों के घर में हैजा आए और आए भी कैसे? 'छूतों' के मल धोने के कारण! पर समाज के अभागे सेवकों, बेचारे अछूतों के लिए कोई डॉक्टर नहीं, वैद्य-हकीम नहीं! इतनी कृतघ्नता! अपने भाई के प्रति इतना दुर्व्यवहार? रामपुर में एक वृद्धा डोमिनी के घर पर एक चिट्ठी आई—उसके लड़के ने कलकत्ता से लिखा था, उसे प्लेग हो गया था। बेचारे का देखने-सुनने वाला कोई नहीं था, इसी से उसने अपनी माँ को बुलाया था, पर हाय! एक सप्ताह तक उस बुढ़िया को कोई ऐसा दयालु माई का लाल न मिला, जो वह पत्र पढ़ देता। मैंने ही उसका पत्र पढ़ा था। पर, कब? जबकि कलकत्ता से एक-दूसरे डोम का पत्र भी बुढ़िया के नाम आ चुका था और जिसमें अभागिनी वृद्धा के पुत्र की मृत्यु का संवाद था। आह! तुम कल्पना भी नहीं कर सकते कि वह अभागिनी किस तरह से बिलख-बिलखकर, छटपटा-छटपटाकर रोने लगी थी। वह रह-रहकर यही कहती कि मैं अपने लाल को न देख सकी! वह न मरता। उसकी मृत्यु बिना देखे-भाले, बिना दवा-दारू के हुई, मेरे बच्चे! मेरे लाल!! मेरी आँखों के तारे!!!"

संन्यासी की आँखों से अश्रुधारा प्रवाहित हो चली—

"समाज इतना क्रूर और तुम—परमपिता! इतने दयालु? अपने प्रचण्ड क्षोभ, भूकम्प से बेचारे जापान का ही सर्वनाश करना था? 'स्पृश्यों' से, ढोंगियों से भरे भारत पर तुम्हारा कोप क्यों नहीं टूटा? इन ब्राह्मणों का, जिनमें से अनेक का परोक्ष नारकीय है, इन क्षत्रियों का, जिनमें से अनेक पतित गुलामी के ठेकेदार और हत्यारे

हैं, इन वैश्यों का, जिनमें से अनेक सूद के रूप में ग़रीबों का रक्तपान करते हैं, व्यापार के नाम पर न जाने कौन-कौन से पाप कर डालते हैं, तुमने सर्वनाश क्यों नहीं कर दिया? इतने दयालु होकर भी प्रभो, इतने पक्षपाती? इतने चापलूस-भक्त? इतने बड़े अन्धे?''

आनन्द ने स्वामीजी को इतना उत्तेजित कभी नहीं देखा था। वह मूक होकर महापुरुषों के वेदनापूर्ण मुख, मर्माहत् भाव और करुण दृष्टि को देखने लगा।

''पर नहीं, तुम अन्यायी नहीं हो। लीलामय हो, नटवर हो, मायामय हो। यह भी तुम्हारी एक भीषण लीला, दुःखान्त नाटिका और प्रचण्ड श्राप है। समाज अपने कर्मों का फल भी हाथों-हाथ पा रहा है। ब्राह्मणों ने अछूतों, शूद्रों को वेद के माहात्म्य से दूर रखा—उसका फल यह मिला कि भगवान् वेद असन्तुष्ट होकर सात समुद्र पार 'जर्मनी' चले गए। अब वहाँ वाले शराब पीकर और गोमांस खाकर भगवान् की ऋचाओं का पाठ करते हैं! क्षत्रियों ने अछूतों को शस्त्र विद्या दान नहीं किया। अब वे ही क्षत्रिय अछूतों अछूतों से भी गए-गुज़रे म्लेच्छों की जूतियाँ चाटते हैं, उनके अर्दली 'चमारों' और 'मेहतरों' को सलाम करते हैं, नज़र बचाकर साहब के साथ, अछूतों के हाथ का भोजन भी कर लेते हैं। अब क्षत्रियों के हाथ में शासन नहीं, बल नहीं, उनके मस्तक पर छत्र नहीं, थानेदारी और डिप्टी कलेक्टरी की अर्जियाँ हैं। रहे वैश्य, सनातन से डरपोक। उनमें जिनके पास रुपये हैं, वे सच्चे अछूत बने बैठे हैं। रण्डियों के पाद-पंकज की रेणु का नयनांजन बनाते हैं। शराब को गंगाजल समझते हैं और साहबों के जूतों को विष्णु-पादुका। ग़रीब वैश्य दिन में मूँगफली या प्याज की पकौड़ी बेचें और रात में अपनी ढीली धोती सँभालते-सँभालते खर्राटें लें। कोई इज़्ज़त है, मर्यादा है, जगत् सेठ का पद है?''

अधिक बोलने से गला भर गया। खाँसकर उसे साफ करने के बाद महात्मा बोले—

''अभागिनी द्विजाति! विदेश की ओर दृष्टि उठा!! वहाँ देख तेरी क्या प्रतिष्ठा है? तुझे लोग मनुष्य भी नहीं समझते—जानवर समझते हैं जंगली (विलायती नहीं) कुतिया! अभी अधिक नहीं बिगड़ा है। चुटकियों में सुधार हो सकता है। आँखें खोल, नहीं तो याद रख; अभिमानी स्पृश्य जीव! तेरे लिए सर्वनाश खड़ा है, नरक का द्वार प्रशस्त बनाया जा रहा है, अछूतों का बदला लेने का समय आ रहा है। इसके पहले कि वे तुझे कुत्तों की तरह दुत्कारें, तू उन्हें गले से लगाकर अपनी बड़ाई की रक्षा कर!''

स्वामीजी के आचरण का 'ज्ञानू' श्वपच पर बड़ा सुन्दर प्रभाव पड़ा था। आज तक किसी हिन्दू ने उससे मुँह-भर बातें भी न की थीं और फिर आसन पर बैठाना, प्रसन्नता प्रकट करना, उपदेश और वरदान देना तथा दीक्षा देना तो दूर की बात है। महात्मा के व्यवहारों से श्वपच के जीवन में परिवर्तन हो गया। उसका मन अधिक पवित्र और अधिक मनुष्यतापूर्ण हो गया। उसने अपनी स्त्री से कहा—

"आज बाबा साहेब ने आशीर्वाद दिया है।"

"कौन बाबा साहेब?"

"वही, वही बाबा जोगानन्द (योगानन्द)..." कहते-कहते ज्ञानू ने अपने दोनों कान पकड़कर उमेठे, "गुरु का नाम नहीं लिया जाता। आज उन्होंने मुझे मन्तर दिया है।"

"कैसा मन्तर? पागल हो गए हो क्या? स्वामीजी हमारी जाति के किसी आदमी को छू भी सकते हैं! हमारे शहर का ऐसा कौन बड़ा आदमी है, जिसके स्वामीजी गुरु न हों? बड़े-बड़े बाम्हन, छत्री उनके चेले हैं। वही स्वामी तुम्हें मन्तर देंगे?"

"हाँ-हाँ, दिया है, अब मैं रोज़ नहा-धोकर उस मन्तर का जाप किया करूँगा। हमें ज़रूर लड़का होगा। लड़का होने पर स्वामीजी ने सत्यनारायण की कथा सुनने और शिव मन्दिर में जाकर लड़के का माथा टेकने को कहा है। देखो आज से तुम शराब न पीना। मैं भी छोड़ दूँगा। स्वामीजी ने कहा है।"

श्वपच तपस्वी हो गया। प्रातः और सायं दोनों ही काल अपने मालिकों का पाखाना साफ करने, सड़कों की नालियों का मुख धोने के बाद वह स्नान करता और फिर बैठ जाता 'ॐ नमः शिवाय' का मौन पाठ करने। जिन्हें सभ्य लोग अपढ़ और जाहिल कहा करते हैं, उनका हृदय अधिक शुद्ध और अधिक पवित्र होता है। आवश्यकता है किसी शुद्धात्मा की प्रेरणा की। ज्ञानू जिस समय जप करने बैठता, उस समय उसकी मुखश्री देखने योग्य हो जाती। किसी भी पवित्रात्मा, द्विजाति और ईश्वरभक्त से कम तेज़ उसके मुख पर न रहता।

अकेले ज्ञानू ने अपने मोहल्ले-भर के अछूतों को पवित्रता की ओर बढ़ाना आरम्भ किया। अधिकतर श्वपचों ने मदिरा-त्याग कर दिया और पवित्रता से रहने लगे। उसने सबको समझा दिया था कि इस बार चौमासा बिताकर जब स्वामीजी चित्रकूट से लौटेंगे, तब उन सबको मन्त्र देंगे, जो अधिक पवित्रता और संयम से रहेंगे। रोज़ प्रायः और सायं उषा के आगमन और दिवा के प्रस्थान के समय ज्ञानू की झोंपड़ी से आवाज़ आती—

*प्रभु जी! तुम चन्दन, हम पानी,*
*जा की अंग-अंग वास समानी।*
*प्रभु जी! तुम मोती, हम धागा,*
*जैसे सोनहि मिलत सोहागा।*
*प्रभु जी, तुम घन-वन, हम मोरा,*
*जैसे चितवत चन्द्र चकोरा।*
*प्रभु जी! तुम स्वामी, हम दासा,*
*ऐसी भक्ति करे, 'रैदासा'।*

उपर्युक्त घटना के ग्यारह महीने बाद की बात है। एक ब्राह्मण देवता के द्वार पर खड़े होकर ज्ञानू ने कहा—

"पण्डित महाराज! हमारे यहाँ सत्यनारायण बाबा की कथा बाँच दीजिए।"

श्वपच की यह हिम्मत? पण्डितजी एकदम अग्नि शर्मा-परशुराम-दुर्वासा-विश्वामित्र हो गए!

"क्यों बे, आज अधिक पी गया है क्या? साले, ससुरे, पाजी, हरामज़ादे, चाण्डाल, दुष्ट, पतित, नारकी...!"

पण्डितजी के स्तोत्र-पाठ में बाधा देकर ज्ञानू ने कहा—

"महाराज, हमने मनौती मानी थी। गुरु बाबा की आज्ञा हुई थी कि पुत्र होने पर कथा सुनाना और मन्दिर में ले जाकर मांथा टेकाना।"

इस बार अधिक गर्म होकर पण्डितजी ने कहा—

"कौन है तेरा गुरु? किस नीच ने तुझे ऐसा उपदेश दिया है? वाह रे! अब डोमड़े सत्यनारायण की कथा सुनेंगे! शिव जी के दर्शन करेंगे! वाह रे कलि!"

"पण्डितजी, हमारे गुरु बाबा—वही, बाबा जोगानन्द हैं। उन्होंने ही बताया है कि सत्यनारायण की कथा सुनना, शिव-दर्शन करना। महाराज, आप लोगों के प्रसाद से हमारे पुत्र हो गया है। अब कथा न सुनूँगा तो देवता नाराज़ हो जाएँगे न? हाथ जोड़ता हूँ बाबा, ग़रीब पर दया कीजिए।"

पण्डित जी ने भी स्वामी योगानन्दजी से दीक्षा पाई थी। अस्तु अपने गुरु का नाम एक श्वपच के मुख से सुनकर वह जी-जान से बिगड़ गए। उन्होंने उसे पुलिस की धमकी देकर घर से निकाल दिया!!

दिन-भर एक-एक ब्राह्मण का द्वार देखकर और सबसे एक-सा व्यवहार पाकर, शाम को चिन्तित-हृदय, मलिनमुख, ज्ञानू अपनी झोंपड़ी पर लौटा। अब कथा कैसे

होगी? देवता के दर्शन कैसे मिलेंगे? कथा न सुनने से देवता असन्तुष्ट न होंगे? फिर उनके बिगड़ने पर हमारे बच्चे की...उफ़्! ज्ञानू विचार भी न सका, अपने बच्चे का अमंगल सोच भी न सका, पर कथा न सुनने से ही तो 'साधुबणिक' का सर्वनाश हुआ, हाय! अब?

आँख मूँदकर ज्ञानू अपने भविष्यत् की विकटता की कल्पना करने लगा। इसी समय किसी की खड़ाऊँ की आवाज़ सुनाई पड़ी। स्वामी योगानन्द ज्ञानू की ओर चले आ रहे थे।

स्वामीजी की आज्ञा से ज्ञानू ने शहर के प्रत्येक ब्राह्मण को अपने यहाँ आने का निमन्त्रण दिया और उनके यह पूछने पर 'कौन कथा कहेगा?' उसने उत्तर दिया कि, "एक कृपालु ब्राह्मण ने कथा कहना स्वीकार किया।"

ब्राह्मणों में खलबली मच गई। सब उस ब्राह्मण को गालियाँ देने लगे, जिसने श्वपच के यहाँ कथा-बाँचना स्वीकार किया। सबने निश्चय किया कि रात को, स-दल-बल, ज्ञानू के घर पर चढ़ाई कर, उस ब्राह्मण और श्वपच को इस भयंकर धृष्टता के लिए दण्ड दिया जाए। ऐसा करने से ही ब्राह्मणत्व की रक्षा हो सकती है, देवता की मर्यादा और सब द्विजातियों की प्रतिष्ठा बच सकती है।

रात्रि के आठ बजे थे। ज्ञानू की झोंपड़ी के द्वार पर सैकड़ों श्वपच, भंगी और चमार बैठे कथा सुन रहे थे। कथावाचक थे स्वामी योगानन्दजी। वह कथा इतनी न कहते, उससे अधिक व्याख्या ही करते थे। एक-एक विषय को खूब मजे में समझाकर कथा समाप्त करते-करते उन्होंने अछूतों को सम्बोधित कर कहा—

"भाइयो, हमारा समाज पतन की ओर जा रहा है और उसके पतन का एक कारण है तुम्हारे 'अछूतत्व' का अस्तित्व। प्यारे मित्र, हमारे देश के लिए, हमारी सभ्यता के लिए और हमारे वृद्ध धर्म के लिए तुम अपने को सुधारो, अपने दुर्गुणों का त्याग करो। स्वच्छता का अभ्यास करो। अपने को पतित और अछूत समझना छोड़ दो और आगे बढ़कर हिन्दू-जाति की हर बात में मदद करो..."

अभी स्वामीजी बोल ही रहे थे कि एक ओर से बहुत-से लट्ठधारी अपशब्द बकते और 'मारो, मारो!' कहते वहाँ पर आ धमके, पर यह क्या? सबके डण्डे हाथ से छूट क्यों गए? गुण्डों की तूतियाँ गुप्त ही क्यों रह गईं?

स्वामीजी ने उत्तेजित ब्राह्मणों से कहा—

"क्षण-भर ठहर जाइए। मैं इन भाइयों को प्रसाद दे-दिलाकर विदा कर लूँ, तो आपसे बातें करूँगा। यदि इस कथा से देवता का अपमान हुआ है तो अपराधी मैं हूँ। आप मेरी बातें सुनने के बाद जो उचित समझें, कीजिएगा।"

स्वामीजी ने सब श्वपचों, भंगियों और चमारों को विदा कर दिया। ज्ञानू के कान में कुछ कहकर उसे भी वहाँ से हटा दिया। फिर ब्राह्मणों को अपने पास बुलाकर उनमें से एक से पूछा—

"आप मुझे पहचानते हैं ? मैं कौन हूँ ?"

"क्यों नहीं, महाराज ! आप तो हमारे गुरुदेव, पूज्य स्वामीजी हैं...।"

"और आप भी पहचानते हैं ?" स्वामीजी ने और भी दो-एक प्रतिष्ठित ब्राह्मणों से पूछा और सबसे एक ही उत्तर मिला, "आप हमारे गुरुदेव हैं।"

"आप ऐसा विश्वास करते हैं कि मेरे इस कर्म द्वारा ईश्वर का अपमान हो रहा है ?"

"हम क्या कहें गुरुदेव ! पर आपने अछूतों के यहाँ ठाकुरजी को क्यों बैठाया ? कथा क्यों कही ?"

"कौन कहता है कि वे अछूत हैं ? वे तुम्हारा मल साफ करते हैं, इसी से तो तुम उन्हें अछूत कहते हो ? ईश्वर भी तो साफ करता है ! फिर उसे भी अछूत और अस्पृश्य क्यों नहीं समझते ? उससे भी घृणा क्यों नहीं करते ?"

"वह ईश्वर है, परमपिता है।"

"कौन ईश्वर नहीं है ? सभी तो उसी महा-प्रकाश के एक-एक कण हैं ! फिर तुम सूर्य को अस्पृश्य न कह उसकी एक किरण पर क्यों बिगड़ते हो ? अच्छा देखो, आज स्थानीय बड़े मन्दिर में एक बजे रात ज्ञानू शिवजी के दर्शन करने जाएगा।"

"पर एक बजे तो मन्दिर का द्वार भीतर से बन्द रहता है, फिर उसका पुजारी मन्दिर के भीतर ही सोता है, जो बड़ा ही कट्टर मनुष्य है। वह यदि ज्ञानू को देवता के मन्दिर में घुसते देख लेगा तो बिना प्राण लिये न छोड़ेगा।"

"अच्छा, तुम लोग जाकर वहीं छिपे रहना। देखना मन्दिर का द्वार खुलता है या नहीं ! ज्ञानू दर्शन कर पाता है या नहीं। मेरा विश्वास है उसे भगवान् शंकर अवश्य दर्शन देंगे।"

कोई ब्राह्मण मन्दिर के निकट किसी छत से देख रहा था और कोई किसी खिड़की से। एक बजे रात को ज्ञानू शिवालय के बड़े फाटक पर, जो भीतर से बन्द था,

आकर अपने छोटे शिशु को गोद में लिये खड़ा हो गया और प्रेम-विकल होकर लगा गाने—

*'प्रभु जी! तुम चन्दन, हम पानी,*
*जा की अंग-अंग वास समानी।*
*प्रभु जी! तुम मोती, हम धागा,*
*जैसे सोनहि मिलत सोहागा।*

कोई आधा घण्टे तक श्वपच ज्ञानू रो-रोकर, नाच-नाचकर प्रेम-मग्न होकर भक्त रैदास के उक्त पद गाता रहा। इसके बाद एक कर्कश परन्तु ज्ञानू के लिए कर्ण-मधुर स्वर में मन्दिर का फाटक खुला। ज़रा व्यग्र भाव से पुजारी ने बाहर निकलकर ज्ञानू को प्रणाम किया।

"आप आ गए। आप ही! आह! बड़ा भयंकर था।"

ज़रा सकपकाकर ज्ञानू ने पूछा, "कैसा महाराज! आप इतने घबराए क्यों हैं?"

"घबराए? हाँ, घबरा गया हूँ। अभी स्वप्न से सचेत हुआ हूँ। ओफ! बड़ी भयंकर मूर्ति-त्रिनेत्र, भयंकर त्रिशूल, सर्प, भूत, प्रेत! वह स्वयं भगवान् शंकर थे। उनकी आज्ञा हुई कि 'जा! फाटक पर हमारा भक्त खड़ा है। उसे तुम लोग अछूत कहते हो, पर वह अनेक ब्राह्मण, क्षत्रिय और वैश्यों से पवित्र और शुद्ध है। उसे मन्दिर में आने दो, नहीं तो तुम्हारा सर्वनाश हो जाएगा। संसार में कोई अछूत नहीं है। धर्म पर किसी का भी राज्य नहीं है।' अब आप आ गए हैं। पधारिए। दया कीजिए। आप महात्मा हैं, देवता हैं, आपको कौन अछूत कहेगा?"

# चाँदनी

9 बजे रात...लड़कियाँ...? ना भाई, लड़कियाँ नहीं, वे तो युवतियाँ थीं और थीं एक-से-एक बढ़ी-चढ़ी सुन्दरियाँ। उनकी संख्या ठीक दो दर्जन और एक थी। वे मिस मिनी की कारीगरी से सजे 'ड्रेसिंग-रूम' या शृंगार-सदन में एक धारा में, खूबसूरती से खड़ी थीं।

पोशाक...? हाँ भाई, थी तो ज़रूर कोई पोशाक उनके गुलबदन पर; मगर, वह बीसवीं सदी का पहनावा था और इस पहनावे की कहानी तथा सनातनी-परिधान की कथा में उतना ही अन्तर है, जितना कोट-पैण्ट और वल्कल वसन में; 'मरे' होटल के 'मटन' और 'असन कन्द फल-फूल' में, 'कलियुगे कलि प्रथम चरणे...श्वेत वाराह कल्पे...गौरांग राज्ये' तथा 'त्रेता युगे...राम राज्ये' में।

मगर दुर्भाग्य या सौभाग्य से, न तो आप रामराज्य के पाठक हैं और न यह त्रेता युग की कहानी। अतः उन पच्चीस पंचदशियों के बीसवीं सदी के परिधान की जैसी-की-तैसी तस्वीर ही आप देखें और ढूँढ़ें इन पंक्तियों में, क्योंकि मिस मिनी के ड्रेसिंग-रूम की चर्चा है और वह, आधुनिक सभ्यता के केन्द्र, इस युग की अमरावती, फ्रांस की राजधानी पेरिस की चलती-फिरती, हँसती-खेलती कुसुमकुमारी हैं। साथ ही आज के ज्ञान की ज्योति से चमककर, कभी-कभी वह त्रेता युग और रामराज्य की निन्दा भी कर बैठती हैं। कहती हैं, अगर हमारे फ्रांस में रामराज्य हो, तो हम फ्रांसीसी ज़रूर ही 1973 की क्रान्ति को दोहरा दें, क्योंकि पहले तो हम 'राजा' ही नहीं चाहते और फिर राम-सा राजा?...जो महारानी सीता तक को, व्यर्थ की बात के लिए अपने राज से निकाल दे, अपने आधे सिंहासन पर से धकेल दे? छिः! ना, हमें रामराज्य और राम की ज़रूरत नहीं।

यह मिस मिनी कौन हैं? ऐसा सवाल यदि रामराज्य के प्रेमी करना चाहें, तो बड़ी खुशी से कर सकते हैं। वह बड़ी-बड़ी भूरी आँखों वाली, मंगोलियनमुखी, सुखों से फूली नहीं, तो कसी, नाटी और छोटी-सी पेरिस रंगमंच की एक विख्यात नर्तकी है। हमारी प्रसिद्ध रियासत के परमेश्वर-स्वरूप महाराजाधिराज गत वर्ष जब विदेश-यात्रा के लिए गए थे, तब वहीं पेरिस में मिनी-महाराज-सम्मेलन हुआ था। एक ही दृष्टि में तो मिस मिनी ने महाराज के मोही-मन को अपनी ओर मोड़ लिया था। फिर प्राइवेट सेक्रेटरी और दल के अन्य सरदारों के लाख मना करने पर भी उन्होंने अपने मत में तिल बराबर भी परिवर्तन नहीं किया। जवाहरात के भाव में मिस महोदया के उस मंगोली-मुख को खरीदकर, महाप्रभु उन्हें सादर और सविनय अपने राज्य में ले ही आए। इसी देश की हवा में साँस लेकर, यहीं का नमक खाकर और पानी पीकर, हमारे धर्मावतार की 'लिटिल मिनी' ने रामराज्य से नफ़रत करने और कोसने का अभ्यास किया है।

सब लोगों को पता न होगा, पर मिस महोदया गत चार वर्षों से हमारी रियासत की मुखश्री 'शेरी' और 'शेम्पेन' के बिल्लौरी-गिलास में ढाल-ढालकर उड़ाती जा रही हैं। पहले जब वह गर्मागर्म थीं, तब महाराज उन्हीं के यौवन की आग में अपना सर्वस्व डालकर, आठों याम, आँख और छाती सेंका करते थे, मगर, इधर कुछ दिनों से शायद मिस महोदया की यौवनाग्नि पर 'अति परिचयात् अवज्ञा' की राख छा गई है। तभी तो आजकल महाराज उससे अपनी अनन्त प्रेमिकाओं को विविध वेश-विन्यास में सजाने का काम लेते हैं। एक तरह से इन दिनों वह महाराज के विलास-भवन का निरीक्षिका-पद सुशोभित कर रही हैं। इस बहुत ज़िम्मेदार, ज़रूरी और कठिन कार्य के लिए उन्हें रियासत से एक हज़ार रुपये मासिक दक्षिणा मिलती है; और मिली है एक फ़िएट कार टहलने के लिए; दो जोड़ियाँ ज़ायका बदलने के लिए; एक बढ़िया महल रहने के लिए; दर्जन-के-दर्जन दास-दासियाँ—'यू ब्लडी, ब्लैक निगर' कहने के लिए। पहले मिस महोदया भारतीय दासों पर अपनी मातृभाषा फ्रेंच में गालियों की मधुर बौछार छोड़ा करती थीं; मगर जबसे उन्हें यह मालूम हुआ कि अँग्रेज़ी राज्य में रहते-रहते 'नेटिवों' को अँग्रेज़ी गाली का स्वाद अधिक अच्छा लगने लगा है, तब से वह भी उसी देव-भाषा में भारतीय भृत्यों की मधुर-भर्त्सना करती हैं।

खैर, अब उनके शृंगार-भवन में, एक धारा में खड़ी, पच्चीस पंचदशियों के सामने एक बार पुनः आइए, क्योंकि मिस महोदया का साधारण परिचय तो आप पा ही गये। उन रूपवती यौवनाओं के शरीर पर दूर से देखने से कुछ भी

नहीं दिखाई पड़ता था; पर, आप नाक न सिकोड़ें, इस कथन का अर्थ यह नहीं है कि वे नग्न थीं। यदि उनके नख-शिख का वर्णन किया जाए, तो उनके पैरों में चम्पई रंग मुलायम मखमली जोड़े, जिन पर सोने की मोहक रेखाएँ सँवारी गई थीं। जोड़े के भीतर भी पैर नंगे नहीं थे, उनमें उसी रंग के रेशमी मोज़े मोहकता को उन्मादिनी बना रहे थे। इसके अलावा उनके सर्वांग पर पाश्चात्य-पोशाक की वह पतली झिल्ली थी, जिसे उधरवाले 'अण्डरवीयर' कहते हैं। उस छाया-परिधान का रंग भी वही था। उनके दोनों हाथ हाथीदाँतों-से स्कन्ध-मूल तक और उनकी गर्दन वक्षस्थल के उस भाग तक खुली हुई थी, जो इतना मोहक होता है कि उसके स्मरणमात्र से विश्वामित्र, पाराशर प्रभृति की कठिन समाधि भी डावाँडोल हो जाती है।

उस शृंगार-सदन में बिजली की अनेक छोटी-बड़ी, हरी बत्तियाँ चाँदनी-सा मायामय जाल पसारे हुई थीं। उस प्रकाश में, उस क्षुद्र परिधान में, वे नवनीत-कोमलांगिनियाँ अपने रूप से आप ही जलती हुई मोमबत्तियों-सी दिखाई पड़ती थीं। मोम उनका तन था, ज्योति उनका रूप था और विलायती ढंग से साफ़ किए हुए उनके श्याम-सुवर्ण केश धूम्र की धूमिल, किन्तु उस रूप के साथ कितनी उज्ज्वल, रेखाओं-से थे।

## 11 बजे रात...

जो अवस्था इस विख्यात बीसवीं सदी की है, ठीक वही हमारे श्रीमान् महाराजाधिराज की भी है। उनका जन्म, हमारे स्वर्गवासी महाराज के सुशासनकाल में, सन् 1901 की 1 जनवरी को, रात्रि के 12 बजकर 1 मिनट पर हुआ था। वह उत्साह, मंगल और तान-गान की जगमग पिछली रात हमें खूब याद है, खूब मज़े में है और यह भी याद है कि उसी दिन इस क्रान्तिमयी, अल्हड़ उन्मादिनी बीसवीं सदी ने भी अपने अनोखे अस्तित्व का 'अ' देखा था। इसी से तो, कभी-कभी हमारे मन में ऐसा विश्वास बढ़ने लगता है, मानो हमारे महाराज बीसवीं सदी ही के लिए पृथ्वी पर पधारे हों और महारानी बीसवीं सदी प्रकटित हुई हों हमारे भानुकुल-भूषण के लिए।

अ...ह...! फिर उस त्रेता-युग के भानु-कुल की याद आ गई। मिस मिनी महोदया का कहना है कि कलियुग के लेखकों, खासकर गल्प-गढ़कों में सबसे बड़ी कमी यह है कि वे बात-बात में भानु-कुल की चर्चा चला-चलाकर इस युग के विकसित पाठकों की खोपड़ी खाली कर डालते हैं, मगर हम तो लाचार हैं उस

कुल को स्मरण करने के लिए, क्योंकि हमारे मालिक महाराज उसी वंश में उत्पन्न हुए हैं, जिसके एक प्रतापी राजकुमार रामचन्द्र थे, जो त्रेता-युग में, 'नवमी तिथि मधुमास पुनीता' में बाबा तुलसी के कथनानुसार 'भक्त, भूमि, भूसुर, सुरभि, सुर हित लागि' प्रकट हुए थे।

रामचन्द्र पण्डित-प्रवर रावण की लंका की ओर भी गए थे। ऐसा हमको कुछ-कुछ स्मरण है और वह इसलिए स्मरण है कि हमारे महाप्रभु भी एक बार लंका-यात्रा कर चुके हैं। अभी पिछले ही साल की तो बात है। आ...हा! आपको मालूम नहीं? हमारे प्रजा-पाल की सीलोन-यात्रा में गत वर्ष बड़े-बड़े गुल खिले थे। दस लाख रुपये, तीन महीने के लंका-प्रवास में, राज्य के खजाने से उसी तरह उड़ गए, जैसे चक्रवर्ती दशरथ के पुत्र के अनन्त वाणों से ऋषिवर 'पुलस्त' के नाती के अनन्त मस्तक उड़े थे...त्रेता-युग में!

कहा जाता है, सीलोन से चलते-चलते हमारे पृथ्वीपति ने कुछ ऐसा कमाल कर दिखाया कि हमारे राज्य के इतिहास का मुँह चमाचम हो गया। जो काम आज तक किसी भी भानुवंशी से न बन पड़ा था, उसे हमारे क्षत्रिय पार्थिव परमेश्वर ने चुटकियों में कर दिखाया। वह अभूतपूर्व वीरता से किसी सिंहली मुसलमान की युवती 'दुहिता' को हर लाए हैं।

वेद-विद रावण ने मायामयी वैदेही का हरण किया था, मगर खाक किया था। अरे, जब भिखारी बन गए और रखवाले गिद्ध द्वारा गिरफ़्तार किए जाकर ज़लील बनाए गए तभी उनकी बुद्धि का दीवालियापन इतिहास पर प्रकट हो गया। ब्राह्मण जो थे रावण, इसी से वह महावीर और महापण्डित होकर भी, स्त्रीहरण-कला को न जान सके।

इधर हमारे प्रभु ने एक दिन अपनी मोटर पर से उस सिंहलिनी को देखा और उस घटना के ठीक छत्तीस घंटे के भीतर वह परम रूपवती मुसलमान दुहिता उनके सामने थीं। उन्हें रावण की तरह अपनी लंका भी न छोड़नी पड़ी। वह अपने सुवर्ण-मण्डित होटल में आनन्द से बैठे ही रहे और उनके दल के दूसरे वीरों ने, दो 'डॉज ब्रदर्स' की सहायता से, उस लड़की के बाप के घर पर चढ़ाई कर, उसका बरबस हरण कर लिया! जटालु गिद्ध, सो भी वृद्ध, ताड़ गया था पण्डित रावण की बेवक़ूफ़ी को, मगर उस सिंहली मुसलमान के पास-पड़ोसी पुलिस वाले न ताक सके महाराज के 'डॉज भाइयों' की ओर। मोटर देखी उन्होंने, जैसे जटायु ने रावण का रथ देखा था, मगर देखने के पूर्व उनके हाथ उनकी वर्दी की जेबों में थे। शायद, भक्तों के हृदय की तरह, उन जेबों में भी कोई 'उज्ज्वलता' थी...मगर हमारे प्रभु की! अस्तु,

उज्ज्वल-पक्ष को अपनी मुट्ठी में कर, पुलिस वालों ने कामिनी, मोटर और राजा का त्याग उसी तरह 'हाथ उठाकर' कर दिया, जिस तरह महर्षि या राजर्षि अथवा ब्रह्मर्षि विश्वामित्र ने अपनी ही लड़की शकुन्तला का त्याग किया था।

लंका की उस ललना का नाम 'चाँदनी' है, ऐसा मिस मिनी के मंगोली-मुख से एक दिन सुना था। साल-भर से वह चाँदनी मिस महोदया ही के महल में, अपने परिवार से छिटकी हुई, ठण्डे मन से चमक रही है। वह ऐसी कुछ सुधामयी, मादक और मोहिनी है कि स्वयं मिस मिनी भी उसके मयंक-मुख पर मोही-सी मालूम पड़ती हैं। तभी तो उन्होंने एक दिन महाराज को चाँदनी-हरण पर बधाई दी थी। कहा था, "आपने, दो युगों बाद ही सही, मगर खूब बदला लिया लंकेश्वर की मूर्खता का। बेशक आप भानुवंशी! धन्य हैं।"

मगर, वह चाँदनी अजीब पगली है। साल-भर से महाराज के प्रेम-प्रस्तावों पर नफ़रत से नाक सिकोड़ रही है। वह मिनी को बहुत मानती है, क्योंकि मिस भी उसे बहुत मानती हैं। उनकी आज्ञा या आदेशानुसार वह देशी और विदेशी नृत्यों का अभ्यास कर चुकी, कुछ-कुछ गुनगुनाने भी लगी, मगर मिस महाशया के महल के बाहर, महाराज के सामने जाने को वह कभी तैयार ही नहीं होती। उसने कहीं से एक छुरा पा लिया है। वैसा ही छुरा, जैसे की चर्चा अक्सर कहानी कहने वाले किया करते हैं। यदि कभी महाराज स्वयं मिनी के महल में, मदहोशी में, चाँदनी से खेलने की धुन में आ पड़ते हैं, तो, वह उसी छुरे को अपनी उभरी हुई छाती पर तानकर खड़ी हो जाती है। "एक क़दम भी और आगे बढ़े..." वह गरज पड़ती है, "तो इस चाँदनी को छुरे के घात के पार ही पाइएगा। खबरदार, जो मेरे तन को कभी हाथ लगाया! वह तन तो मेरे प्यारे 'वाहिद' का है, जो जावा में चीनी का बहुत बड़ा रोज़गार करते हैं। इसे वही छू सकते हैं, आप नहीं। भले आप महाराज हों या बादशाह!"

जब-जब बात यहाँ तक बढ़ जाती है, तब-तब मिस महोदया महाराज को सँभालती हैं, जैसे मन्दोदरी रावण को सँभालती थी। वह महाराज को चाँदनी के आगे ही वचन देती है, कि 'प्रभो! इस बार इस पगली को, अपनी वीरता की ओर देखकर क्षमा कर दें। यह शीघ्र ही आपकी महिमा पहचान लेगी और आपकी छाती की छाँह में छूम-छनन कर, छिप जाएगी। अभी इसका सिन ही क्या है, अक्ल ही कितनी है?"

मगर अब महाराज मानने वाले नहीं। परसों ही उन्होंने मिनी के कानों में फुसफुसा दिया है, कि चाहे जैसे भी हो, इस शारदी-पूर्णिमा को वह अवश्य ही

चाँदनी की सुधा लूटेंगे। अस्तु, अपने पद की प्रतिष्ठा रखने के लिए, पूर्णिमा के पूर्व ही, विलास-भवन की निरीक्षिका महोदया को चाँदनी पर कोई-न-कोई जादू डाल ही देना चाहिए।

आज शारदी-पूर्णिमा ही तो है? क्या आप अपने देश की इतनी-सी बात भी नहीं जानते? महाराज का सबसे सुन्दर उद्यान वह, सामने, चाँदनी में देखिए—कैसा सजाया गया है। अभी हमारे नरेन्द्र अपनी 'रोल्स-राइस' पर घूमने गए हुए हैं। वह ठीक ग्यारह बजे रात, इस उद्यान में पधारेंगे—अपने दल-बल के साथ। आज यहाँ पर मिस मिनी के 'मैनेजमेण्ट' में अनोखे-अनोखे गुल खिलेंगे। और...और चाँदनी आज ही लूटी जाएगी।

## 1 बजे रात...

9 बजे रात को, उन पच्चीस पंचदशियों के साथ, मिस मिनी जिस कमरे में थीं, यह कमरा उससे बिल्कुल भिन्न है। वह ड्रेसिंग-रूम था, यह ड्राइंग-रूम है। उस समय की युवतियों के परिधान में और इस समय के श्रृंगार में भी भारी अन्तर हो गया है। इस अमीरी आवृत्त कमरे में नवेलियाँ छः-छः के गुच्छे में बँटकर, चार बड़ी-बड़ी गोल-संगमरमरी मेज़ों के चारों ओर बैठी खिलखिला रही हैं।

इन चौबीस चारु-मुखियों से कुछ दूरी पर वह पच्चीसवीं भी, एक चौकोर और पीले मारबल की मेज़ के पास, मिस मिनी के साथ बैठी है। उसका वेश-विन्यास अन्य चौबीसियों से कहीं भिन्न और मोहक हुआ है।

उन चौबीसियों के श्रृंगार में उन चीज़ों के अलावा, जिन्हें आप जान चुके हैं, केवल दो चीज़ें अब और बढ़ा दी गई हैं। आबेरवाँ के, धानी रंग के, ज़रीदार, घुटने तक लम्बे, ज़रूरत से ज़्यादा चौड़े आधी बाँह के कुरते, जिनकी बाँहों पर चार-चार अंगुल चौड़ी अंगूरी लता लहरा रही है, और उनके कमर तक झूलते हुए सुकेशों पर सुशोभित मालती और अशोक के धवल और सुगन्धिमय पुष्पों के मनोहर मुकुट! उन पारदर्शी कुरतों के बाहर 'अण्डरवियर' के भीतर कसी हुई उनकी सौन्दर्यमयी जवानी मानो फटी पड़ती है। उन मालती और अशोक की गलबैयों के गुँथे हुए, ज़रा पाश्चात्य-कला के आधार पर रचे गए मोहक मुकुटों ने तो सुन्दरियों के रूप का भाव कुछ-से-कुछ कर दिया है। सब वे परियाँ मालूम पड़ती हैं, इन्द्र के अखाड़े की!

उस पच्चीसवीं को हमारे नरपति की विलास-भवन-निरीक्षका ने 'परशियन' पोशाक से सँवारा है। बढ़िया सफेद रेशम का, उमर खैयाम के युग का कामदार

पाजामा, गुलाबी रंग का रेशम और ज़री के काम का क़ीमती कुरता, उस पर धानी रंग के मखमल का चोलीनुमा जाकेट और सबके ऊपर जोगिया रंग का, उसी झीने आबेरवाँ का, हल्के पर सुन्दर काम का दुपट्टा। यद्यपि उसके माथे पर वह मालती-अशोक मुकुट नहीं है, फिर भी वह उन सब मुकुटिनियों की महारानी मालूम पड़ती है।

वह पच्चीसवीं ही तो हमारे भानु-कुल-भूषण द्वारा हरिता और यौवन से भरिता सुन्दरी चाँदनी है। आज पहली बार, मिस मिनी के लाख-लाख मनाने से, महाराज के सामने वह जाएगी, उन चौबीस मुकुटिनियों की महारानी की तरह, हाथ में बढ़िया बिल्लौरी सुराही, रंगीली मदिरा और 'कटक' के कारीगरों का बनाया हुआ अनमोल गंगा-जमुनी गिलास लेकर, मिस मिनी द्वारा सिखाई और बार-बार 'रिहर्सल' कराई गई किसी खास अदा से। चाँदनी के पीछे सौन्दर्य-भरी, उज्ज्वल और मादक छाया की तरह, वैसे ही सुराही-गिलास लेकर, दो दलों में विभक्त होकर, वे चौबीस चाँदनियाँ भी हमारे अन्नदाता के सामने चलेंगी। आज शरद पूनो है न! बड़ा मज़ा रहेगा। ऊपर चाँद, नीचे चाँद...चारों ओर चाँदनी-ही-चाँदनी चमकती फिरेगी।

"हमें वहाँ जाकर क्या करना होगा?" यह सवाल लंका की ललना ने पेरिस की मंगोल-मुखी मिस मिनी से, उक्त साज-शृंगार के पहरों पूर्व किया था। मिस ने मुस्कराते मुख से समझा दिया कि "और क्या करना है, मैंने जो वर्ष-भर तक तुम्हें 'वह सात घूँघटों वाला नाच' सिखाया है, बार-बार 'रिहर्सल' कराए हैं, उसी को महाराज के सामने नाचकर दिखा देना। यदि तुम सफल हुईं इस परीक्षा में, तो बस पुरस्कार है और तुम्हारी मुक्ति का समाचार। इसे झूठ न समझना बहन! मैं महाराज के बादशाही मिज़ाज को खूब जानती हूँ। वह ज़रूर तुम्हें तुम्हारे परिवार के पास और प्यारे की भुजाओं में भेज देंगे। उन्होंने मुझे वचन दिया है।

"और बहन, तुम जानती नहीं? महाराज भानुवंशी हैं और इस देश के उस वंश की विरदावली बहुत विशद है। ये लोग वचन देकर, खासकर औरतों को, कभी मुकरते नहीं, चाहे महाराज दशरथ की तरह जान भले ही दे दें।"

"उस नाच में मदिरा और सुराही का भी प्रयोग होता है। तो क्या महाराज को ढाल-ढालकर देना होगा! पी लेने पर वह होश में न रहे तो?" चाँदनी ने शंकित-भाव से अपनी बड़ी-बड़ी सुरमयी आँखें झुकाकर मिस मिनी से पूछा।

"तो क्या डर है, बहन? इसीलिए तो मैंने तुम्हें दूसरे वेश में सजाया है। महाराज की मदहोशी का शिकार बनेंगी वे चौबीस मुकुटिनियाँ, तुम नहीं। तुम तो

मज़लिस की महारानी की तरह घूम-घूमकर और नाच-नाचकर, केवल महाराज को ढालोगी। और फिर—ओ हो! मैं भूल गई थी उसको। तुम अपना छुरा तो ज़रूर ही कमर में रखो!! जब तक वह तुम्हारे पास रहेगा, तब तक तो तुम्हारा तन सुरक्षित है ही। महाराज तुम्हारे मिज़ाज को खूब समझ चुके हैं। मेरी बात मानो। वह तुम्हें भूलकर भी न छेड़ेंगे। बस, नाचो आज, सखी, वह सात-घूँघट वाला पुराना 'रोमन' नाच, ज़रा मस्ती से चमककर!''

इसी समय ड्राइंग-रूम के द्वार पर किसी की धीमी थपकी सुनाई पड़ी। मिनी महोदया दौड़ी दरवाज़े की ओर। वह महाराजाधिराज के प्राइवेट सेक्रेटरी साहब थे। स्वयं यह सूचना देने आए थे कि अब रात आधी से ऊपर बीत गई, महाराज उतावले हो रहे हैं। व्यर्थ के दरबारी विदा कर दिए गए। अब केवल चुने चन्द रह गए हैं। उद्यान में चारों ओर शरद पूर्णिमा की चाँदनी छा गई है। महाराज व्यग्र हैं। वह अपने चारों ओर सिंहल के उस मुसलमान के घर की 'चाँदनी' की मादक-छाया चाहते हैं।

मिस मिनी ने मोहकता से सेक्रेटरी के कान से अपने 'रँगे-होंठ सटाकर और ठुड्डी से उसके कपोल पर सिहर की एक रेखा खींचकर कहा, ''आप चलें, महोदय। अब हम हाज़िर ही होती हैं। ज़रा उन छोकरियों को शरबत के बहाने वह खास नशा भी पिला दूँ, जिससे ऐन मौक़े पर कोई पगली आपके उस नंगे देवता की पत्नी के चरित्र का पाठ न करने लगे जिसका नाम मुझे इस वक्त भूल रहा है।''

## 3 बजे रात...

त्रेता-युग से 'मघवा महामलीन' माना जाता था। इसके हमारे पास पोथों प्रमाण हैं। वह विशेष व्यक्तियों की विशेषताओं की वृद्धि से विकल हो उठता था और उसके साथ-ही-साथ उसका इन्द्रासन भी, कायर के दुर्बल कलेजे की तरह, काँपने लगता था। मालूम नहीं हमें, वह त्रेता वाला मघवा मर गया या अभी तक अमर-का-अमर ही है, मगर, मर ही गया होगा बेचारा। अनुमान तो यही अटकल लगाता है, क्योंकि यदि वह अभी तक सहस्र लोचन होता, तो हमारे शूरसिर-मुकुट-मणि महिमामय महाराज की विलास-विभूति की विशेषताएँ अवश्य ही देख लेता। इन्हें देखकर भला वह अपने आपे में रह सकता था? असम्भव। कदापि नहीं। ये सुन्दरियाँ, ये सुविधा से चुनी हुई राज्योद्यान की पुष्प-परियाँ, ये गिलास और ये सुराहियाँ, यह शराबों की रंग-बिरंगता! अरे, इन्हें यदि वह महामलीन मघवा देख पाता तो अपनी ही छाती पर वज्र मारकर रह जाता। यही मिस मिनी का भी मत है, पर

सुनिए तो, आप 'मघवा' के माने जानते हैं? हमने तो सुना है कि 'मघवा' का अर्थ 'विड़ौजा' है।

शारदी-पूर्णिमा को जिसकी आँखों के सामने चाँदनी की लूट हुई, बल्कि उस लूट का अधिक-से-अधिक मादक और आकर्षक बनाने का जो सबसे प्रधान उत्तरदायी है, वह पुराने मघवा का मशहूर मित्र है। उसका नाम चन्द्रमा है। वही ऋषि गौतम की रूपमती अहिल्या के बंटढार के समय मघवा के साथ था। वही तो द्विजराज कहा जाता है। वही तो मयंक मौलि के माथे पर चढ़ा रहता है। मिस मिनी ने अपने हिन्दू खानसामे की आठ आने वाली संक्षेपक *रामायण* से उसकी कहानी सुनी है। वह बहुत हँसती रहीं, चन्द्रमा के ऊँचे पद और नीचे कर्मों पर। उनका कहना है कि सीता के लिए रावण, द्रौपदी के लिए कौरव और किस-किसको अपमानित करने के अपराध में अवतारों द्वारा कौन-कौन मारे ही गए, तब यह द्विजराज अब तक क्यों जीता है? इसका सफ़ेद और कलंकित सिर क्यों नहीं आकाश के कन्धे पर से काट फेंका गया? तिस पर तो मिस महोदया यह नहीं जानतीं कि वह बृहस्पति की पत्नी तारा का पति भी—'गुरु-तिय-गामी' भी है। यदि उन्हें यह बात मालूम होती, तो वह अवश्य ही व्यंग्य से मुस्करा-मुस्कराकर किसी हिन्दू सरकार या स्वयं श्रीमान् के सामने, चन्द्रमा पर लाख-लाख फब्तियाँ कसतीं।

शारदी-पूर्णिमा को शराब, सुराही और गिलास लिये, चौबीस सुन्दरियों के आगे तथा मिस मिनी के पीछे, जब चाँदनी महाराजाधिराज के सामने आई, उस समय उस उद्यान में चारों ओर सफेदी-ही-सफेदी छाई हुई थी। उद्यान और चौबीस चुने हुए हिन्दू-मुसलमान समवयस्क सरदारों के बीच में हमारे भानु-कुल-भूषण और उनके प्राइवेट सेक्रेटरी महोदय सफेद संगमरमर के चौकोर चबूतरे पर बैठे सुरा-सुन्दरी का सेवन कर रहे थे। उसी समय तो मिस मिनी के आदेशानुसार वे पच्चीसों पंचदशियाँ न जाने कौन-सा पीने और ढालने का गाना गा-गाकर वह अद्भुत पश्चिमी-नाच नाचने लगीं। उनमें सबसे आगे जोगिया दुपट्टा ओढ़े, लंका की वह मुसलमान लड़की 'सात घूँघट वाला' परम मोहक और उन्मादक नाच नाच रही थी।

महाराज ने देखा, मिस मिनी के मंगोली-मुख की ओर, और मिस के मुख ने मुस्कराकर कुछ इशारा किया उन चौबीस युवतियों की ओर, जो मुकुट पहनकर चाँदनी के पीछे मदहोश-सी थिरक रही थीं। उनमें से दो नाचती-नाचती और सुराही गिलास सँभालती हुई, हमारे प्रभु की ओर बढ़ीं। पास पहुँचकर, ढालकर, दोनों ओर से उन्होंने महाराज को मदिरा की मस्ती से महका दिया। उनके हाथ

के गिलास खाली कर, महाराज ने उन्हें अपनी दोनों ओर बैठा लिया। वह उनके इस या उस मोहक अंग से खेलने लगे। उस समय उनके आगे लंका की चाँदनी तो सात घूँघट का नाच नाच रही थी, और ऊपर की ज्योत्स्ना बिल्कुल नंगी खड़ी मुस्करा रही थी!

थोड़ी देर तक महाराज उन युवतियों से खेलते रहे, बाजे बजते रहे और नाच होता रहा। इसके बाद उन्होंने पुकारा, "कल्याण सिंह!' नाहर सिंह!" उक्त नाम के सरदार श्रीमान् के सामने करबद्ध, मगर नशे में झूमते हुए, खड़े हो गए। हमारे उदार प्रभु ने उन दोनों युवतियों को उन सरदारों के हवाले किया, "अब इनसे तुम खेलो।" उसी धवल चाँदनी में, मदहोश सरदारों ने अपने-अपने हिस्से की सुन्दरी को गोद में उठा लिया।

तीन बजे रात तक यही सिलसिला ज़ारी रहा। दो-दो कर वे सुन्दरियाँ पहले हमारे प्रभु के सामने आतीं, उनके आगे अपना यौवन और सुराही उँड़ेलतीं और फिर किसी 'सिंह' या 'खाँ' की गोद ढालते-ढालते बेहोश हो जातीं। धीरे-धीरे चौबीसों सुन्दरियाँ एक-एक सरदार की बगल में गईं और मिस मिनी महोदया प्राइवेट सेक्रेटरी के पास। अब महाराज अकेले रह गए झूमते और चाँदनी रह गई अकेली नाचती—वह सात घूँघटवाला नाच! अब प्रभु उसे अपने पास देखने के लिए व्यग्र हो उठे।

मिस मिनी ने, सेक्रेटरी के कपोल से अपना मंगोली मुख सटाकर, चाँदनी की ओर कुछ इशारा किया। वह नाचती-नाचती ठिठकी एक बार, मगर फिर तुरन्त ही अपने को सँभालकर, अपनी कमर की रत्नजटिल पेटी और छुरे की ओर निहारकर, बढ़ी महाराज की ओर ढालने के लिए। उसे अपनी ओर आते देख महाराज उत्तेजित होकर खड़े हो गए। उनकी बड़ी-बड़ी आँखें नशे की गर्मी से लाल हो रही थीं।

चाँदनी ने ढालकर सुरा-पात्र, नीची आँखों से, महाराज की ओर बढ़ाया, मगर अब वह पागल थे। उन्होंने उसके हाथ से गिलास छीनकर, ज़ोर से, एक ओर फेंक मारा और लंका की उस मुसलमानिन को बरबस खींचकर अपनी गोद में ले लिया।

मगर, महाराज की बलिष्ठ भुजाओं में फँस जाने पर भी चाँदनी असावधान नहीं थी। उसने घटना का रुख देखते ही हाथ की सुराही फेंककर छुरे को सँभाल लिया था। इसी से तो महाराज की मदान्धता के पूर्व ही उसने अपनी उभरी हुई छाती पर छुरे का एक भरपूर वार किया।

पर यह क्या! वह टूटकर दो टुकड़े हो गया। क्या वह चाँदनी का असली फौलादी-रक्षक नहीं था? सब-के-सब इस घटना पर खिलखिलाकर हँसने लगे। सबकी नज़र एक साथ ही मिस मिनी के मंगोली-मुख पर जाकर आश्चर्य से ठिठक गई, यानी, यह तुम्हारी ही माया की महिमा है, मिस महोदया!

अब भानु-कुल-भूषण अपना सारा बल लगाकर उसको वश में करने की चेष्टा करने लगे, मगर वह पगली क़ाबू में आई ही नहीं। बराबर उनके कठोर पंजे से छूटने की चेष्टा करती रही और रो-रोकर दुहाई देती रही, "महाराज! मुझे बेइज़्ज़त न करो, क्योंकि यह तन मेरे प्यारे वाहिद का है। वह मेरे बचपन के सखा और जवानी के मालिक हैं। जावा में चीनी का बहुत बड़ा रोज़गार करते हैं। मुझे छोड़ दो, बख्श दो, गरीबपरवर! मैं आपकी बेटी और बहन हूँ।"

मगर महाराज तो होश में थे ही नहीं। वह बराबर उस सिंहलिनी से हाथापाई करते रहे, उत्तेजित हो-होकर, पर वह वश में आती ही न थी। इसी बीच में प्रभु ने एक बार उसके न जाने किस अंग को धोखे से चूम लिया। बस, फिर क्या था। वह चाँदनी तो आग हो उठी। वह भूल गई अपनी अबलता और हमारे प्रजा-पाल की प्रबलता को। "सूअर के बच्चे! हत्यारे! शैतान!" कहकर उसने ताबड़तोड़ कई तमाचे महाराज के मदिरा से लाल-लाल गालों पर जड़ दिए। ओह! वह सिंहलिनी क्या थी, पूरी सिंहनी थी। एक बार सारी मज़लिस सन्न हो गई।

एक क्षण और—और धड़-धड़। पिस्टल की आवाज़ से सारा उद्यान गड़गड़ा उठा। उत्तेजित भानु-कुल-भूषण ने चाँदनी की उभरी हुई छाती में गोली मार दी। वह जहाँ-की-तहाँ बिखरकर धूमिल हो गई।

सात घूँघटों के नाच के पुरस्कार-रूप में हमारे परमेश्वर-स्वरूप पृथ्वीपति ने चाँदनी को मुक्त कर दिया। मिस मिनी ने ठीक ही कहा था, भानुवंशियों की विरदावली बहुत विशद है। वे वचन देकर कभी मुकरते नहीं।

# मेघराग

नव्वाबी

हज़रताबाद के नव्वाब मुसलमानी अमलदारी में बेशक बड़े जागीरदार या सूबेदार माने जाते थे, यानी उनकी जागीरें सारे सूबे में फैली थीं और उन दिनों हज़रताबाद में नव्वाबी-फ़ौज थी—पन्द्रह हज़ार पैदल, सात हज़ार घुड़सवार और तोपखाना भी। उन दिनों हज़रताबाद के नव्वाब पहले तलवारबाज़, बहादुर बनते थे, फिर विचित्र-विलासी।

वही हज़रताबाद अब स्टेट नहीं, 'इस्टेट' है। नव्वाब सर दिलफ़रोश ख़ाँ बहादुर साहिब बड़े आदमी अब भी माने जाते हैं, लेकिन महज़ इसलिए कि जिस क़िले में वह रहते हैं, वह उनके बुज़ुर्गों का बनवाया है, जो निःसन्देह महान् थे। नहीं तो नव्वाब मौजूदा की आमदनी इतनी भी नहीं, जितनी किसी चलते रोज़गारी सेठ की।

मगर, सुभानअल्लाह!—क्या मजाल जो तंगदस्ती नव्वाब सर दिलफ़रोश साहब के पास भी फटके। जवाहरात बेचकर, इलाके बन्धक रखकर, अपनी रिआया पर अजीब और ज़बरदस्त टैक्स लादकर, हज़रताबाद के नव्वाब आज भी पिल-पिल ऐय्याशी करते हैं। नव्वाब साहब की उम्र इस वक़्त तक अस्सी बार मौसमे बहार को बाग़-बाग़ होकर देख चुकी है।

लोग कहते हैं, आज भी, कम-से-कम आधा दर्जन जन्नती हूरों के बिना नव्वाब साहब हिल-डुल नहीं सकते। लोग यह भी कहते हैं नव्वाब ने दिल्ली के एक मशहूर हकीम से लेकर कोई ऐसी ज़बरदस्त दवा खा ली है जिससे बाल पक

जाने पर उनकी जवानी ढलती ही नहीं। लोग कहते हैं—हैरत से हैरान—जिस गुलबदन का रस नव्वाब साहब एक बार ले लेते हैं वह फिर काँटे-सी ही नज़र आती है। लोगों की कहने की आदत को कोई क्या कहे?

ग़रीब—

उस बूढ़ी का नाम शरीफ़न है जिसकी बेटी को लोग फ़ीरोज़ी नाम से जानते हैं। हज़रताबाद की उस ख़ास सड़क पर वह जो एक टूटा-सा मकान है और मवेशियों का गन्दा बाड़ा, उसी में बूढ़ी शरीफ़न का सब कुछ है। सुना है उसका ख़ाविन्द बड़ा शेरदिल था और अँग्रेज़ी सरकार की मदद में किसी काबुली-लड़ाई में काम आया था।

उस दिन शरीफ़न घर में झाड़ू देती हुई बड़बड़ा रही थी, "न जाने फ़ीरोज़ी किधर चली गई! फ़ीरोज़ी, फ़ीरोज़ी!"

"आई अम्मीं! ओह, मैं बच गई!" बोलती हुई एक हरी, सुनहरी, रूप-भरी लड़की अन्दर आई। उसके पीछे-पीछे एक अध-बूढ़ा फ़क़ीर भी दाखिल हुआ।

"क्या हुआ बेटी?—किससे बची?"

"नव्वाब के आदमी मुझे पकड़ ले जाना चाहते थे। अगर..." फ़क़ीर की तरफ इशारा कर अहसानों से दबी फ़ीरोज़ी बोली, "अगर हज़रत मेरी मदद न करते तो अम्मीं आज वे ज़रूर मुझे उठा ले जाते, ज़रूर मैं मर जाती।"

अपनी प्यारी बेटी के मुँह से मरने का नाम शरीफ़न नहीं सुन सकी—वह सिहर उठी, "मरें तेरे दुश्मन! मैं कुर्बान, मेरी जान, मेरी आँखों की रोशनी! यह नव्वाब पागल हो गया है।"

"मैं पीर साहब के लिए कुछ नाश्ता-पानी लेकर आती हूँ अम्मीं!"—फ़ीरोज़ी रँगीनी तितली-सी एक कोठरी में उड़ गई।

"हज़रत!" शुक्रिया अदा करती हुई शरीफ़न फ़क़ीर से बोली, "आपके एहसानों को हम कभी...!"

बूढ़ी के बात ख़त्म करने से पहले ही बाहर से तीखी और ज़ोरदार आवाज़ आई—

"शरीफ़न! ओ शरीफ़न!"—और नव्वाब के कई सजे सिपाही भीतर घुस आए।

"तेरी लड़की कहाँ है?"

"क्यों? तुमसे और मेरी लड़की का वास्ता?"—तमककर और मामला गम्भीर समझकर शरीफ़न बोली।

"नव्वाब साहब चाहते हैं, तेरी लड़की को—ओ नादान! तेरी तक़दीर अब सोने की घटा-सी छाकर बरसेगी।"

"आग लगे ऐसे कमीने सोने में!"—बिगड़ी बुढ़िया, "निकलो मेरे घर से! नहीं तो, मारे झाड़ुओं के... !"

"पागल न बन बुड्ढी, नहीं तो धक्के खाएगी। बता—फ़ीरोज़ी कहाँ है?"

"वह नहीं है—वह भाग गई। तुम मेरी बेटी को उस नापाक कुत्ते के लिए नहीं पा सकते।"

इसी वक़्त फ़क़ीर के लिए नाश्ता-पानी लेकर सुन्दरी फ़ीरोज़ी कोठरी से बाहर आई—

"आयँ! अम्मीं—यही लोग मुझे पकड़ ले जाना... ।"

"पकड़ो!"—दस्ते के अफ़सर ने एक सिपाही को ललकारा, "ज़बरदस्ती गोद में उठाकर इस हूर की बच्ची को पालकी में बन्द कर दो।"

सिपाही ज्यों ही फ़ीरोज़ी की तरफ़ बढ़ा, त्यों ही फ़क़ीर ने लोहे के चिमटे से उसके सिर पर भरपूर वार किया। दूसरे की बेटी पर हाथ उठाने वाले का माथा फूट गया।

इसके बाद दस्ते-का-दस्ता फ़क़ीर पर टूट पड़ा। वह और शरीफ़न मज़बूत रस्सियों से जकड़ दिए गए। महा सुन्दरी फ़ीरोज़ी को नव्वाब सर दिलफ़रोश ख़ाँ साहिब के सिपाही घसीट ले गए।

फ़क़ीर—

"आह! हज़रत!! मेरी बेटी-बेटी ग़रीब बेटी!"

"ख़ुदा का नाम ले शरीफ़न! भला होगा।"

"ख़ुदा? हज़रत, अब मालूम पड़ता है अल्लाह मियाँ सो गए हैं। तभी तो ग़रीब, लाचार पिसते हैं, पर न्याय, इन्साफ़ की सूरत तक नज़र नहीं आती।"

"ऐसा नहीं शरीफ़न,"—तरस खाकर फ़क़ीर बोला, "हमारा अल्लाह बिलाशक ग़रीबपरवर है। फ़ीरोज़ी का, पागल नव्वाब, कुछ भी न बिगाड़ सकेगा।"

"वह सैकड़ों छोकरियों को मोहब्बत के नाम पर मारकर जी रहा है। वह पूरा शैतान है। अल्लाह मेरे! ज़रूर मेरी लड़की बेइज़्ज़त होगी, मरेगी, ओह! यह सब जानने-सुनने के पहले ही गला घोंटकर मैं मर जाना चाहती हूँ! हज़रत ख़ता! आप मेरे मेहमान, ख़ातिर-न-तवाजह, ऊपर से मैं बदनसीब रोना चाहती हूँ। हाय बेटा हाय फ़िरोज़िया, रे!"

"अच्छा माँ रो!"—धीरे से फ़क़ीर बोला, "दिल से रोने से अल्लाह पसीजता

है। तुम 'माँ रोओ और मैं कुछ गाऊँ।' मुमकिन है हम दोनों की दिलगीरी से बेचारी की अस्मत बच जाए।''

और शरीफ़न रोने लगी और फ़क़ीर गाने लगा—और लो! आसमान में धुआँधार बादल घिरने लगे!!

रंग-बिरंगे दीपकों से जगमग रंगमहल या ऐशगाह में बैठे नव्वाब सर दिलफ़रोश ख़ाँ साहब सुगन्धित तम्बाकू पी रहे थे। पास ही एक खूबसूरत साक़ी सुराही और प्याला लिये नशीले अन्दाज़ में खड़ा था। नव्वाब की आँखें रतनारी, उनके खिले कपोल गुलाबी और फड़कते होंठ खूनी रंग के झलक रहे थे।

''साक़ी!''

''हुज़ूर!''

''हुज़ूर नहीं, मेरे साक़ी! मुझे दिलबर पुकारो!''

''दिलबर!''

''ज़रा तेज़ ढालकर दो और उस हठीली सोनपरी फ़ीरोज़ी को भी किसी बहाने से मस्त कर यहाँ फ़ौरन लाओ! साक़ी!''

''दिलबर... !''

''खूब! खिड़की से झाँककर देखो तो, चाँद है या बादल! हवा काफ़ी ठण्डी है, बहुत प्यारी!''

''दिलबर! बादल घिरे हैं। बाहर काजल, काला अँधेरा फैला है। हवा सनक रही है।''

''बादल? अभी तो आसमान—फ़ीरोज़ी के मुँह की तरह—साफ़ था। ये बादल, अरे-साक़ी!''

''हुज़ूर—दिलबर... !''

''बादलों में बूँदें होती हैं, बूँदों में नशा होता है—है न?''

''और थोड़ी शौक फ़र्माइए... !''

''ला! बादल घिरे हैं, मैं एक घूँट में सारी बोतल पीऊँगा। फ़ीरोज़ी रसीली है, मैं एक घूँट में पी जाऊँगा साक़ी!''

इसी वक़्त मदहोश नव्वाब के सामने फ़ीरोज़ी लाई गई। कई सुन्दरी बाँदियाँ उसको गोद में उठा, फूलों में सजा, बलिदान की बकरी बनाकर दिलफ़रोश के सामने ले आईं।

लड़खड़ाते नव्वाब ज्यों ही सुन्दरी फ़ीरोज़ी को, मतलब से, गोद में लेने को लपके त्यों ही आश्चर्य! त्यों ही! ठण्डी हवा के एक तेज़ और बर्फ़ीले झोंके ने

ऐशगाह के सारे चिरागों को यकायक ठण्डा कर दिया। देखते-देखते सारा जगमग अँधेरा हो गया।

"उफ़, कैसी सर्द हवा!" नव्वाब चौंके।

"उफ़! दोज़ख़ का अँधेरा!" साकी घबराया।

"बिजली कैसी चमक, तड़प रही है? शैतान जाग उठा है। भागो! भागो! अब तो इस घर में भी तूफ़ानी बादल घुस आए—साक़ी! मैं पानी से सराबोर हो रहा हूँ। कौन गा रहा है?"

"कोई पहुँचा हुआ गवैया मेघ-राग गा रहा है हुज़ूर!"—साक़ी ताड़ गया, "गाना बन्द नहीं किया जाएगा तो हज़रताबाद बरबाद हो जाएगा। तूफ़ान से ऊबकर मर जाएगा।"

"दौड़ो रे!" नव्वाब साहब भय से काँपकर चिल्ला उठे, "देखो रे! कहाँ पर, कौन मेघ-राग पानीदार गा रहा है। उसको इज़्ज़त से मेरे सामने लाओ।"

और जब तक नव्वाब के आदमी पता लगाकर लौटे, तब तक मारे सर्दी के सनके साहब की सारी शरारत सिकुड़कर शान्त हो गई। वह डरने लगे कि ज़रा और टेम्परेचर बढ़ा और उनकी रूह ने कालिब का साथ छोड़ा।

"हुज़ूर!" लौटकर भीगी बिल्ली की तरह नव्वाब के सिपाही बोले, "इसी फ़ीरोज़ी के घर में एक फ़क़ीर धुआँधार मेघ-राग गा रहा है। कहने पर वह न तो रुकता है और न आता है। हमने ज़बरदस्ती करनी चाही, तो बिजली तड़पकर टूटने लगी! हमारे सिर पर पत्थर बरसने लगे! हुज़ूर इस फ़ीरोज़ी को छोड़े बिना ख़ैर नहीं।"

"ले जाओ!" काँपते नवाब साहब बोले, "दूर करो इस साँप की बच्ची को! मैं तौबा करता हूँ, मेरे अल्लाह! अपने गुनाहों की! उफ़! बड़ी सर्दी है। बख्श दे मुझे!"

उसी वक़्त फ़ीरोज़ी बाइज़्जत पहुँचा दी गई अपने घर और तब वह फ़क़ीर, गाना बन्द कर, घोर अन्धकार में, अपने ही बनाए हुए रस से भीगता, नव्वाब के क़िले की ओर बिजली की तरह बढ़ा।

बिजली की चमक में अधमरे नव्वाब ने फ़क़ीर के चमकते चेहरे को देखा। उस चेहरे में उन जैसे गुनहगार के लिए ऐसी मलामत थी कि बूढ़े सर दिलफ़रोश ख़ाँ साहब बहादुर काँप उठे।

"रहम! हज़रत! मेरे गुनाह माफ़ फ़र्माइए, हमारी जान बचाइए।"

"बेशक रहम, बेशक माफ़ी—नव्वाब! आदमी जब जागे, तभी सवेरा। सबका

मालिक पाक परवरदिगार क़रीम है, रहीम है। उसके बन्दों को उसी की राह से चलना चाहिए, न कि शैतानी रास्ते से।''

''ओह! पहले पानी बन्द कीजिए हज़रत! नहीं तो मैं मरा...।''

''नहीं नव्वाब!''—मुस्कराकर फ़क़ीर बोला, ''तुम्हें हमारे मालिक ने मौक़ा दिया है, बख़्श दिया है। अब तुम बच गए। मैं दीपक-राग गाता हूँ।''

और बर्फ़ीली हवा मन्द होकर बन्द हुई, बादल निखरकर बिखर गए, प्रकाश रंग-बिरंगे दीपक आप-ही-आप जगमगाने लगे।

मेघ-राग गाने वाला फ़क़ीर, ख़ुदा को रहीम साबित करने के लिए दीपक-राग गाने लगा!

# आठवाँ स्वर

गवैया दीनू मियाँ की बात है। दीनू मियाँ गाने की कला में बेजोड़ थे। बेजोड़ यों नहीं कि वह दूसरे बैजू बावरे या तानसेन थे, बल्कि यों कि जिस एक रागिनी को उन्होंने साधा, फिर उसमें उनका मुकाबला करने वाला उनके जीते-जी सारे देश में एक भी न था। उस रागिनी का नाम है 'पूरिया'।

दीनू मियाँ का बचपन और रियाज़ की उम्र कोल्हापुर राज्य में अपने गुरु चन्दन पण्डित की सेवा में बीती थी। चन्दन पण्डित ने कोल्हापुर में, एक सवेरे किसी मुसलमान सच्चे भिखारी का हाथ पकड़कर चलने वाले एक पाँच-छः साल के लड़के की आवाज़ सुनी जो 'दे ख़ुदा की राह पर' इन पाँच शब्दों को रागिनी 'असावरी' में गाने की धुन में—अज्ञान से आधा सुर फिसलकर शुद्ध जौनपुरी गा रहा था। इतना शुद्ध, ऐसा मीठा और मोहक कि चन्दन पण्डित का रागप्रिय हृदय प्रफुल्लित हो उठा। उन्होंने उसी वक्त उस अन्धे भिखारी और बालक दोनों को अपने यहाँ आश्रय दिया, खाने-पहनने का पूरा प्रबन्ध कर दिया तथा लड़के दीनू को गाने और सारंगी बजाने की शिक्षा देने लगे। चन्दन पण्डित जैसे हर एक राग-रागिनी के सिद्ध गायक थे, वैसे ही प्रायः प्रत्येक बाजे को भी वह कमाल के साथ बजा सकते थे।

"मगर अफ़सोस की बात है," अक्सर वह पछताते, "ब्राह्मण होकर और सब कुछ जानते हुए भी शुद्धता से संगीत-सेवा मैंने न की। पहले के संगीत-साधक सौ-में-सौ साधु हुआ करते थे। वे विमल-वैराग्य के तारों पर सुन्दर-सुन्दर राग-रागिनियों को उतारा करते थे, मगर आज के साधक सौ-में-सौ दुराचारी-व्यभिचारी होते हैं। फल यह होता है कि कलावन्त का गला अगर सीधा हुआ

तो मुँह टेढ़ा नज़र आता है और आँख सीधी हुई तो दिल बाँका और राग सही सधता ही नहीं।''

लेकिन यह सब सोचने पर भी चन्दन पण्डित अपनी दैहिक दुर्बलताओं को दबा नहीं पाते थे। शादीशुदा दो स्त्रियाँ घर में रखते हुए भी, आप साल में पाँच बार किसी-न-किसी 'अति चपल नार कर-कर सिंगार' वाली पर मर-मर जाया करते थे। फल यह होता कि पण्डितजी अपने शिष्यों को संगीत के साथ-साथ व्यभिचारी भी सिखला देते थे; अनायास ही।

''यह विद्या''—चन्दन पण्डित से ही सुना—''गुरु-मार होती है यह गाने-बजाने की विद्या। पंख आते ही, पट्ठे चेले पर झाड़कर, गुरु को दक्षिणा में अँगूठा दिखा, अपनी राह लगते हैं। अक्सर चेले लोग लोभ या घमण्ड में अपने गुरुओं से ही लड़-भिड़ जाते हैं। अक्सर भोले गुरु गुड़ ही रह जाते हैं और उन्हीं के गुण से चण्ट चेले चीनी हो चमकने लगते हैं। इस विद्या पर किसी देवता का कोप मालूम पड़ता है।''

दीनू मियाँ ने भी अपने उस्ताद के साथ कोई बात बाकी न रखी। कलियुगी चेलों के सारे लक्षण दिखलाए, यहाँ तक कि महाराज कोल्हापुर की नज़रों से अपने गुरु को उन्होंने गिरा देना चाहा। बात यों हुई। अक्सर चन्दन पण्डित महाराज के मेहमानों को अपने कमाल से खुश किया करते थे। एक दिन महाराज ने किसी दूसरे राजा को चन्दन पण्डित के मुँह से 'पूरिया' रागिनी सुनने का न्यौता दिया। खुद गाने के पहले, सयाना और चतुर हो जाने पर, हमेशा, पण्डितजी दीनू से कुछ गवाते और फिर 'उस पर' स्वयं गाते, मगर दीनू गाता कुछ और, और पण्डित और ही कुछ। उस दिन दीनू को उन्होंने 'दरबारी' गाने को कहा था, लेकिन वह तम्बूरा लेकर श्रीमन्तों के सामने बैठा, तो उसने वही रागिनी शुरू कर दी, जिसे चन्दन पण्डित गाने वाले थे। अभी वह ठाट ही बाँध रहा था कि पण्डित ने इशारों से उसे रोकना चाहा, मगर वह कब मानने वाला था! डटकर गाया दीनू मियाँ ने 'पूरिया' और ऐसा गाया कि महाराज के मेहमान और महाराज सभी मस्त हो गए। चन्दन पण्डित से भी, हज़ार नाराज़ होते हुए भी, बिना 'वाह-वाह' किए न रहा गया, मगर फिर उन्होंने उस दिन महाराज को सुनाया नहीं कुछ। बोले, ''शाग़िर्द है तो क्या, तारीफ़ का सच्चा हक़दार है।'' आज दीनू मियाँ पर उसका उस्ताद भी गाने लायक़ नहीं। ''वाह, बेटे!''

और उसी दिन से गुरु चन्दन पण्डित के दिल में शिष्य दीनू मियाँ के खिलाफ एक लकीर-सी पड़ गई। बद्दुआ न देने पर भी सामना होने पर जैसे पण्डित के

होंठों पर शाप नाचने लगते, आँखों में अकृपा। बाहर उन्होंने कुछ भी, एक बुरा विचार या शब्द तक दीनू के लिए न निकाला, लेकिन इससे फ़ायदे की जगह नुक़सान ही ज्यादा हुआ। दीनू भी मन-ही-मन समझ गया कि अब उस्ताद उससे खुश नहीं। उसने सोचा—अब इस जगह रहना मुनासिब नहीं। जब भागना ही है तब गुरुजी की अच्छी हजामत करके क्यों न भागा जाए? उन दिनों चन्दन पण्डित की परम प्यारी दो चीज़ें थीं, एक तो किसी फ़क़ीर की दी हुई सारंगी, जो चन्दन पण्डित के हाथ में बजती ही नहीं, बोलती और गाती भी थी। उसका स्वर बड़ा ही मादक था। दूसरी चीज़ थी एक नौजवान नौकरानी, जिसे आधा कोल्हापुर 'चीज़' कहता था। पण्डितजी उसे बहुत ही मानते थे। कहने को वह नौकरानी थी, पर काम था उसका रानियों का। कभी चन्दन उससे तम्बूरा छिड़वाते अथवा गाते वक्त ताल दिलाते और कभी एकाध गिलास पानी या दूध मँगा लेते, मगर बिना उसके चन्दन पण्डित अभ्यास करने न बैठते। उसकी हाज़िरी में पण्डित के रोम-रोम से राग-रागिनियाँ और स्वर बजने लगते। उस दासी को चन्दन ने चाँदी-सोना और मोतियों से मढ़ रखा था। उसे वह अपने घर की 'लक्ष्मी', 'शोभा' आदि शुभ शब्दों से याद किया करते थे।

नवयुवती नौकरानी का नाम सुग्गी था, जिसे चाँदी-सोने के साथ उड़ाकर दीनू मियाँ कोल्हापुर से सीधे मुम्बई आया, मगर कुछ सुग्गी के नये-ताज़े प्रेम और बहुत-कुछ दुनियावी ज्ञान की कमी से दीनू मियाँ मुम्बई में कुछ कर न सका। जन्म का भिखारी अच्छा कलावन्त हो जाने पर भी अमीरों का सामना होने पर झेंपता-सा था। उन्हें अपने से बहुत ऊँचा समझता था। दीनू मियाँ अपनी अमृत-कला से अमीरों के पथरीले महलों को अधिक महत्त्व देता था। उनमें प्रवेश करते हुए उसके रोंगटे खड़े हो जाते, जैसे कोई पापी थर्राकर मन्दिर की सीढ़ियों ही से वापस फिरे, वैसे ही बार-बार बड़े-बड़ों के मुहल्ले की तरफ़ वह जाता, मगर बिना कुछ बनाए ही लौट आता। सोचने लगता, "यह सब उस्ताद से दगा करने का नतीजा तो नहीं है? अहँ! नहीं! नहीं मगर क्यों? जिसने मुझे सड़क के भिखारी से कलावन्तों का राजा बनाया, उसके साथ मैंने कितना कमीना सलूक किया! उफ़!"

सुग्गी अपने साथ ज़्यादा-से-ज़्यादा पाँच-छः हज़ार का सोना-चाँदी लाई थी। वह सब बेच खाने में दीनू मियाँ को अधिक वक्त नहीं लगा। इधर इसी बीच सुग्गी के माँ बनने के आसार भी नज़र आने लगे। ऐसे मौकों पर मर्द से, हमेशा, औरत अधिक सावधान रहती है। एक दिन उसने दीनू से कहा, "हमारा निकाह भी नहीं हुआ और रुपये आधे से ज़्यादा ख़र्च हो गए। मेरी हालत ऐसी है। आख़िर

घर बनाने का ख्याल तुम कब करोगे? इस मुम्बई का मुँह फूँको, चलो! किसी छोटे-से शहर में कोई छोटा-सा रोज़गार कर भले लोगों की तरह वहीं हम भी बस जाएँ। मुझे नागपुर पसन्द है।"

मगर, दीनू मियाँ को उसकी बातें मंज़ूर न हुईं, बल्कि अब वह धीरे-धीरे सुग्गी से खिंचने-सा लगा। अभी उसके पेट में तीन ही महीने का बच्चा था कि वह वेश्याओं के मुहल्ले की सैर करने लगा। उसको अक्सर सारी रात अकेली ही छोड़ वह कहीं और रहने लगा। अक्सर उसी के आगे वह यह भी कहने लगा, "कलावन्तों का एक को गले मढ़ना भूल है। बुलबुल क्या एक ही गुल के सामने गाती है? भौंरे क्या एक ही फूल का रस लेते हैं? रसिकों की राह ही दूसरी होती है।"

अब सुग्गी रोती और सिर पीटती कि किस देवी से वह कैसी चुड़ैल बन गई! यह उसने किया क्या? चन्दन जैसे सुगन्धित-हृदय पण्डित को पाँवों से रगड़कर किस नापाक मल-मूत्र को उसने अपने माथे पर चढ़ा लिया! वह सोचती, "क्या चन्दन पण्डित के स्नेह की हत्या का मुझे प्रायश्चित करना पड़ेगा?"

आख़िर एक दिन मामला तूल पकड़ गया। उस दिन भी चार ही बजे जब दीनू मियाँ अपनी नयी माशूक़ा के यहाँ जाने को सज-धजकर, निकला तो सुग्गी ने उसकी शेरवानी का पल्ला पकड़ लिया, "सब्र बहुत हो चुका। महीनों से मुझे किस क़ुसूर पर रुला रहे हो? आज यहीं रहो। अकेले मैं डरती हूँ।"

"यह सब तिरिया चरित्तर के लच्छन हैं?" बताया दीनू ने, "आख़िर मुझे भी अपनी इज़्ज़त की फ़िक्र है। कुछ कमाना-धमाना न होगा, तो न तुम होगी, और न तुम्हारा यह बच्चा होगा।"

"मगर, आज तक कितनी कमाई की है यहाँ पर सरकार ने?" ज़रा तीखी होकर सुग्गी बोली, "जैसे अब तक चला है, आगे भी चलेगा।"

सुग्गी की बात दीनू मियाँ को लग गई। उसने सोचा, "साली ताना मारती है अपने गहनों का!" शायद वह ऐसे ही मौके की तलाश में था पर उसके बोलने के पहले ही एक औरत खुले कमरे में तेज़ी से घुस आई। उसका मुँह पाउडर से पुता, होंठ रंगे, बाल बिखरे थे। वह शायद नशे में थी। आते ही उसने दीनू मियाँ को आड़े हाथों लिया, "वाह हज़रत, ऐसी वादा-ख़िलाफ़ी? इतनी देर!"

"यह आने दे, तब तो आऊँ!" दीनू मियाँ ने सुग्गी की ओर इशारा किया जिसे घूरकर पाउडर वाली जल उठी। बुझा हुआ तीर उसने मारा, "इस चाल में आते तो मुझे भी शर्म मालूम पड़ी। मेरे घर में बहुत जगह है। तुम दोनों वहीं क्यों नहीं चलकर ठहरते?"

"मुझे तो कोई ऐतराज़ नहीं। हाँ, इन्हें ले चलिए।"

"मैं किसी के घर नहीं जाती।" सुग्गी ने अन्दर-ही-अन्दर कुढ़कर कहा, "यह चाल ही अपना महल है।"

"किसी के घर जाती नहीं, बीबी?" हाथ चमकाकर अब पाउडर वाली बोली, "और पट्ठों के साथ कोल्हापुर से मुम्बई चली आती हैं! ऐसी सतवन्ती का मुँह जले! सारे शहर की गन्दगी पेट में छिपाकर नाक ऊँची करती है।" फिर उसने स्तब्ध सुग्गी को छोड़ दीनू मियाँ की तरफ़ देखा, "जो औरत बिना शादी के पेट पाल सकती है, वक्त आने पर वह कुछ भी कर सकती है। समझे, भोले मियाँ जी! लाहौल भेजो इस आफ़त की परकाला पर! आओ, चलें!"

डॉक्टर जगजीवन देव उन दिनों नागपुर शहर और आस-पास के देहातों में बहुत मशहूर थे। बेशक उन्होंने विलायत में शिक्षा नहीं पाई थी, लेकिन अच्छे-अच्छे विलायती सर्जन चीर-फाड़ के काम में उनकी बराबरी नहीं कर सकते थे। इसका कारण यह था कि डॉक्टर साहब ने निहायत ग़रीबी में डॉक्टरी विद्या की शिक्षा पाई थी। कई साल आधा पेट खा और म्युनिसिपैलिटी के लालटेनों की रोशनी में पढ़कर उन्होंने डॉक्टरी पास की थी और शुरू से ही जगजीवन देव के मन में 'कुछ-न-कुछ करने का' पक्का इरादा था। उन्होंने सुना था, उनके दादा अपने समय में अच्छे रइसों में गिने जाते थे जो अपनी उदारता या शाहख़र्ची से साफ़ हो गए थे। जगजीवन एक बार अपने दादा वाली स्थिति परिवार में पुनः लाना चाहते थे। इसी इरादे से तपस्वियों की तरह रियाज़ कर उन्होंने डॉक्टरी और सर्जनी सीखी थी। धुन के पक्के होने के कारण उन्होंने एक बार जो सीखा, पत्थर की लकीर की तरह ज़ेहन में नक़्श कर लिया। पहले आप साधारण असिस्टेंट सर्जन के पद पर एक इलाक़े में नियुक्त हुए, जहाँ अस्पताल के नाम पर एक छप्परदार घर और दवा के नाम पर सिनकोना और कुनैन के अलावा और कुछ भी नहीं था। और उस इलाक़े का पहला ही केस उन्होंने इस योग्यता से सँभाला कि उनका सुयश इलाक़े-भर में व्याप्त हो गया। बात यों हुई। जंगल के एक रखवाले को किसी चीते ने बुरी तरह घायल किया था। खासकर पाँव पर उसके नाखूनों के घाव गहरे और ज़हरीले थे। जब वह डॉक्टर जगजीवन देव के पास लाया गया, तब एक बार तो वह घबराए-से हो गए; क्योंकि अस्पताल में चीर-फाड़ का एक भी औज़ार न था और दूसरा अच्छा अस्पताल नागपुर शहर में था, जो उस जगह

से पचास मील दूर था। वहाँ तक जाते-जाते घायल नाखूनों के ज़हर से ज़रूर मर जाता और काटनी थी पाँव की हड्डी—आधी टाँग। लाचार दरियाफ़्त किया डॉक्टर ने कि जंगलियों के पास तेज़ छुरी, छुरा या आरी है और बड़ी तलाश के बाद लकड़ी काटने की एक आरी और कोई कुन्द छुरा मिला। उन्हीं औज़ारों को, भगवान् का नाम लेकर घिस-घिसकर तेज़कर, पानी में खौलाकर जगजीवन देव ने किसी तरह कामचलाऊ बनाया। अब लकड़ी काटने की आरी से उन्होंने आधी टाँग उस घायल की काट डाली और महज 'टिंचर आयोडीन' में रुई भिगोकर उस पर रख घायल को बेख़ौफ़ नागपुर भेज दिया। वहाँ वह जल्द ही चंगा हो गया।

इसके बाद डॉक्टर जगजीवन देव के अस्पताल नामक उस झोंपड़े पर मरीज़ों की भीड़-सी रहने लगी। इसी के बाद उनके बड़े अफ़सरों की उन पर ख़ास निगाह होने लगी। डॉक्टर उन्नति की सीढ़ियों पर धड़ा-धड़ चलने और बढ़ने लगे। चन्द बरसों की सर्विस में ही वह 'असिस्टेंट' से 'हेड' हो गए। सारे डिवीजन में कोई भी 'ऑपरेशन' जगजीवन की सलाह या हाथ बिना हरगिज़ न होता। लोग कहने लगे, बेशक डॉक्टर जगजीवन जगत् के जीवन हैं, चलते-फिरते देव। और अब लोग झट से डॉक्टर के नाम के साथ उनके दादा की याद भी करने लगे, ''फलाँ का पोता तो कुल भूषण है। उनसे भी अधिक तेजस्वी!'' जानकारों का दावा है कि डॉक्टर जगजीवन देव दया और उदारता की मूर्ति थे। वह किसी से कुछ भी फ़ीस आदि न माँगते, जो मिलता उसी पर धन्यवाद देते। विधवा, ग़रीब और ब्राह्मण से लाख देने पर भी, कुछ भी नहीं लेते थे। तिस पर डॉक्टर थे पूरे पीयूषपाणि, जिसका हाथ पकड़ा उसको चंगा ही कर दिया।

'इस्लामियाँ होटल' के सामने की बिल्डिंग से किसी मरीज़ को देखकर डॉक्टर जगजीवन देव बाहर आए ही थे कि उन्हें होटल में हो-हल्ला होता मालूम पड़ा। जैसे कुछ लोग झगड़ते हों, मार-पीट पर आमादा। अपनी 'फ़ोर्ड' के ड्राइवर को उन्होंने होटल की तरफ़ चलने को कहा। वहाँ पहुँचकर डॉक्टर ने देखा, एक सड़े-गले-तन, दुबले-पतले मुर्दे-से आदमी की पचासों मुसलमान लानत-मलामत कर रहे हैं, मगर डॉक्टर को देखते ही वे चुप हो रहे, उस आदमी से अलग भी हो गए। अब ज़रा हवा पाकर वह मुर्दा उड़ भागा, मगर डॉक्टर ने उसे होटल के बाहर रोक लिया—

''क्या मामला है?''

"साले को गरमी हुई है, हुज़ूर!" होटल वाले ने कहा, "और बदमाश भीतर घुस आया चाय पीने को!"

"हुज़ूर!" अब वह मुर्दा भी रो पड़ा, "किसी होटल में मैं घुसने नहीं पाता, खुद पकाने-बनाने के क़ाबिल नहीं। इधर रोग, उधर फ़ाक़े। मेरे अल्लाह! मैं मर क्यों नहीं जाता?"

"अबे साले!" होटल वाला पुनः बिगड़ा, "जिस जगह से यह बला पाल लाया है, वहाँ क्या डॉक्टर साहब से पूछकर गया था? तुझ-जैसे मरें, तो ज़मीन का भार हल्का हो।"

"ऐसा नहीं बड़े मियाँ! माफ़ करो, भाई!" तरस खाकर डॉक्टर ने होटल वाले से मिन्नत की, "जले को और न जलाओ! किसी के कटे पर नमक तेज़ दर्द पैदा करता है।" अब उस मुर्दे से डॉक्टर ने सप्रेम पूछा, "तुम्हारा नाम?"

"दीनू..."

"अच्छा दीनू मियाँ, मेरी गाड़ी में बैठ तो जाओ।"

मगर दीनू मियाँ की औक़ात इतनी कहाँ, कि डॉक्टर की मोटर में बैठता; आखिर मसीहा ने ज़बरदस्ती मरीज़ को अपने पास बैठाया।

"यह बग़ल में क्या है, दीनू मियाँ?"

"सारंगी, हुज़ूर!" चलती मोटर में दीनू ने जवाब दिया।

"तो तुम्हें सारंगी बजाना भी आता है? खूब!"

"हुज़ूर! ख़ादिम गाता भी है किसी क़दर।" भरे गले से दीनू मियाँ ने जवाब दिया, "मगर अपनी बुरी करनी से मेरे सारे गुणों पर पानी फिर गया है।"

"अजी!" करुण शब्दों में डॉक्टर ने जवाब दिया, "यह दुनिया गुनाहों से भरी हुई है। इस काजल की कोठरी में बे-धब्बा कौन रह सकता है? इस रोग को गुनाह न समझो। इसे तो, भगवान् की दया से, मैं चुटकियों में अच्छा कर दूँगा।"

"इसी रोग की बात नहीं, हुज़ूर!" दीनू के दिल से पश्चाताप की लपटें निकलीं, "मैंने अपने ख़ुदा, अपने उस्ताद को धोखा दिया है। यह सब उसी की सज़ा है, ग़रीबपरवर! चन्दन पण्डित का नाम सुना है आपने?" उस्ताद के नाम की इज़्ज़त के लिए कान छूते हुए दीनू ने पूछा।

"हाँ-हाँ", डॉक्टर ने जवाब दिया, "वह तो संगीत-कला के समुद्र थे समुद्र! तुम उन्हीं के मुरीद हो?"

"बेईमान शागिर्द हूँ मैं।" दीनू ने बतलाया, "उस्ताद ने मुझे ज़र्रा से आसमान बनाया, मैंने उस आसमान पर थूका, आह! मेरा मुँह देखिए!"

मारे दुःख के दीनू फूट-फूटकर रोने लगा, सारंगी और सुग्गी की कहानी सुनाकर बोला, "गुरु ही से नहीं, बेचारी अबला नारी से भी मैंने बुरा सलूक किया है। उसका सब-कुछ लूट, हमल की हालत में, उसे मुम्बई-जैसे शहर में छोड़, उस नागिनी के साथ चला गया जिसका ज़हर आज गुनाहों की तरह मेरे जिस्म से फूट-फूटकर निकल रहा है। असल में होटल वालों ने मेरे साथ ठीक बर्ताव किया, बुरे रोग की तरह मैं किसी भी घर में रहने लायक़ नहीं। आप मुझे कहाँ लिये जा रहे हैं ?"

"अपने घर। मैं डॉक्टर हूँ न!"

बँगले पर आते ही पहले डॉक्टर ने मरीज़ को गर्म और दवा के पानी से नहलाया और फिर अच्छी-से-अच्छी, महँगी-से-महँगी दवाएँ और इंजेक्शन उन्होंने दीनू मियाँ की देह पर लगाए। उस अध-सड़े रोगी की सेवा डॉक्टर ने कई घण्टे ऐसे की जैसे कोई गौ-भक्त गौ की करे। मरहम-पट्टी के सिलसिले में उन्होंने मरीज़ को इतना आराम दिया कि देखते-ही-देखते उसमें नवजीवन लहराने लगा। वह गुनगुनाने-गाने को अकुलाने लगा।

"धीरे-धीरे गाओ, नसों पर ज़्यादा ज़ोर न पड़े।" डॉक्टर ने सलाह दी, "कोई भजन याद है, दीनू मियाँ ?"

"बीसों!" उत्सुक, प्रसन्न दीनू ने कहा, "मेरे गुरु चन्दन पण्डित" दीनू ने पुनः कान छुए, वह परम मधुर, करुण स्वर से गाने लगा, "औगुन चित न धरो, हमारे प्रभु! औगुन चित न..."

पश्चाताप की ऐसी करुणधारा लहरा उठी दीनू मियाँ के कण्ठ से कि डॉक्टर जगजीवन देव उससे सराबोर हो उठे। मरीज़ और डॉक्टर दोनों ही के हृदय के तार स्वर्गिक झंकार से झनझना उठे। थोड़ी देर तक दोनों ही इस लोक में नहीं-से रहे!

जगजीवन देव की मसीहाई से दीनू मियाँ उस भयानक रोग से दो ही हफ़्तों में मुक्त हो गया। साथ ही इसी बीच में डॉक्टर के दिल में दीनू के गुणों ने भी जगह पा ली। चंगा हो जाने पर भी उन्होंने कलावन्त को कहीं जाने न दिया। अपने ही बँगले में एक क्वार्टर दे दिया रहने के लिए। अब अक्सर फुर्सत पाने पर डॉक्टर दीनू मियाँ से गाना या सारंगी सुना करते। सारंगी तो डॉक्टर सीखना भी चाहते थे, पर दस बारह ही 'गज़' फेरकर उन्होंने उस विद्या को अपने बूते के बाहर की वस्तु मान लिया।

एक दिन की बात है कि रात के कोई दस बजे दीनू मियाँ डॉक्टर को सारंगी सुना रहा था कि नौकर ने एक देहाती को लाकर डॉक्टर के सामने खड़ा किया।

"सरकार!" देहाती ने अर्ज़ किया, "मैं घासीपुर गाँव से आ रहा हूँ। एक औरत, बच्चा न पैदा होने से, मारे तकलीफ़ के तड़प-तड़पकर मर रही है।"

"मैं अभी चला। अरे, ओ रामदीन!" डॉक्टर ने ड्राइवर को पुकारा, "जल्द गाड़ी लाओ, घासीपुर चलना है। दवाओं और औज़ारों की पेटियाँ भी रख लेना।" फिर उन्होंने दीनू मियाँ से कहा, "चलो, तुम भी रहोगे तो काम के बाद सवेरे भैरवी सुनने को मिलेगी।"

"हाँ-हाँ हुज़ूर!"—दीनू ने कहा, "बन्दा बिल्कुल तैयार है। चलिए।"

मगर मोटर जब डॉक्टर के बँगले से कोई दो मील दूर निकल गई, तब दीनू मियाँ को अपनी सारंगी की याद आई।

"हुज़ूर, मुझे उतार दीजिए।" उसने कहा, "बिना सारंगी के मैं रह नहीं सकता। उस साज़ को न तो कभी मेरे उस्ताद छोड़ते थे और न मैं ही। ऐसा बाजा सारे मुल्क में नहीं मिलेगा।"

ख़ैर, मोटर फिराकर डॉक्टर ने दीनू को सारंगी भी साथ लेने दी। इस तरह घासीपुर गाँव पहुँचते-पहुँचते रात के साढ़े बारह बज गए। दीनू मियाँ तो ड्राइवर की बग़ल में सो भी गया और सुरीली सारंगी को बग़ल में दबाए बेसुरी नाक बजाने लगा। निश्चित स्थान पर पहुँचकर डॉक्टर ने दयावश, दीनू को मोटर ही में सोने दिया, जगाया नहीं और आप रोगी को देखने गए। वह औरत प्रसव-पीड़ा से, एक कच्ची कोठरी में, खाट पर मछली की तरह तड़प रही थी।

"यह तुम्हारी कौन है?"—देहाती से डॉक्टर ने पूछा।

"मेरी कोई भी नहीं, सरकार परदेसिन भिखारिन है, लेकिन ऐसी तकलीफ में है कि देखा नहीं गया मुझसे। मैं सरकार की मदद माँगने शहर को दौड़ गया।" देहाती ने गम्भीर स्वर में जवाब दिया।

"तुम्हारा क्या नाम है, बेटी?" डॉक्टर ने पीड़ित स्त्री से पूछा।

"सुग्गी...!"—तड़पकर वह बोली, "मुझे बेटी कहकर अपनी जुबान गन्दी न कीजिए। पापिनी हूँ, विश्वासघातिनी..."

"सुग्गी!" डॉक्टर को दीनू मियाँ ने यही नाम तो बतलाया था। वह सोचने लगे, "क्या यह वही औरत है?"

"तुम्हारा मर्द कहाँ है, बेटी?" डॉक्टर ने मतलब से पूछा, यह भूलकर कि रोगी को दवा पहले ज़रूरी थी। इस बार जब सुग्गी मारे कष्ट से कोई उत्तर न

दे सकी, तड़पने लगी, तब डॉक्टर को अपनी भूल समझ पड़ी। तुरन्त ही उन्होंने दवा और औज़ारों की पेटी सँभाली। फिर मरीज़ की जाँच की।

"मामला ख़तरनाक है।" उन्होंने देहाती से कहा, "पेट को चीरकर बच्चा बाहर करना होगा।"

ड्राइवर ने तुरन्त ही 'स्टोव' तैयार किया, जिसमें चीर-फाड़ के औज़ार गर्म किए जाने लगे।

"लेकिन हुज़ूर!" ड्राइवर ने बतलाया, "ज़ख़्म सीने की रेशमी डोरी तो है ही नहीं।"

"क्या... ?" डॉक्टर ने पूछा, "डोरी नहीं है ? तब तो गज़ब हो गया। नागपुर से डोरी लाते-लाते तो सुग्गी उड़ जाएगी। घर में पेटी देखकर, चीज़ों को सँभालकर नहीं रखा, उसी का यह फल है। किसी के आसरे काम छोड़ने का ऐसा ही नतीजा होता है। ग़लती मेरी है, मगर करूँ तो अब क्या करूँ ?"

हतबुद्धि से जगजीवन देव कोई पाँच मिनट तक सोचते रहे, फिर भी वह कुछ सोच न सके।

"आज मेरी असावधानी से दो जानें जाएँगी।" माथा पीटकर डॉक्टर ने लाचारी ज़ाहिर की। इसी बीच जैसे उन्हें कुछ याद आई, याद आई दीनू मियाँ की वह अद्‌भुत सारंगी, उसके ताँत के तार।

"देखो," उन्होंने ड्राइवर से कहा, "धीरे से गवैया की बग़ल से सारंगी उड़ा लाओ। उसे ज़रा भी आहट न हो, नहीं तो औरत-बच्चे के मर जाने पर भी वह सारंगी नहीं देगा।" और फिर कुछ सोचकर ड्राइवर को रोक, डॉक्टर खुद मोटर की तरफ़ लपके। अभी दीनू मियाँ सो ही रहा था। धीरे से डॉक्टर ने उसके बग़ल से सारंगी सरका लेनी चाही, पर, लो! दीनू ने हिलकर आँखें खोल दीं।

"कौन ? कौन सारंगी खिसका रहा है ?"

"मैं हूँ, दीनू मियाँ! तुम सोओ, बाजा ज़रा मुझे दे दो।"

"इस ज़िन्दगी में डॉक्टर से सारंगी न बजेगी, कई बार तो आपने गज़ पकड़कर देख लिया, जाने दीजिए।"

"नहीं, दीनू मियाँ, आज डॉक्टर तुम्हारी सारंगी इतनी सुरीली बजाएगा, जितनी तुमने कभी सुनी न होगी। तुम सोओ।"

"आप मालिक हैं, नहीं तो उस्ताद का साज़ मैं किसी को छूने भी नहीं देता। ले जाइए।" दीनू मियाँ ने निद्रित मुँह ढकते-ढकते कहा।

इसके बाद डेढ़ बजे रात से पाँच बजे सुबह तक डॉक्टर सुग्गी की सेवा

में लगे रहे। सारंगी की ताँत को किस तरह स्वच्छ कर उन्होंने अपने काम लायक बनाया, यह वही जानते होंगे, मगर पाँच बजे सवेरे तक सारा मैदान सर कर जच्चा और बच्चा दोनों ही भगवान की दया और डॉक्टर की सफ़ाई से बच गए। सुग्गी के लड़का हुआ, निहायत सुन्दर। और सुबह रियाज़ के लिए सारंगी उठाने पर दीनू ने ताँतों को नदारद पाया!

"हैं!" मुँह बिगाड़ कर उन्होंने पूछा डॉक्टर से, "इसकी सारी ताँतें क्या हो गईं?"

"बज रही हैं। मैं बजा रहा हूँ।" गम्भीरता से जगजीवन देव ने सुनाया, "आज आधी रात ही से मेरी सारंगी बोल-बज रही है।"

"हुज़ूर, मज़ाक करते हैं। बतलाइए, ताँतें हो क्या गईं?"

"आओ, मेरे साथ और सुनो ताँतों का स्वर। मैंने कहा न, तुमने ज़िन्दगी-भर सारंगी बजाई है, आज मैं बजा रहा हूँ। आज मेरा साज बोल रहा है, आओ तो!"

झोंपड़ी के अन्दर एक मामूली-सी चारपाई पर दीनू मियाँ ने सुग्गी को चित पड़ी देखा और उसके पास ही एक खटोले पर परम सुन्दर बच्चा ज़ोर-ज़ोर से रोता।

"अरे!" दीनू के मुँह से सहसा निकल गया, "यह तो सुग्गी है। बच्चे का मुँह तो ठीक उस्ताद पण्डित चन्दन की तरह है!"

उसने उस्ताद के आदर के लिए बाएँ कान को छुआ, लेकिन दूसरे ही क्षण ग्लानि और शरम से भरकर वह वहाँ से भाग खड़ा हुआ।

"भगते कहाँ हैं?" बाधा दी डॉक्टर जगजीवन देव ने, "ज़रा ग़ौर से सुनिए तो! आप ही की ताँत बोल रही है। आप ही की सारंगी बज रही है। हाँ, तरकीब—ख़ुदा के फ़ज़्ल से—बन्दे की है। यह है आठवाँ स्वर, उस्ताद! आपके सरगमों में तो सात ही होते हैं न!"

# कला का पुरस्कार

राजकुमारी चम्पा के पुष्प की तरह सुरंग, सुगन्धित और सुकुमार शरीर पर धानी रंग की रेशमी साड़ी थी, जिसमें कोई आधा इंच चौड़ा सोने का किनारा था। वायु जब कभी उसके सुन्दर आँचल में लहरें पैदा करती, तब भीतर से सफ़ेद रेशम की कुरती की झाँकी झलक जाती। उस पर भी सोने का काम था तथा उसकी गर्दन राजकुमारी के गले की प्राकृतिक हँसली तक ढीली थी। गर्दन के पास एक इंच चौड़ा लाल रेशम का कामदार फीता उसके सरल सौन्दर्य-समुद्र में तूफ़ान पैदा कर रहा था। उसके दोनों हाथों में कटक के सुगढ़े स्वर्ण-कंकण थे, जिनमें यत्र-तत्र बड़ी सुन्दरता से मोतियों के खिलखिलाते बच्चे बैठाए गए थे। उसके दोनों पैरों में हरे मखमल पर ज़री के काम के, सुन्दर और आकर्षक जोड़े थे। उनमें प्रत्येक के मस्तक पर, बड़ी जाति के, एक-एक मूल्यवान मोती, अंगूर की पत्ती के बीच में, जड़े हुए थे। सन्निकट देखने से राजकुमारी विभूति और सौन्दर्य-समूह की प्रतिमा-सी मालूम पड़ती थी।

उसका मुँह अण्डाकार था, आँखें आसमानी, मीनाकृति, सजल और बड़ी-बड़ी थीं; ओष्ठाधार सुडौल और रसीली नारंगी की फाँकों-से थे; कपोल खिले हुए थे और उनकी छाती में से गुलाबी रंग फटकर बाहर निकलता-सा मालूम पड़ता था। उसके हाथों की सुकुमार अँगुलियाँ संसार के चित्रकारों को पागल बना देने वाली थीं; उसकी इकहरी, सुडौल और कुछ लम्बी देह मूर्तिकारों की कल्पना की सम्पत्ति थी। उस परिधान में, उस उद्यान में, दूर से देखने पर, वह इन्द्रधनुष की तरह दिखाई पड़ती थी।

राजा, उसके पिता, उसके सामने जिज्ञासु-भाव से खड़े थे; और वह अपनी संकुचित, सुन्दर आँखों को पद-पीठ पर गड़ाए, रत्न-प्रतिमा-सी खड़ी थी।

"बच्ची!" महाराज ने प्यार से पूछा, "अब देर किस बात की है? सन्तोषपुर के राजा अपने पुत्र की शादी के लिए व्यग्र हो रहे हैं। तूने भी तो कुमार अनुरागदेव को अपनाने की अनुमति दे दी है। फिर, अब इस शुभ-विवाह-चर्चा को अभी स्थगित रखने की सलाह क्यों देती है? तुझे और क्या चाहिए?"

"पिताजी!" कुमारी की बड़ी-बड़ी आँखें ऊपर उठीं। "देर होने का कारण मैं नहीं हूँ, क्षमा कीजिएगा, बल्कि आप ही हैं।"

"क्यों? कैसे?"

"आज से दो वर्ष पूर्व आपने, मेरी शादी के पहले, मुझे जो-जो चीज़ें आशीर्वाद-स्वरूप देने की प्रतिज्ञा की थी, उनमें से एक बहुत आवश्यक चीज़ तो आज तक आपने मुझे दी ही नहीं।"

महाराज श्रवण समीप के सित केशों में अँगुली डालकर विचारने लगे।

"और क्या बाक़ी है, बेटी? मैंने प्रतिज्ञा की थी कि तुझे पूर्ण पण्डिता बनाकर, भारत-भ्रमण कराकर, तेरी इच्छा के अनुरूप वर ढूँढ़कर, उसके प्रेमी हाथों में सौंप दूँगा और सौंप दूँगा इस कन्दर्पपुर राज्य की पाई-पाई उस बच्चे को। मैं स्वयं तपस्या और लोकोपकार के काम करने के लिए तीर्थों, वनों और पर्वतों के शान्तिप्रद-राज्य का प्रबन्धक बनूँगा। यह सभी तो मैं करने के लिए तैयार हूँ, फिर तुझे और चाहिए क्या?"

"और वह कलाकुंज? भूल ही गए आप उसको!"

"ओहो!" राजकुमारी की पीठ पर प्रेम से हाथ फेरते-फेरते महाराज ने कहा, "बेशक! मैं भूल गया था, 'कलाकुंज' को! और, कितनी ज़रूरी चीज़ भूल गई थी। बेटी, यह सब बुढ़ापे का दोष है। चाहे देखने में मेरा शरीर मज़बूत भले ही मालूम पड़ता हो, पर अब अस्सी बरस से ऊपर की अवस्था हो चली। अब धीरे-धीरे सभी प्रकृति-प्रदत्त शक्तियाँ जिससे मिली थीं, उसी के पास लौटी चली जा रही हैं।"

उसी समय महाराज ने, मन्त्री को बुलवाकर आज्ञा दी कि देश-भर से चुने-चुने शिल्पी और भवन-निर्माण कलापटु कारीगर बुलाए जाएँ। विवाह के पहले, राजपुत्री के रहने के लिए, एक परम सुन्दर महल और उद्यान बनवाया जाएगा।

कलाधर शब्द में, सभी जगह कोई-न-कोई सुन्दरता खोजने वालों को, चाहे सौन्दर्य की थोड़ी-बहुत झाँकी दिखाई भी पड़े, पर श्रीपुर के कलाधर लोहार में शारीरिक

सौन्दर्य नाममात्र को भी नहीं था। वह लम्बा था, मगर इतना दुबला-पतला कि देखने वालों के मन में एक तरह की बेचैनी पैदा कर देता। उसकी नाक बन्दर की तरह चपटी और उसके होंठ वनमानुष की तरह वीभत्स। उसके कपोल हड्डीले तथा पिचके और आँखें निस्तेज़ तथा बुरी तरह घुसी हुई थीं।

कलाधर को वह शिक्षा नहीं मिली थी, जिसका आजकल मनुष्यता की छाती पर बड़ा दबदबा है, बल्कि, उस अद्‌भुत ने तो अपनी पैतृक-विद्या का भी अभ्यास नहीं किया था। उसका बाप अपने लोहारखाने में बैठकर उसे काम सिखाने या धौंकनी चलाने के लिए बुलाता, तो वह किसी-न-किसी बहाने घर के बाहर भाग जाता, गाँव की उदार रक्षिका रामा नदी के तट पर चला जाता और कुछ छोटे फक्कड़ दोस्तों की सहायता से बालू और मिट्टी के भवन बनाता। यही उसका नित्य का और प्राण-प्यारा व्यापार था। माँ से एक मुट्ठी चना और ज़रा-सा गुड़ माँगकर वह प्रातः आठ बजे नदी-तट पर दोस्तों के साथ पहुँच जाता। चने और गुड़ की मज़दूरी देकर उनसे मिट्टी और सूखा-गीला बालू मँगवाता और भिन्न-भिन्न प्रकार के महल, बँगले और भवन बनाता। लड़के उसकी निर्माण बुद्धि को देखकर दंग रह जाते। भवनों की सजावट के सिलसिले में बनाई हुई उसकी मिट्टी की परियाँ और देव देखकर गाँव के बड़े-बूढ़े भी अपनी सारी बुजुर्गी के बावजूद छके-से रह जाते, मगर उसके परिवारी और दुनियादार बाप को उसके बालू के महल ज़रा भी न रुचे, मिट्टी की मूर्तियाँ ज़रा भी न जँचीं। जब, उसे बहुत तोल-जोखकर लेने पर, यह पता चल गया कि कलाधर सिवाय आवारा और नालायक के कुछ भी नहीं है, तब तुरन्त ही एक दिन उसने उसको घर के बाहर निकाल दिया।

''निकल मेरे घर से!'' पिता ने उसे खदेड़ते हुए आशीर्वाद दिया, ''मेरे पास इतना धन नहीं कि मैं तुझे धोबी के कुत्ते की तरह पोसूँ। जा, दुनिया में बालू की दीवारें उठा और कमा अपनी रोटी!''

कलाधर की करुणामयी माँ कलपकर रह गई, मगर कठोर पिता पर उसका कुछ भी प्रभाव न पड़ा। उसने उस नालायक को निकालकर ही दम लिया।

इसके बाद, दस बरसों तक, कलाधर के दुःख-सुख का किसी को पता न रहा। दुनिया की दृष्टि में जो नालायक हो, भला उसे पूछता कौन है! उसके निकाले जाने के दो-तीन बरसों के भीतर ही उसकी याद भी लोगों के स्मृति-पट से पुँछ गई। मगर उसकी वह माँ उस नालायक को न भूल सकी। वह बराबर उसकी याद में कलपती और आँसू बहाती रही। वह पति की चोरी से, उसके लिए व्रत और

पूजा भी करती, देवता से वरदान भी माँगती कि मेरे कलाधर को एक बार फिर लौटा दो। वह नालायक ही सही, पर मैं उसको प्यार करती हूँ।

आखिर, दस वर्षों बाद, गाँव में एक दिन सनसनी-सी फैल गई, इस समाचार से कि कलाधर तो जीवित है! जीवित ही नहीं, अब तो बड़ा भारी शिल्पी भी हो गया है। पिछले दस वर्षों में, भारत के अनेक भागों में घूमकर, उसने भवन-निर्माण-कला का खूब ही अध्ययन और अभ्यास किया है। उसकी अन्तिम परीक्षा जयपुर राज्य में हुई है, जहाँ से वह कल लौटा है। राजा की ओर से उसे प्रचुर पुरस्कार और प्रशंसा-पत्र मिले हैं। आज उसकी माता निहाल हुई बैठी है। आज उसका दरिद्र और बूढ़ा बाप मालामाल होकर बैठा है। ओहो! धन्य है कलाधर! ईश्वर सात शत्रुओं को भी ऐसे ही पुत्र दे!

दस वर्ष पूर्व का नालायक कलाधर आज, रकम और नाम पैदा करते ही धन्य हो गया। अब लोगों की समझ में यह बात आई कि समय आने पर, बालू की दीवार खड़ी करने वाला प्राणी सोने की दीवार भी खड़ी कर सकता है।

इसके बाद देश के कोने-कोने से कलाधर की माँग आने लगी। जयपुर में उसने जो अपनी प्रतिभा प्रदर्शित की, उससे देश के सभी शिल्पकारों और कला-प्रेमियों पर, उसकी एक सात्त्विक धाक-सी बैठ गई। कारीगर स्वयं ही पूँजीपतियों को सुझाते कि यदि कलाधर भी बुलाया जाए, तो महल या मकान में जान आ जाए, मगर जयपुर के बाद, कलाधर फिर कहीं गया नहीं। उसने एक बार पुनः कुछ निठल्लों को ढूँढ़ लिया और वह एक बार पुनः रामा के तट पर बालू के महल बनाने और बिगाड़ने लगा। यदि कभी कोई उससे पूछता कि "क्यों कलाधर, किसी राजा के यहाँ जाकर यही काम आदर और उपहारों में क्यों नहीं करते?" तो, उसके भयानक मुँह पर एक विचित्र घृणापूर्ण हँसी चमककर मूर्च्छित हो जाती। वह कहता, "ये अमीर क्या जानें कि कला क्या होती है? ये कलाकार के गुणों से अधिक महत्त्व अपने पैसों को देते हैं और मेरे लिए, जब तक सूखी लिट्टियाँ और बहन रामा का स्वादिष्ट जल है, तब तक पैसों की कोई ज़रूरत नहीं। भवन रचता हूँ मैं, कलेजे का खून होता है मेरे, और नाम होता है पैसे वाले का। बाज आया मैं कला के ऐसे वेश्याचार से। मेरे लिए ये बालू के महल ही बहुत हैं। इन्हीं को, अपनी प्रसन्नता के लिए, सँवार और बिगाड़कर मैं अपने जीवन को धन्य समझता हूँ।"

लोग अनुमान कर लेते हैं कि यह अपढ़ कलाधर हमेशा का मूर्ख और पागल है, आती हुई विभूति को लात मारता है और मिट्टी-बालू को सिर-आँखों पर चढ़ाता है।

प्रातः सन्ध्या समाप्त कर ज्यों ही महाराज उठे, त्यों ही नित्य नियमानुसार, रत्न-जड़ित दो थालियों में जलपान की स्वच्छ सामग्री लिये, राजकुमारी उनके सामने उपस्थित हुई। महाराज राजकुमारी के हाथों जलपान करते थे और मारे प्रेम और वात्सल्य के उसी के सुधासिक्त करों का परोसा भोजन भी करते। रत्न-खचित स्वर्ण-चौकी पर बैठकर प्रसन्न-वदन महाराज जलपान करने लगे।

''कोई है ?'' जलपान करते-करते उन्होंने पुकारा। तुरन्त ही दो सुन्दरी सेविकाएँ, हाथ जोड़कर सामने आ खड़ी हुईं। महाराज ने आज्ञा दी, ''मन्त्रिवर को बुलाओ!''

मन्त्री ने आकर, सजग रूप से, यथानियम, अपने धर्मावतार को प्रणाम किया।

''क्या समाचार हैं ?'' महाराज ने अपनी बड़ी-बड़ी धवल आँखें मन्त्री की झुकी हुई आँखों पर रखते हुए, गम्भीर भाव से पूछा, ''शिल्पी आए? अब तो विलम्ब बुरा मालूम पड़ता है। कलाकुंज के निर्माण में तुरन्त हाथ लगना चाहिए।''

महाराज की बातों से कुमारी की मोहिनी आँखें चमक उठीं। उन दोनों बेजोड़ नील-मणियों की वे दोनों बे-मोल श्यामोज्ज्वल पुतलियाँ इस तरह नाच उठीं, जैसे नील-समुद्र में 'फास्फ़रसी' मछलियाँ। उन स्वादिष्ट आँखों की उस सुधा-ज्योति को, वात्सल्यपूरित-मन महाराज ने भी देखा। उनका जलपान मधुरतम हो गया।

''देश-भर के चुनिन्दे वास्तु-विद्या विशारद, प्रसिद्ध मूर्तिकार और सुचतुर कलाकार एक सप्ताह से श्रीमान् की राजधानी में आकर ठहरे हैं।'' विनम्र मन्त्री ने कहा, ''मगर...श्रीमान्...महाराज...!''

''हाँ, कहो-कहो! जब सभी आ गए हैं तब और कौन-सी बाधा है ? वह भी सुनूँ।'' महाराज ने जिज्ञासा की।

''अब विलम्ब का कोई दूसरा कारण नहीं है, महाराज! लेकिन कारीगरों का यह कहना है कि अगर श्रीपुर का प्रसिद्ध भवन-निर्माणक तथा मूर्तिकार कलाधर भी बुला लिया जाए तो कलाकुंज सचमुच कला-कुंज की तरह तैयार हो। इस समय वही देश-भर के कलाकारों का मौलि-मुकुट है, मगर धर्मावतार...!'' मन्त्री हिचका।

''ओहो!'' राजकुमारी ने कहा, ''श्रीपुर का कलाधर आजकल का सबसे बड़ा कलाकार है और उसी को तुमने नहीं बुलाया! किधर है श्रीपुर ? क्यों नहीं बुलाया उसको ?''

''धर्मावतार!'' मन्त्री ने महाराज से निवेदन किया, ''कलाधर बड़ा मनस्वी है। उसे तो चारों ओर के राजदरबारों से भवन या मूर्ति-निर्माण के लिए निमन्त्रण

मिलते हैं, मगर वह श्रीपुर के बाहर जाता ही नहीं। ऐसा गुणी होकर भी भिखारियों-सा रहता है और अपने उसी हाल में मस्त हो, सरिता रामा के तट पर, बालू के महल और मिट्टी की पुतलियाँ बनाया और बिगाड़ा करता है। दीनबन्धु! वह राजदरबारों के नाम पर भी नाक सिकोड़ता है।"

"वह ऐसा क्यों करता है, अमात्य?" सरल गम्भीरता से महाराज ने पूछा, "कुछ इस बात का पता भी चला?"

"हाँ, महाराज! जो कुछ मुझे मालूम हुआ है, उससे तो यही पता चलता है कि वह कला पर धन की प्रभुता नहीं स्वीकार करना चाहता। कला के सामने धन को वह गुलाम समझता है, मगर धनिक तो ऐसा नहीं समझते। इसी से बड़े आदमियों से उसकी पटती नहीं। वह यदि स्वनिर्मित किसी मूर्ति की आँखें अधखुली रखना चाहे और उसे मूर्ति का खरीददार यह इच्छा करे कि नहीं, आँखें तो खुली ही अच्छी होती हैं, अस्तु, वैसी ही बनें तो, कलाधर अपना काम वहीं रोक देगा। वह कहेगा, 'नहीं श्रीमान्! यह आपका विषय नहीं। इसे मेरी ही इच्छा से तैयार होने दीजिए। मैं खूब जानता हूँ कि इस मूर्ति के चेहरे पर अधखुली आँखें ही अधिक आकर्षक मालूम होंगी।' उसकी ऐसी ही बातों से उसमें और उसके ग्राहकों में पटती नहीं। इसी से वह स्वयं कला के इस 'क्रय-विक्रय' से अलग रहता है। केवल 'स्वान्तः सुखाय' मिट्टी का सात्त्विक संसार, सरिता रामा के तट पर बनाया और बिगाड़ा करता है।"

"तब तो विचित्र मालूम पड़ता है कलाधर," राजपुत्री ने आश्चर्य से कहा, "ज़रूर बुलवाओ, मन्त्री महोदय! हमारे महाराज उसे, कलाकुंज के निर्माण में, पूरी स्वतन्त्रता देंगे।"

जब कलाधर को राजदूतों से यह पता चला कि कन्दर्पपुर के प्रतापी महाराज, अपनी पुत्री के लिए, 'कलाकुंज' बनवाना चाहते हैं और उसके निर्माण का नेतृत्व उसी की शर्तों पर उसे देना चाहते हैं, तब उसे कुछ लोभ हुआ। लोभ इसका नहीं हुआ कि सफल होने पर उसे राज-सम्मान मिलेगा। राज-सम्मान को वह क्या समझता है। धन की आशा भी उसके उस लोभ के हृदय में नहीं थी।

वह इधर कुछ दिनों से यह विचार कर रहा था कि अगर कोई धनी मेरी शर्तों पर मुझसे कुछ अपूर्व-निर्माण करने को कहे, तो एक बार इसी बहाने, दुनिया को युगों तक स्तब्ध रखने के लिए, कुछ ठोस सौन्दर्य की सृष्टि भी कर दूँ। जिस तरह प्राचीन भारतीय कलाकारों ने दक्षिण भारत के देव-मन्दिरों, अजन्ता और

एलोरा की गुहाओं, ताजमहल और मोती और जामा मस्जिदों तथा अनेक मकबरों के रूप में, आने वाली पीढ़ियों के लिए, अपने यश के महाकाव्य बना छोड़े हैं, वैसे ही एक बार मैं भी क्यों न करूँ। अभी दुनिया, केवल जयपुर के चमत्कार देखकर, मुझे अच्छी तरह नहीं समझ सकी है।

यही कलाधर के मन का वह लोभ था, जिसका हाथ पकड़कर वह रामा-तट और श्रीपुर छोड़ कन्दर्पपुर जाने को तैयार हुआ।

उसके वहाँ पहुँचते ही दूसरे वास्तु-विद्या-विशारदों ने उसका हार्दिक स्वागत किया, "ओहो! धन्यभाग कन्दर्प नगर के कि आपका आसन हिला! स्वागतम्!"

महाराज उसे देखकर आश्चर्य में आ गए। यही कलाधर है! अरे, यह शनीचर के पुत्र-सा काला, अ-सुन्दर, मुट्ठी-भर का प्राणी, इस समय देश के कलाकारों का सिरमौर है! विधाता की ऐसी ही लीलाएँ विचित्र कही जाती हैं!

"कलाधर!" महाराज ने कहा, "मुझे अपनी कुमारी के लिए 'कलाकुंज' की ज़रूरत है। पचास करोड़ तक रुपये मैं उसके लिए व्यय करने को तैयार हूँ। देश के और सभी कलाकार आ गए हैं। वे तुम्हारे नेतृत्व में काम करने को तैयार भी हैं। मैं भी वचन देता हूँ कि तुम्हारे निर्माण में दखल न दूँगा। तुम स्वयं स्थान चुनो, तुम स्वयं नक्शा तैयार करो, तुम स्वयं आवश्यक चीज़ों की फर्माइश करो और कलाकुंज को तैयार करो, मेरा कहना केवल इतना है कि कलाकुंज अद्भुत हो, अभूतपूर्व हो और शीघ्र-से-शीघ्र तैयार हो। पानी की तरह धन बहे तो भी कोई चिन्ता नहीं। हज़ारों आदमी नौकर रख लिये जाएँ, कोई हर्ज़ नहीं, मगर कुंज कम-से-कम समय में तैयार हो। बस, कलाधर! इस काम से तुम प्रसन्न-भर कर दो मुझे, फिर देखो, तुम्हें निहाल कर देता हूँ कि नहीं।"

महाराज के यहाँ से लौटने के पूर्व कलाधर ने अपनी धँसी और भद्दी आँखों से एक बार राजा के मुख की ओर देखना चाहा, मगर हाय! उसकी आँखें किसी दूसरे पर पड़ीं। महाराज की दाहिनी ओर, रेशम के रूमाल से अपना मुख छिपाए, वह किसकी तेजोमयी मूर्ति बैठी थी? राजकुमारी की?

क्या सचमुच वही, वही कन्दर्पपुर की राजकुमारी!! सचमुच!

कलाधर कुछ चकराया।

कलाकुंज के तैयार होने में एक बरस और कई महीने लगे, किन्तु आज यदि कोई उसे जाकर देखे, तो कहे बिना न रह सकेगा कि उसके निर्माण में दस-पन्द्रह बरसों से कम समय न लगा होगा। उसको इतनी जल्दी तैयार कर देने के लिए, कन्दर्पपुर

राज्य को उक्त समय तक, दस हज़ार आदमी नियुक्त करने पड़े। भारत-भर के प्रसिद्ध कलाकारों की बुद्धि और सहयोग से, कलाधर के नेतृत्व में, जब वह अद्वितीय उपवन और प्रासाद बनकर तैयार हो गया, तब उसे देखकर लोग दंग रह गए। उद्यान के लिए देश-विदेश के पुष्प मँगाए गए थे, विविध लताएँ उसमें सजाई गई थीं, कुंज बनाए गए थे और उन लताओं और कुंजों और पुष्पों के बीच बड़ी सुन्दरता से फव्वारे और विचित्र भाव-भंगी की पुतलियाँ सजाई गई थीं। महल भी नीचे-ऊपर, चारों ओर, विविध प्रकार की मूर्तियों से सज्जित किया गया था। उन मूर्तियों में कहीं *रामायण* की किसी घटना का चित्रण था और कहीं *महाभारत* और बुद्ध-चरित्र की सुन्दर कथाओं का।

कलाकुंज के लिए कलाधर ने स्थान भी कैसा अद्‌भुत चुना था। कन्दर्पपुर से दस कोस उत्तर एक नदी बहती है, जिसका नाम 'मदिरा' है। उसका रंग गाढ़ा काला है। वह गहरी भी काफ़ी है। उसके तट पर कोई पचास बीघे ज़मीन घेरकर, कलाकुंज बनाया गया और कुंज का मुख्य द्वार रखा गया उस ओर, जिधर नदी, उसके चरण पखारती थी। संगमरमर की सीढ़ियों वाला पक्का घाट बनाया गया, सुन्दर-सुन्दर काले पत्थरों की बुर्जियाँ बनाई गईं और कलाकुंज के फाटक से नदी के लहराते आँचल तक थोड़े-थोड़े अन्तर पर अजन्ता के ढंग की मूर्तियाँ, अपने हाथों या माथों पर प्रकाश लिये, विविध भावों में खड़ी की गईं। कलाकुंज का फाटक लाल पत्थर का बनाया गया और शेष भवन सफेद संगमरमर का। मदिरा के तट से कलाकुंज का प्रवेश-द्वार कितना मोहक, कैसा अद्‌भुत दिखाई पड़ता है, यह वर्णन करने की बात नहीं, अनुभव करने की बात है। कहा जाता है कि कुंज के तैयार होने पर जब मन्त्री ने खर्च का हिसाब किया, तब मालूम हुआ कि कुल बयालीस करोड़ रुपये खर्च हुए हैं।

मगर उक्त रक़म में से कलाधर को सिवाय साधारण भोजन-सामग्री के और कुछ भी नहीं मिला था। शायद उसने कुछ माँगा ही नहीं और दिए जाने पर भी कुछ लिया नहीं। जब-जब भी महाराज या मन्त्री उससे कुछ लेने का आग्रह करते, तब-तब वह यही कहता कि अभी तो काम हो ही रहा है, पहले इसे समाप्त हो लेने दीजिए, फिर एक साथ ही, एक ही दिन, जो कुछ देना होगा, कृपा कर दे दीजिएगा।

कलाधर की उक्त विशेषताओं पर राजकुमारी का भोलापन मुग्ध हो गया। वह प्राय: रोज ही एक बार कलाकुंज की निर्माण-गति का निरीक्षण करने के लिए मदिरा के तट पर जाती और वहाँ उस कुरूप कलाकार की बुद्धि का एक-एक

चमत्कार देखकर ठगी-सी रह जाती। वहाँ जो कोई भी सुन्दर काम उसे दिखाई पड़ता, उसके बारे में पूछे जाने पर यही पता चलता कि वह कलाधर की बुद्धि की उपज है।

कलाधर से भी रोज ही राजकुमारी की भेंट होती और वह जब उसके सामने जाती, तभी उसको किसी-न-किसी मूर्ति का कोई-न-कोई अंग सँवारते हुए पाती। राजकुमारी को अपने पास आती देख वह एक बार उसकी ओर अपनी नीरस आँखों से देखकर फिर गम्भीर भाव से खड़ा हो जाता, ज़रा माथा झुकाकर कुमारी के प्रति आदर का भाव प्रकट करता और फिर, अपनी टाँकी सँभालकर, मूर्ति-रचना में लग जाता। राजकुमारी भी आश्चर्यचकित भाव से खड़ी-खड़ी उसकी हस्तचातुरी घण्टों तक निहारा करती, मगर जब कभी उसकी रचना देखते-देखते उसके कुरूप मुख पर राजकन्या की आँखें बिछ जातीं, तब वह न जाने क्यों उस कुरूपता से 'गुनगुना'-सी उठती। कैसा बदशक्ल था वह कलाधर! देखने में, बातचीत करने में और अपनी भावभंगियों में, चारों ओर से, वह नीरस, कुरूप और अनाकर्षक था और फिर भी भारत-भर के कलाकारों का नेता था। पत्थर में भी जान डालने वाला था। अनोखा भवन-निर्माण-विद्या-विशारद था। कभी-कभी राजकुमारी विधाता की इस विषम योजना पर तरस खाती और कोसती उस स्रष्टा को। कलाधर को ऐसा वीभत्स और कुरूप बनाकर विधाता ने बड़ा क्रूर परिहास किया था।

राजकुमारी ने कई बार इस बात का भी अनुभव किया कि वह कुरूप कलाकार कभी-कभी उसकी आँखें बचाकर, अपनी खोखली आँखों से बड़े प्रेम से उसे देखता, पर उसके देखने से राजकुमारी प्रसन्न न होती। न जाने क्यों वह कुरूप उसके कोमल हृदय को घृणा से भर देता, पर इतने पर भी राजकुमारी उसके पास नित्य ही जाती और उस असुन्दर द्वारा सौन्दर्य की सृष्टि का चमत्कार देखती।

"तुम परिश्रम तो बड़ा करते हो, कलाधर...!" एक दिन राजकुमारी ने उससे पूछा, "फिर रुपये-पैसे से क्यों भागते हो? तुम्हें इस अमूल्य परिश्रम और कला-सृष्टि का पुरस्कार भी लेना चाहिए।"

"ले लूँगा, राजकुमारी!" अपनी सूखी दृष्टि से राजकुमारी की सखियों के कपोलों पर मुस्कान की लाली फेरता हुआ वह उत्तर देता, "आपकी कृपा से सभी आवश्यक चीज़ें तो मुझे मिल ही रही हैं। पुरस्कार भी कभी ले लूँगा। जल्दी क्या है?"

"तुम्हारी कला ऐसी अपूर्व हो रही है, कलाधर!" राजकुमारी कहती, "कि मेरा वश चले तो मैं तुम्हें कन्दर्पपुर का आधा राज्य सौंप दूँ। आह! तुम आदमी नहीं देवता हो।"

''कलाधर राज्य लेकर क्या करेगा, राजकुमारी?'' वह उत्तर देता, ''उसके लिए तो सरिता का तट और एकान्त और कला-सृष्टि की कुछ सामग्री ही बहुत है। मुझे राज्य नहीं चाहिए।''

''पिताजी कहते थे कि कलाधर को पुरस्कारस्वरूप कई गाँव और एक नौलखा हार दिया जाएगा। क्यों, तुम इस पुरस्कार से प्रसन्न होगे, कलाधर?''

कलाधर ने, मुँह से कुछ न बोलकर, रुखे-भाव से नकारात्मक उत्तर दिया यानी उसे गाँवों और नौलखे हार की चाह भी नहीं।

''फिर,'' राजकुमारी की एक सखी ने कहा, ''मन्त्रिवर की बात तुम्हें पसन्द आएँगी। उनका कहना है कि तुम्हारे लिए कुछ नियमित वेतन राजदरबार से नियुक्त कर दिया जाए, तुम्हें कन्दर्पपुर में एक मकान दिया जाए, सपरिवार रहने के लिए, और तुम राज्य के सबसे बड़े कलाकार-पद की शोभा बढ़ाओ। यह तो बड़ा बढ़िया प्रस्ताव है कलाधर। आनन्द से कन्दर्पपुर में रहो और जी में आए तो अपनी ही बनाई किसी सुन्दरी-मूर्ति से ब्याह भी कर लो!''

सखी की बातों पर राजकुमारी मुस्करा पड़ी। विवाह और सुन्दरी-मूर्ति की चर्चा पर कलाधर भी कुछ चमकता-सा मालूम पड़ा, पर उसने इस प्रस्ताव को भी अस्वीकार कर दिया।

अन्त में राजकुमारी ने कहा, ''अच्छी बात है, अपने लिए तुम्हीं उचित पुरस्कार सोचना। पिताजी को जो कुछ देना है, उसे तो तुम पाओगे ही, साथ ही, मैं भी तुम्हें तुम जो माँगोगे, वही पुरस्कार दूँगी। तुम्हारे जैसे अलौकिक कलाकार को देने के लिए संसार की कोई भी चीज़ महँगी या अदेय नहीं।''

राजकुमारी की बातों से कलाधर की नीरस आँखें न जाने क्यों चमक उठीं।

सप्ताह-भर से कन्दर्पपुराधीश कलाकुंज में ठहरे हुए हैं और राजकुमारी के विवाह का आयोजन कर रहे हैं और सब कारीगर अपनी-अपनी मज़दूरी लेकर अपने-अपने देश चले गए, केवल कलाधर ही अब तक राज-अतिथि है। आज रात्रि के आठ बजे, महाराज उसे भी न जाने क्या-क्या उपहार देकर विदा करने वाले हैं।

सुबह से ही कलाधर को इस बात की खबर दे दी गई थी कि उसे भी जो माँगना हो, महाराज से अलग और कुमारी से अलग माँग ले—राजा और राजकुमारी दोनों ही की ऐसी आज्ञा है। आज आठ बजे वह महाराज और राजकुमारी के सम्मुख बारी-बारी से उपस्थित किया जाएगा।

मगर सुबह से ही, आज न जाने क्यों कलाधर उदास है। उसने बहुत विचारा

इस प्रश्न पर कि वह राजा और राजकुमारी से क्या माँगे, पर उसे कोई सन्तोषजनक पुरस्कार सूझा ही नहीं, लेकिन वह क्या जाने, वह कुछ माँगना ज़रूर चाहता था। क्या जाने वह क्या चीज़ थी, जिसको वह चाहकर भी स्पष्ट कह नहीं सकता था, माँग नहीं सकता था, दिन-भर वह इसी उधेड़-बुन में रहा कि क्या माँगे, क्या न माँगे। माँगे कि न माँगे। कभी-कभी उसके चेहरे पर ऐसे भाव आते थे, जिसका यह अर्थ होता था कि उसकी इच्छित चीज़ उसे मिल ही नहीं सकती। उसने हज़ार अद्‌भुत कला-कमाल किया है तो क्या, उसको उसके इच्छानुसार पुरस्कार नहीं मिल सकता, मगर, फिर भी, उसने मन-ही-मन अपनी चीज़ माँगने का निश्चय किया।

जब वह, यथासमय, कलाकुंज में पहुँचा, उस समय चारों ओर पुतलियों के हाथों और माथे के दीपक जल रहे थे। उस प्रकाश में, काली मदिरा के उस तट से, अपनी रचना-चातुरी को देखकर कलाधर अपने पर आप ही मुग्ध हो गया!

"अहा!" उसने विचारा, "यह है मेरी कला का पूर्ण विकास! यह है मेरा अमर स्मृति-स्तम्भ! वही मेरी कृति है, जिसे देखकर आज से युगों बाद वाले लोग भी मुझे स्मरण करेंगे, मेरी प्रशंसा करेंगे, मुझे संसार के कलाकारों की मण्डली की शोभा समझेंगे। अहा! एक ज़माना आएगा, जब न तो यह कन्दर्पपुर राज्य होगा और न यह राजा, और न मैं और न कलाकुंज की अधिष्ठात्री राजकुमारी, पर, मेरी यह कीर्ति-पताका उस समय भी इसी तरह गौरव से उड़ती रहेगी। अहा! मुझ-सा बड़भागी और कौन होगा!"

वह उन्मत्त होकर अपनी बनाई हुई मूर्तियों को हृदय से लगाने और चूमने लगा। इसी समय उसकी भीतर से पुकार हुई। क्षण-भर बाद वह कलाकुंज के निज-निर्मित सर्वोत्कृष्ट भवन में अकेला खड़ा था और उसके सामने राजकुमारी, फूलों का शृंगार किए, रत्न-चौकी पर बैठी मन्द-मन्द मुस्करा रही थी। राजकुमारी का वह शृंगार और उसकी वह शोभा देखकर कलाधर का हृदय भावों से भर गया। वह उसके सामने करबद्ध खड़ा हो गया, जैसे देवी के सामने पुजारी।

"मुझसे जो कुछ तुम्हें माँगना हो, निःसंकोच भाव से माँगो कलाधर!" राजपुत्री ने उदार-दृढ़ता से कहा, "इसके बाद पिताजी भी तुम्हें प्रसन्न करने के लिए आते ही होंगे। हम दोनों अमूल्य-से-अमूल्य चीज़ें देकर भी तुम्हें सन्तुष्ट करना चाहते हैं। माँगो!"

कुरूप कलाधर ने राजकुमारी की सौन्दर्य-निधि पर एक दृष्टि डाली; ठण्डी, मन्द साँस ली और फिर ज्यों-का-त्यों मौन खड़ा रहा, मानो उसकी आकांक्षा उसके गले में ही अटककर रह गई। वह अपनी मनोकामना उस देवी पर प्रकट न कर सका।

"चुप क्यों हो ? माँगो तुम्हें जिस चीज़ की इच्छा हो, कलाधर!"

इस बार न जाने कहाँ की हिम्मत एकत्र कर वह घृणित कलाकार राजकुमारी की ओर बढ़ा, उसके सामने जाकर घुटने टेक दिए और चरणों पर अपना भद्दा माथा टेककर उसने काँपते कण्ठ से कहा—

"राजकुमारी, मैं आपसे दो चीज़ें माँगता हूँ। एक तो एक बार आप मुझे अपने सुन्दर चरण चूमकर धन्य हो लेने दें, और दूसरे, इसी कलाकुंज के एक कोने में मुझे भी अपना शेष जीवन व्यतीत करने दें। अब आपके बिना मेरी कला निर्जीव हो जाएगी। यही मेरे हृदय की कामना और अभिलाषा है।"

राजकुमारी कुरूप कलाधर के विचित्र प्रस्ताव पर आश्चर्य-भाव से विचार कर ही रही थी कि उसने बढ़कर उसके चरणों को उठाकर अपनी छाती से लगा लिया और उन दोनों पर दो चुम्बन अंकित कर दिए।

राजकुमारी सिर से पैर तक, उसके उस घृणित स्पर्श से काँप उठी। वह उचककर चौकी से नीचे आ खड़ी हुई। वह कलाधर की कला को प्यार करती थी, उसके कुरूप मुख को नहीं। उसे कलाधर से धृष्टता की आशा नहीं थी। उसने तीव्र स्वर में उत्तर माँगा, "कलाधर! तुम नशे में हो ?"

"अरे दुष्ट, ठहर!" इसी समय कलाधर के पीछे से महाराज की क्रोध-कम्पित वाणी सुनाई पड़ी। महाराज की डाँट ने कलाधर की नसों में सन्नाटा डाल दिया। अब उसकी समझ में यह बात आई कि उसने भावावेश में कैसा अनर्थ कर डाला है! कहाँ कन्दर्पपुर की राजकुमारी के चरण और कहाँ उसके असुन्दर होंठ!

क्षण-भर बाद ही महाराज ने उसकी गर्दन को अपने कठोर पंजे में जकड़ लिया, जैसे क्रुद्ध हाथी ईख को अपने कर में दबा लेता है।

"अरे मूर्ख! तूने राजकुमारी का अपमान क्यों किया ? बोल! बोल!!"

महाराज ने नौकरों को चाबुक लेकर आने को कहा। तुरन्त ही पाँच मज़बूत राजसेवक कोड़े लेकर हाज़िर हुए। क्रुद्ध राजा की आज्ञा हुई, "मारो कोड़े इस नारकी को!"

कलाधर ने काँपते हुए देखा, उसकी ओर घृणा से देखकर राजकुमारी कलाकुंज के ज़नानखाने की ओर चली गई। अब उसके होश ठिकाने आए, अब उसकी समझ में परिस्थिति की गम्भीरता आई।

"दीनबन्धो!" वह गिड़गिड़ाया, "मैंने राजकुमारी का अपमान नहीं किया है। मैं तो उन्हीं की इच्छा से अपनी अद्‌भुत-कला का पुरस्कार माँग रहा था। इस

याचना में कालिमा की परछाईं भी नहीं थी, धर्मावतार! कलाकार की इच्छाएँ भी, उसकी कला की तरह, असाधारण हुआ करती हैं।''

''मारो इसको!'' महाराज गरजे, ''कलाकुंज के एक-एक कोने में घुमाकर, इसकी एक-एक रचना के आगे इसे अपमानित करो। इसने राजकन्या का अपमान किया। इसकी ऐसी हिम्मत! मारो! मारो!! मारो!!!''

कुरूप कलाधर को, भावुक कलाधर का, कला-प्रेमी कलाधर को यह कहाँ मालूम था कि उसकी सर्वोत्कृष्ट रचना पर ऐसा भयानक पुरस्कार दिया जाएगा। उसने तो समझा था कि उसकी अलौकिक कला के लिए मनुष्य उसे सब कुछ देगा और मुग्ध होकर देगा, प्रसन्नता से नाचकर देगा। अगर उसे अपने कलेजे के खून को पानी करने के बदले में इन घातक कोड़ों की मार मिलने की खबर होती, तो वह आता ही क्यों यह अमर महाकाव्य रचने! अब उसकी समझ में यह बात आ गई कि सूखी लिट्टी खाकर, अपने सुख के लिए, बहन रामा के तट पर बालू के कलाकुंज बनाने और बिगाड़ने में और बाज़ार में आकर अमरता के मोह में, इस दीर्घायु कलाकुंज-रूपी काव्य के लिखने में कितना भयानक अन्तर है! पर आह! चिड़ियाँ चुग गईं खेत...!

अभागा और कुरूप कलाधर तब तक, ''मेरी कला! मेरी कला!'' चिल्लाता रहा जब तक कोड़ों की मार से राजभक्त राजसेवकों ने उसकी मुट्ठी-भर की घृणित काया को निर्जीव नहीं कर डाला। इसके बाद मुगलों की कला के आधार पर बने हुए उस लाल पत्थर के फाटक ने सदा की तरह खिलखिलाते हुए देखा; हाथ में या माथे पर प्रकाश लिये हुए विविध भावों वाली कलाधर की अनबोलती-बोलती बच्चियों ने देखा और देखा उस कलाकुंज ने कि उनका अलौकिक निर्माता एक साथ ही काला और मनोरमा मदिरा की गम्भीर धारा में, उन राजसेवकों द्वारा, निर्दयता से फेंक दिया गया!

श्यामा मदिरा के तट पर वह अलौकिक 'कलाकुंज' आज भी उसी तरह उज्ज्वल और प्रसन्न है; जैसा अब से दो सौ वर्ष पूर्व था, मगर उसके निर्माण के बारे में पूछे जाने पर लोग कन्दर्पपुर के राजा और राजकुमारी ही की चर्चा करते हैं। कहते हैं कि दयालु महाराज ने अपनी एकमात्र पुत्री के लिए इसको बड़े खर्चे से बनवाया था। कुरूप कलाधर और उसके घृणित प्राणों का किसी को भी पता नहीं।

# संगीत-समाधि

इन्दौर नामक नगर में, बरसों गुज़रे, दो कलाकार रहते थे।

वे न तो कवि-नाटककार थे, न नर्तक या चित्रकार! फिर वे कौन थे?

उनमें एक था गायक और दूसरा वीणाकार।

उन दोनों में गोश्त-नाखून-सी दोस्ती थी।

गायक गाने लगता, वीणाकार उनके कण्ठ-स्वर को यन्त्र-स्वर से सजाने। और, 'टोड़ी' हो या 'पूरिया', 'जौनपुरी' हो या 'मुल्तानी', इन्दौर की सड़क से राजमहल तक, स्वरों का तार बँध जाता था। वे भीख माँगते थे और, हमने सुना है, एक बार इन्दौर के एक महाराज ने भी, सड़क के किनारे जनता में खड़े होकर, उन कलाकारों का कमाल देखा था।

महाराज ने पुरस्कृत किया उन्हें मुक्ताहार देकर, जिन्हें राजा के जाते ही कलाकारों ने दो-दो पात्र मद के लिए कलालों के हवाले कर दिया।

संसार ने कहा, "वाह, कलाकार! तुम्हारा हाथ चूम लेने (और गला काट लेने) क़ाबिल है। तुम कमाल हो कमाल!"

और स्वर्ग में भी कलाकारों की सफलता से कोलाहल मचा! इन्द्रासन हिलने लगा। क्षण-भर कान लगाकर स्वर्ग के राजा ने भी पृथ्वी के कलाकारों का गानतान सुना—ओह! स्वर्गीय!

वह घबराया, "क्या ये कलाकार बारम्बार स्वर्ग को बनाएँ-बिगाड़ेंगे? जो आज स्वर्ग रच सकता है, ज़रूर वही कल स्वर्ग के राजा इन्द्र को अपदस्थ भी करना चाहेगा।"

"दौड़ो, हे तेज! हे वायु! हे शक्ति! हे काल!" देवेन्द्र व्यग्र चिल्ला उठा,

"देखो, आदमी कलाकार बनकर मेरा सर्वनाश करना चाहता है! नाश हो कलाकार का!" इधर इन्दौर के छुटभैए गवैयों के घरों में चूहे डण्ड पेल रहे थे, क्योंकि उक्त सुरीले और निःस्पृह कलाकारों के सामने बेसुरे और लोभी चापलूसों की एक भी न चलती थी।

मगर मनुष्य से अपराजित रहने पर भी अच्छे कलाकार दुर्दैव से पराजित हो गए!

धीरे-धीरे, दमा बढ़ाकर, वायु ने गवैये को बेसुरा कर दिया। अब गाने के वक्त उसके गले में कफ़ के डले उछलने लगते और तान लेते ही इतने ज़ोरों की खाँसी आती कि बेचारा स्वर और ताल दोनों से चूक जाता!

उधर शक्ति ने वीणाकार के हाथ, अँगुली और दिमाग़ को कमज़ोर कर दिया। अब उसकी वीणा में न 'आस' रही, न 'मूर्च्छनागमक', न 'जमजमा'!

रोज़ भीख देकर जो लोग उन कलाकारों की इज़्ज़त करते थे, उनमें से ज़्यादातर तो गुणियों के अभाग्य पर अफ़सोस करने लगे, मगर कुछ लोग अपने चार पैसों के लिए पश्चात्ताप करते भी दिखाई पड़े, "हमारे चार पैसे खाकर भी कलाकार ने ज़िन्दगी-भर स्वर से गा-बजाकर हमें क्यों नहीं प्रसन्न किया?"

कलाकारों के स्वर्गिक निर्माण का सुख जो लोग फोकट ही में लिया करते थे, उन्होंने तो गुणियों के विरुद्ध आसमान सिर पर उठा लिया!

"ये दोनों कलाकार कभी थे ही नहीं।" किसी छुटभैए गवैये ने अपने बड़े भाई के पतन पर प्रसन्नता प्रकट की!

"अब तक तो ये भूत को साधकर गाया-बजाया करते थे। इधर कई महीनों से वह भूत ज़रा सैर-सपाटे को चला गया है और इन 'बने उस्तादों' की कलई खोलता गया है!"

जनता ने कहा, "बेसुरे कलावन्त सड़क पर चिल्लाते क्यों हैं?"

राजा ने अन्दाज़ लगाया, "अच्छे कलाकार इतने नीचे गिर ही नहीं सकते। ये ढोंगी हैं, शराबी! निकालो इन्हें मेरी रियासत से!"

बारह बरस तक उन कलाकारों ने इन्दौर महानगरी को अपनी सुरीली, मोहिनी कला के जाल में फँसाकर रखा था! बारह बरस तक उन्हीं महान् कलाकारों को, उसी महानगरी के बाहर, एक भुतहे तालाब के किनारे, पर्णकुटी बनाकर अप्रशंसित, अपमानित और अनाश्रित जीवन बिताना पड़ा!

आखिर, एक दिन, उन दोनों ने विचार किया कि लेन-देन की यह दुनिया अच्छी आत्माओं के अयोग्य है।

और, एक दिन इन्दौर महानगरी में हड़कम्प मचा कि शैतान कलाकार पुनः आ गए, और राजाज्ञा के विरुद्ध सड़क के उसी कोने में गा-बजा रहे हैं।

छुटभैए दौड़े—फोकटोपासक लोग।

बड़भैए दौड़े—अधिकारीगण!

यहाँ तक कि इन्दौर के महाराज भी स्वयं, राजाज्ञा भंग करने वाले का कठोर शमन करने को दौड़े!

मगर वाह! आज वे दोनों कलावन्त कला की मूर्ति बने हुए थे।

मिलकर मारने वाले दैव-दूत—वायु, शक्ति, तेज, आज कलाकारों के विकास में कोई बाधा न डाल सके। भीमपलासी का स्वर, दिन का तीसरा पहर, एक ने वीणा और दूसरे ने गले से, चारों ओर हाहाकार पैदा कर दिया!

राजा-प्रजा, छुटभैए-बड़भैए, कलावन्त की वह दिव्य मूर्ति देखकर दंग, विमुग्ध और जड़वत् रह गए।

उन्हें होश आया तब, जब कलाकारों ने संगीत-समाधि ले ली! कला-समाधि!

स्वर के तारों पर चढ़कर कलाकारों के प्राण स्वर्गीय हो गए...!

होश में आते ही महान् इन्दौर नगरी ने उन कलाकारों को नमस्कार किया। हृदय से अपनाया, "हमारे कलाकार!"

द्वेषी छुटभैयों ने सिजदा करते हुए कहा, "वाह उस्ताद!"

प्रसन्न होकर उदार महाराज ने भी आज्ञा दी, "गन्दी सड़क का यह कोना ऐसे कलावन्तों का स्थान नहीं, इन्हें मेरे शीशमहल में ले जाओ। आज से राज्य का मुख्य कलाकार नियुक्त कर मैं इनका पुरस्कार प्रतिवार हज़ार स्वर्ण-दीनार मुक़र्रर करता हूँ!"

ऊँचे पद पर बैठने के लिए जब राज्य-अधिकारी उन जीवनन्मुक्त कलाकारों को सादर उठाने लगे, तब उनके हाथ क्या लगा? क्या?

एक टूटी वीणा और टूटे दिल दो!

# मुक्ता

प्रवाल-द्वीप की राजकुमारी का नाम था—माया। प्रियतम द्वारा चोरी से चूमे जाने पर मुग्धा के कपोलों पर जो तप्त सुवर्ण-लज्जा बिखर जाती है, वह वैसी ही सुन्दरी थी। वसन्त के मन्द-मन्दिर मलयानिल के मधुर झोंकों से मुग्ध होकर जो मुकुल मण्डली चिटख पड़ती है, खुल और खिलकर नाच उठती है, वह वैसी ही भोली थी।

प्रवाल-द्वीप के महाराज के और कोई सन्तान तो थी नहीं, वह कुमारी को प्राणोपम प्यार करते थे। जब महाराज दरबार में जाते, कुमारी पुरुष-परिधान पहनकर उनके साथ वहाँ जाती। कुमारी के तन पर धवल रेशम की लाल किनारे की धोती होती, जिसे वह महाराष्ट्र-महिलाओं-सी कछनी काछकर पहनती, मगर उसका कोई भाग उसके मस्तक या वक्ष पर न होता। धोती के ऊपर प्रशान्त महासागर के एक द्वीप का बना गुलाबी रेशम का कुर्ता वह पहनती, जिसकी चौड़ी मोहरियों और नीचे की छोरों पर सोने के तारों से शाल्मली और अंगूर की पत्तियाँ बनी होतीं। कुरते के ऊपर वह हरे रंग की मखमली जाकेट पहनती और उसमें भी सोने की बारीक कारीगरी झिलमिलाती दिखाई पड़ती। उसके काले-काले केश दो भागों में विभक्त होकर गर्दन से वक्ष पर और वक्ष:स्थल से आजानु-प्रलम्बित होते। माथे पर उसके सोने का हल्का, सुगढ़ा सकिरीट मुकुट होता और किरीट के बीच में शिव के तीसरे नेत्र की तरह एक अण्डाकार, बड़ा गुलाबी हीरा चमचमाया करता।

प्रवाल-द्वीप के प्राणी राजकुमारी को देखकर वैसे ही सभक्ति नमित हो जाते, जैसे किसी देवता के सामने।

महाराज नित्य दरबार में कुमारी को साथ ले जाते, मगर केवल दो घण्टे

के लिए; इसके बाद वह राजहंसिनी-सी स्वतन्त्र रहती। वह कभी उद्यान में विचरती, कभी मैदान में चौगान खेलती, कभी निकटस्थ उपवन में रसाल की डाल पर रजत-पालना झूलती। उसकी सात सहेलियाँ सदैव उसके साथ रहतीं। चौगान में राजकुमारी के आगे-पीछे उसी सी धवल पोशाक में, उसी-सी धवल-मुखी वे सब सहेलियाँ जब इधर-से-उधर दौड़तीं, तब मैदान मानो सप्राण होकर खिल पड़ता। ऐसा लगता, गोया हंसनियों की एक पंक्ति इधर-से-उधर झपट रही है।

सहेलियों के साथ उस दिन राजकुमारी समुद्र-तट पर खड़ी जीवन-कोलाहल सुन रही थी। तब के चराचर प्राणी एक-दूसरे की बोली बोल और समझ लेते थे। तभी तो समुद्र के अनेक प्रकाण्ड प्रवाहों ने सुकुमार लहरियों के कान में गम्भीर स्वर में कहा, ''ओहो, अद्‌भुत सुन्दरी है! जरा पुकारो।''

''आओ, कुमारी!'' लहरियों ने कल-कल राग में गाकर कहा, ''हमारी छाती में पैठकर एक बार नाचो, गाओ और मुस्कराओ। ज़रा जल-जगत् की सैर करो।''

सहेलियों ने लहरियों को डाँटा, ''चुप! धृष्ट, हमारी महती महिमामयी कुमारी को क्या कमी है, जो तेरे यहाँ जाएँ!''

कुमारी ने जलद-श्याम नेत्रों से लहरियों की ओर देखा। उनके इस बार देखते ही जल के अनेक जीव ऊपर उठ आए। जल-परियों ने पुकारा, ''हमीं बाहर आएँ? हमें खिलाओगी अपने साथ? ओह! तुम्हारे चरण कमल-से सुन्दर और कामद भासित होते हैं। हमें उन चरणों में स्थान दोगी?''

कुमारी ने लीला से कहा, ''नहीं!''

प्रवाल-बालों के एक दल ने प्रेम से अरुणतम होकर निवेदन किया, ''हमें स्वीकार करो, सुमुखि! चाहे मुट्ठी में बाँधे रखो, चाहे चरणों में या गले में। हम धन्य हो जाएँगे।''

भ्रू-संकोच के साथ राजकुमारी ने कहा, ''न, मुझे तुम्हारे रंग से घृणा है। तुम खून के भाई मालूम पड़ते हो।''

जल की नीली, पीली, चमकीली मछलियों ने आग्रह किया, ''कुमारी! हमें ही अपना लो।'' मगर इस समय राजकुमारी की दृष्टि अनन्त सीपों पर थी, जो मुँह खोले हुए शून्य की उपासना कर रही थीं।

''ये कौन हैं? क्या करती हैं? हैं, ये ऊपर क्या देख रही हैं? ये मेरा स्वागत क्यों नहीं करतीं?''

जल-परियो ने अदब से कहा, ''ये मुक्ति-अभिलाषिणी हैं। मुक्ति तो ऊपर

ही से आती है न। इसी से ये उधर ही बराबर देखा करती हैं। ये नीचे वालों पर व्यर्थ अपनी नज़र नहीं डालतीं।''

''ये कब तक ऊपर ताकती रहेंगी?'' कुतूहल से कुमारी ने जल-परियों से पूछा।

''जब तक इनकी मनोकामना पूर्ण न होगी।''

''कौन पूरी करता है कामना?''

''सुना है, ऊपर कोई घनश्याम है, वही तो।''

''मुक्ति होती कैसी है?''

''सुना है परमोज्ज्वल।''

''उसका फल क्या है?''

''परम तृप्ति। जब ये सीपें मुक्तिमयी हो जाती हैं, तब ऊपर-नीचे किसी को दाँत काढ़कर नहीं दिखातीं। भूख, प्यास, जल, वायु, सबसे परे हो जाती हैं। अतल में जा, आँखें बन्द कर, अपनी प्रियतमा मुक्ति में तन्मय होकर विसुध पड़ी रहती हैं। सुना है, इन्हें महा-आनन्द मिलता है।''

राजकुमारी ने गम्भीर साँस खींचकर विमन भाव से कहा, ''हूँ।'' सीपों ने जो उसकी उपेक्षा की, वह उसे बहुत खली। उसने मन-ही-मन निश्चय किया कि वह एक बार सीपों की मुक्ति देखती, तो पता चलता कि वह कितनी सुन्दर होती है।

इसी समय घर-घर-घर स्वर सुनाई पड़ा। जलपरियों ने कहा, ''भागो, राजकुमारी! घनश्याम आ रहे हैं।''

राजकुमारी ने ऊपर देखा, घनश्याम ही थे, मगर वह भागी नहीं घनश्याम तड़ित-पटका लहराते हुए, झूम-झूमकर, घहर-घहरकर, ऊपर से उज्ज्वलता की वृष्टि करने लगे। लहरें विसुध भाव से नाचने लगीं। सीपों का हृदय आनन्द से दोलायमान हो गया। बेहोश-सी होकर उन्होंने अपने मुखों को और भी प्रसारित कर दिया।

समुद्र ने देखा, प्रवाल-द्वीप के अनेक जल-पोत उसकी छाती चीरने के लिए झपटे आ रहे हैं। सेना-की-सेना अस्त्र-शस्त्र और बड़े-बड़े रस्से लिये बढ़ी आ रही है।

''क्यों, क्यों?''

''प्रवाल-द्वीप की कुमारी ने अभाव का अनुभव किया है।''

''किस बात का अभाव? क्या उसके योग्य राजपुत्र नहीं मिल रहे हैं? इसलिए तुम देश-विदेश की परिक्रमा करोगे।''

"आह! नहीं।" राजसेवकों ने उत्तर दिया, "राजकुमार तो अनेक हैं—महाकुमारी माया के चरणों पर लोटने के लिए चंचल; परन्तु उन्हें उनकी चाह नहीं।"

"फिर?"

"कुमारी को मुक्ति का अभाव है। सुना है, तुम्हारी सीपों के पास वह है। है न?"

"है तो, है तो।" समुद्र सजल भाव से हाहाकार कर उठा, "मगर तुम उन्हें उनकी मुक्ति से वंचित न करोगे। बेचारियों की बड़ी गाढ़ी कमाई है।"

"चुप, धृष्ट!" राजसेवक तड़प उठे, "कुमारी माया की तुष्टि के लिए हम तुझे भी बाँध सकते हैं। जिस वस्तु के लिए कुमारी व्यग्र हैं, उसे संसार में कोई भी, वह सीप हो या समुद्र अपने पास नहीं रख सकता।"

समुद्र चिल्लाता ही रहा और राजसेवक उसकी छाती फाड़कर अतल में पहुँच गए, कुछ ही देर में, शतशः सीपें अपनी मुट्ठियों में भरकर वे बाहर आए।

कुमारी जलयान के एक सुन्दर प्रकोष्ठ में, मणि-मण्डित चौकी पर बैठी उत्सुकता से उनकी प्रतीक्षा कर रही थी। उन्हें और उनके हाथों की सीपों को देखकर वह खिल पड़ी।

"अपनी मुक्ति मुझे दो।" परतन्त्र सीपों से मायाकुमारी ने कहा।

"प्राण ले लो कुमारी, पर मुक्ति हमारी न माँगो। वह सारी साधनाओं की सिद्धि और हमारी जन्म-भर की कमाई है।"

राजकुमारी से उत्तर-प्रत्युत्तर! भवें तन गईं, बिम्बोष्ठ फड़क उठे, राजसेवकों को आज्ञा हुई, "इनके प्राण व्यर्थ हैं; तुम लोग ले लो और मुक्ति मुझे दे दो। मुझे प्राण नहीं चाहिए।"

यद्यपि रक्त-रंग कुमारी को अप्रिय था, इसीलिए उस दिन उन्होंने प्रवालों का तिरस्कार भी किया था, मगर मुक्ति के लिए उन्होंने उसका भी स्वागत किया। संसार में सदा से मुक्ति के नाम पर रक्त बहाया जाता है।

राजदूतों ने सैकड़ों प्राण लिये, मगर कुमारी माया को मुक्ति एक ही मिली। आह! कैसी चमक थी उसमें। कुमारी ने देखा, उसके वक्ष-दर्पण पर उसका धवल-मुख छप गया था। वह मगन हो उठी।

राजसेवकों ने मुक्ति की छाती को लोहे से छेद डाला। सहेलियों ने उसे सोने के सुकुमार तार में पिरोकर कुमारी माया के धवल कपोत-कण्ठ में सँवार दिया। कुमारी ने दर्पण में अपना मुक्ति-मण्डित मुख देखा, तो अपने ही पर मुग्ध हो गई। नाचने लगी। सहेलियाँ भी इधर-उधर घूम-घूमकर थिरक-थिरक उठीं।

नाचते-नाचते रुककर कुमारी ने पुनः अपना सुन्दर रूप दर्पण में देखा; मगर इस बार उसे ऐसा लगा, मानो उसके कण्ठ में मुक्ति हँस रही थी।

"क्यों हँसती है?" माया ने दर्पण में मचलकर पूछा।

"हँसी आती है, इसलिए, कुमारी!" मुक्ति बोली, "कि माया मुझे मुक्ति समझती है।"

"यानी? तू मुक्ति नहीं है? फिर कौन है?"

"मैं सीप का लोभ, लालसा और काल हूँ। माया के गले का चमकीला फन्दा। मैं मुक्ति नहीं, मुक्ता हूँ।"

# रिसर्च

भक्ति ने साग्रह कहा, "भगवान्!"

ज्ञान ने सावधान उत्तर दिया, "अनुमान!"

निकट ही विश्व-कलाकार धोखा देव भी बैठे थे। उन्होंने परम श्रद्धा से पुलकित मुख बना, अपने गुरुदेव का नाम लेने के पहले आदर के लिए कान ऐंठ, गम्भीर स्वर में, दावे से कहा, "सबमें प्रधान—शैतान!"

भगवान् से हैरान मनुष्य ने एक दिन किसी विचित्र मानस के निकट भक्ति, ज्ञान और धोखादेव की उक्त बातें दूर से सुनीं।

और, वह नोन-सत्तू बाँधकर शैतान की तलाश में निकल पड़ा।

राह में सोचने लगा, "धोखादेव की कोई मामूली हस्ती नहीं है, वह विश्व-कलाकार हैं। जब ही उन्होंने शैतान से साक्षात्कार किया होगा।"

"हे शैतान देव!" मनुष्य कामना करने लगा, "कहाँ मिलोगे तुम? मैं तुम्हारी महिमा अपनी आँखों से देखना चाहता हूँ। तुम्हारे प्रसाद से महान् बनना चाहता हूँ।"

नाम लेते ही शैतान मनुष्य के सामने हाज़िर...

मनुष्य ने साश्चर्य देखा, शैतान गोरे रंग का था।

उसने सोचा, "ज़रा नादानों की मूर्खता तो देखो!—लोग इन्हें काला कहते हैं!"

मनुष्य ने देखा—शैतान हवागाड़ी में, एक अल्प-वसना सुन्दरी के साथ,

सुरामत्त बैठा था! सुराहियों और प्यालों से हवागाड़ी महक और चमक-दमक रही थी।

शैतान ने मन्द मुस्कराकर इन्सान से दरियाफ़्त किया कि उसने उसे क्यों याद किया है?

"आपसे मैं अपरिचित हूँ।" मनुष्य ने श्रद्धा से उत्तर दिया, "आपकी महिमा तो सुन चुका हूँ, लेकिन एक बार अपनी आँखों देखकर विश्वास करना चाहता हूँ; क्योंकि यह युग प्रत्यक्ष और प्रमाण का है।"

सड़क से तनिक दूर जो पगडण्डी थी, उसी पर सुन्दर बालक बाँसुरी बजाता जा रहा था। पगडण्डी और बालक को दिखाकर शैतान ने मनुष्य से कहा, "गला घोंटकर उस बालक को पहले मार डालो! तभी मेरी महिमा देख सकोगे।"

"क्यों?" मनुष्य कुछ समझ न सका।

"विश्वास की राह में 'क्यों' की गाड़ी न अड़ाओ! यदि मेरी महिमा देखनी है, तो पहले उस बालक का बलिदान करो! मैं आसमान को ज़मीन पर उतार सकता हूँ। सोने की बरसाती झड़ी लगा सकता हूँ। इस नन्हे-से संसार को अपने किसी भी भक्त की मुट्ठी में कर सकता हूँ। देखा! बालक बाँसुरी बजाता हुआ, अब तो दूर चला गया, मुझे देर हो रही है।"

उत्सुक मनुष्य सुन्दर बालक की ओर झपटा उसका खून करने के लिए!

शैतान और बाँसुरी वाले बालक के बीच में जो पेड़ों का एक झुरमुट था, वहीं इन्सान को भगवान्, बिना बुलाए, बेतलाश मिले।

"कहाँ सनके जाते हो?"

"बाँसुरी वाले का गला टीपने!"

"शैतान की इच्छा से, क्यों?"

"जबान सँभालो! वह शैतान नहीं, संसार का महासम्राट् है। शहंशाह के राज में विद्रोही? तू कौन है? हट, मैं राजसेवा में इस समय तत्पर हूँ।"

"सावधान! नादान इन्सान! पछताएगा शैतान के चक्कर में पड़। संसार का सम्राट् वह नहीं, मैं हूँ भगवान्!"

"तू सोने की झड़ी लगा सकता है?"

"सोने की झड़ी से पानी की बरसात विशेष जीवन देती है। सोने के चंग

पर चढ़कर लोग नरक जाते हैं, इसीलिए उसे मैंने लोगों की आँखों से दूर, पहाड़ और पृथ्वी की छाती में, छिपा दिया है।"

"हिः! गप्पी!! अच्छा, स्वर्ग को तू पृथ्वी पर उतार सकता है?"

"मैं न तो आसमान को ज़मीन पर उतारता हूँ, और न पृथ्वी को पाताल पर। किसी को पद-भ्रष्ट करना शैतान का काम है।"

"चल! जिसमें चमत्कार नहीं, मैं उसे भगवान् नहीं मानता। मैं चमत्कार देखूँगा। हट सामने से!"

भगवान् को, बात मानिए, ठुकराकर मनुष्य शैतान के इशारे से हत्या के लिए दौड़ पड़ा।

सुन्दर बालक की सुरीली बाँसुरी एकाएक बन्द हो गई। हवागाड़ी वाले शैतान के स्फटिक-पात्र की मदिरा का रंग श्वेत से रक्त-सुवर्ण हो गया।

हत्या करते ही मनुष्य की पीठ पर शैतान का हाथ थपक उठा! वह ज़रा भी न डरा। स्वार्थ के लिए खून करने से उसका दिल ठण्डा, सख्त और मज़बूत हो गया।

"मुर्दे के ठीक नीचे गहरा खोदो।" शैतान ने परम प्रसन्न हो मनुष्य से कहा, "इस खुदाई में तुम्हें सोने की खान मिलेगी। इस खान की मदद से 'तुम अमीर बनो' फिर जुआ, शराब, सुन्दरियाँ और हत्या-विनाश दिन-दहाड़े करो! इन्हीं तीव्र सत्कर्मों से मैं सन्तुष्ट रहता हूँ। मेरे राज में, मेरी कृपा से, तुम्हारा कोई बाल भी बाँका न कर सकेगा!"

"आप महान् शैतान हैं!" कृतज्ञ मनुष्य ने कहा।

"तू भी मेरा भाई है, मनुष्य!"

मुस्कराकर शैतान ने इन्सान को जवाब दिया, और उस अर्द्धनग्ना सुन्दरी को चूमता, बालक के शव को हवागाड़ी से कुचलता वह चलता बना!

# दोज़ख़ की आग

मेरी एक बीवी थी। गुलाब की तरह खूबसूरत, मोती की तरह आबदार, 'कोहनूर' की तरह बेशक़ीमत, नेकी की तरह नेक, चाँद की तरह सादी, लड़कपन की हँसी की तरह भोली और जान की तरह प्यारी।

मेरे एक बच्चा था। चाँदनी-सा गोरा, नये चाँद-सा प्यारा, युवती के कपोल-सा कोमल, प्रेम-सा सुन्दर, चुम्बन-सा मधुर, आशा-सा आकर्षक और प्रसन्न हँसी-सा सुखद।

मेरी एक माँ थी। मस्जिद की तरह बूढ़ी, आम की तरह पकी, दया की तरह उदार, दुआ की तरह मददगार, प्रकृति की तरह करुणामयी, ख़ुदा की तरह प्यारी और क़ुरानपाक की तरह पाक।

मेरी एक दर्ज़ी की दुकान थी। वही मेरी ग़रीबी के बुढ़ापे की लकड़ी थी, वही मेरे चार आदमियों के परिवार के होटल की मालकिन थी, वही मेरी रोज़ी थी, वही मेरी रोटी थी, वही मेरे उजड़े घर की फूस की टट्टी थी, वही मेरी झोंपड़ी का चिराग़ थी। बीवी की हँसी, बच्चे की खुशी, माँ की दुआ, ख़ुदा की याद; सब कुछ वही थी। वही मेरी दुनिया थी।

मेरी एक बुरी आदत थी। हाँ-हाँ, बुरी आदत थी, अब तो जान गया हूँ, अब तो मान रहा हूँ, अब झूठ क्यों बोलूँ? मेरी एक बुरी आदत थी। मैं ख़ुदा को मानता था। ख़ुदा को इन्सान से बढ़कर जानता था। ख़ुदा के लिए इन्सान की हस्ती तक मिटा देने का समर्थक था।

मेरी एक मित्र-मण्डली थी। उसमें एक-से-एक ज़ाहिल और आवारा इन्सान थे। हरेक आदमी *क़ुरान* का हाफ़िज़ होने का दावेदार था। हरेक आदमी पैग़म्बर

और ख़ुदा का असली जानकार था। हरेक आदमी दुनिया की डेढ़ अक्ल में से सवा अक्ल का खुद हक़दार था। हरेक आदमी पहुँचा हुआ था। हरेक आदमी मुसल्लम ईमान था।

मेरी एक बदक़िस्मती थी, उसने मुझे उस दिन जुमा की नमाज़ के बहाने मस्जिद में भेज दिया। भेज क्या दिया, घसीट ले गई। उसी ने नमाज़ के वक्त एक हिन्दू जुलूस को मस्जिद के सामने पहुँचाया, उसी ने मुसलमानों को बाजा रोकवाने पर उतारू कराया, उसी ने हिन्दुओं को अपने हक़ के नाम पर अड़ाया, उसी ने दोनों दलों में गुर्रागुर्री कराया, डण्डे, तीर, तलवार, बर्छे निकलवाए और अन्त में उसी ने मुझे, इच्छा के विरुद्ध, मज़हब के नाम पर मैदान में कुदा दिया। शहीद बना दिया।

मेरी करनी के लिए शैतान के खज़ाने में एक इनाम था। उसका नाम 'दोज़ख़ की आग' है। इस वक्त मैं उसी आग की खूँख़ार लपटों से परेशान हूँ। हाय-हाय कर रहा हूँ।

मरने के बाद मालूम हुआ कि दुनिया वाले दूसरी दुनिया के बारे में जो कुछ सोचते हैं, सब ग़लत, सब फ़िजूल। सब सिर्फ़ खयाली पुलाव होता है। वहाँ सुना था, दीन पर मरने वाले को बहिश्त मिलती है, ख़ुदा मिलता है, हूरें मिलती हैं और न जाने क्या-क्या स्वर्ग की विभूतियाँ प्राप्त होती हैं, मगर कहाँ? मेरी जान भी तो मज़हब के नाम पर ही गई। मैं भी तो दीन ही के लिए, ख़ुदा ही के लिए, कुर्बान हुआ। फिर? मुझे वे चीज़ें क्यों न मिलीं? कुछ नहीं। यह सब नासमझ इन्सानों की हिमाक़त है, जो ज़मीन पर रहकर, आसमान की बातें सोचा करते हैं। यहाँ देखने से मालूम हुआ कि दुनिया की अक्ल आसमानी चीज़ों के बारे में सोच ही नहीं सकती। यहाँ के आश्चर्य के विषय में केवल यही कहा जा सकता है कि, 'जो अक्ल में न आए, उसका ख़याल क्या है?'

ज़रा और विस्तार से कहता हूँ। लोग कहते हैं पैदा होने में और मरने में बड़ी तकलीफ़ होती है। पैदा होने में तकलीफ़ हुई थी या नहीं, याद नहीं, मगर मरने में तो वैसी कोई तकलीफ़ नहीं हुई। एक बार दोनों ओर से ललकारी-ललकारा हुआ। दूसरे क्षण डण्डे और तलवारें, ईंटें और बर्छे चलने लगे! संयोग से किसी एक हिन्दू के हाथ की ईंट मेरी खोपड़ी पर सटीक बैठी। सिर घूम गया। आँखों और मुँह से खून की पिचकारी छूटने लगी। मैं बेहोश हो ज़मीन पर ढेर हो गया। इसके बाद एक बार ज़रा-सी आहट मिली। मालूम हुआ कोई मुझे होश

में लाने की चेष्टा कर रहा है, पर सब व्यर्थ। वह एक ही प्रहार मेरी ज़िन्दगी का तमाशा खत्म करने के लिए काफ़ी था।

एकाएक बेहोशी इतनी बढ़ी कि मैं जाग उठा। अनुभव किया कि दुनिया के ऊपर, किसी दूसरे लोक की ओर उठाया जा रहा हूँ। जिस समय मेरी अनुभव करने की शक्ति लौटी, उस समय मैं दुनिया से बहुत ऊपर, बहुत दूर था। इन्सान का प्यारा संसार वहाँ से धूल का घरौंदा मालूम पड़ता था। लड़कों के खिलौना-सा दिखाई पड़ता था। वहाँ से सबसे पहले मेरी यही कोशिश हुई कि एक बार अपनी टूटी-फूटी झोंपड़ी को खोजूँ, एक बार बूढ़ी माँ के मुहब्बत से भरे चेहरे को तलाशूँ, एक बार प्यारी बीवी के दुःखों से भरी दुनिया को बहिश्त बनाने वाले—छोटे से खूबसूरत गुलाबी मुँह को ढूँढ़ूँ, एक बार अपने कलेजे-से प्यारे बच्चे की शक्ल को उस घरौंदे के बाहर खोज निकालूँ, मगर सारी कोशिशें बिल्कुल बेकार हुईं। कोई न दिखाई पड़ा, कुछ भी न दिखाई पड़ा, अब दिल तड़पने लगा। ऐसी खूबसूरत, ऐसी ईमानदार, ऐसी भलेमानस और ऐसी दिलदार बीवी को मैंने किसलिए छोड़ा? खयाली मज़हब के लिए? शायरों की बहिश्त और दोज़ख़ के लिए? आपस की तक़रार के लिए? इन्सान के पागलपन के लिए? काफ़िरों से बदला लेने, उन्हें तंग करने के लिए? मस्जिद की शान के लिए? गाने के लिए? बजाने के लिए? आखिर यह मैंने किया क्या और क्यों?

देर तक दुनिया की ओर देख भी न सका। मेरे पीछे कोई अज्ञात शक्ति अपना काम कर रही थी। मालूम पड़ता है, उसी का इशारा हुआ। बड़े ज़ोरों से—इतने ज़ोर से कि कान के परदे झन्ना उठे—धड़ाके की आवाज़ हुई। सन्न से किसी ज़ोरावर ताक़त ने मेरी रूह को एक ओर खींचा। उफ़! ऐसा झटका दिया कि मेरा अंग-अंग भुरकुस हो गया। मैं काँप उठा। दुनिया के अभ्यास के मुताबिक मैंने आँखें मीच लीं। इस वक्त मेरे पास दुनिया की तरह अंग थे या नहीं, ठीक नहीं कह सकता। देखने की शक्ति थी, मगर आँखों का पता नहीं था। छूकर दूसरी चीज़ों का अनुभव कर सकता था, मगर अपने ही हाथ ख़ुदा हो रहे थे, दिखाई नहीं पड़ते थे। यही हालत दूसरे अंगों की भी थी।

इस बार आँखें खोलने पर जो देखा—उफ़! रूह काँप उठी! होश उड़ गए! चारों ओर घना काला अन्धकार! दुनिया का पता नहीं, आसमान का कोई चिह्न नहीं, वायु नहीं, जल नहीं, सूर्य नहीं, चन्द्र नहीं, साथी नहीं, मित्र नहीं। कोई अपना नहीं, केवल और केवल घना काला भयप्रद अन्धकार? दम घुट रहा था, बदन पसीने में 'शल' था, शरीर की चमड़ी, मालूम पड़ता था, झुलसी जा रही थी, आँखों

की ज्योति क्षण-क्षण पर क्षीण हुई जा रही थी। अन्धकार के परदे में भयानक ज्वाला, भयानक ताप, भयानक दोज़ख़ था!

उफ़! उफ़!! उफ़!!!

मैं सिसक-सिसककर मर रहा था, मैं हिचक-हिचककर मर रहा था, मैं बिलख-बिलखकर मर रहा था। मैं गल-गलकर मर रहा था, मैं जल-जलकर मर रहा था, मैं मर-मरकर मर रहा था। बयान नहीं कर सकता उस तपिश का, बयान नहीं कर सकता उस रोमांचकारी हृदय की पीड़ा का, बयान नहीं कर सकता उस रूह को हिला देने वाली दोज़ख़ की आग का! ऐसी गर्मी, ऐसी पीड़ा, ऐसी प्रतारणा, ऐसा दाह, ऐसा दोज़ख़, ऐसा रौरव!

उफ़! उफ़!! उफ़!!!

पीड़ाओं से व्यथित होकर मूर्च्छित हो जाता था, मगर, बेहोशी में भी फुर्सत नहीं। वही सपना, वही आग, वही छीछालेदर! स्वप्न में भी मूर्च्छित होने का भ्रम होता था। इस प्रकार मेरी एक-एक बेहोशी में हज़ार-हज़ार बेहोशियाँ छिपी रहती थीं। एक-एक मृत्यु में हज़ार-हज़ार मृत्यु की पीड़ा होती थी।

उस बार बेहोशी से होश में आने पर देखा—मेरे चारों ओर के अन्धकार में कुछ प्रकाश का उदय हुआ। मन में आशा चमक उठी, "परीक्षा समाप्त हो गई। अब बहिश्त चलना होगा। यही ज्योति ख़ुदा की ज्योति है, हक़ का जलवा है।" ध्यान से देखने से पता चलता कि वह ज्योति केवल ज्योति ही नहीं, बल्कि ज्योतिर्मयी अक्षर धारा थी। चमकीले हरूफ़ थे। आँखों पर ज़रा ज़ोर डालकर देखा। लिखा था, 'दोज़ख़ की आग!'

ज्यों ही मैंने उक्त शब्दों को अच्छी तरह देख लिया त्यों ही, तुरन्त अक्षर बदल गए। अब उन प्रकाशपूर्ण अक्षरों का रूप हो गया—

"भयानक—छाया-चित्र-नाटक!"

अरे, अरे! मैं घबरा गया। यहाँ यह 'सिनेमा' कैसा? अक्षर और शब्द बराबर बदलने लगे—

"नाटककार—अज्ञान।"

"सूत्रधार—ईश्वर-कल्पना।"

"मुख्य नायक (हीरो, बहादुर)—यार अली।"

मेरा नाम! इस ड्रामा का 'बहादुर' मैं? मैं अभी यह सोच ही रहा था कि अन्धकार के पर्दे पर के अक्षर लुप्त हो गए। क्षण-भर में एक बार फिर मेरी आँखों

के सामने वही अँधेरा आ गया, जिसके चरण की धोवन अपने मुँह पर मलकर सावन-भादों का अँधेरा अपना रूप चमकाता है। इसके बाद एक चलती-फिरती तस्वीर-सी परदे पर आई।

ओहो! मैं फौरन पहचान गया। वही जुमा की नमाज़ का नज़ारा था। वही मौलवी, वही मुल्ले, वही बूढ़े, वही जवान, वही बदमाश, वही आवारे, वही गुण्डे, वही दीनदार, वही दिल के नाम पर, खुदी के नाम पर, ख़ुदा को बदनाम करने वाले, वही सायंकाल का समय, वही हिन्दुओं का जुलूस, वही मुसलमानों की तकरार, वही बातों का बतंगड़, वही तनातनी, वही आकाश में गर्द का छाना, वही आँधी, वही तूफ़ान, वही मैं (यार अली), वही धर्म के पागलों का आग्रह, वही उत्तेजना, वही विक्षुब्ध समुद्र में फाँदना, वही वज्रपात, वही प्रलय!

उफ़! उफ़!! उफ़!!!

क्षण-भर के अन्धकार के बाद दिखाई पड़ा—

## 'दूसरा भाग'
## 'धार्मिक उन्माद का फल'

इसके बाद तस्वीरों का सिलसिला चला। मेरे शहर का विहँगावलोकन, चारों ओर हड़ताल, चारों ओर भयानक स्यापा, चारों ओर शोक, घृणा, क्रोध और अपमान की लपटें, अन्न के अभाव में भूखों मरते परिवार, बेटे के दुःख में रोती अनेक माताएँ, पति की अकाल-मृत्यु से व्यथित अनेक अबलाएँ, पिता के शोक से सन्तप्त पुत्र और पुत्र के मरण से मृतक पिता—चारों ओर शोक! चारों ओर हाय-हाय!

दूसरे भाग के अन्त में लिखा था, "जिस स्थान के लोग ईश्वर या ख़ुदा, धर्म या मज़हब, पैग़म्बर या अवतार के नाम पर हत्या, घृणा, रक्तपात, लूट, दाह और पाप का प्रचार करते हैं, उस स्थान पर दोनों ज़हान के मालिक सर्वेश्वर, परमेश्वर का कोप वज्र की तरह टूटता है।"

"उस स्थान के लोग रोते हैं और सिसकते हैं और क्षमा-प्रार्थना करते हैं मगर ईश्वर उन्हें क्षमा नहीं करता। वे घुल-घुलकर मरते हैं। मरने पर भी उन्हें चैन नहीं लेने दिया जाता। वे दोज़ख़ की आग में जलाए जाते हैं।"

इसके बाद मेरा घर दिखाई पड़ा। अरे! यह जला कैसे? मेरे घर को किसने ख़ाक कर डाला! समझ गया, समझ गया! मेरे घर के पीछे एक हिन्दू बनिए का मकान है। उसी के पाप से मेरा घर भी जला होगा। जौ के साथ घुन भी पिस गया होगा।

मैंने उन तस्वीरों में स्पष्ट देखा। मेरी माँ घर के आँगन में बैठी थी। पहचानी नहीं जाती थी। आँखों में काले-काले गड्ढे पड़ गए थे। होंठ सूख गए थे। चेहरा पीला पड़ गया था। माँ की गोद में मेरा गुलाब का फूल, मेरा लख्ते-ज़िगर? मेरा लाल था। उसकी भी बुरी हालत थी। जान पड़ता था हफ़्तों से बिना दाना-पानी के जी रहा था। उसके चेहरे पर हँसी नहीं, प्रसन्नता नहीं, जान नहीं। माँ और प्यारे बेटे की ऐसी हालत देखकर मेरी छाती जलने लगी।

इसके बाद बीवी पर नज़र पड़ी। वह माँ और मेरे बच्चे से थोड़ी दूर खड़ी किसी आदमी से बातें कर रही थी। उसके पास ही कुछ मज़दूर बाँस और लकड़ी और खपड़े—शायद मेरे घर की खपरैल ठीक करने के लिए इकट्ठा कर रहे थे।

मेरी बीवी के चेहरे पर अफ़सोस और फिक्र ने डेरा डाल रखा था। उसकी आँखें कह रही थीं कि वह चिन्ता के नरक में पड़ी है। उसका सूखा मुँह कह रहा था कि वह किसी भयानक ज्वाला से जल रही है। उस पुरुष को भी मैं पहचान गया। वही मेरी दुकान का मालिक था। उसी से 10 रुपये महीने पर मैंने वह जगह ले रखी थी। वह मेरी बीवी के पास क्यों खड़ा है? उसका चाल-चलन तो ठीक नहीं, वह ऐसा आवारा-तबीयत है कि उसके रिश्तेदार भी उसे अपने घर में नहीं घुसने देते। फिर? वह मेरी बीवी के सामने क्यों खड़ा है?

इसके बाद उसने मेरी बीवी से कहा, ''यह खरे सोने की तरह जवानी, यह बेदाग़ हीरे की तरह हुस्न, यों ही चौपट कर देना ठीक नहीं। यार अली की मुहब्बत, यार अली की इज़्ज़त, उन्हीं के साथ क़ब्र में या ज़न्नत में गई। अब तुमसे उससे कोई वास्ता नहीं...''

''चुप रहो!'' मेरी बीवी ने कहा, ''ऐसी बातें न कहो...!''

''मैं जो कहता हूँ, बिल्कुल ठीक कहता हूँ। तुम कोई हिन्दू औरत नहीं हो, जो सात जन्मों तक पति के नाम पर रँड़ापा खेओगी; हमारे यहाँ तलाक़ भी है, निकाह भी। अब तुम मेरे घर को रोशन करो।''

मेरी स्त्री ने कहा, ''यह नहीं होने का।''

''यही होगा,'' उसने कहा, ''किसी का दामन न पकड़ोगी तो बच्चे को, बूढ़ी को और अपने को खिलाओगी क्या? मैं तो उजड्ड आदमी हूँ साफ़-साफ़ कहता हूँ। अब वह ज़माना नहीं है कि कोई मज़हब या ग़रीबी या मेहरबानी के नाम पर किसी के परिवार को बैठाकर आराम देगा। यह दुनिया तो बाज़ार है। पहले कुछ दो, फिर लेने के लिए हाथ पसारो।''

स्त्री ने कहा, "रहने दीजिए। मैं भीख माँगूंगी, पर आपकी ये बातें नहीं सुनूँगी। क्या यही सब सुनाने के लिए आप मेरी मदद करने आए हैं? क्या इसलिए मेरे घर का छप्पर ठीक कराया जा रहा है?"

"भीख नहीं मिलेगी, मेरी जान!" ज़रा उत्तेजित होकर उस नराधम ने कहा, "खूबसूरत लोगों को भीख भी मुफ़्त में नहीं मिलती। तुम्हारी सास कहीं हाथ फैलाने लायक है ही नहीं, उसकी ज़ईफ़ी इस लायक़ नहीं है, जो कहीं चल-फिर सके। तुम्हारा लड़का अभी बिल्कुल दो बरस का है। फिर? तुम्हीं भीख माँगने जाओगी न? तुम्हें कोई भी कुछ दे तो कहना। तुम्हारी-जैसी भिखमंगिनें पहले किसी का ईमान लेती हैं, उसके बाद भीख। मेरी बात मान लो। मेरे घर चलो। छोड़ो इस झोंपड़ी को, रानी बनो। छोड़ो इस रोने को, गले में हाथ डालकर हँसो।"

मेरी स्त्री उस मर्द के सामने से आँखें नीची किए हटने लगी। इस पर उसने एक रुपया ज़मीन पर फेंकते हुए कहा, "फ़ाक़ा न करना। इस रुपये का कुछ मँगाकर सब कोई खाना-पीना। मैं रात को एक बार फिर तुम्हारा निश्चय जानने के लिए आऊँगा।"

दुकान का मालिक रहमत, जाने के पहले जान-बूझकर, औरों की आँख बचा, मेरी बीवी के गाल पर एक हल्की चपत लगाकर कह गया—

"पगली न हो! जल्दी रास्ते पर आ जाओ!"

आगे की तस्वीरें न देख सका। सिर घूमने लगा। ऐसा मालूम पड़ने लगा मानो सैकड़ों साँप एक साथ मेरी छाती पर फन मार रहे हैं! मेरी आँखों के आगे उस कुत्ते ने मेरी बीवी से ऐसा सुलूक किया! मेरी आँखों के सामने!!

उफ़! उफ़!! उफ़!!!

इस बार आँखें खुलने पर देखा, तस्वीरों का सिलसिला ज्यों-का-त्यों ज़ारी था; मानो दोज़ख़ में सज़ा देने की यही तरकीब है। घुला-घुलाकर जान लेना, कोस-कोसकर मारना।

इस बार देखा—एक कमरा था। पलँग बिछा था। सामने कुर्सी पर बैठा वही, शैतान की औलाद रहमत, हुक्का पी रहा था। कमरे में एक अच्छी बड़ी दीवालगीर जल रही थी, जिससे उजाले में दो बड़ी-बड़ी आलमारियाँ चमक रही थीं।

कमरे का दरवाज़ा खुला और मेरी बीवी भीतर दाख़िल हुई। अब भी उसका मुँह सूखा था, अब भी आँखें धँसी थीं, अब भी चेहरा उतरा था। मेरी बीवी के पीछे एक दूसरा आदमी था। शायद रहमत का नौकर था।

रहमत को देखकर मेरी बीवी घबराई। पीछे फिरने को तैयार हुई, मगर ऊपर दरवाज़ा बन्द कर नौकर रफ़ूचक्कर हो गया था। रहमत मेरी बीवी की निराशा पर, हा हा हा हा कर हँसने लगा।

"इसका क्या मतलब है?" मेरी बीवी ने सवाल किया।

"इसका मतलब," रहमत ने जवाब दिया, "यही कि मैं तुम्हें छोड़ नहीं सकता। यार अली के सामने से ही मेरी तुम्हारे हुस्न पर नज़र है। तुम्हारे ही लिए मैंने अपनी दुकान उसे सस्ते भाड़े में दे रखी थी। तुम मेरी जान हो, जाओगी कहाँ? यह मेरी क़िस्मत है, जो वह नालायक़ तुम्हारी-ऐसी परी मेरे लिए छोड़कर दुनिया से उठ गया। खड़ी क्यों हो? आओ, इधर बैठो।"

स्त्री ने कहा, "मुझे जाने दो, नहीं तो मैं हल्ला मचाकर तमाम मुहल्ले को इकट्ठा कर दूँगी। यह शराफ़त नहीं, कमीनापन है। मेरा बच्चा भूख के मारे तड़प रहा है, मेरी सास मारे कमज़ोरी के मर रही है। चार फ़ाके हो चुके, आज लाचार होकर भीख माँगने निकली हूँ। मुझे रोको मत, जाने दो।"

पुरुष ने कहा, "तुम्हें जो ज़रूरत हो, मुझसे लो। दूसरे से माँगने से फ़ायदा? मैं जानता था कि तुम कभी-न-कभी घर के बाहर निकलोगी ही, इसीलिए मैंने एक नौकर को तुम्हारे दरवाज़े पर तैनात कर दिया था। अब तुम्हें पा गया हूँ। छोड़ूँगा नहीं। तुम मुझसे पल्ला छुड़ाने की कोशिश ही क्यों करती हो? मैं यार अली से बदशक़्ल नहीं, ग़रीब नहीं, किसी बात में कम नहीं। तुम्हें खुश होना चाहिए। भीख माँगोगी तो एक दिन रण्डी भी बनना पड़ेगा। मेरे घर रहोगी तो इज़्ज़त ढँकी रहेगी।"

जल्दी से कुर्सी छोड़, मेरी बीवी के सँभलने से पहले ही, उस दुष्ट ने उस हूर की पुतली को अपनी मज़बूत बाँहों में कस लिया। इतने ज़ोर से कस लिया कि वह हिल न सके, डुल न सके। और? हमारी आँखों के सामने, उसने सैकड़ों चुम्बनों से मेरी प्राणप्यारी के अधरों, कपोलों, आँखों और मस्तक को भर दिया। वह अवाक्-सी उसकी भुजाओं में खड़ी ही रह गई!

उसी समय कमरे में रखी हुई दोनों आलमारियों के दरवाज़े खुले। दोनों में से दो-दो पुरुष निकलकर मेरी बीवी और हरामज़ादे रहमत की ओर यह कहते हुए बढ़े कि—

"ओ हो हो! ग़ज़ब की रण्डी है। अरे भाई रहमत! हम दोस्तों का भी..."

इसके बाद? इसके बाद—बहुत-सी ऐसी तस्वीरें दिखाई गईं जिनका वर्णन

नहीं किया जा सकता। जिन्हें किताब में, दिल में, आँखों में जगह नहीं दी जा सकती। सबका अर्थ यही था कि पेट के कारण मेरी स्त्री वेश्या हो गई। देखते-देखते ही उसकी आँख का पानी मर गया, दिल की बहिश्त दोज़ख़ हो गई, ख़ुदा की तस्वीर मिट्टी में मिल गई!

मैंने अपने दोस्तों में से बहुतों को, मेरी बीवी के पाक दामन को गन्दा करते अपनी इन्हीं आँखों से देखा!

उफ़! उफ़!! उफ़!!!

मैं तमककर, पाँव से कुचले गए साँप की तरह गरजकर, उबलते हुए तूफ़ान की तरह, अपने-आपको भूलकर, पागलों की तरह खड़ा हो गया। कौन है वह शैतान, जो मेरी बीवी की इज़्ज़त लूट रहा है? हट जाओ! कहता हूँ मुझे छोड़ दो। मैं खून पीकर रहूँगा। यह वह बेइज़्ज़ती है, जिसका बदला दुश्मन की जान से लिया जाता है। मैं दोस्ती का दम भरने वाले उन शैतानों पर बला की तरह, दोज़ख़ की तरह, ख़ुदा के गुस्से की तरह, आसमान पर से टूटूँगा। उन्हें, उनकी हस्ती को,उनकी दुनिया को, चूर-चूर करके दम लूँगा। मुझे छोड़ दो, मुझे छोड़ दो! मेरे ख़ुदा! मेरे मालिक!!

किसने मेरे मुँह पर ज़ोर से एक थप्पड़ मारा? किसने अपने गुस्से की साँस से दोज़ख़ की आग को छेड़ दिया? किसने मेरे कान में क्रोध से ललकार कर कहा, "ख़ुदा के नाम पर शैतान को पूजने वाले इन्सान! घबराता क्यों? यही तेरी सज़ा है।" कौन मुझे चिढ़ा-चिढ़ाकर हँस रहा है? कौन मेरे जले पर नमक भुरभुरा रहा है? उफ़! इस मुल्क में रहम नहीं है? ख़ुदा नहीं है? इन्साफ़ नहीं है?

यही शैतान का दोज़ख़ है?

वह देखो, वह देखो! फिर वही नज़ारा, फिर वही शैतान दोस्तों का जलसा। मेरी बीवी की चादर के धब्बे! वह देखो, वह देखो! कैसी भयानक शक्लें हैं! किसी का सिर कटा है, किसी की आँतें बाहर निकली हैं, किसी का धड़ नाच रहा है और सब-के-सब मेरी लुटती हुई इज़्ज़त की ओर इशारा कर कह रहे हैं, "और ख़ुदा का पाक नाम बदनाम करो! हा हा हा हा! यह हम बेकसूरों की आह का नतीज़ा है, हमारे ठण्डे खून का बदला है। जलो! तुम्हारे ऐसे शैतान हज़ारों बरस तक, इसी तरह इसी दोज़ख़ में जलाए जाते हैं।"

बर्दाश्त की हद हो गई। इस होश से बेहोशी ही अच्छी, इस जागने से सोना

ही अच्छा, मरना ही भला। दोनों हाथों से ज़ोर से मैंने अपना गला धर दबाया। गला हाथ में आया या नहीं, याद नहीं, पता नहीं, मगर दम घुटने लगा। जान निकलने लगी। मैं बेहोश होकर उसी काले अन्धकार में, उसी दोज़ख़ में गिर पड़ा!

मेरे मालिक, मेरे ख़ुदा! कान पकड़ता हूँ, तौबा करता हूँ। जितना किया, उससे कहीं ज़्यादा मुसीबत उठा चुका। अब सहा नहीं जाता। देखा नहीं जाता। मुझे इन शैतानों से और इनके दोज़ख़ से बचाओ। रहम, मेरे अल्लाह! करम-मेरे मालिक!!

# ईश्वरद्रोही

## भिखारिन

एक वर्ष पहले की बात है। कलकत्ता के मछुआ बाज़ार की एक गली में एक भिखारिन चली आ रही थी। उसके तन पर गन्दा और कई स्थानों पर बुरी तरह से फटा हुआ पुराना चूड़ीदार पाजामा और उसी तरह का एक कुरता था। माथे पर चद्दर के स्थान पर दो हाथ लम्बा और हाथ-भर चौड़ा कपड़ा, कपड़ा क्या चीथड़ा था। प्रातः नौ-दस बजे का समय था। व्यापार-जीवी जन अपने-अपने धन्धे की धुन में इधर-से-उधर और उधर-से-इधर आ-जाकर गली के शान्त हृदय पर अशान्ति का सिक्का बैठा रहे थे।

एक नवयुवक मुसलमान को अपनी बग़ल से गुज़रते देख भिखारिन ने सवाल किया, "ख़ुदा के नाम पर, बड़े मियाँ, कुछ रहम हो।"

"क्या?" नवयुवक ने ज़रा गौर से सवाल करने वाली की ओर देखा। वह युवती थी।

"बड़ी भूख लगी है," युवक को रुकते देख भिखारिन ने अपने सवाल को दुहराया, "कल से ही कुछ खाने को नहीं मिला है। कुछ मेहरबानी हो, ख़ुदा आपको सलामत रखे।"

"घर पर चलेगी?" युवक ने भिखारिन से ऐसे स्वर से पूछा, जिसमें दया से अधिक शोहदापन था।

युवक की दुष्टता-भरी आँखों और मुस्कराते हुए मुख को देखकर भिखारिन के कपोलों पर सुर्ख़ी दौड़ गई। उसने विनम्र भाव से उत्तर दिया, "यहीं कुछ रहम कर दीजिए।"

"घर पर चल तो सब कुछ किया जा सकता है, यहाँ नहीं। पास में पैसे नहीं हैं।"

"तो जाने दीजिए। किसी दूसरे दाता का दरवाज़ा खटखटाऊँगी। (सामने एक मकान की ओर अँगुली दिखाकर) यह मुलसमान का घर है?"

"तो मेरे घर पर न चलेगी?"

"नहीं। ज़रा बतला दीजिए, यह किसी मुसलमान का घर है?"

नवयुवक मुसलमान ने भिखारिन को घर पर चलने पर राज़ी होते न देख, ज़रा चिढ़कर कहा, "हाँ, जाओ। वहाँ तुम्हारी ख़ातिर हो जाएगी। मुसलमान का घर है।"

युवक आगे बढ़ा। भिखारिन भी उस मकान की ओर बढ़ी। मकान का दरवाज़ा छूते ही खुल गया और सीढ़ियों का सिलसिला दिखाई पड़ा। एक बार क्षण-भर के लिए भिखारिन हिचकी, मगर फिर न जाने क्या सोचकर, धीरे-धीरे सीढ़ियों पर चढ़ने लगी।

सीढ़ियों के सिरे पर दूसरा दरवाज़ा दिखाई पड़ा, जो खुला था। दरवाज़े से सटा हुआ, साधारण ढंग से सज़ा, एक कमरा था। आपस में सटी हुई दो-तीन चौकियों पर गद्दे और सफ़ेद चादर बिछे थे और उस पर मसनद के सहारे बैठा कोई नवयुवक कुछ पढ़ रहा था। युवक लम्बा, गोरा और सुन्दर था। उसकी अवस्था सत्रह-अठारह वर्ष की मालूम पड़ती थी। भिखारिन दरवाज़े के पास चुपचाप खड़ी होकर युवक की ओर देखने लगी; मगर युवक को इस युवती भिखारिन के आने की कोई खबर नहीं। इसी समय मकान के भीतर से आवाज़ आई, "राम! बाहर जाना तो मुझसे कहकर जाना। मैं दरवाज़ा बन्द कर लूँगा।"

"अच्छा, बाबूजी!!" कहकर युवक ने अपनी गर्दन फेरी। दरवाज़े पर जो नज़र गई तो देखा कि चीथड़ों में लिपटी हुई लक्ष्मी-सी सुन्दरी कोई स्त्री खड़ी है। यह रूप! यह वेश!! माजरा क्या है? युवक बिना हिले-डुले चुपचाप उस युवती की ओर देखने लगा। युवती के कपोल रुखे थे, मगर थे गुलाबी। होंठ सूखे, मगर थे सरस! उसकी आँखों की चारों ओर कालिमा थी, मगर आँखें बोलती थीं। गन्दे और फटे कुरते और पाजामे के बाहर उसका चम्पक-वर्ण शरीर देखने से मालूम पड़ता था मानो सौन्दर्य फटा पड़ता है। क्षण-भर मुग्ध दृष्टि से उस भिखारिन के सौन्दर्य को देखने के बाद युवक को कर्त्तव्य का ज्ञान हुआ। वह ज़रा सँभलकर बैठ गया। उसने, उस मुस्कराहट के साथ, जिसे हृदय अधिक देखता है आँखें कम, उससे पूछा, "क्या है?"

उसी स्वर और उसी भाव से भिखारिन ने भी पूछा, "तुम मुसलमान हो?"

भिखारिन का 'तुम' असभ्य था, धृष्ट था; मगर युवक को वह बड़ा ही प्यारा मालूम पड़ा। उसने उत्तर दिया, "मैं मुसलमान नहीं, हिन्दू हूँ। क्यों?"

"नहीं, तुम मुसलमान हो," कहकर भिखारिन मुस्करा पड़ी।

युवक चौकी से नीचे उतर भिखारिन के सामने, दरवाज़े के पास जा खड़ा हुआ और कहने लगा, "आखिर तुम्हें चाहिए क्या?"

"भीख—पैसे!"

"तुम भीख माँगा करती हो? तुम्हारी ज़ात क्या है?"

"देखते नहीं हो! मैं मुसलमान हूँ।"

"कहाँ घर है?"

"लखनऊ।"

"यहाँ कलकत्ता में क्या करती हो?"

"भीख माँगती हूँ।"

भिखारिन युवक के प्रश्नों का ढंग और उसके चेहरे का उतार-चढ़ाव देखकर हँसने लगी।

"कुछ देते हो?" भिखारिन ने युवक से पूछा।

"क्या लोगी?"

"जो दे दो।"

"अच्छा, ज़रा ठहरो। बाबूजी को बुलाता हूँ। वही देंगे।"

"तब मैं जाती हूँ। तुम्हें कुछ देना-लेना नहीं है।"

भिखारिन एक सीढ़ी नीचे उतर गई, मगर लीला से आँखें ऊपर चढ़ाकर। युवक ने उसे पुकारते हुए कहा, "जाना नहीं, जाना नहीं। एक बार बाबूजी से पूछ लूँ, फिर तुम्हें कुछ-न-कुछ दूँगा। ज़रूर दूँगा।"

## नवाबज़ादी

युवक भिखारिन को वहीं छोड़ घर के भीतर गया और थोड़ी देर बाद एक-दूसरे पुरुष के साथ लौटा। दूसरे पुरुष की अवस्था पचास वर्ष की मालूम पड़ती थी। उसके सिर के आधे से अधिक बाल सफेद हो गए थे। मुख पर बड़ी-बड़ी मूँछें और दाढ़ी थी। उसका चेहरा बड़ा रोबदार मालूम पड़ता था। वही युवक का 'बाबूजी' था।

भिखारिन को सिर से पैर तक कई बार देख लेने के बाद उन्होंने पूछा, "तुम अकेली हो या तुम्हारे कोई और भी है?"

भिखारिन की नीचे झुकी हुई आँखें इस प्रश्न पर सजल हो गईं। उसने गम्भीर होकर कहा, "इस वक़्त मैं दुनिया में अकेली हूँ।"

"तुम्हारा रूप साधारण भिखारिनों से भिन्न है। अनुभवी आँखें इस फटी अवस्था में भी तुम्हें भिखारिन मानने को तैयार नहीं हो सकतीं। तुम्हारे पिता-माता क्या करते थे?"

भिखारिन की आँखों से निकलकर पानी के दो छोटे टुकड़े उसके गुलाबी गालों पर चमकने लगे। युवक ने देखा, सौन्दर्य को जीवन मिल गया! वृद्ध ने देखा! रूप कविता करने लगा!

भिखारिन ने कहा, "मेरे पिता-माता दिन में अपनी बदक़िस्मती पर रोया करते थे और रात में मुँह छिपाकर, वेश बदलकर, पेट को भरने के लिए भीख माँगा करते थे!"

"क्या वे हमेशा के भिखमंगे ही थे?"

"नहीं!" एक लम्बी साँस खींचकर भिखारिन ने कहा, "हमारे दादा लखनऊ के एक नवाब थे। अवध से नवाबी का ख़ात्मा होने के बाद मेरे दादा ने अँग्रेज़ों का विरोध और लखनऊ के नवाब वाज़िदअली का समर्थन किया था। वाज़िदअली शाह के क़ैद हो जाने के पन्द्रह साल बाद दादा की मौत हो गई। उस वक़्त भी मेरे पिता के पास, हमारी ज़िन्दगी आराम से बसर करने भर को काफ़ी धन था। मगर पिता में नवाबों का ख़ून था। उन्होंने पैसे को पानी के भाव बहाने का अभ्यास किया था। जब तक उनके पास धन था, वे उसकी कुछ भी परवाह न करते थे। आख़िर एक दिन हम एकदम भिखमंगे हो गए। दाने-दाने को मुहताज हो गए और हिन्दुस्तान के कोड़ियों नवाबों की तरह हो गए दरवेश। मेरे वालिद और वालदा पर जो-जो मुसीबतें गुज़री हैं, उन्हें मैं आपको सुना नहीं सकती। मेरे तीन बड़े भाई और एक बहन एक टुकड़ा रोटी और 'चुल्लू-भर' पानी के लिए मर गए। तकलीफें झेलते-झेलते और भीख माँगते-माँगते मेरे माँ-बाप अन्धे होकर, तीन महीने हुए, दुनिया से कूच कर गए! नवाबी के उन लाड़लों को कोई दफ़नाने वाला भी नहीं था। उनकी वही हालत हुई, जो लावारिस मुर्दों की हुआ करती है।"

"वालिद के सामने ही लखनऊ के आवारों और शोहदों की बद-नज़र मेरे ऊपर थी। उनके मरने के बाद मेरा वहाँ रहना दूभर हो गया। मेरी बेइज़्ज़ती करने की ताक में पचासों बदमाश लग गए। मुझे सहारा देने वाला कोई नहीं। लाचार

होकर मुझे लखनऊ से भागना पड़ा। कलकत्ता की मैंने बड़ी तारीफ़ सुनी थी। सुना था, वहाँ हज़ारों ग़रीब-दुखिया सुख से जीते हैं। इसीलिए मैं यहाँ भाग आई, मगर उफ़!! यहाँ भी दुनिया का वैसा ही रुख़ है जैसा लखनऊ में। यहाँ भी रहम करने वाले कम हैं और दोज़ख़ी-कुत्तों की भरमार है। पन्द्रह दिनों से इस शहर की हालत देख रही हूँ। जिसे देखो वही आवाज़ कसने और बेइज़्ज़त करने को तैयार है; मगर ख़ुदा के नाम पर किसी ग़रीब को पनाह देने वाला कोई नहीं। मैंने न जाने कौन-सा गुनाह किया था, जिसका नतीजा इस तरह भुगत रही हूँ। मेरी किस्मत में मौत भी...''

भिखारिन की आँखों के मोती उसके रूखे और गन्दे पैरों पर बरसने लगे।

युवक के बाबूजी ने कहा, ''इस घर में रहोगी, बेटी?''

''मैं मुसलमान हूँ।''

''कोई हर्ज नहीं। मुसलमान भी आदमी है, हिन्दू भी। मैं आदमीपरस्त हूँ, हिन्दू या मुसलमानपरस्त नहीं। तुम्हें अगर कोई ऐतराज़ न हो तो इस घर में तुम्हारे लिए बहुत जगह है।''

भिखारिन की नीचे झुकी हुई आँखें ऊपर उठीं। वृद्ध की आँखों ने देखा उस अभागिनी के नेत्रों में एक इतिहास था, जिसे 'हिन्दू' नहीं, 'मुसलमान' या 'ईसाई' भी नहीं, केवल 'आदमी' ही पढ़ सकता था!

## गोपालजी

नवयुवक का नाम था रामजी और उसके बाबूजी का गोपालजी। गोपालजी को उनके वंश का जो कुछ इतिहास मालूम था, वह विचित्र था। जिस व्यक्ति को गोपालजी अपना पिता समझते थे, उसने अपने अन्तिम समय में उन्हें बुलाकर कहा, ''बेटा! तुम मुझे 'बाबूजी' कहकर पुकारा करते हो। सन्तानहीन होने के कारण मैंने और मेरी स्त्री ने तुम्हें पुत्र की तरह पाला-पोसा और प्यार किया है, मगर तुम हमारे पुत्र नहीं हो, तुम्हारी नसों में इस ग़रीब व्यक्ति का रक्त नहीं बहता है। मेरी बड़ी इच्छा थी कि मैं इस बात को तुम पर प्रकट न करता और तुम्हारे हृदय को ठेस न देता, मगर अब मुझे ईश्वर के दरबार में जाना है, किसी को असत्य और अन्धकार में छोड़ देने से पाप होगा।''

''तुम्हारी असली माँ क्षत्राणी थी, मैं वैश्य हूँ। तुम्हारी माता के पति एक

देशी रियासत के कर्मचारी थे। उसी रियासत के राजा की नज़र तुम्हारी सुन्दरी और युवती माता पर गड़ी थी। वह किसी-न-किसी तरह उन्हें भ्रष्ट करने की धुन में था, मगर तुम्हारी माँ के पति भी वीर थे, क्षत्रिय थे। इसी कारण से राजा की हिम्मत न पड़ती थी। अन्त में राजा ने एक युक्ति सोची। तुम्हारी माँ के पति को एक झूठे बहाने से, रियासत के काम से, परदेश भेज दिया, और वहीं, कभी यहाँ, कभी वहाँ, डेढ़ वर्ष तक रखा।"

"पति को विदेश भेज उसकी पत्नी को महाराज ने पहले तो सीधे से, लालच दिखाकर और भय दिखाकर अपने क़ाबू में करना चाहा, मगर जब युक्ति से उनकी दाल न गली, तब एक रात अपने गुप्त कर्मचारियों को भेज, उन्हें ज़बरदस्ती घर से पकड़वा मँगाया। किसी को कानोंकान ख़बर भी न हुई। उसी दिन से तुम्हारी माता के पतन का आरम्भ हुआ। फिर वह बिना किसी तरह के ऐतराज़ के महाराज की सेवा में बराबर जाया करती थीं। आखिर तुम्हारी सृष्टि हुई।"

"मैं रियासत का दस रुपये महीने का एक साधारण कर्मचारी था। जिस दिन तुमने जन्म लिया, उस दिन महाराज ने मुझे बुलाया और मेरे हाथों में पाँच हज़ार रुपये की एक थैली और तुम्हें देकर कहा कि, 'इस लड़के को लेकर तुम कहीं और जाकर रहो। देखो,यह रहस्य प्रकट न करना।' बस, मैं तुम्हें लेकर कलकत्ता चला आया। मेरी स्त्री, सन्तान न होने के कारण तुम्हें पाकर बड़ी प्रसन्न हुई और हम दोनों ने तुम्हें अपनी औलाद के नाम पर समाज में परिचित कराया, पढ़ाया-लिखाया। यह सब होते हुए भी हमारी सम्पत्ति तुम्हारी ही है। अब मैं मरने वाला हूँ, तुम अपने पिता या माता को खोजने की चेष्टा न करना, क्योंकि संसार तुम्हारी बातों को सुनकर केवल हँसेगा, तुम्हारा अपमान करेगा। अस्तु, तुम मेरे पुत्र हो, मैं तुम्हारा पिता हूँ और यह धर्ममाता ही तुम्हारी जननी है!"

यही है वृद्ध गोपालजी का वंश-परिचय। मरने के दो वर्ष पूर्व ही उनके पालक पिता ने उनका ब्याह भी कर दिया था। धर्मपिता की मृत्यु के कुछ ही दिनों बाद उनकी धर्ममाता की भी इहलीला समाप्त हो गई। फिर गोपालजी और उनकी स्त्री के ही हाथों में उक्त वैश्य-परिवार की बची-खुची सम्पत्ति आई, जिसे गोपाल जी ने बढ़ाया भी। एक बार लोहे की दलाली में उन्हें एक लाख रुपये का मुनाफा हुआ। बस, उन्हीं रुपयों को बैंक में जमा कर, गोपालजी समाज से और व्यापार से अलग रहकर जीवन-यापन करने लगे।

समाज और व्यापार से अलग होने का एक कारण था। जब से उन्हें अपने जन्म का इतिहास मालूम हुआ, तब से उनकी विचित्र अवस्था हो गई। वह अक्सर

एक ठण्डी साँस लेकर अपने किसी मित्र या स्त्री से कहते कि, ''यह संसार धोखेबाजों, बदमाशों और बेईमानों का अखाड़ा है।'' ईश्वर के तो नाम से उन्हें चिढ़ थी। उनकी चर्चा चलने पर गोपालजी तमककर कह उठते कि, ''सब झूठ है, सब धोखा है, ईश्वर कोई नहीं है, कहीं नहीं है। ग़रीबों और मूर्खों पर अपनी हुकूमत क़ायम रखने के लिए अमीरों और दुनिया को नरक बनाने वाले समझदारों की अक्ल ने इस ईश्वर की रचना की है। सब झूठ है, सब धोखा है।''

गोपालजी के हृदय की इस स्पष्ट तस्वीर को देखने के लिए समाज तैयार नहीं हुआ। एक बात और भी थी। केवल 'मानव-धर्म' के पुजारी गोपालजी किसी भी जाति के किसी भी आदमी के हाथ से खाना-पानी ग्रहण कर लेते थे। यह समाज के लिए असह्य था, मगर गोपालजी अपने धर्म के पक्के थे। वह समाज की उपेक्षा को उपेक्षा की दृष्टि से देखते और समाज के ढोंगी कर्णधारों से नफ़रत करते थे।

वृद्ध गोपालजी की नज़रों में धर्म तुच्छ था। धन तुच्छ था, ढोंगियों का समाज तुच्छ था; मन्दिर, मस्जिद और गिरजे तुच्छ थे और परम तुच्छ था उक्त सारी खुराफातों की जड़ ईश्वर।

उनका हृदय आँसुओं के आगे पिघल उठता था, दुर्बलों पर द्रवित होता था। संसार के कमज़ोर और अपमानित, दरिद्र और पतित उनके ईश्वर थे, मनुष्यत्व उनका धर्म था!

## रामजी

राम जी जिस समय पाँच वर्ष का अज्ञान बालक था, उसी समय उसकी माता—गोपालजी की पत्नी का देहान्त हो गया था। तब से बराबर गोपाल जी के ही प्रेम से उसका पालन-पोषण हुआ। पिता का पुत्र और पुत्र का पिता पर अलौकिक प्रेम था। स्त्री का देहान्त हो जाने के बाद, चाहते तो गोपालजी दूसरी शादी कर सकते थे, मगर उन्होंने वैसा नहीं किया। उनका कहना था कि विवाह का मुख्य उद्देश्य प्रेम होना चाहिए, वासना नहीं। स्त्री के न रहने पर भी उनके प्रेम का पात्र, उनका और उनकी पत्नी का सम्मिलित स्नेह-चित्र, राम जी तो था ही। फिर दूसरा विवाह करने की आवश्यकता?

स्त्री की मृत्यु के बाद, पहले कुछ दिनों तक, गोपालजी ने एक अधेड़ ब्राह्मणी को, रामजी की देख-रेख और भोजन तैयार करने के लिए नौकर रख लिया था, मगर, बाद को यह अनुभव कर कि ब्राह्मणी देवी 'राम दोहाई' और 'भगवान् जानें' की आड़ में रामजी के हिस्से का दूध, घी और मक्खन अपने या अपने बच्चों के मसरफ में लाती हैं, उन्होंने उसे निकाल बाहर किया और स्वयं रामजी की धात्री और माता बन बैठे। पुत्र का नहलाना, धुलाना, खाना पकाना और खिलाना वह स्वयं करने लगे। सहायता के लिए एक नौकर भी रख लिया। छुटपन से लेकर वयस्क हो जाने तक बराबर वह रामजी को अपने साथ, छाती से लगाकर सुलाते थे। उनका 'राम' उनकी दृष्टि में इस दुःखमय, पापमय और हाय-हायमय संसार का सर्वश्रेष्ठ सुख था। रामजी को देखते ही वह एक अद्वितीय और अनिर्वचनीय सुख का अनुभव करते, प्रसन्न-वदन हो जाते थे। राम को पढ़ाने का उन्होंने यथाशक्य, बहुत सुन्दर प्रबन्ध कर रहा था। वह कलकत्ता विश्वविद्यालय की प्रवेशिका परीक्षा पास कर द्वितीय (वर्ष) श्रेणी में पढ़ रहा था। कॉलेज में उसने अँग्रेज़ी के साथ संस्कृत ले रखी थी और घर पर गोपालजी के एक पुराने मित्र मौलवी साहब उसे फ़ारसी पढ़ाया करते थे।

ईश्वरद्रोही गोपालजी का हृदय-सर्वस्व राम, स्वभावतः हिन्दू था, ईश्वर को मानने वाला था। स्वयं देवी-देवताओं में विश्वास न रखते हुए भी, पुत्र के आग्रह से, वह राम-मन्दिर में भी जाते थे और काली-बाड़ी में भी। कभी-कभी नास्तिक पिता और आस्तिक पुत्र में 'ईश्वर' को लेकर बड़ा सुन्दर विवाद हुआ करता था, जिसमें विजयी होने पर भी, गोपालजी को पराजय स्वीकार करनी पड़ती, परन्तु तब, जब पुत्र पिता के गले में हाथ डाल, कपोल से कपोल सटाकर कहता था कि "बाबूजी, जब तक तुम 'राम-राम' न कहोगे, मैं भोजन न करूँगा, राम हमारे भगवान् हैं।" ऐसी परिस्थिति उत्पन्न होने पर गोपालजी मुस्कराकर 'राम-राम' कहकर कहने लगते कि राम तो मेरा दुलारा और प्यारा पुत्र है। भला 'राम-राम' कहने में मुझे आपत्ति हो सकती है?

## मौलवी साहब

अभी कल तक कलकत्ता में जिस दंगे का ताण्डव नृत्य हो रहा था, उसके आरम्भ होने के पन्द्रह दिनों पूर्व गोपालजी के पुराने मित्र और रामजी के फ़ारसी-शिक्षक,

मौलवी सदाअतुल्ला और ईश्वरद्रोही गोपालजी में 'हिन्दू और मुसलमान' विषय पर खासी बहस हुई। बहस का आरम्भ मौलवी साहब ने इस प्रकार किया था—

"आपकी भिखारिन बेटी कैसी है?"

गोपाल, "भली-चंगी और प्रसन्न। क्यों?"

मौलवी, "मोहल्ले के मुसलमान जानते हैं कि आपकी बेटी हिन्दू नहीं है।"

गोपाल, "तो? इसका अर्थ?"

मौलवी, "इसका अर्थ तो मैं नहीं जानता। हाँ, लोग आपस में इस बात की सलाह कर रहे हैं कि उसे आपसे माँगकर फिर से दीन इस्लाम में मिला लें। मुसलमान अपनी औलाद को हिन्दू के घर में, हिन्दू की तरह नहीं देख सकते।"

"हा हा हा हा!" रुक्ष अट्टहास करते हुए ईश्वरद्रोही ने कहा, "उस दिन मुसलमान कहाँ थे, जब भिखारिन भूखों मर रही थी? उस दिन दीन इस्लाम कहाँ था, जब अपने को मुसलमान कहने वाले कुत्ते उसके पाक दामन को गन्दा करने पर उतारू थे? अरे यारो! बुग्ज़, शैतानी, बदमाशी और लड़ाई का नाम 'दीन इस्लाम' नहीं है। काहे को ख़ुदा और मज़हब को बदनाम करने पर कमर कसते हो?"

"यह बदमाशी नहीं है। जनाब, इसे अपने मज़हब की क़द्र करना कहते हैं।"

"इन्सान का मज़हब इन्सान की क़द्र करना है। जिस धर्म में आदमी की इज़्ज़त नहीं, वह धर्म नहीं, धोखा है।"

"मुसलमान का धर्म है मुसलमान की क़द्र करना। जो मुसलमान नहीं, वह काफ़िर है।"

"ठहरिए!" नास्तिक ने उत्तेजित होकर कहा, "किसी को काफ़िर समझना आदमीयत का अपमान करना है। वैसे तो मैं किसी भी धर्म और किसी भी ईश्वर को नहीं मानता, मगर...मगर..."

"मगर??"

"मगर...अगर कोई अपने को मुसलमान, ईसाई या कुछ और कहकर और मुझे 'हिन्दू' समझकर अपमानित करना चाहे, तो मुझसे बढ़कर कोई दूसरा 'हिन्दू' नहीं। वैसी हालत में मैं बिक जाऊँगा, मगर 'हिन्दू' रहूँगा...मर जाऊँगा, मगर 'हिन्दू' रहूँगा। वैसी हालत में अपमान 'हिन्दू' का नहीं, 'आदमी' का होता है। मैं आदमी हूँ। मौलवी साहब! मेरी नज़रों में मज़हब की उतनी ही इज़्ज़त है, जितनी पोशाकों की। लुंगी लगाने वाला धोती पहनने वाले को काफ़िर नहीं कह सकता।

पगड़ी पहनने वाला तुर्की टोपी वाले को म्लेच्छ नहीं कह सकता। अपनी-अपनी पसन्द है। आप दीन इस्लाम को मानते हैं—लुंगी, पहनिए; राम हिन्दू धोती पहने। मैं कुछ भी नहीं हूँ, आदमी हूँ, जो जी में आएगा पहनूँगा। पोशाकों के लिए लड़ना मुसलमानपन नहीं, हिन्दूपन भी नहीं, गधापन है!''

ज़रा गम्भीर होकर मौलवी साहब ने पूछा, ''कलकत्ता में अगर दंगा हो तो आप क्या करेंगे?''

''कमज़ोरी की तरफ़दारी, बेगुनाहों की मदद करूँगा और बदमाशों से लड़ूँगा।''

''बदमाश कौन होगा?''

''जो लड़ाई छेड़ेगा। वह हिन्दू हो या मुसलमान, कोई चिन्ता नहीं।''

जिस समय मौलवी और ईश्वरद्रोही में बहस हो रही थी, उसी समय मकान के भीतर भिखारिन, जिसे अब लोग 'नवाबज़ादी' कहकर पुकारते थे और रामजी में इस प्रकार बातें हो रही थीं।

''नवाबज़ादी!''

''नवाबज़ादी के मालिक—आक़ा!''

''मुझे मालिक क्यों कहती हो?''

''मुझे नवाबज़ादी क्यों कहते हो?''

''तुम नवाबज़ादी नहीं हो? तुम्हारे दादा नवाब नहीं थे?''

''तुम मेरे मालिक नहीं हो? तुमने मुझे पनाह नहीं दी है?''

''अच्छा भाई, तुम नवाबज़ादी नहीं, 'तुम' हो।''

''अच्छा भई, तुम भी मालिक नहीं 'तुम' हो!''

''तुम तरकारी लाने न जाया करो।''

''क्यों?''

''मछुआ बाज़ार के मुसलमान तुम्हें हिन्दू के घर से निकालने की धुन में हैं।''

''वाह रे, निकालने की धुन में हैं! अँग्रेज़ी राज नहीं, नवाबी है?''

''अच्छा तुम मुसलमान क्यों नहीं हो जातीं?''

''तुम मुसलमान क्यों नहीं हो जाते?''

''मैं हिन्दू हूँ और हिन्दू रहने में फख्र समझता हूँ।''

''मैं भी हिन्दू हूँ और हिन्दू रहने में फख्र समझती हूँ। जिस धर्म में बाबूजी जैसे लोग हों और 'तुम' हो, वह धर्म मेरी नज़रों में दुनिया के सब धर्मों से बेहतर है।''

''दुनिया की नज़रों में तुमने हमें मुसलमान बना दिया है।''

"और तुमने हमको हिन्दू नहीं बना दिया? तुमने..."

"श्रीमती 'तुम' के मुख पर हाथ रखकर श्रीमान् 'तुम' ने कहा, "चुप!"

"श्रीमान्! 'तुम' के मुख पर हाथ रखकर श्रीमती 'तुम' ने कहा, "चुप!"

## दंगे में

कलकत्ता के दंगे का तीसरा दिन था। वृद्ध गोपालजी अपनी उसी बैठक में उदास मुँह बैठे थे, जिसमें रामजी और भिखारिन की प्रथम भेंट हुई थी। भिखारिन नवाबज़ादी भी गोपालजी के सामने कुर्सी पर बैठी थी। उसके मुख से भी उदासी और अप्रसन्नता फूट पड़ती थी।

"बेटी!" वृद्ध ने रुद्ध कण्ठ से कहा, "मेरा राम आर्यसमाज का जुलूस देखने केवल एक घण्टे के लिए गया था, मगर अभी तक नहीं लौटा। ज़रूर उस पर कोई-न-कोई विपत्ति पड़ी है, नहीं तो, बिना अपने बूढ़े बाप के राम को चैन नहीं पड़ता।"

इसी समय किसी ने दरवाज़ा खटखटाया। नवाबज़ादी द्वार खोलने के लिए उठी, मगर बूढ़े ने रोका, "तुम न जाओ नवाबज़ादी, मुमकिन है कोई बदमाश हो। मैं ही जाता हूँ।" दरवाज़ा खोलने पर गोपालजी का नौकर नन्दन भीतर आया। उसके चेहरे पर हवाइयाँ उड़ रही थीं। वह इतनी लम्बी-लम्बी साँसें ले रहा था मानो एक साँस में भागता हुआ आया है।

वृद्ध ने पूछा, "क्या खबर, नन्दन? राम का कुछ पता चला?"

नौकर नीचे सिर करके चुपचाप खड़ा हो गया।

"बोलता क्यों नहीं रे, मेरा राम कहाँ है?"

नौकर रोने लगा। गोपालजी का चेहरा, नौकर की हालत देखकर, काला पड़ गया। उन्हें ऐसा मालूम पड़ने लगा मानो उनके ऊपर क्षण-भर बाद निश्चित वज्रपात होने वाला है।

"नन्दन! नन्दन!! बोलता क्यों नहीं? वह कहाँ है?"

नवाबज़ादी ने रुद्ध कण्ठ और भयभीत हृदय होकर पूछा।

नन्दन ने धीरे-धीरे कहना आरम्भ किया, "बाबूजी, राम भैया को...।" इस बार भी वह बात पूरी न कर सका। अबकी ज़रा डपटकर गोपालजी ने पूछा, "साफ़-साफ़ क्यों नहीं कहता? बेवकूफ़।"

नन्दन ने अपनी सारी शक्ति मुख में एकत्र कर साफ़-साफ़ कहा, "उस दिन जब आर्य समाज के जुलूस पर मुसलमानों ने धावा किया और हिन्दुओं को खूब पीटा, तब राम भैया को उनके एक मित्र ने, जो अफीम चौरस्ते पर रहते हैं, अपने घर पर रोक रखा। दूसरे दिन मुसलमानों की ज़्यादती बढ़ती देख उनके मित्र और वह, अनेक दूसरे हिन्दुओं के साथ मुसलमानों का सामना करने के लिए निकले। उन लोगों ने कई जगहों पर मुसलमान गुण्डों का सामना किया, उन्हें हराया और मार भगाया। आज सुबह राम भैया आपसे मिलने के लिए वहाँ से इधर को आ रहे थे, उसी समय एक मुसलमान गुण्डे ने उनके पेट में छुरा भोंककर उन्हें मार डाला। इसके बाद उनका क्या हुआ, वह मुझे मालूम नहीं, इतनी ख़बर भी बड़ी मुश्किल से मिली है।"

"उन्हें मुसलमानों ने मार डाला! उन्हें-उन्हें!!" कहकर नवाबज़ादी फूट-फूटकर रोने लगी, मगर गोपालजी गम्भीर थे। उनकी आँखों में आँसू नहीं, चिनगारियाँ थीं। क्षण-भर बाद वह अपने स्थान से उठे और नौकर से बोले, "घर में जितने शस्त्र हों, मेरे सामने लाओ!"

थोड़ी देर में दो-तीन डण्डे, दो तलवारें और एक तमंचा गोपालजी के सामने नौकर ने ला रखा। वृद्ध ने पहले तलवार को उठाकर दो-एक बार घुमा-फिराकर अन्दाज़ा। इसके बाद कपड़े पहनना आरम्भ किया। कपड़े पहनते-पहनते उनकी नज़र रोती हुई नवाबज़ादी पर पड़ी। उन्होंने कहा, "बेटी, अब यह घर तुम्हारा है। मैं अपने राम की तलाश में जाता हूँ। अगर मिला तो लौटूँगा, नहीं तो यही हमारी आख़िरी भेंट है।"

गोपालजी की ओर अश्रुपूर्ण, रक्त-नेत्रों से देखकर नवाबज़ादी ने कहा—

"मैं भी चलूँगी।"

"तुम कहाँ चलोगी?"

"उन्हें ढूँढ़ने।"

"बड़ा मुश्किल काम है, नवाबज़ादी। तुम औरत हो। मेरे राम को मेरे हिस्से में छोड़ दो। मैं ही ढूँढूँगा।"

"नहीं, यह कदापि नहीं हो सकता। जहाँ आप होंगे, वहीं पर मैं भी होऊँगी, ठहरिए।"

नवाबज़ादी घर के भीतर गई और थोड़ी देर बाद मर्दाने कपड़े पहन और हाथ में एक लम्बा छुरा लेकर वृद्ध के सामने आई। नवाबज़ादी के मर्दाने कपड़े वही थे, जिन्हें रामजी पहना करता था। राम ही की तरह गोरी, लम्बी और सुन्दरी

नवाबज़ादी को पुरुष-वेश में देखकर और राम को स्मरण कर बूढ़े ईश्वरद्रोही की आँखों के आँसू, बाढ़ की नदी की तरह उमड़ चले।

संसार से बहुत दूर रहने वाले राम की तलाश में ईश्वरद्रोही और नवाबज़ादी, शस्त्रों से सुसज्जित होकर चल पड़े। उस समय वृद्ध गोपालजी के मुख पर वही भाव था, जो किसी समय 'केसरिया बाना' धारण करने पर राजपूतों के मुख पर होता था। नवाबज़ादी के बदन पर वही तेज था, जो 'जौहर' के वक़्त राजपूतानियों के बदन पर दिखाई देता था!

## 'युद्धं देहि'

वृद्ध वीर गोपालजी और नवाबज़ादी उस गली को प्रायः पार कर चुके थे कि पीछे से पाँच-सात मुसलमानों ने उन पर धावा किया! "अली! अली!! अल्लाह! अल्लाह!! मारो सालों को! दोनों-के-दोनों हिन्दू हैं, काफ़िर हैं!"

हाथ का डण्डा सँभालकर और नवाबज़ादी को पीछे कर गोपालजी खड़े हो गए, और डपटकर उन गुण्डों से कहने लगे, "हत्यारो, 'अली-अली' और 'अल्लाह-अल्लाह' क्यों पुकारते हो? 'शैतान-शैतान' का नारा लगाओ! खून का प्यासा ख़ुदा शैतान है, ईश्वर नहीं। बदमाश पीछे से धावा करते हैं। खड़े हो जाओ सामने और एक-एक कर निपट लो! तुम सात हो, हम दो। तुममें से एक भी जीता रह जाए तो कहना!"

लम्बी तलवार को बगल से खींचकर बूढ़ा ईश्वरद्रोही शेर की तरह उन गुण्डों पर टूट पड़ा। गुण्डे भी सावधानी से सामना करने लगे। दोनों ओर से प्रहार-पर-प्रहार होने लगे। देखते-देखते उस बूढ़े शेर ने तीन मुसलमानों को ज़मीन पर सुला दिया। इसी समय उनके पीछे से आवाज़ आई, "मरी! मरी बाबूजी!!"

गोपालजी ने पीछे घूमकर देखा, दो मुसलमान नवाबज़ादी के कोमल शरीर पर बड़ी निर्दयता से छुरे चला रहे थे। जब तक वह वीर उस अबला की सहायता के लिए आगे बढ़े, तब तक उन दुष्टों ने उसका काम तमाम कर डाला। गोपालजी झपटकर नवाबज़ादी के पास पहुँचे। उसकी दोनों आँखें खुली थीं, पर उनमें दर्शन-शक्ति नहीं थी। उस समय एक मुसलमान ने, पीछे से गोपालजी की बगल में लम्बा छुरा भोंक दिया। वह 'हाय!' करके घूम पड़े। उन्होंने तलवार का एक

ऐसा सच्चा हाथ मारा कि वह मुसलमान भी दो होकर नाचने लगा। गुण्डों में भगदड़ पड़ गई।

गोपालजी को गहरी चोट लगी थी। उनकी अँतड़ियाँ बाहर निकली आ रही थीं। उन्हें भीतर की ओर ठेलकर बूढ़े ने उसी घाव पर अपने दुपट्टे को कसकर बाँधा और विक्षिप्त की तरह आगे पैर बढ़ाया।

कुछ दूर चलने के बाद गली पार हो गई, सड़क मिली। सड़क पर एक सार्जेण्ट के साथ पाँच-सात सिपाही खड़े थे। उन्होंने उस वृद्ध वीर को रोककर पूछा, "कहाँ जा रहे हो?"

"अपने राम को खोजने।" लड़खड़ाती आवाज़ से गोपालजी ने कहा, "आज अगर मेरा राम न मिला, तो कलकत्ता के सारे मुसलमानों को मार डालूँगा। मस्जिदों को भस्म कर दूँगा। बेटा राम! प्यारे राम!"

घाव बहुत गहरा था। वृद्ध वहीं गिरकर ढेर हो गया।

उस सड़क के आसपास की ऊँची-ऊँची अट्टालिकाओं में बहुत देर तक ईश्वरद्रोही गोपालजी के अन्तिम शब्द गूँजते रहे, "बेटा राम! प्यारे राम!"

# शाप

हमारे गाँव के ज़मींदार मुसलमान हैं। गाँव न तो बहुत बड़ा है और न छोटा ही। पाँच सौ घर हैं, दो हज़ार बाशिन्दे। गत मर्दुमशुमारी में हिन्दुओं की संख्या सात सौ थी और मुसलमानों की तेरह सौ। ज़मींदार अली अहमद खाँ के घर के सामने, बादशाही ज़माने की एक पुरानी और पुख़्ता मस्जिद है। ख़ुदा के बन्दे वहीं दुआ माँगा करते हैं। मन्दिरों की तादाद पचास से अधिक है, पर उनमें से दो-चार को छोड़ बाकी की हालत बहुत ख़राब है।

गाँव का इन्तज़ाम दो-तीन साल से अली अहमद खाँ के हाथ में है। इससे पहले उनके बूढ़े, ईमानदार और शरीफ़-तबीयत बाप स्वर्गवासी खुदायार खाँ गाँव के शासक थे। खुदायार खाँ के शासनकाल में गाँव में शान्ति और सुख की तूती बोला करती थी। उन्हें हिन्दू और मुसलमान दोनों ही प्रेम और आदर की दृष्टि से देखा करते थे। कारण, उनमें मुसलमानियत से अधिक आदमीयत थी। वह धर्मान्धता से इन्साफ़ को अधिक पसन्द करते थे। उन्हीं के व्यक्तित्व से गत असहयोग या खिलाफ़त आन्दोलन में हमारा गाँव आदर्श बना हुआ था, मगर उनकी तबीयत, उनका इन्साफ़ उन्हीं के साथ क़ब्र में दफन हो गया। उनके पुत्र अली अहमद खाँ किसी दूसरी धातु से बने हैं। वह उच्छृंखल हैं, कट्टर हैं, मुसलमान हैं। यहाँ 'मुसलमान' का अर्थ उस प्राणी से है, जिसके व्यक्तित्व को अपने को हिन्दू कहने वाले लोग सन्देह, घृणा और भय की दृष्टि से देखते हैं।

अली अहमद के राज्य में इन्साफ़ तो दूर, अक्सर जुल्म हुआ करते हैं। अब गाँव की बहन-बेटियाँ घर के बाहर निकलने में आनाकानी करती हैं; क्योंकि ज़मींदार बाबू उन्हें अपनी बहन-बेटियाँ न समझ भोग्य-सामग्री समझते हैं। अब

टूटे-फूटे मन्दिरों की हालत और भी नाज़ुक हो गई है, क्योंकि मुसलमानों के छोकरे भगवान् शंकर के सिर पर अक्सर पत्थर बरसा जाते हैं। कोई सुनने वाला नहीं, कोई हिन्दुओं का पुरसाहाल नहीं। अगर कोई ज़मींदार के यहाँ शिकायत लेकर जाता है तो न्याय की जगह गालियाँ और फटकार पाता है। यही कारण है, जो अनेक हिन्दू दूसरे गाँवों में जा बसे और अनेक जाने की तैयारी कर रहे हैं।

गाँव से आधे कोस के फ़ासले पर एक छोटा-सा जंगल है। हम लोग उसे 'पलाश वन' कहा करते हैं। उनमें आम, जामुन और नीम के दस-बीस वृक्षों को छोड़ बाकी पलाश के पेड़ हैं। पलाश वन भी अली अहमद खाँ की सम्पत्ति है।

उसी वन में उनकी, एक फूस की छोटी-सी झोंपड़ी है, जिन्हें गाँव वाले 'परमहंस बाबा' कहते हैं। परमहंसजी की अवस्था क्या है, यह कोई नहीं जानता। गाँव का बूढ़े-से-बूढ़ा आदमी, अपने लड़कपन से ही, उनको एक ही रूप और अवस्था में देख रहा है। अधिकतर हिन्दू और कुछ पुराने मुसलमान भी, उनको पहुँचा हुआ सिद्ध मानते हैं। कितने हिन्दू और मुसलमानों के असाध्य रोग उनके आशीर्वाद या एक चुटकी धूल के प्रसाद से अच्छे हो चुके हैं। परमहंस बाबा गोरे रंग, गठीले बदन और लम्बे क़द के हैं! आस-पास के दस-बीस गाँवों में उनके बराबर कोई दूसरा लम्बा पुरुष नहीं दिखाई पड़ता। उनकी लम्बी दाढ़ी और सिर के बड़े-बड़े बाल बर्फ की तरह धवल और मक्खन की तरह चिकने हैं। चेहरे पर खून बरसा करता है।

परमहंसजी पूरे परमहंस हैं। जात-पाँत बिल्कुल नहीं मानते। दिन-रात में एक बार भोजन करते हैं। आस-पास के पाँच-सात गाँवों में से किसी एक गाँव में जाकर, पाँच घरों से, 'मधुकरी' माँगते हैं। रूखा-सूखा, भला-बुरा, खाद्य-अखाद्य, जो भी मिल जाता है, उसे लेकर वन के निकट बहने वाली सावित्री नदी में पहले डुबो देते हैं और फिर वहीं भगवान् का स्मरण कर उसे ग्रहण करते हैं।

एक बार हमारे गाँव के कुछ मुसलमानों और हिन्दुओं में परमहंसजी के मांस खाने-न खाने की बात को लेकर बहस हो गई। मुसलमानों का कहना था कि वह मांस खाते हैं और हिन्दू कहते थे कि कदापि नहीं खाते। विवाद एक मुसलमान के दरवाज़े पर हो रहा था। संयोग से उसी वक़्त परमहंसजी मधुकरी माँगने के लिए वहीं आए। जिस मुसलमान का घर था, उसने हिन्दुओं से कहा कि, "तुम लोग चुपचाप देखो हम परमहंस को गोश्त देते हैं।" परमहंस ने मुसलमान गृहस्थ के दरवाज़े पर 'नारायण' की आवाज़ दी। वह मुसलमान घर में से तश्तरी में कुछ

पके चावल और गोश्त के टुकड़े ले आया और उन्हें परमहंसजी की झोली में डाल दिया। परमहंसजी आगे बढ़े और चार घरों से कुछ और सामग्री माँगकर आश्रम की ओर चले। कुछ देर तक तो हिन्दू लोग अवाक् से खड़े रहे। फिर परमहंसजी को मधुकरी में मांस की सूचना देने के लिए, जल्दी-जल्दी, उनके आश्रम की ओर बढ़े। जब तक वे वहाँ पहुँचे, तब तक परमहंसजी नदी तट पर पहुँच गए थे। अभी वह मधुकरी को जल में डुबोकर पवित्र कर ही रहे थे कि हिन्दुओं ने आवाज़ दी, ''महाराज, उस सामग्री को ग्रहण न कीजिएगा।''

''क्यों भाई? इसमें क्या है?''

''उस म्लेच्छ ने इसमें न जाने किस जीव का मांस दे दिया है। स्वामिन्! आप मुसलमानों के दरवाज़े पर मधुकरी माँगने क्यों जाते हैं? वे विधर्मी आपका अपमान करते हैं।''

हँसते-हँसते परमहंसजी ने उत्तर दिया, ''हमारे लिए हिन्दू-मुसलमान दो नहीं हो सकते। मान-अपमान दोनों मेरी दृष्टि में बराबर हैं और तुम्हारा यह कथन कि मधुकरी में कोई अपवित्र पदार्थ भी है, केवल भ्रम है। परमहंसों की मधुकरी के पास अपवित्रता आ ही नहीं सकती।''

इसके बाद परमहंसजी ने, प्रभु का स्मरण कर, झोली का आवरण हटाया। उस समय लोगों ने साश्चर्य देखा कि मधुकरी में चावल, दाल और रोटियों को छोड़ गोश्त का एक टुकड़ा भी न था। इस घटना से परमहंसजी पर हिन्दुओं की श्रद्धा और भी बढ़ गई।

परमहंस जी को अली अहमद खाँ के पिता भी बहुत मानते थे। उन्होंने उनसे कई बार यह कहा था कि, ''अगर आपकी इजाज़त हो तो मैं एक छोटी-सी पत्थर की कुटी आपके लिए इस पलाश-वन में बनवा दूँ।'' मगर परमहंसजी खुदायार खाँ की बातों को हँसी में टाल देते थे, ''खुदायार, हम लोग बादशाह हैं। हमारे लिए दो ही स्थान हो सकते हैं—महल या फूस की झोंपड़ी। हमारी बादशाही में खलल न डालो।''

पहले परमहंसजी चातुर्मास व्यतीत करने के लिए हर साल विन्ध्याचल पर चले जाते थे, मगर इधर दो वर्षों से उन्होंने वैसा करना बन्द कर दिया है। इसका एक बड़ा सुन्दर कारण है। गत वर्ष, कार्तिक मास के आरम्भ में जब वह पहाड़ से नीचे, आश्रम पर आए तब अपने साथ एक श्यामा और सुन्दरी गऊ भी लेते आए थे। उन्होंने हम लोगों को उस गाय का विचित्र इतिहास सुनाया। उनका ख़याल

था कि वह किसी पर्वतीय ग्राम के गृहस्थ की गऊ थी। चरवाहे की असावधानी से पहाड़ों में भटकी-भटकी फिर रही थी। एक दिन परमहंसजी गुफा में बैठे प्रभु-चिन्तन कर रहे थे कि उसी गऊ की चिल्लाहट सुनाई पड़ी। वह आवाज़ की ओर बढ़े। कुछ दूर जाने पर उन्होंने देखा, एक भयानक चीता भयकातर गऊ को अपनी पीठ पर लादे लिये जा रहा था और वह प्राण छोड़कर चिल्ला रही थी। उसकी चिल्लाहट से, पर्वतराज के अंग पर रोम-राजि से खड़े, वृक्ष-समूह काँप रहे थे। स्वयं पर्वतराज विन्ध्य भी अपनी पूर्ण शक्ति से प्रतिध्वनि कर, गो-गुहार चारों ओर फैला रहे थे। परमहंसजी अभागिनी गऊ की भयावनी अवस्था देख विचलित हो उठे, अपने को न सँभाल सके। तुरन्त एक शिला खण्ड उठाकर उन्होंने चीते के पैरों को ताककर मारा। निशाना सच्चा बैठा। इस अचानक और भयानक आक्रमण से वह व्यग्र हो उठा और गऊ को जहाँ-का-तहाँ छोड़ भाग खड़ा हुआ।

परमहंसजी ने देखा, गऊ के अनेक अंग चीते के आघात से रक्तरंजित हो गए थे। वह मृतप्राय पड़ी थी। परमहंसजी वन की औषधियों के पूर्ण ज्ञाता हैं। तुरन्त कई प्रकार की जड़ी-बूटी लाकर उन्होंने उसके क्षत पर लगाया, वह बच गई। बच जाने के बाद फिर उस गऊ ने परमहंसजी का साथ न छोड़ा। वह उनके पीछे पालतू कुत्ते की तरह घूमा करती और सायं-प्रातः चुपचाप अपना 'थन' उनके सामने कर खड़ी हो जाती। परमहंस जी उस मूक पशु की इस कृतज्ञ-प्रकृति पर मुग्ध हो गए। चीते के हाथ से उस गऊ को पाकर वह उतने ही प्रसन्न हुए, जितने ब्रह्मर्षि वशिष्ठ अपनी नन्दिनी को राजा विश्वामित्र के हाथ से पाकर हुए थे। परमहंसजी उसे नन्दिनी, कामधेनु समझते थे। उसका दूध हमने स्वयं एक दिन परमहंसजी से प्रसाद-स्वरूप प्राप्त कर चखा था, बहुत गाढ़ा और बहुत मीठा होता था। उसके इसी गुण पर मुग्ध हो दयालु परमहंस ने उसका नाम रखा था—'सुधा।'

भाई-भाई को, मित्र-मित्र को, पिता पुत्र को जितना प्यार नहीं कर सकता, उतना हमारे परमहंसजी सुधा को प्यार करते थे। नित्य प्रात:काल उसे सावित्री में खूब मल-मलकर नहलाते, स्वयं उसके चारे का प्रबन्ध करते और उसका मुँह ताका करते थे। सुधा भी परमहंसजी पर वैसी ही मुग्ध थी जैसी माँ अपने बच्चे पर हुआ करती है। परमहंसजी के इशारों को, उनकी भाषा को, मनुष्यों की तरह समझ लेती। वह कहते, "सुधे! चलो, सावित्री-तट पर चलें।" सुधा उनके पीछे हो लेती। वह कहते, "सुधे! वृक्ष के नीचे बैठकर आश्रम देखो, मैं मधुकरी माँगकर आता हूँ।" सुधा चुपचाप, सिर नीचा किए, आम के पेड़ की छाया में जा बैठती। जाने के पूर्व गऊ की ओर देख परमहंसजी कहते, "सुधे! जाता हूँ।" सुधा गर्दन

ऊँची कर कोमल हुंकार करने लगती, मानो कहती, "अच्छा आओ।" उसकी आँखें बड़ी-बड़ी, काली-काली, करुण आँखें कहतीं, "मगर जल्द आना, मैं तुम्हारी राह देख रही हूँ।"

जब से सुधा से भेंट हुई, संसार-विरागी परमहंस गृहस्थ हो गए। उनके सदा के निश्चिन्त हृदय में सुधा के हृदय की, चारे की और सुखों की चिन्ता बसने लगी। उनके हृदय का वह प्रेम, जो अब तक संसार और केवल संसार की सम्पत्ति था, अब पहले सुधा की और फिर संसार की सम्पत्ति हो गया।

परमहंसजी के चातुर्मास में विन्ध्याचल पर न जाने का 'सुन्दर कारण' थी सुधा!

गत वर्ष, वसन्त ऋतु के आरम्भ में, सुधा को एक बच्चा हुआ। बड़ा हृष्ट-पुष्ट, बड़ा सुन्दर, लाल रंग का बछड़ा था। बच्चे की प्राप्ति से माता-सुधा की प्रसन्नता देख परमहंसजी का हृदय प्रेम-गद्‌गद हो उठा। अब परमहंसजी की सेवा ग्रहण करने के लिए दो सुन्दर जीव हो गए—सुधा और उसका बच्चा। सुधा के प्रेम के भी दो हक़दार हो गए—परमहंस और बछड़ा। प्रात:काल जब परमहंसजी घुटने तक जल में खड़े हो बछड़े को नहलाते, उस समय सुधा अपनी जीभ से अपने कृपालु-रक्षक की पीठ साफ करती!

मगर यह सुख अधिक स्थायी न रह सका। एक दिन मधुकरी माँगकर लौटने पर परमहंसजी ने देखा सुधा रो रही थी। उन्होंने उसकी ओर जिज्ञासा-भरी दृष्टि से देखते हुए पूछा, "क्या है सुधे! तुम्हारी आँखों में आँसू क्यों हैं?" गऊ ज़ोर से हुंकार करती हुई आम के पेड़ की ओर देखने लगी। परमहंस ने देखा, वृक्ष के नीचे सुधा का बच्चा बेहोश पड़ा था। वह दौड़े हुए उसके पास गए मगर व्यर्थ। वहाँ सारा खेल खत्म हो चुका था। ध्यान से देखने से पता चला कि बछड़े की जीभ में किसी विषैले जानवर ने काट लिया था, उसके कारण उसके प्राण-पखेरू उड़ गए थे। लाचार, गऊ की पीठ पर हाथ फेरते-फेरते परमहंसजी ने कहा, "अब बहुत देर हो गई, सुधे! बात हमारे हाथ से बाहर हो गई।"

परमहंसजी ने बछड़े को जंगल के एक कोने में, सरिता सावित्री के तट पर गाड़ दिया। जिस समय बछड़ा गाड़ा जा रहा था, सुधा पास ही खड़ी थी। उसकी आँखों के सामने ही उसके रक्षक ने उसके बच्चे को माता वसुन्धरा के सूखे अंचल में ढँक दिया! यह सब वत्स-विरह-विदग्धा गऊ माता की समझ में कुछ भी न आया। जब परमहंसजी चलने लगे तो वह वहीं अड़ गई। पृथ्वी की ओर देखकर

चिल्लाने और आँसू बहाने लगी। माता के कोमल हृदय का वह करुण क्रन्दन सुनकर परमहंसजी का हृदय टूक-टूक होने लगा।

दो दिनों तक गऊ ने एक तृण भी न छुआ। परमहंसजी भी भूखे ही रहे। तीसरे दिन सावित्री-स्नान से लौटने पर सुधा ने कुछ खाया। उसको खिला-पिलाकर परमहंसजी मधुकरी माँगने के लिए, हमारे गाँव से पूर्व, एक दूसरे गाँव की ओर गए। सुधा उसी रसाल वृक्ष के नीचे बैठ पागुर करने लगी।

पागुर करते-करते, न जाने क्या सोचकर, गऊ उठ खड़ी हुई और इधर-उधर चारों ओर ताक-ताककर 'बें-बें' चिल्लाने लगी। मानो उसे अपने बछड़े की याद आ गई और वह उसके लिए विकल होकर पुकारने लगी। कई बार हुंकारने और 'बें-बें' करने पर भी जब कहीं से कोई उत्तर न मिला, तब वह उसी प्रकार चिल्लाती आश्रम से हमारे गाँव की ओर बढ़ी।

गोधूलि के समय पूँछ उठाकर, उछलती-कूदती, आँखों से आँसू बहाती और 'बें-बें' करती सुधा हमारे गाँव में घुसी।

"सुबह के गए-गए अब लौट रहे हो? इतनी देर तक ज़मींदार साहब के घर पर क्या कर रहे थे? नहाने-खाने की फिक्र भी न की।"

"मैं क्या करता? लाचारी थी। गाँव में बहुत बड़ा झगड़ा हुआ चाहता है।"

"किससे झगड़ा हुआ चाहता है? क्यों हुआ चाहता है?"

"हिन्दू-मुसलमानों में, बाजे के सवाल पर। आज रात में ठाकुर करन सिंह की लड़की की शादी है। साढ़े चार बजे गाँव में बारात आएगी। ज़मींदार ने उनके यहाँ कहला दिया था कि बारात में शाम को मस्जिद के सामने बाजा न बजे, मगर ठाकुर साहब इसे मानने को तैयार नहीं। दोनों ओर से अड़ा-अड़ी हो गई है।"

"वाह री दुनिया!" माथा पीटते हुए इसहाक की बीवी ने कहा, "ऐसा तो मैंने नवाबी में भी नहीं सुना था। धरम के नाम पर किसी की ब्याह-शादी रोक दी जाएगी? आज से पहले भी हमेशा और हर वक़्त मस्जिद के सामने बाजे बजे हैं। यह तो झगड़ा खरीदना है।"

"यही बातें मैंने भी आज मुसलमानों की पंचायत में कही थीं, जिस पर यहाँ के बहुत-से मुसलमान मेरे ऊपर बुरी तरह नाराज हो गए। खुदा अली अहमद खाँ उबल पड़े थे। कहने लगे, 'जान पड़ता है तुम दीन से बढ़कर काफ़िरों को समझते हो। जो मुसलमान मज़हब के नाम पर मरने से डरे, वह मुसलमान नहीं कुछ और है।' "

"किसी को कमज़ोर समझकर उससे लड़ाई मोल लेना मज़हबपरस्ती नहीं, शैतानपरस्ती है। ख़ुदा-परस्ती नहीं, ख़ुद-परस्ती है। तो क्या सचमुच आज लड़ाई होकर ही रहेगी?"

"मालूम तो ऐसा ही पड़ता है।"

"तब तुम अभी जाकर परमहंसजी की गाय उनको सुपुर्द कर आओ। उन्होंने हमारे बच्चे हामिद को मरने से बचाकर हमें हमेशा के लिए कर्ज़दार और गुलाम बना लिया है। इस गाय पर उनकी मोहब्बत है। यहाँ के झगड़े से अगर परमहंसजी की गाय का कोई नुक़सान हुआ तो हम लोग ख़ुदा को क्या मुँह दिखाएँगे?"

"ठीक कहती हो। मैं अभी जाता हूँ। आज उसने कुछ खाया है या कल शाम की तरह भूखी ही बँधी है?"

"घास, भूस, दाने सब उसके आगे डालकर थक गई, कुछ खाती ही नहीं। बड़ी हठीली गाय है। परमहंसजी हिन्दू होकर भी हमारे घर की पकी रोटियाँ तक खा लेते हैं, मगर यह जानवर उनसे भी बढ़ी हुई है।"

सुधा को बाँधकर, रस्सी हाथ में लिये, मुहम्मद इसहाक घर से बाहर निकला, उस समय सन्ध्या के पाँच बजे का वक़्त रहा होगा। अभी वह थोड़ी ही दूर गया होगा कि डण्डे, भाले और तलवारों से सज़ा मुसलमानों का एक दल मिला। वह दल उस मस्जिद की ओर जा रहा था, जो इसहाक के रास्ते में पड़ती थी।

"आदाब अर्ज़ है मियाँ इसहाक! तुम्हारी यह सूझ दाद देने लायक है। इसे मस्जिद में कुर्बान करने के लिए ले चल रहे हो न? बड़ा अच्छा इरादा है। साले काफ़िर इन्हीं तरकीबों से मानते हैं।" तीन-चार मुसलमानों ने एक साथ ही इसहाक से उपर्युक्त बातें कह गाय की रस्सी पकड़ ली।

"ठहरो!" डाँटकर इसहाक ने कहा, "हर वक़्त का मज़ाक ठीक नहीं। राह छोड़ो! शाम हो रही है, मुझे दूर जाना है।"

"हा हा हा हा?" अट्टहास करता हुआ एक हट्टा-कट्टा मुसलमान बोला, "दूर कहाँ जाना है? हम लोग तो तुम्हें मुफ्त में सबाब दिला रहे हैं और तुम लाल-पीली आँखें दिखाते हो। चलो, जल्दी करो और लोग मस्जिद में जुट गए होंगे। अभी दीन के लिए काफ़िरों से लड़ना है।"

"तो जाओ न! तुम लोग दीन की, अगर यही दीन है, इज़्ज़त बढ़ाओ। मैं इस गाय को परमहंसजी के आश्रम पर पहुँचाने जाता हूँ।"

"यह उस ढोंगी परमहंस की गाय है, तब तो इसकी कुर्बानी से दूना सबाब हासिल होगा। पागलों की तरह बातें न करो। इसे मस्जिद में ले चलो।"

"ऐसा हरगिज़ नहीं हो सकता। मैं परमहंसजी के एहसानों का कर्ज़दार हूँ, मुझसे ऐसा नापाक काम कभी नहीं होने का।"

"दीन के लिए भी नहीं... ?"

"मैंने हज़ार बार कहा है,यह दीनदारी नहीं, बदमाशी है!"

"ख़ुदा के लिए भी नहीं?"

"चुप रहो! पाक परवरदिगार का नाम ऐसे वक़्त पर न लो। अपने दिलों का बुख़ार निकालना है तो निकाल लो। ख़ुदा को क्यों बदनाम करते हो?"

"हम तुमसे बहस नहीं करना चाहते। इस गाय की कुर्बानी आज ज़रूर और ज़रूर होगी।"

"बातें न बढ़ाओ!"

"अरे, चलो! बड़े हिन्दुओं के हिमायती बने हो!"

इतना कह एक मुसलमान ने गाय की पीठ पर कसकर एक घूँसा जमाया। वह घबराकर चमक उठी। इसहाक की आँखों में खून उतर आया। एक हाथ से गाय की रस्सी मज़बूती से पकड़ दूसरे हाथ से, सुधा पर प्रहार करने वाले मुसलमान को धकेलते हुए उसने कहा—

"ख़बरदार! ज़बरदस्ती करने पर न उतारू होना। मेरे जीते-जी तुम इसका बाल भी बाँका नहीं कर सकते। ऐसे वक़्त पर मैं तुम्हारे ख़ुदा, दीन और इस्लाम को भूलकर जान पर खेल जाऊँगा।"

छाती ऊँची किए, गाय को आगे कर, इसहाक आगे बढ़ा। उसके पीछे शस्त्र सुसज्जित मुसलमानों का दल था। ऐसा मालूम पड़ता था कि उस समय की भीषण परिस्थिति का कुछ-कुछ अनुभव सुधा भी कर रही थी। वह रह-रहकर इसहाक और मुसलमानों के दल की ओर देख-देखकर भड़क उठती थी।

मधुकरी माँगकर लौटने पर परमहंस की अभ्यस्त दृष्टि पहले रसाल वृक्ष के नीचे गई, पर वहाँ वह चीज़ नहीं थी, जिसे उनकी आँखें खोज रही थीं। उन्होंने आवाज़ दी—

"सुधे!"

आज तक ऐसा कभी नहीं हुआ था। परमहंसजी की आहट पाते ही सुधा पूँछ उठाकर, हुंकार करती हुई, उनके पास दौड़ी आती थी। वह है कहाँ? कुटी

के द्वार की ओर जाते-जाते परमहंसजी ने पुनः पुकारा, ''सुधे! कहाँ हो? मैं आ गया।''

कुटी के भीतर, बाहर, इधर-उधर सुधा की आहट न पा परमहंसजी का सहज दयालु-हृदय विचलित हो उठा। दो दिनों के भूखे विरागी ने मधुकरी को कुटी के एक कोने में रख सुधा को ढूँढ़ना आरम्भ किया। जंगल का कोना-कोना परमहंस के व्यथित कण्ठ से 'सुधे! सुधे!' से मुखरित हो उठा, पर सुधा की सजल आँखों और करुण-मूर्ति का पता न चला। पलाश-वन भयानक शान्ति की गोद में सोने की तैयारी करने लगा। सावित्री की कलकल-रागिनी अधिक स्पष्ट होकर वनस्थली और विन्ध्याचल के अंचल में गूँजने लगी, पर, परमहंस को उसकी ओर ध्यान देने का अवकाश नहीं, वह अपनी सुधा को खोज रहे थे।

रात्रि के नौ बजे के क़रीब सावित्री के तट पर उनके मन में यह विचार उठा कि हो न हो सुधा नदी पार कर पर्वत की ओर चली गई हो। पर्वत की ओर? वहीं जहाँ एक दिन उसके प्राण जाते-जाते बचे थे! अभागिनी सुधा! अभागिनी सुधा!

ऊपर से हँसते हुए चन्द्रदेव ने देखा, नीचे कलकलमयी सावित्री ने अनुभव किया, व्यथित हृदय परमहंस नदी पार कर रहे थे। पार कर रहे थे उस चन्द्र-धवल रजनी में युगों से दण्डायमान विन्ध्या के अंचल में, सुधा को खोजने के लिए।

रात्रि-भर और दूसरे दिन की दोपहर तक जब उसका पता न चला, तब उदास-मुख, व्यथित-हृदय, श्रान्त-कलेवर परमहंस आश्रम की ओर लौटे। उनका काषाय वस्त्र कँटीले-वृक्षों से उलझ-उलझकर छिन्न-भिन्न हो गया था। उनके कोमल चरण छालों से भरे और रक्तरंजित थे!

उन्होंने दूर ही से देखा, आश्रम पर तीन-चार ग्राम-वासी उसकी राह देख रहे थे। पास पहुँचने पर उन्होंने कहा, ''महाराज, जल्दी कीजिए। आपकी गऊ हमारे गाँव के मुसलमानों के हाथों में पड़ गई है, गाँव में दंगा होने ही वाला है। वे मुसलमान सुधा की कुर्बानी...''

कौन पूरी बात सुनता है? सुधा के प्राण संकट में हैं, यह सुनते ही परमहंस अपनी पूरी शक्ति से गाँव की ओर दौड़े। पैर असावधानी से पड़ने के कारण वह एक स्थान पर बड़े ज़ोर से गिरे। घुटने फूट गए, मगर उधर उनका ध्यान था ही नहीं। उनकी सुधा संकट में थी।

बारात मस्जिद के उस ओर खड़ी थी, बाजे बज रहे थे। मुसलमानों से घिरी सुधा बीच में, मस्जिद के सामने थी, अभी तक उसकी रस्सी इसहाक ही के हाथ में थी।

अली अहमद ने ललकार कर कहा, "बाजा बन्द करो, नहीं तो हम लोग गाय की कुर्बानी करेंगे।"

बारात के नेता ने उत्तर दिया, "यह धमकी फ़िज़ूल है। हम बाजे किसी तरह बन्द करने पर राज़ी नहीं। अगर हमारा दिल दुखाने के लिए तुम लोग गो-माता पर हाथ छोड़ोगे तो ख़ून हो जाएगा।"

इसहाक ने गरजकर कहा, "जब तक मुझे न मार लोगे, गाय को भी न मार सकोगे।"

"तुम इस बीच में न पड़ो, इसहाक! हम लोग उसे ज़रूर मारेंगे।"

"मैं कहता हूँ, यह गैर-मुमकिन है। पहले मुझे और फिर गाय को मारना होगा।"

अली अहमद ने तमककर अपने साथियों से कहा, "इस बेईमान मुसलमान को यहाँ से दूर हटाओ! गाय की रस्सी अपने हाथ में लो।"

कई मुसलमान गाय और इसहाक पर टूटे। देखते-देखते उसके हाथ से रस्सी छीन ली गई, मगर हाथ से रस्सी छिनते ही इसहाक पागल हो गया। झपटकर पास के एक मुसलमान के हाथ से तलवार छीन, उसे ज़ोरों से घुमाता हुआ, वह गाय की ओर बढ़ा।

अली अहमद ने फिर आवाज़ दी, "इसहाक! आगे न बढ़ना, नहीं तो फौरन इस गाय की गर्दन काट ली जाएगी। ख़बरदार!"

मगर इसहाक न रुका। एक मुसलमान के विरुद्ध सैकड़ों मुसलमानों की तलवारें और डण्डे उठ गए। प्राण छोड़कर गाय इसहाक की ओर बढ़ी, प्राण छोड़कर इसहाक गाय की ओर बढ़ा। तलवारें झनझना उठीं। दूसरे क्षण में बारात के हिन्दुओं ने देखा—गाय और इसहाक दो-दो होकर तड़प रहे थे। मस्जिद के सामने की ज़मीन ख़ून से नहा उठी थी।

बारात के नेता ने आज्ञा दी, "दूल्हे की सवारी लौटा ले जाओ, गो-हत्या हो गई है, अब युद्ध होगा। बदला लिया जाएगा।"

मुसलमानों ने बारात पर ईंट-पत्थर बरसाने शुरू कर दिए। हिन्दू भी टूट पड़े; मगर सब नहीं। बहुत-से चालाक जीव दूल्हे की सवारी के साथ पीछे लौट गए।

अभी युद्ध का आरम्भ ही था कि हिन्दुओं का दल चीरता हुआ एक गोरा, वृद्ध और असाधारण लम्बा पुरुष दोनों दलों के बीच में आकर खड़ा हो गया। उसने दोनों दलों को ललकार कहा, "ठहरो! ठहरो!!"

अली अहमद और उसके साथ ही उसके दल के अनेक मुसलमानों ने

परमहंसजी को पहचाना। उनमें एक नहीं, अनेक उनके उपकारों के ऋणी भी थे। फिर उस समय उनकी आँखों में कुछ ऐसी ज्योति थी, जिसका सामना दानवता नहीं कर सकती थी। दोनों दल क्षण-भर के लिए शान्त हो गए।

उसी समय परमहंस की चंचल दृष्टि मृत गऊ और इसहाक पर पड़ी। उस समय भी सुधा का रुण्ड-मुण्ड तड़प रहा था, इसहाक की देह के टुकड़े नाच रहे थे! परमहंस ने झपटकर गऊ का मस्तक अपने हाथ में उठा लिया। सुधा की करुणामयी आँखें खुली थीं, उसके मुख पर आँसुओं की धारा की भीगी रेखा अभी ताज़ी थी। सुधा की यह दुर्दशा देख उनकी आँखें अंगारे बरसाने लगीं।

"दुष्टो! यह तुमने क्या किया? यह कैसा धर्म-प्रेम है! अनबोलते पशु और ईश्वर की पवित्र थाती, मनुष्य की हत्या से प्रसन्न होने वाले राक्षस! तुम्हीं नरक के अधिकारी हो, तुम्हीं शैतान हो, तुम्हीं विश्व-प्रेम के पथ-कण्टक हो।"

"याद रखो, मैं तुम्हें बद्दुआ देता हूँ, शाप देता हूँ। यदि ईश्वर या ख़ुदा सच्चा है तो तुम्हारा नाश हो जाएगा और जल्द ही तुम्हारे इस नक़ली मज़हब का लोप हो जाएगा। तुम नहीं देख सकते, अन्धे हो। मैं देख रहा हूँ। वह देखो! ख़ून का तूफ़ान आ रहा है। उसी में पाप को पुण्य, अधर्म को धर्म समझने वाले राक्षसों, हिन्दुओं और मुसलमानों का अस्तित्व डूब जाएगा। मैं जाता हूँ तुम लोग नाचो, कूदो और ख़ून की होली खेलो!"

ईश्वर की इच्छा, उसी रात को हमारे गाँव में भयानक आँधी आई और आई अपने साथ आग की एक चिनगारी लेकर! देखते-देखते सारा-का-सारा गाँव जलकर खाक हो गया। निरपराध और अपराधी दोनों ही गृहहीन, अन्नहीन और वस्त्रहीन हो गए! जौ के साथ घुन भी पिस गए!!

# मलंग

चाचाजी सारे मलंगपुर शहर के 'चाचाजी'। हिन्दू, मुसलमान, सिख, ईसाई, पारसी, छोटे-बड़े—सभी चाचाजी को 'चाचाजी' ही जानते हैं। उनका और भी कोई नाम है, किसी को पता नहीं, न ही पता लगाने की आवश्यकता है।

हवा, पानी और प्रकाश की तरह चाचाजी सारे मलंगपुर के प्राणों के रक्षक और पोषक, हिक़मत और आयुर्वेद दोनों ही के चमत्कारिक दशतशफ़ा या पीयूषमणि। वह संस्कृत पढ़े, फ़ारसी पढ़े, अँग्रेज़ी में भी बी.ए. पास।

बी.ए. पास मात्र से चाचाजी का अँग्रेज़ी-ज्ञान नापना उचित न होगा। बी.ए. तो बहुत पास करते हैं, पर पढ़ते हैं बड़े शौक से बिरले ही। चाचाजी का अध्ययन बड़ा विशद, बड़ा विविध। बात-बात में वह बड़े-बड़े विदेशी और स्वदेशी विचारकों, कवियों का उद्धरण दिया करते।

चाचाजी में सबसे बड़ा गुण एक, वह संसार को कुटुम्ब मानने वाले। वह सबका भला चाहते, सबको दवा देते। गम्भीर रोगियों की सेवा-सुश्रूषा रात-रात-भर जागकर भी चाचाजी करते। साल-भर पहले रोशनअली खाँ के लड़के नईम-खाँ को कैसा भयानक कालरा हुआ था। सारे डॉक्टरों ने जवाब दे दिया, खाँ साहब के घर में काला स्यापा छा गया, तब आए बे-बुलाए चाचाजी।

आते ही पहले उन्होंने रोशनअली खाँ को आड़े हाथों लिया, "अफ़सोस की बात है, खाँ साहब, ऐसे वक्त आपने मुझ नालायक को नहीं याद किया। आखिर मैं किस मर्ज़ की दवा था? मैं डॉक्टर नहीं, नश्तरबाज नहीं, कड़वी और कड़ी दवाएँ देने वाला भी नहीं खाँ साहब, 'तौबा-तौबा' कर कहता हूँ—मैं परमात्मा का नाचीज़ बन्दा हूँ। घास-वैद्य-जड़ी-बूटी, घास-पात मिट्टी-राख यानी ख़ुदा के

फ़ज़लोकरम से हरेक रोग को दूर कर प्रत्येक रोगी की खिदमत करता हूँ।'' इसके बाद सारी रात सेवा, औषधि और जागरण कर चाचाजी ने खाँ साहब के नौजवान लख्ते जिगर को बचा ही लिया।

मल्लू ग्वाले को एक ओर कोढ़ हुआ, दूसरी ओर सारे-के-सारे गाहक छूट गए। कोढ़ी से छूतछूआ दूध कौन ले! कोढ़ में खाज की कहावत पूरी हो गई, लेकिन चाचाजी ने मल्लू ग्वाले को कभी अछूत न माना। मलंगपुर वालों को ललकारकर उन्होंने सुनाया, ''तुम लोग पागल हो। कोढ़ छूत का रोग नहीं है। ईसा मसीह कोढ़ियों का गाल चूमा करते थे। वह पागल नहीं थे। फिर कोढ़ हो मल्लू ग्वाले को और उसकी रोज़ी बन्द कर मार डाला जाए सारे कुनबे को, यह भी कोई इन्साफ़ है, यारो! रोगी दया का पात्र है, दया का, नफ़रत का नहीं। भूल किससे नहीं होती, पाप किससे नहीं होता, रोग किसे नहीं होता। अगर हम एक-दूसरे के रोग-शोक में काम नहीं आएँगे तो अलग-अलग मर जाएँगे।'' और चाचाजी ने मल्लू ग्वाले को भी चौचक्क चंगा कर दिया, पर यह केस रोशनअली के फरज़न्द की तरह दो-एक दिन में ही सफल नहीं हो सका। इसमें चाचाजी को छः महीने तक कड़ी नौकरी करनी पड़ी।

ऐसे दस-पाँच वाक़यों के बाद तो चाचाजी का नाम मलंगपुर और उसके आस-पास के सैकड़ों गाँवों तक धनवन्तरि और लुकमान की तरह मशहूर हो गया। जिस रोगी को देखो, वही चाचाजी का मुरीद। सभी का रुख उन्हीं के बँगले की तरफ। चाचाजी घर के खुशहाल। उनके स्वर्गीय पिताजी ने लकड़ी के धन्धे में काफ़ी पैदा किया था, जिससे मलंगपुर में खासा-सा बँगला तो बनवा ही लिया, बैंक में भी जमा किए कोई सौ हज़ार रुपये। ज़माना गुज़रा चाचाजी के पिताजी को गुज़रे। जिस साल के जिस महीने में चाचाजी की शादी हुई और बहू का गृह-प्रवेश हुआ उसी साल के उसी महीने के उसी दिन उनके पिताजी का स्वर्गवास हो गया। सारे मलंगपुर ने कहा, ''भगवान् ही मददगार है, लड़की तो बड़ी कुलच्छनी आई!'' मुर्दा फूँककर मूड़ मुड़ाए आधी रात में घर पर आकर चाचाजी ने स्वयं अपनी स्त्री को देखा तो दाँतों तले अँगुली दाबकर रह गए, ''भगवती, इतनी रूपवती।'' इस पर चाचाजी ने तनककर जवाब दिया, ''भगवान् किसी का भाग मुझ-जैसा न बनाएँ, बन्दर के हाथों अंगूर का गुच्छा लग गया।'' मतलब यह कि देवीजी जितनी ही सुन्दरी थीं, चाचाजी उतने ही असुन्दर थे। लम्बी नाक, छोटी आँखें, विद्वत्तासूचक पतले होंठों वाला उदारतासूचक चौड़ा मुँह, शरीर में सबसे बड़ा पेट, फिर खोपड़ी। हज़ार गुण होने पर भी कुरूप पति देवीजी को फूटी आँखों भी न सुहाया।

इधर चाचाजी के स्वभाव में स्त्रैणता बिल्कुल नहीं। पत्नी की उपेक्षा की जैसे उन्हें अपेक्षा रही हो। अपना कुरूप उसे पसन्द न आने से गोया खसकम जहाँ पाक हो गया। अब हज़रत सारा दिन मर्ज़ और मरीज़ों के फेर में बिताने लगे। अक्सर देर करके रात में घर लौटते और तब भी मरीज़ों का झुण्ड संग लगाए। असहाय-अनाश्रित रोगियों को वह सहायता-आश्रय भी उत्साह से देते थे, जिसे पत्नी बिल्कुल नापसन्द करती और रोगियों के सामने भी चाचाजी को डाँट देती।

और चाचाजी पत्नी की डाँट सुन लेते, मन में उसके दुःखों का कारण अपनी कुरूपता मानते हुए, 'सचमुच अभागिनी के भाग्य फूट गए। बेशक ऐसी सुन्दरी को कोई श्यामसुन्दर नौजवान मिलना चाहिए था, न कि मुझ-जैसा कुरूपनिधान। दिन-भर कुढ़ते-कुढ़ते अगर इसका दिमाग़ बिगड़ भी जाए तो क्या ताज्जुब।'

एक रात बात यहाँ तक बढ़ गई कि चाचाजी जब मरीज़ों के झुण्ड के साथ आए और उनकी दवा-विश्राम की व्यवस्था करने लगे, तब घर के बाहर निकलकर ज़बरदस्ती उनकी पत्नी ने उन्हें अन्दर खींच लिया। घसीटती हुई वह उन्हें कमरे में ले गईं और पलँग तक पहुँचाकर ही दम लिया। बिछी सेज पर कुरूप पति को बल से बैठा चाचीजी जब दरवाज़ा बन्द करने चलीं तब चाचाजी ने पूछा, "कहाँ जाती हो? मेरे पास आओ और जो भी कहना-सुनना हो, जल्द कह डालो, जिससे मैं उन रोगियों की देखभाल कर सकूँ।"

"मर जाएँ रोगी!" दाँत पीसकर पत्नी ने कहा, "मुझे क्या चुड़ैल की तरह चक्कर काटकर अपने बँगले की पहरेदारी के लिए ब्याह कर लाए हो। तुम दिन-भर घूमते हो, मैं कहाँ जाऊँ?"

"हिन्दुओं में तलाक नहीं..." खिन्न चाचाजी ने कहा, "नहीं तो मैं तुम्हें मुक्त कर देता। मुझे फुर्सत नहीं, तुम्हें चैन नहीं। मैं रोगी-पसन्द, तुम भोगी-पसन्द! असल में पण्डित ने पत्रा ग़लत देखकर हमारे सम्बन्ध की स्वीकृति दे दी थी, तभी तो दोनों पक्षों को शान्ति नहीं।"

"सारे शहर की दवा जिसके पास..." पत्नी ने वक्र ताना दिया, "उसके पास अपनी औरत की दवा नहीं!"

"औरत की दवा अश्विनीकुमारों या विधाता ने बनाई ही नहीं?" हँसकर चाचाजी ने कहा और उठकर स्त्री की कोमल कलाई पकड़कर पलँग की तरफ खींचा, "दरवाज़ा खुला रहने दो, उन मरीज़ों का इन्तज़ाम करना है आओ, पास बैठकर जल्द बताओ कि क्या चाहती हो?"

"तुम्हारे मुँह से बदबू आती है, पास में बैठ नहीं सकती; पर जाने नहीं दूँगी। मरें रोगी अभागे! तुम अब कमरे के बाहर नहीं जा सकते।" कहकर पत्नी ने दरवाज़ा सावेश बन्द कर दिया। फिर वह ज़मीन पर चटाई बिछाकर पड़ रही, पर उस कुरूप पति के पलँग पर न गई, न गई।

उस दिन पहली बार चाचाजी ने इस बात पर विचार किया कि ऐसी सुन्दर नारी का हृदय अगर जीता जा सके तो कम आनन्द की बात नहीं। उस दिन से पत्नी के प्रसन्नार्थ रोगियों को घर पर लाना उन्होंने बन्द कर दिया। स्वयं भी नियमित रूप से शाम होते ही घर लौटने लगे और जैसे कोई मचले बच्चे को चुमकार कर शान्त करना चाहे, वैसे ही वह चाचीजी को हर तरह से अपनी ओर आकर्षित करने लगे। गहने बनवाए, साड़ियाँ खरीदीं, तेल और फुलेल खरीदकर नज़र किए, मगर पत्नी प्रसन्नार्थ उक्त कार्यों से न तो चाचाजी की लम्बी नाक छोटी हो सकी, न छोटी आँख बड़ी हो सकी, उनके चमगीदड़ी चीमड़ नाखूनी शरीर में खून का गुलाबी रंग भी तो न दौड़ पाया!

इसका चाचाजी को बड़ा ग़म रहा। ग़म अपनी खुशी का नहीं, वह नाखुशी में भी खुश रह सकते थे, पर चाचीजी का रोतड़ा चेहरा देखते ही वह समझ जाते कि यह मेरी कुरूपता ही का सबब है। वह अक्सर सोचते कि यह शादी ठीक नहीं हुई, फिर भी चाचीजी दूसरे की होकर भी खुश रहें, यह उदार विचार चाचा जी के मन में कभी न आता। उन्हें मन-ही-मन विश्वास था कि आज नहीं तो आगे कभी-न-कभी उनका अन्तःस्वरूप पहचानकर चाचीजी बाहरी कुरूपता क्षमा कर देंगी।

रोशनअली खाँ ऐसे बीमार, गोया बचेंगे ही नहीं। सबके बाद चाचाजी से इलाज कराना शुरू किया। उन्हें फ़ायदा भी महसूस हुआ। इलाज के सिलसिले में एक दिन बाज़ार में हज़ार तलाशने पर भी सही गुलकन्द नहीं मिला। उस वक्त चाचा जी रोशनअली के घर पर बीमार की तीमारदारी में थे। उन्होंने लड़के नईम खाँ को गुलक़न्द लाने के लिए अपने बँगले पर भेजा।

जब नईम बँगले पर पहुँचा, तब घर का नौकर साग-भाजी लाने बाज़ार गया था और चाचाजी की सुन्दरी नहाकर चिकने, लम्बे, गझिन बाल सँवारती आईने में अपना अद्भुत रूप निहार स्वयं सोच रही थीं कि मैं भी किस बन्दर के पाले पड़ी, जो आदमी होकर आदमी नहीं, जवान होकर नौजवान नहीं नज़र आता, रानियों को लजाने वाला मेरा यह रतिरूप!

नईम ने दस्तक दी। देवीजी ने दरवाज़ा खोला, यह सोचते कि नौकर सौदा लेकर आया है—

"इतनी देर क्यों लगाई?" प्रश्न करने के बाद उन्होंने आगन्तुक को देखा। सुन्दर दर्शन नौजवान, अचकन, चूड़ीदार पाजामा, नरी के लाल जूते।

"मैं चाचाजी के कहते ही भागता ही तो चला आ रहा हूँ।" नईम ने उनकी तरफ अच्छी तरह तरेरकर जवाब दिया।

"चाचाजी!" गम्भीर होकर देवी जी ने कहा, "क्यों भेजा है उन्होंने तुम्हें...आपको?"

"गुलक़न्द लेने के लिए। एक छटाँक चाचाजी ने माँगी है।"

"गुलक़न्द है तो, पर ज़रा ऊँचे पाटे पर है। ज़रा ठहर जाइए, नौकर आता होगा।"

बैठक में बुलाकर देवीजी ने नईम को कुर्सी पर बैठने का संकेत किया, मगर वह भलमनसाहत का नाटक करता बैठा नहीं।

"बैठ जाओ। बैठते क्यों नहीं?"

"आप खड़ी रहें तो मेरा बैठना बदतमीज़ी होगी। आप भी बैठें...।"

"मुझे काम है...पर यह नौकर नहीं, गरियार बैल है, एक घण्टा हो गया गए और पास ही बाज़ार है। तुम...आप बैठो, मैं भी बैठती हूँ..."

नईम बड़ा सुन्दर था, उसे देखकर देवीजी द्रवीभूत हो उठीं। देवीजी भी सुन्दर थीं। नईम खाँ ने इस नमकीन सत्य को ताड़ा। सभ्यता पूरी होने पर भी दोनों तरफ एक सनसनी सनकी।

"मुझे यहाँ बैठना मुनासिब नहीं।" वह उठीं।

"मुझे भी देर हो रही है। चाचाजी और अब्बाजी दोनों ही इन्तज़ार में होंगे।"

"पर गुलक़न्द ऊँचे पर, मेरे हाथ पहुँचते नहीं, नौकर बाज़ार जा मरा है।"

"मुनासिब समझें तो मुझे वह जगह बतलाएँ, जहाँ गुलकन्द है। शायद मेरे हाथ पहुँच जाएँ।" नईम ने प्रस्ताव किया।

क्या यह प्रस्ताव है? इसका समर्थन होना चाहिए या खण्डन? बड़ा सुन्दर नौजवान। बड़ा नीरस जीवन। नौकर बड़ा आलसी। हाँ-हाँ, कोई कब तक रुकेगा?

"चलो, तुम्हारे हाथ पहुँच सकें तो मटका उतार गुलक़न्द खुशी से ले जाओ।" आगे-आगे देवीजी, पीछे नईम, तीसरे कमरे में गुलक़न्द। दोनों वहाँ तक चुपचाप गए। वहाँ पता चला कि गुलकन्द नईम खाँ की पहुँच से भी परे था।

"अब?" देवीजी ने नईम खाँ की तरफ देखा।

"अब?" नईम ने भी आँखें मिला लीं।

"तुम तो बड़े लम्बे बनकर चले थे, मगर देखा गुलक़न्द का मटका फिर भी दूर का दूर!" ताना दिया बरबस, देवीजी ने।

"गुस्ताखी माफ़ हो, आप और मैं दोनों अगर मिल जाएँ तो गुलक़न्द की मटकी हमसे दूर नहीं।" नईम को खूब सूझी, पर देवीजी की समझ में नहीं आई।

"मिलने के क्या मतलब?"

"मतलब यह कि गुलाम बैठ जाता है, आप उसके कन्धों पर खड़ी हों, बीमार की हालत पर रहम कर, मटकी उतार दें।"

बीमार की मदद, भूखा मन, नौजवान के कन्धे, सन्नाटी कोठरी—यहाँ पाप कहाँ, बीमार की दवा का बहाना जो है। बिना आगे बोले आँखों ही से देवीजी राज़ी हो गईं। नईम घुटने टेककर बैठ गया। दीवार से सटे शरीर को सँभालती देवी जी उसके कन्धे पर चढ़ने लगीं—एक पैर, दूसरा भी। सँभालकर नौजवान ने बोझ को उठाया—कितना हलका-फुलका—सारी ज़िन्दगी कन्धे पर लादकर ढोने के काबिल। गुलक़न्द को भूल नईम बोझ की सोचने लगा। पसीने, पसीने।

देवीजी भी मटके की तरफ उठती सोच सागर में मग्न। 'क्या पर-पुरुष के कन्धे पर उठना उचित है? अनुचित क्या? बीमार के लिए अनुचित क्या? इसमें मेरा अपना कोई राग नहीं, रंग नहीं, लेप नहीं, वासना नहीं, पर कमरा कैसा एकान्त, तरुण कितना नौजवान, मन कैसा क्षण-क्षण बदलने, मचलने वाला!'

"मिल गया मटका?"

"मिल गया, बड़ा वज़नी है।"

"सँभालिएगा, मैं धीरे-धीरे बैठता हूँ।"

"मैं काँप रही हूँ, बोझ भारी है।"

"मटका गिरेगा तो मैं नहीं उठूँगा, कपड़े खराब हो जाएँगे। ज़रा और सँभालिए।"

"ओ माँ-ँ-ँ-ँ!" देवीजी के हाथों से गुलक़न्द यों गिरा कि नईम खाँ सिर से पाँव तक नहा उठा। इसके बाद वह खुद घबराकर कन्धे के नीचे की तरफ टूटी। अब गुलक़न्द से नहाने का ग़म भूल नईम ने देवीजी को ज़मीन पर गिरने से बचाने के मोह में अपनी भुजाओं में बाँध लिया। उसके माथे का गुलक़न्द देवी जी के आवेश से खुले होंठों पर तरातर टपकने लगा।

जिस वक्त देवीजी के मुँह से चीख निकली थी, उसी वक्त नौकर सौदा लेकर बँगले में दाख़िल हुआ। तेज़ी से अन्दर पहुँचकर उसने देखा भण्डारघर में

एक मर्द को देवीजी से उलझते। चोर का सन्देह उसे हुआ और शोर मचाना शुरू किया उसने। देखते-देखते सारा मुहल्ला जुड़ गया। नईम खाँ और देवीजी अभी सावधान भी न हो पाए थे कि चोर को पकड़ने के लोभ में मुहल्ले वालों ने उस कमरे का दरवाज़ा बाहर से बन्द कर दिया। अब देवीजी और नईम खाँ अन्दर और बाहर एक हंगामा।

"पुलिस को बुलाओ!"

"पुलिस के पहले चाचाजी को बुलाना मुनासिब होगा। इज़्ज़त की बात है। औरत बदमाश है तो क्या, खुद चाचाजी तो साधु हैं।"

"बेशक, बेशक!" सबने स्वीकार किया और कुछ चाचाजी को बुलाने झपटे।

उक्त घटना के दूसरे दिन चार-पाँच आदमियों की एक टोली चाचाजी के बँगले की तरफ सावेश बातें करती चली जा रही थी।

"नईम खाँ कितना बड़ा नालायक! जिन चाचाजी ने उसकी जान बचाई, उन्हीं की पत्नी पर डोरे डाले! दुनिया में आदमियत तो अब रह नहीं गई है।"

"ऐसे आदमी का गला काट लेना चाहिए।"

"देखा नहीं उसी के बाप रोशन खाँ का मुँह कल—मारे शर्म के स्याह पड़ गया था। खुद चाचाजी ने रोका नहीं तो मर्द रोशन खाँ ने नालायक बेटे का खून कर डाला होता।"

"खुद चाचाजी ने रोका नहीं तो कल मलंगपुर में खून की नदी बह गई होती। सिख और हिन्दुओं ने मुसलमानों के मुहल्लों में हाहाकार उठाकर चाचाजी की बेइज़्ज़ती का बदला लिया होता।"

"मगर साधु-स्वभावी चाचाजी को बदले की भावना छू तक नहीं गई है।" कमरे का दरवाज़ा खुलने पर वह अपनी पत्नी या नालायक नईम पर शब्द या इशारे से भी नाराज़ नहीं मालूम पड़े। पहले देवीजी को उन्होंने गुलक़न्द से लिस-लिस कपड़े बदलने को कहा और फिर नौकर को आज्ञा दी कि नईम खाँ को वह गुसलखाने की राह दिखाए। हिन्दुओं द्वारा बहुत क्रोध दिखाए जाने पर उन्होंने गम्भीर भाव से कहा, "पहले समझ लेना चाहिए कि घटना या दुर्घटना क्या है! कल पन्द्रह अगस्त है, भारत को स्वराज्य मिलने वाला है। ऐसे मौक़े पर बे-बात की बात पर आज मलंगपुर में क़ौमी दंगा हो जाए तो सारे देश पर उसका प्रभाव बुरा पड़ेगा।" इस पर लोगों ने जब आग्रह किया कि पापी नईम को पुलिस के

सुपुर्द कर दिया जाए, तब सिर हिलाकर ना करते हुए चाचाजी ने कहा, "अब स्वराज्य हो गया। अब हमें पंचायतों पर विश्वास करना चाहिए, न कि अदालतों और पुलिस पर। सबसे बड़ी पुलिस लोकमत है।" इसके बाद उसी वक्त चार पंच चुने गए जिसके सरपंच निर्वाचित हुए स्वयं चाचाजी। पंचों में अभियुक्त का बाप रोशन खाँ भी और कल ही सबने एक राय से चाचाजी को पूर्ण अधिकार दे दिया कि स्त्री और पुरुष दोनों ही की परीक्षा कर वह जो चाहें, वही निर्णय, दण्ड या मुक्ति दें। "बख़ुदा चाचाजी!" रोशन खाँ ने डबडबाई आँखों से ज़मीन की तरफ देखते हुए कहा, "इस नालायक को क़त्ल की सज़ा भी अगर आप देंगे तो गर्दन उसकी काटेगा बन्दा अपने हाथों ताकि आने वाली पीढ़ी पर नुमाया हो जाए कि नालायक का कोई बाप नहीं, ख़ुदा नहीं और बेवकूफ़ लोग बुराई करने के कब्ल ही तौबा कर लें।" सच कहें तो रोशन खाँ इन्साफ पर था।

"पर रोशन खाँ का वह रुख मलंगपुर के मुस्लिम-लीगियों को सुहाया नहीं। मैंने सुना, कुछ मुसलमान खुलेआम कहते फिरते हैं कि नईम खाँ ने बुरा नहीं, अच्छा किया और अब वह औरत हिन्दू नहीं, मुसलमान है। आज अगर चाचाजी ने नईम खाँ को कोई कड़ी सज़ा दी, तो कुछ मुसलमान सामना करेंगे।"

"सामना करेंगे तो समझ लिया जाएगा। मलंगपुर के हिन्दू कोई चूड़ियों का धन्धा नहीं करते! चाचाजी जितनी चाहें, उतनी सख्त सज़ा परस्त्री-गामी को दें।"

"अच्छा तुम सरपंच होते तो ऐसे गुनाहगार को क्या दण्ड देते?"

"कुत्तों से नुचवा डालता।"

"शास्त्रों में व्यवस्था है—विष्ठा के गढ़े में डुबोने, कुछ मल खिलाने के बाद ऐसे नीच की गर्दन काट डालना।"

"मुसलमानी वक्तों में भी प्राणों से ही पराई औरत ताकने के पाप का प्रायश्चित होता था।"

"चाचाजी दण्ड देंगे और उचित, क्योंकि वह संस्कृत, फ़ारसी, अँग्रेज़ी—तीनों भाषाओं के विद्वान् हैं और तीनों की व्यवस्था-पद्धति से परिचित हैं।"

इस तरह गाल मारती जब यह टोली चाचा जी के बँगले पर पहुँची, उस वक्त वहाँ पूरी भीड़ इकट्ठी थी—हिन्दू, मुसलमान और सिखों की। सभी उत्तेजित मालूम पड़ते थे। मालूम पड़ता था हवा में जोश, कब क्या हो जाने का अन्देशा। बँगले के बरामदे में बड़ी चौकी थी, जिस पर चार पंचों के साथ सरपंच बैठे थे। पंचों की दाहिनी ओर देवीजी बैठी थीं, बाईं ओर नईम खाँ। सबके जुड़ जाने पर

विनय से नम्र और गम्भीर चाचाजी उठे अपना फैसला सुनाने। फैसला लिखित था। वह अविकृत सुस्पष्ट स्वर से पढ़ने लगे—

"कल जो कुछ हुआ," चाचाजी के शुरू करते ही एकत्र लोगों में बिल्कुल सन्नाटा छा गया, "कल जो कुछ हुआ, मैंने अच्छी तरह से जाँच करके यही समझा है कि उसमें नईम खाँ या मेरी पत्नी का कोई दोष नहीं और सारे समाज का दृष्टि-दोष मात्र है। स्त्री सती हो तो क्या कहने। पुरुष का जीवन शिवाकार हो जाए, पर सतीत्व ज़बरदस्ती अबला के माथे पर बला की तरह लादने की चीज़ नहीं। सतीत्व तो हृदय से, प्रेम से, सद्बुद्धि से पैदा होता है। स्वतन्त्रता मर्दों ही के लिए नहीं, औरतों के लिए भी उतनी ही ज़रूरी है। आधे अंग के परतन्त्र रहते कोई स्वतन्त्रता का सर्वांगीण उपभोग नहीं कर सकता। सो, नईम के साथ कार्यवशात भीतरी कमरे में जाने के लिए मेरी देवीजी सर्वथा स्वतन्त्र थीं गोकि नौजवान के साथ नवयुवती का एकान्त में रहना खतरनाक बात है, यह सबको जानना चाहिए, मगर हम सब नहीं जानते। इसका कारण शिक्षा का अभाव है, जिसका कारण विदेशी राज का प्रभाव है। फिर भी नवयुवती स्त्री को नवयुवक के साथ एकान्त में जाने में शील-संकोचमय भय होना ही चाहिए, पर खेद की बात है कि मेरी देवीजी के मन में ऐसी कोई भावना न उठी। एकान्त में जाने ही तक नहीं, परपुरुष के कन्धों पर चढ़ने तक उनका शील काँपा नहीं। मैं नहीं मानता कि इस गुलक़न्द उतारने में बीमार के प्रति भी, दया मात्र थी। मैं इसमें कुछ कमज़ोरी भी मानता हूँ।"

"लेकिन मित्रो!" और भी स्पष्ट स्वर से चाचाजी पढ़ने लगे, "उक्त कमज़ोरी देवीजी की नहीं, मेरी है। मैं इनके बिल्कुल नाक़ाबिल हूँ, यह आप हम दोनों की शक्ल ही से समझ सकते हैं। इतने पर भी भाग्यवान होता तो मैं सुखी रह पाता, पर देवीजी का प्रेमपात्र मैं कभी न हो सका। यह मेरा दुर्भाग्य है, जो गृहलक्ष्मी के निकट रहने पर भी मैं दारिद्र्य की मूर्ति बना फिरता हूँ। मुझे अपनी कोई चिन्ता नहीं। सारे देश के दरिद्र होने से दरिद्र बनकर रहने ही में न्याय मालूम पड़ता है, ऐसा लगता है गोया मैं भी सबके साथ सबका हूँ। पिता की कृपा से मुझे घर और घरनी मिली तो, पर मैं चाहता दोनों ही को नहीं। मैं बराबर इस चिन्ता में था कि कोई ऐसी युक्ति मिले कि मैं बेफ़िक्र हो जाऊँ और देवी रहें प्रसन्न। असल में कल की घटना ने मुझे प्रकाश दिखाया है। आज मैं प्रकाशमय हूँ। आज सारा भारत प्रकाशमय है। आज स्वतन्त्रता का दिवस है। आज हरेक भारतीय स्वतन्त्र है। आज देवीजी स्वतन्त्र हैं, नईम खाँ और बन्दा भी। मैं लिखकर अपनी पत्नी को नईम खाँ से शादी करने की स्वतन्त्रता देता हूँ और शादी के बाद ये लोग नाशाद न रहें,

इसलिए अपना बँगला और पचास हज़ार रुपये भी देता हूँ। इस सबके बाद मैं दुआ-आशीर्वाद देता हूँ कि जिसे मैं खुश न रख सका, उसे नईम खाँ खुश रखे, ख़ुदा खुश रखे। बँगले की रजिस्ट्री मैंने देवीजी के नाम कर दी है, रुपये भी उन्हीं के नाम बैंक में जमा कर दिए हैं—चेकबुक और कागज़ात ये हैं।''

और मलंगपुर शहर की तारीफ़ अभी मैंने की नहीं। यह शहर अमृतसर-लाहौर के बीच हिन्दुस्तान-पाकिस्तान की सीमा से आठ मील के फ़ासले पर हिन्दुस्तान में है। आज शहर की आबादी क्या होगी, शैतान ही जानता होगा, पर जब की बात मैं लिख रहा हूँ, तब मलंगपुर की आबादी पचास हज़ार प्राणियों की थी, जिसमें पच्चीस हज़ार सिख, सात हज़ार हिन्दू और अठारह हज़ार मुसलमान थे।

मलंगपुर वालों का विश्वास है कि उस शहर में सदियों से कोई-न-कोई मलंग हमेशा होता आया है। यह मलंग क्या है ? मुसलमानों के एक तरह के फ़कीर को मलंग कहते हैं। ये मलंग मानव-मात्र के कल्याणकामी और अन्तर्यामी के अनन्य उपासक होते हैं। मुम्बई के आस-पास हाजी मलंग कितने मशहूर हो गए हैं। उनकी मज़ार की जियारत को लाखों आदमी जाते हैं और मुसलमान ही नहीं, हिन्दू, ईसाई, पारसी, सभी जाति के दुःखी और श्रद्धालु। कहते हैं बाबा हाजी मलंग से जो माँगो, वही मुराद पूरी करते हैं। सुनता हूँ मुम्बई के जुआरी तक हाजी मलंग से सट्टे के अंक तक माँग लाते हैं। जो हो...पर यह बात मलंगपुर के बारे में भी सच है कि सारे पंजाब में जहाँगीर के ज़माने से आज तक हज़ार बार हिन्दू, मुस्लिम, सिखों के दंगे-फसाद हुए होंगे, पर मलंगपुर में कभी कुछ न हुआ, क्योंकि वहाँ हमेशा एक-न-एक मलंग उपस्थित रहता, इन्सानों को मज़हब के नाम पर मर-मिटने से बचाने के लिए मज़हब के सही मानी मुहब्बत समझाने के लिए। मलंगपुर में जब जो सर्वहित चिन्तक, गरीबपरवर हुआ, उसे लोगों ने मलंग ही माना। जहाँगीर से जवाहरलाल तक वहाँ सैकड़ों मलंग पैदा हुए, आए और मरे, जिनमें मुसलमान, सिख, हिन्दू सभी थे।

इधर वर्षों से मलंगपुर वाले चाचाजी ही को मलंग मान लेने की सोच रहे थे और उस दिन तो उनके मलंग होने में किसी को भी शक न रहा। जिस दिन अपनी बीवी, बँगला और बैंक एकाउण्ट नौजवान नईम खाँ को मुस्कराते हुए सौंप दिया। पंजाब में, इन दिनों, वह मामूली काम न था। मलंगपुर लाख शान्त था, पर कलकत्ता, नोआखली, बिहार, रावलपिण्डी की घटनाओं से मन-ही-मन वहाँ वाले भी खौल रहे थे। ऐसे मौक़े पर जब हज़ारों के सामने चाचाजी ने अपना सब कुछ एक मुसलमान को सौंपा, तो बड़ा विरोध किया उनका हिन्दुओं ने, आर्यसमाजियों

ने। ''हिन्दू की लड़की मुसलमान के घर इस तरह हरगिज़ नहीं जाएगी।'' एक ने तो ललकार कर सुनाया, ''चाचाजी, आपका यह निश्चय ऐसा ही है जैसे राष्ट्रीय मतवाले काँग्रेस नेताओं का। उन्होंने आधा देश जिनको दे दिया, वैसे ही इस आवारा नईम खाँ को आप अर्द्धांगिनी अपनी दिए दे रहे हैं। औरत भी इन्सान है चाचाजी, थान पर बँधने वाला पशु नहीं, जिसे आज मौलवी और कल कसाई को आराम से सौंपा जा सके!''

''चुप रहो रामानन्द!'' नाम से पुकारकर चाचाजी ने तीव्र स्वर से उसे चुप किया, ''औरत अगर बाँधी नहीं जा सकती तो उसे मुक्त करना ही ठीक। इसमें मुसलमान-हिन्दू का झगड़ा घुसेड़ना फ़िज़ूल। यह पंजाब है, यू.पी. नहीं, बिहार नहीं, जहाँ हिन्दू लड़की का मुसलमान के घर या मुसलमान युवती का हिन्दू के घर आना भूकम्पकारी हो। यहाँ तो, द्वेषवश ही सही, मगर सदियों से मुसलमान हिन्दुओं की और हिन्दू मुसलमानों की औरतें उड़ाते, बहकाते, शुद्ध करते, घर में रख लेते हैं। मैं कहता हूँ अब स्वराज्य हो गया, हमें फ़रिकेदाराना ढंग से सोचना बन्द करना चाहिए और सबको हिन्दुस्तानी मानना चाहिए, न कि हिन्दू, मुसलमान, सिख, ईसाई या पारसी। स्वराज्य की इस मंगल वेला में जाति-पाँति को नष्ट करने वाली यह पहली घटना हो। जब तक दुनिया-भर के इन्सान अपने को एक ही परिवार का न समझेंगे, तब तक विश्व-कल्याण असम्भव है। अलग-अलग बड़ाई के फेर में हम एक-दूसरे को किसी दिन नष्ट कर डालेंगे। दुनिया को एटम बम से बचाने की इसके सिवाय आज कोई दूसरी तरकीब नहीं कि सभी अपने को एक ही परिवार का प्राणी प्राणपण से मानने लगें—पूर्वी और पछाँही, गोरे-काले और पीले; पूँजीपति और कम्युनिस्ट। भारत स्वतन्त्र हुआ, विश्व के सोए हुए आध्यात्मिक प्राण चैतन्य हुए, प्रकाश फैल रहा है, अब कोई अन्धकार और नींद में क्यों रहे?''

उत्तेजित चाचाजी ने दूर पर खड़े छोकरों को सम्बोधित कर कहा, ''बोलो बेटो, स्वराज्य हो गया, जयहिन्द! जय इन्सान!''

इस तरह चाचाजी ने अपना सर्वस्व नईम खाँ को सौंप दिया। सभी दंग रह गए। सभी हैरान। खासकर तब, जब उसी दिन से चाचाजी ने बँगले में रहना छोड़ धर्मशाला में रहना शुरू किया, पर लोगों ने बाहर-बाहर इतना ही देखा। अन्दर-ही-अन्दर चाचाजी पर उस घटना, उस सुन्दरी, उस सम्पत्ति त्याग के बाद क्या गुज़री, यह परमात्मा ही जानता होगा। उन्होंने सोचा कि त्याग तो किया, मगर औरत से हारने पर। हार का त्याग भी कोई त्याग। वह मिलती तो जीवन कितना

मोहक होता। वह न मिल सकी तो अंगूर खट्टे हो गए। फिर भी उन्होंने सोचा, इस त्याग से इतना तो फ़ायदा हुआ कि दुनिया का दर्द सिर गया। अब प्रिय नहीं, परिवार नहीं, धन नहीं, बाज़ार नहीं, केवल मैं ही मैं हूँ।

चाचाजी ने बँगला छोड़ते वक्त अपनी दवाएँ तक छोड़ दीं, पर एक डिब्बी वह टेंट में लेते गए। उसमें कोई सवा तोले अफ़ीम थी। उन्होंने सोचा, शायद किसी रोगी को आज ही ज़रूरत पड़े, पर स्वयं उनका विश्वास विष चिकित्सा पर था नहीं। भस्म भले कभी दे दी हो, पर 'रस' तक वह रोगियों को नहीं देते थे। फिर यह अफ़ीम किस रोगी के लिए उन्होंने ली।

धर्मशाला के फाटक पर सारी रात चाचाजी करवटें बदलते रहे। वह सर्वस्व त्याग की पहली रात थी। सब कुछ छोड़ देने पर भी उनके मन को विश्वास नहीं होता था कि उन्होंने जो कुछ किया, वह हो गया। अभी देवीजी वहाँ थीं—मन के अन्तरतम में। मोहक मुस्कराती हुई कहतीं, "बदशक्ल! संसार में सौन्दर्य स्वरूप वालों ही के लिए है, न कि तुझ अभागे के लिए।" सचमुच अभागा उन्होंने अपने को माना, सोचा जिसका कोई नहीं, वह भी कोई आदमी! घर गया, घरनी गई, अब मैं ही क्यों रहूँ शिथिल शरीर का भार ढोने के लिए। यह अफ़ीम तो है न। दूसरे किसी के लिए नहीं, इसे मैं अपने ही इलाज के लिए लाया हूँ। सबको काष्ठ औषधियों से चंगा करने वाले की चिकित्सा विष ही है।

जोश की बेहोशी में चाचाजी सवा तोले अफ़ीम गुड़ की तरह चबा गए और फिर नींद या मौत की इन्तज़ार में सोकर जागने लगे, पर न तो सारी रात उन्हें नींद आई, न मौत ही, बल्कि तेज़ नशे ने मोहमय स्वार्थ से कठोर हृदय को कोमलतर कर दिया। पूर्णज्ञ नशे में चाचाजी सोचने लगे कि मरने के प्रयत्न में विष खाकर उन्होंने कायरता की जीवन का, मैदान हारने पर भी शहीद बनने के लिए नहीं, प्रेम के अलावा दूसरे किसी भी बन्धन से औरत को बाँधना इन्सानियत के खिलाफ है। सुख अगर दुनिया में हो तो पहले सबके लिए हो, फिर अपने लिए। मैं देवीजी की नादानी या नईम खाँ की नौजवानी से जलूँ क्यों, जबकि सभी अपने कार्यों द्वारा एक सुनिश्चित दिशा की तरफ जा रहे हैं और वह दिशा मुक्ति ही है, तब मैं किसी की प्रसन्नता का साधक या बन बाधक क्यों बनूँ? पहले मैं सबको देकर भी देवीजी से कुछ चाहता था। आज मैं किसी से कुछ भी नहीं चाहता। भिखारी आज शाह है, जिसकी शान सर्वस्व दे देने पर भी कुछ भी न लेने ही में है।

यही सोचते-सोचते चाचाजी सो गए और दिन निकल आने तक खर्राटे भरते रहे। जागे तब, जब शहर-भर के घुमक्कड़ लड़कों ने उन्हें अच्छी तरह से झकझोरकर

शोर मचाया, "जय हिन्द चाचाजी! स्वराज्य हो गया।" इस तरह वह कभी धर्मशाला या मन्दिर के फाटक पर पड़ रहते, कभी किसी मस्जिद की सीढ़ी पर। अब मलंगपुरवासियों के मन में चाचाजी के लिए अटूट श्रद्धा, उनकी साधुता के प्रति अडिग विश्वास हो गया। पहले दवा-दारू, वैद्यगी के नाम चाचाजी सिवाय देने के किसी से कुछ भी न लेते थे, पर अब उन्होंने अपनी फ़ीस बाँध ली, यह कहकर कि, "इन्सान को हमेशा मेहनत से कमाकर खाना चाहिए और भीख न माँगना चाहिए।" मगर फ़ीस चाचाजी की क्या--एक पैसा, महज़! पर कमाल तो देखिए! गृहहीन सर्वस्व त्यागी को भरसक मदद देने मलंगपुर का एक-एक बच्चा दौड़ा। झूठे ही लोग चाचाजी को हाथ दिखाते और एक पैसा नज़र करते। इस तरह शाम तक उनकी झोली में पचासों-सैकड़ों रुपये के पैसे इकट्ठे हो जाते। ये पैसे वह बच्चों में बाँट देते। बच्चे प्रसन्नता से किलकते-चिल्लाते, "जयहिन्द चाचाजी? स्वराज्य हो गया!" और चाचाजी को बड़ा आनन्द आता। वह मुस्कराते, पुलकते, छलछला उठते। जुटने वाले सारे पैसे चाचाजी बाँट ही नहीं देते, कुछ की अफीम भी लेते। उस रात के बाद वह बराबर कसकर अफ़ीम खाने लगे, पहले सवा तोला, फिर डेढ़, फिर दो। लोगों को ताज्जुब होता कि वह इतनी अफ़ीम कैसे हज़म कर जाते। लोगों को मालूम न था कि दक्ष की बेटी के सती हो जाने के बाद ही महादेव ने हलाहल पान कर लिया था, पर महादेव मरे नहीं, क्योंकि वह सबके शुभ करने वाले विश्वनाथ थे। शायद सबका भला चाहने वाले पर दुनिया का विष असर नहीं करता। सबको जीवन देने का आकांक्षी मर नहीं सकता।

चाचाजी के सर्वस्व त्याग और जीवमात्र की भलाई चाहने पर भी अगर मैं यह लिखूँ कि पश्चिमी या पूर्वी पंजाब का कोई शहर पिछले दिनों खूँरेज़ी से खाली रहा तो ग़लतबयानी होगी। चाचाजी के व्यक्तित्व का असर इतना ही बहुत रहा कि दो महीने तक मलंगपुर में चारों तरफ गड़बड़ी रहने पर भी ऊपरी शान्ति रही। पर अन्दर-ही-अन्दर पागल समाज आवाँ की तरह सुलग और तप रहा था।

और एक दिन पाकिस्तान से प्राण लेकर भागने वाले कोई पचास सिख मलंगपुर आए। उन्होंने पश्चिमी पंजाब में हिन्दू सिखों पर मुसलमानों द्वारा तोड़े गए सितमों की ऐसी भयानक और खून से पथपथ कहानियाँ सुनाईं कि सारे शहर के हिन्दू सिख बलबला उठे। तिस पर किसी ने यह अफवाह फैला दी कि मलंगपुर के मुसलमानों के पास लाहौर के पाकिस्तानियों ने वक्त पर काम आने के लिए लारी-भर हथियार भेजे हैं।

"मैं कहता हूँ, धोखे में मार खाने से खुलकर लड़ लेना भला।" एक सरदार जी ने राय ज़ाहिर की।

"मगर चाचाजी जो हैं, इनके जीते-जी यहाँ मुसलमानों पर कोई हाथ भी नहीं उठा सकता।"

"चाचाजी ज़्यादा-से-ज़्यादा साधु-सन्त हैं," एक आर्यसमाजी ने सावेश कहा, "सियासत वह क्या जानें। राजनीति में उनकी राय क्यों मानी जाए? इस वक्त हिन्दू-मुसलमान एक-दूसरे को खा जाने की कोशिश में हैं। इनमें जो चूकेगा, वही अन्त में बुरा पछताएगा।"

"यहाँ बात बढ़े तो!" एक ने कहा, "पहले चाचाजी के बँगले पर धावा बोल उस नईम खाँ का सफ़ाया करना होगा, जो गुण्डई से हमारे सजातीय का सब कुछ लूटकर सीने पर मूँग दल रहा है। चाचाजी समझें या न समझें, पर हिन्दू का माल हिन्दू खाएगा, हम मुसीबतज़दे खाएँगे न कि वह शैतान बेईमान!"

ऊपर की बातों के दूसरे ही दिन देखिए तो चाचाजी पाकिस्तान के सताए हिन्दू सिखों को सौ-सौ रुपये के नम्बरी नोट देते, "लो! पचास हज़ार रुपये उन्हें दिए तो उतने ही अभी और हैं जो तुम्हारे लिए हैं। अब तो मुसलमान-हिन्दू बराबर हुए? अब तो तुम लोग मारधाड़ न करोगे?"

इस तरह एक बार और चमत्कारपूर्ण त्याग से चाचाजी ने मलंगपुर को रक्त-स्नान से बचाना चाहा और किसी हद तक बचाया भी। ऐसी रक़म के इतने नोट इतनी आसानी से बाँटना, जैसे हवा पतझड़ के पत्ते लुटावे, मामूली काम या बात नहीं। फिलहाल आदमी सब कुछ त्याग सकता है, पर रुपये नहीं। चाचाजी के कर्म से पुनः मलंगपुर में आध्यात्मिक, शाश्वत, हृदय को छूने वाला वातावरण पैदा हो गया, पर क्षणिक, क्योंकि उनकी अनुपस्थिति में वह शान्ति क़ायम न रह सकी। किसी लाचार रोगी की दवा के लिए तीन दिनों को चाचाजी के मलंगपुर से बाहर निकलते ही शहर की हवा गर्म होने लगी। यहाँ तक कि उनके लौटने के एक दिन पहले साम्प्रदायिकता की आग सारे शहर में लग चुकी थी। हिन्दू, मुसलमान, सिख, सबने एक-दूसरे के घर में आग लगा सचमुच घर-फूँक तमाशा देख लिया था। गोकि उस वक्त हिन्दू-सिख मज़बूत थे, दूसरे पक्ष का नुक़सान गहरा हुआ था। बहुत-से तो मारे ही से गए, जो बचे, वह तेज़ी से पाकिस्तान की तरफ भाग गए।

फिर भी मलंगपुर के सिख-हिन्दू भयभीत थे। इसलिए कि सीमा के उस पार से आक्रमण होने का पूरा भय था। मलंगपुर के हिन्दुओं ने अमृतसर से सैनिक

मदद माँगी तो है, पर उसके आने के पहले ही अगर उस पार के मुसलमान टूट पड़े तो? इसी भय से अभिभूत हिन्दू और सिख तेज़ी से अपने बाल-बच्चे मलंगपुर से हटा रहे थे। तब तक लौटे चाचाजी। तीन ही दिनों में उन्होंने शहर को कितना बदला हुआ पाया। मुहल्ले-के-मुहल्ले ज़ले-खाक। शहर में एक भी मुसलमान नहीं! नईम खाँ को मार उत्तेजित जनसमूह ने चाचाजी के बँगले में भी आग लगा दी थी और देवीजी लापता थीं।

चाचाजी बड़े दुखी हुए। दुःखी हुए इन्सानों के आपस में इस तरह हैवानों से भी बदतर लड़ने पर! उन्होंने दोनों पक्षों को भला-बुरा कहा, मगर ज्यादा सहानुभूति उनकी उसके प्रति हुई, जिसे कष्ट ज़्यादा मिले, जिसका नुक़सान ज़्यादा हुआ। सचमुच चाचाजी सारे शहर को एक बड़े परिवार-सा मानते थे। फिरकेदाराना खयाल उनके मन में था ही नहीं। हिन्दुओं की गतिविधि पाते ही वह मुस्लिम मुहल्लों में अकेले जाकर चक्कर काटने लगे, पर सारे दिन घूमने पर भी एक भी आदमजात उन्हें दिखाई न दिया, सिवाय मुर्दों के। हाँ, शाम के वक्त 'दरगाह बाबरशाह' से एक कराह उन्हें सुनाई पड़ी। अन्दर जाकर देखा—एक घायल, भूखा, प्यासा मुसलमान, जिसके जख्मों से अभी तक खून टपक रहा था। तुरन्त ही चाचाजी सेवा में जुट गए। दरगाह की बावड़ी से पानी लाकर उसकी प्यास बुझाई, जख्म धोए, एक जड़ी रगड़कर लेपा भी, पर खून का जाना बन्द न हुआ। टिंचर आयोडीन होता तो ठीक हो जाता, लेकिन वह उनके पास नहीं। आस-पास उजाड़। उन्होंने सोचा हिन्दुओं की बस्ती से जाकर लाने का। वह चले भी, पर इसी वक्त उधर से गोलियों की तड़तड़ाहट और गुलगपाड़ा सुनाई पड़ा—भयानक हाहाकार। लड़ाई फिर छिड़ गई। वह पुनः दरगाह बाबारशाह में लौट आए और तरह-तरह की तरकीबों से जख्म से खून जाना बन्द करने लगे। इधर शोर होता रहा, इधर दवा होती रही। न तो शोर रुका, न जख्मों से लहू का ज़ोर! शहर डटकर, मरकर, उजड़कर श्मशानी सन्नाटे में आने लगा, मरीज़ की नब्ज़ डूबने-सी लगी। इस वक्त तक चाचाजी अपना पूरा कुरता और तीन-चौथाई धोती फाड़-फाड़कर मरहमपट्टी, पानी, मिट्टी में खपा चुके थे, महज़ एक लँगोटी लगाए मरीज़ की सुश्रूषा कर रहे थे। इस स्थिति में आते-आते उन्हें सब कुछ भूल गया था। भूल गया था कि मलंगपुर में हैं, जहाँ दंगे हुए और इस वक्त भी हो रहे हैं। याद थी केवल एक बात—उस घायल प्राणी की ज़िन्दगी। भगवान! यह मरे नहीं, पर जिए तो कैसे? जब रक्त का जाना रुकता ही नहीं और उचित दवा ही नहीं। अन्धकार चारों ओर, प्रकाश कहीं नहीं।

इसी समय प्रचण्ड प्रकाश की दर्जनों किरणें चाचाजी और मरीज़ मुसलमान को घेरकर नाच उठीं। दरगाह के फाटक के पास से टार्च-लाइटों से कुछ लोग अन्दर की जाँच कर रहे थे।

"कौन है?"

"गोली मार दो!"

"बन्दूक हर्गिज़ न चले, यह बुजुर्ग की दरगाह। कौन जाने वे लोग मुसलमान ही हों।"

टार्चवाले नज़दीक आए तो चाचाजी ने पहचाना, वे मुसलमान सिपाही थे। वह डरे नहीं, बल्कि बाग़-बाग़ हो उठे सिपाहियों को देखकर, "खूब आए, तुम्हारे पास तो टिंचर होगा। बिना टिंचर के यह बेचारा मरा जा रहा है।"

"तुम कौन?"

"ख़ुदा का नाचीज़ बन्दा।" चाचाजी ने जवाब दिया।

"शक्ल तो माशा अल्ला शैतानी है!" एक ने मज़ाक किया।

"शायद कोई फ़कीर हो, मज़ाक न करो।" दूसरे ने डाँटा, "यह बुजुर्गों की मज़ार है। सारे शहर में यहीं पर तो दो मुसलमान मिले। घायल को सरहद की तरफ़ 'जीप' में झपटकर ले जाओ, इस फ़क़ीर को लेकर हम लोग मार्च करते हुए उस मैदान की तरफ़ आते हैं, जहाँ लूट का माल और औरतें इकट्ठी हैं।" उसने चाचाजी से पूछा, "बड़े मियाँ! तुम्हारे कपड़े क्या हुए?"

"कपड़े मरहम-पट्टी के मसरफ़ में आ गए, दूसरा कोई चारा न था।"

"सुभान अल्ला!" उछल पड़ा वह तगड़ा मज़बूत पंजाबी मुसलमान, "खुद नंगा हो आपने अपने कपड़े मरहम-पट्टी में लगा दिए! सुभान अल्लाह! हज़रत आप मलंग हैं, मलंग!"

दल के साथ मैदान में आते-आते चाचाजी को मालूम पड़ा कि इस बार मुसलमानों ने भी कसकर बदला लिया। हज़ारों सिखों को भागने से पहले ही घेरकर मार डाला, सैकड़ों हिन्दुओं को भी। घर-घर से ढूँढ़कर औरतें निकाली गईं। सबका सब कुछ लूट लिया गया। मगर लुटेरों के पास इतनी लारियाँ न थीं कि लूट का माल भी ले जाते और औरतें भी। दोनों में से माल को ले जाना पहला फ़र्ज माना गया। ट्रक भरे जाने लगे, लेकिन इतने ही में सिखों ने जवाबी हमला कर दिया। शायद अमृतसर से कुमुक आ गई। चारों ओर गोलियाँ-गोले ओलों की तरह बरसने लगे। मुसलमान दल के सामने प्रश्न यह उपस्थित हो गया कि क्या लेकर भागें—दुश्मनों की औरतें या माल या अपनी जान। वे हिन्दुस्तान की

सीमा में थे, अपने रंग में दुश्मन के घेरे में। उन्होंने पहले जान, फिर जहाँ तक मुमकिन हो, नकदी माल लेकर भागने का तय किया।

मगर भागने से पहले पाकिस्तानी बलवाइयों के सरदार ने कहा, "मैं यह चाहता हूँ कि इन औरतों में जो सबसे ज्यादा खूबसूरत हो, उसकी निकाह कराई जाए हमारे दल के उस शख्स से जो सबसे ज़्यादा बदशक्ल हो।"

यह बात सबने पसन्द की और खूबसूरत औरत और बदसूरत मर्द की तलाश ताबड़तोड़ शुरू हुई। कुछ ही देर बाद दो शख्स पेश किए गए। एक औरत निहायत हसीन और दूसरा मर्द—लम्बी नाक, बड़ी खोपड़ी, चमगीदड़ी चीमड़ काया, नाँद-सा पेट, छोटी कौड़िया आँखें।

सालार ने पूछा, "यह तो दरगाह वाला फ़क़ीर है, क्या अपने गिरोह में इससे ज़्यादा बदशक्ल कोई नहीं ?"

"गिरोह तो दूर, सारे पंजाब में इस मलंग से ज्यादा बदसूरत ढूँढ़ने से भी न दिखाई पड़ेगा।"

उधर गोलियाँ चलती रहीं, इधर ऊधमी पाकिस्तानी चाचाजी को नौशा बनाते रहे। किसी ने पाजामा दिया, किसी ने अचकन, किसी ने पगड़ी, किसी ने जूते। मुल्ला आया दुलहिन आई, मगर इसी वक्त सिखों का दल भी मैदान में पिल पड़ा। पाकिस्तानी भाग खड़े हुए। शादी की आखिरी रस्म पूरी किए बिना ही, दूल्हा-दुलहिन को अपने भाग्य के भरोसे छोड़। चारों ओर मारधाड़, भाग-दौड़, चिल्ल-पुकार। घबराकर दुलहिन ने दूल्हे की तरफ देखा और मानो देखे पर एतबार न कर आँखें मलकर पुनः पहचानने लगी, मगर बदशक्ल पति ने सौन्दर्यमयी पत्नी को तुरन्त ही पहचान लिया। महान् आश्चर्य से चमककर चाचाजी ने कहा, "अरे देवीजी-तुम!!"

# आज़ादी से आठ दिन पहले

खण्डवा से मुम्बई मैं रेलगाड़ी के डिब्बे में बैठ रहा हूँ। अगस्त 1947 के दूसरे सप्ताह के आरम्भ में मुम्बई इसलिए पहुँच रहा हूँ कि 15-16 अगस्त को हरेक तमाशा-पसन्द आदमी को दिल्ली या मुम्बई में होना ही चाहिए। ऐसा तमाशा सदियों-सहस्राब्दियों में भी देखने को सहज नहीं मिलता।

गाड़ी का डिब्बा सोलह सीटर, जिसमें से मेरे बैठते वक्त, बाहर निकलता कोई क्रिस्तान परिवार; बारह, चौदह, सोलह वर्ष की तीन स्वस्थ लड़कियाँ, तगड़ी माँ, पापा प्लेटफार्म पर।

''आओ जल्द नीचे!'' पिता ने परिवार को प्लेटफार्म पर से पुकारा। लड़कियाँ लपकीं भी, उसी उजलत से, जिससे हम लोग ट्रेन में घुसते या बाहर निकलते हैं—अभिभूत होकर! मगर माँ साहब मज़बूत।

''ठहरो, पहले सामान बाहर उतर जाने दो!''

मेम साहब के हुक्म से कुली ने इस सावधानी से डिब्बे की सीटों को साफ किया कि मेरा बिस्तर भी जाते-जाते बचा!

ट्रेन चलने पर चारों ओर की परीक्षा से प्रकट हुआ—डिब्बे में कुल पाँच आदमी। एक मुसलमान फ़ौजी, एक हिन्दू और एक ही सिख। मेरे सामने बैठे खण्डवा के एक उग्र सोशलिस्ट बातें करते धारावाहिक। नमक खा, पानी पीकर कोसते—

''ये राष्ट्रीय अपने को कहते हैं! कहते हैं स्वराज्य ले लिया। अजी उग्रजी! ये डरते हैं क्रान्ति के दाहक दावानल से। स्वराज्य होगा? हुँ! बिना युद्ध के कहीं

कुछ हुआ है! कांग्रेस हाईकमाण्ड अँग्रेज़ों से डरता है, तभी तो स्वराज्य हो जाने पर भी जिस विभाग को देखो, उसी का 'हेड' गोरा!"

"बहुत-सी बातें अभी हमें अँग्रेज़ों से सीखनी होंगी कि नहीं!" मैंने कांग्रेस रुख के समर्थन में कहा।

"कुछ भी अँग्रेज़ों से नहीं सीखना है" ताव से तमककर दोस्त सोशलिस्ट ने कहा, "हममें योग्य-ज़िम्मेदार आदमियों की कमी नहीं। फिर लार्ड माउण्टबेटन ही आज़ाद भारत के गवर्नर जनरल क्यों चुने गए? अजी, हमें आदत पड़ गई है दादा-चाचा-ताऊ की अँगुली पकड़कर चलने की।"

'लार्ड माउण्टबेटन ही पहले गवर्नर जनरल क्यों चुने गए?' यह सवाल जब कुछ लोगों ने हमारे एक भड़कने वाले महानेता से पूछा तो उन्होंने क्या जवाब दिया था, आप भूल गए? उन्होंने कहा था, "लार्ड माउण्टबेटन इसलिए चुने गए हैं कि उन-जैसा योग्य और विश्वस्त आदमी इण्डिया में नहीं है।" मैंने पुनः कांग्रेस पक्ष ग्रहण किया।

"इसे कहते हैं आत्महीनता या 'इनफीरियारिटी कॉम्प्लेक्स'! इसे कहते हैं गुलाम मनोवृत्ति!" बहुत बिगड़े सोशलिस्ट भाई, "इण्डिया में विश्वस्त आदमी नहीं! फिर यह आज़ादी की लड़ाई क्या बेईमानों की सेवा से जीती गई है? असल बात वैसी ही जैसी दो लड़के एक ही गुलाबजामुन पर लड़ते हैं, अन्त में उसे स्वयं न खा कुत्ते को दे दें, पर पड़ोसी मित्र को नहीं! जब तक हम इस मनोदशा में हैं, हरगिज़ आज़ाद हो नहीं सकते।"

"फिर ये कांग्रेस वाले अब बूढ़े पड़ गए, पुराने। आगे ज़माना सोशलिस्टों का है, जिनके पास सेना है, लाखों का संगठन है। अमूल्य, मूल्यवान प्राणों को मौके पर यज्ञ में आहुति की तरह होम देने की हौंस है। पचास हज़ार हम लोग बरार विजय के लिए यवतमाल जा रहे हैं। फलाँ तारीख को निज़ाम पर चढ़ाई कर उसे हम मसलकर रख देंगे, हम सोशलिस्ट हैं, क्रान्तिकारी। हमें साग-भाजी भक्त अहिंसक गाँधीवादी कोई न समझे।"

अगले स्टेशन पर सोशलिस्ट भाई अपना दल सँभालने नीचे उतरे और टिकट चेकर आया। आते ही उसने शिकायत शुरू की, ये ही लोग कांग्रेस और लीग दोनों को बदनाम करते हैं, दोनों ही से बुरे हैं। बिना टिकट पूरी पार्टी सफर कर रही है। पूछने पर कहते हैं, "हमारा कमाण्डर आगे के डिब्बे में है, पर न कहीं कमाण्डर, न अमाण्डर। ये जा रहे हैं बरार-विजय करने! पूत के लच्छन पालने पर! यह मुँह और मसूर की दाल!!"

मगर मैं भूला! डिब्बे में एक सज्जन और थे ऊपर की बर्थ पर मूँछें खड़ी किए, माथे पर मण्डेहर की तरह पीला चन्दन छापे आराम फरमा रहे थे। अगले स्टेशन पर जब आबकारी डिपार्टमेण्ट के सिपाही मुसाफिरों की जाँच करने आए, तब उनकी उपस्थिति का अहसास मुझे हुआ। मेरे पास तो जाँचने के काबिल कोई सामान था ही नहीं और दूसरे तीन यात्री पलटनिए, सो आबकारी वालों की नज़र ऊपर वाले दोस्त ही पर तीव्रता से पहुँची।

"आप कहाँ जा रहे हैं?"

"नासिक..."

"इन गठरियों में क्या है? क्या है इस डिब्बे में?"

"गठरियों में आटा, चावल, दाल है और डिब्बे में घी।"

"तुम जानते नहीं, आजकल राशनिंग और कण्ट्रोल का ज़माना है? आटा, चावल, दाल एक जगह से दूसरी जगह ले जाना गुनाह है।"

"मगर जमादार, मैं भरतपुर से आ रहा हूँ। नेम-धर्म से रहने वाला, पितरों की प्रीति के लिए तीर्थ-दर्शन को निकला हूँ। इस कण्ट्रोल के ज़माने में तीर्थयात्री अगर सामान लेकर नहीं चलेगा तो खाएगा क्या? ये तो जीवन की परम आवश्यक वस्तुएँ हैं। फिर ज्यादातर चीज़ें मुझे जजमानों से मिली हैं।"

"बातें बहुत मत बनाओ पण्डित!" आबकारी वाले जमादार ने बातें बनाईं— "जजमान तो तुम्हें पाँच सेर तम्बाकू दे सकता है; सेरों अफीम, गाँजा, भंग, चरस; बोतलों दारू, पर तुम क़ानून तोड़कर ऐसी चीज़ें पीठ पर लादे अलानियाँ चल-फिर नहीं सकते।"

"जमादार!" गिड़गिड़ाया तीर्थयात्री, "अब आटा, चावल, दाल—अफीम, गाँजा, शराब बन गई!!"

"इसका जवाब अगले स्टेशन पर तुम्हें उतरकर दिया जाएगा।" आबकारी वाले दूसरे डिब्बे में, जिसका रास्ता हमारे डिब्बे के बीचोंबीच था, घुसे; पर उनका व्यवहार किसी को पसन्द नहीं आया।

भुसावल। स्टेशन वाले होटल के कई छोकरे डिब्बे के सामने, "खाना लाऊँ साहब?"

"क्या ला सकते हो?"

"राइस, चपाती, भाजी, दाल..."

"कीमत...?"

"महज़ अठारह आने...!"

लेकिन उस वक्त अपने राम को ज़रा भी भूख नहीं थी। मैंने कुछ भी मँगाने से इनकार कर दिया, पर हैदराबाद जाने वाले एक मुसलमान फ़ौजी ने मांसाहारी भोजन के थाल का ऑर्डर दिया। थाल आने पर मैंने देखा, उसमें एक गिलास पानी, एक तोला आटे की दो बेचुपड़ी चपातियाँ, एक प्लेट में ज़रा-सा कीमा रसेदार, एक प्लेट में माँस की तीन-चार बोटियाँ और पके चावल कोई ढाई तोले ऐसी होशियारी से फैलाए कि देखने में बहुत नज़र आएँ। थाल के साथ ही तीन भिखमंगे छोकरे भी आए और जब सिपाही खाने लगा तो छोकरे उसके मुँह-हाथ-थाल की तरफ़ बराबर गुरेरकर देखने लगे।

वे फटेहाल थे, अशिक्षित सिर से पाँव तक, असंस्कृत शायद गर्भ ही से। सिर पर टोपी नहीं, पाँव में नहीं जूते, तन पर भी कमीज़ें ऐसी जिन्हें देखकर घृणा भी नाक सिकोड़े और वे भूखे उस सिपाही के भोजन को घूरते ही रहे।

घूरता मैं भी था, "माल कैसा है, जनाब?" मैंने पूछा। उसने बिल्कुल निरुत्साह-सा उत्तर दिया, "ठीक है।"

"यह मटन (बकरे का गोश्त) ही है?" सिख सिपाही ने सन्दिग्ध भाव से प्रश्न किया।

जुबान को छोड़ इसका जवाब दूसरे के पास नहीं। खाने वाला खाते ही पहचान सकता है कि मटन है या नहीं। उसका स्वाद ही भिन्न होता है, मगर लोभ के आगे ईमान के उठ जाने के सबब आज हर कहीं मिलावट नज़र आती है। इसीलिए मैंने तो सफर में कुछ न खाना ही उसूल बना रखा है।

भिखमंगे भारत पर फिर मेरी नज़र। तीनों अभागे छोकरे अभी तक सिपाही के ग़रीब खाने को गुरेरते! अब मैं उन पर सदय बरस पड़ा, "अभागो! तुम किसी को आराम से खाने भी नहीं देते! वह खा रहा है, तुम सब थाल में आँखें घुसेड़ते बेशर्मी से खड़े हो!"

तीनों अभागे मेरे तिरस्कार-भरे शब्दों के धक्के से तीन-तीन क़दम पीछे हट गए, जैसे मेरी निर्मम बातें सीने में जगह कर गईं, पर थे वे सचमुच भूखे। उपदेश के काल्पनिक बन्धन में संसार के गम्भीरतम सत्य भूख को बाँधना आसान नहीं। तीन क़दम दूर से ही सही, रहे मगर वे खाते सिपाही को ही ताकते। सिपाही भी पूरा खाना ठण्डे दिल से न खा सका। आधे चावल और थोड़ा कीमा शोरबेदार सबसे नज़दीकी भिखमंगे के लिए उसने बचा ही लिया। छोटी प्लेट में कीमे के साथ चावलों को मिलाकर उसने लड़के की तरफ बढ़ाया, जिसने फटी कमीज़ का अगला भाग ऊँचा किया प्रसाद पाने के लिए, लेकिन शोरबा रसीला था, कमीज़

खराब हो जाती। सिपाही ने अंजलि में लेने को कहा। कहा कहाँ सारी बातें इशारों ही में हो गईं।

भिखारी बाल घृणित जूठन से अंजलि भरकर जब हमारे डिब्बे के आगे लपका, किसी सुरक्षित जगह पहुँचकर शान्ति से खाने के लिए, तब दोनों दूसरे मक्खियों की तरह झपटे अपने तीसरे साथी की तरफ़।

"ज़रा मुझे भी देना रे!" सबसे बड़े ने हिस्सा चाहा।

"एक जीभ मुझे भी चाट लेने दे! देख तू मेरा भाई है सगा!" दूसरे ने विनय की गिड़गिड़ाहट की, पर जिसके हाथ में प्रसाद था, वह पसीजा नहीं। अंजलि को चुल्लुओं में बाँट दो बार में सारी जूठन वह अकेले ही चाट गया।

मेरा सिर चक्कर खाने लगा। शायद इलाहाबाद एक्सप्रेस बहुत तेज़ पचास-साठ मील प्रति घण्टे की गति से दौड़ रही थी। मैं मुम्बई जा रहा हूँ, जहाँ आठ ही दिनों बाद आज़ादी का गौरवमय उत्सव मनाया जाने वाला है।

आठ दिनों बाद जो आज़ादी हमें हासिल होगी, उसे ये भिखमंगे कैसे याद रखेंगे?

*ज़िन्दगी अपनी जो इस रंग से गुज़री 'गालिब'।*
*हम भी क्या याद करेंगे कि ख़ुदा रखते थे!*

एक बजे रात किसी स्टेशन पर नींद खुली तो नशा उतर चुका था और भूख भरपूर चढ़ आई थी। केले वाला आवाज़ लगाता चला गया। रात में भला केला क्या खाना? चने वाला निकला, पर ऐसे वक्त चने खाने से ये सोते हुए सहयात्री क्या समझेंगे? फिर चाय, मगर चाय में भी क्या दम, जो भंग की उतार की भूख की रोकथाम कर सके। मैं कुछ भी निश्चित न कर सका। कुछ लेकर खाने के इरादे से जेब से निकाले दस आने पैसे मुट्ठी की मुट्ठी में दबे रह गए, मगर भूख नहीं मानती है! भिखारी छोकरे ने किस जोश से उमड़कर जूठन को खाया था! आखिर मैं क्या खाऊँ अब?

"गर्म मीठा दूध!" मीठी आवाज़ सुनाई पड़ी। डूबती आशा को किनारा नज़र आया।

"सामने आकर रुका चौदह साल का एक छोकरा। सिर पर पुरानी फेज़ टोपी, पर अब भी मैं 'ब्राह्मण' हूँ—देखो तो! पर भूख मुसलमान-हिन्दू का भेद कब समझती है! भूख ही में तो उस अभागे भारतीय बालक ने जूठन खाई। हाय रे!—उसने सोचा होगा, इसमें क्या हर्ज है? मैंने सोचा, दूध में क्या बुराई हो सकती है? दो आने कप की दर से एक कप देने के लिए दूध भरे डिब्बे को उसने हिलाया।

पूरा नहीं, पौना प्याला उसने मुझे दिया। प्याला काँच का, मुसलमानी रुचि-रंग का था। मुँह से लगते ही मालूम पड़ा कि न तो वह गर्म था और न 'दूध'! अरारोट या मीठे आटे का शरबत! मन मिचलाने लगा, मगर फिर भी भूख लगी थी, कोई दूसरा चारा था कहाँ?"

इतने में प्याले से खिंचकर कोई आधा इंच की बाँस की फाँस या काफ़ी मोटा तिनका मेरे मुँह में जुबान ने 'डिटेक्ट' किया। मरने के डर से गले के नीचे उसे जाने नहीं दिया, मगर मुँह को दूध उगल देने की सलाह भी जुबान ने नहीं दी, भूख जो लगी थी। मैं मुँह बन्द किए तिनके को दाँतों के निकट दबाने की कोशिश में गम्भीर होकर दूध गले के नीचे उतारने लगा। लड़के ने भी ताड़ा कि कोई दिक्कत दरपेश है। उसने सोचा, ग्राहक यह जाँच रहा है अरारोट के टुकड़े मुँह में चबाकर कि दूध है या कुछ और। आधा इंच के तिनके से बेखबर उसने कहा, "मलाई है, हुज़ूर, मलाई!"

# जब सारा आलम सोता है

कहने को (मुम्बई, मालाबार पहाड़ के) रिज-रोड स्थित 'हवाई महल' चौमहला मकान पर रहता उसके हरेक खण्ड में एक-ही-एक परिवार।

पहले खण्ड में पत्रकार—प्रदीप; दूसरे खण्ड में बड़ा सी.आई.डी. अफ़सर—खण्डाला वाला; तीसरे में कांग्रेसी महानेता माया मुकुन्द मोड़े तथा चौथे खण्ड में रहते देवदत्त दाधीच दैवज्ञ, ज्योतिषाचार्य। हवाई महल से समुद्र अपार नज़र आता, आकाश भी नज़र आता अपार, मालाबार पहाड़ पर खड़े धवलरंगी महलों का विस्तार नज़र आता अपार, सुख अपार, सौन्दर्य अपार। हवाई महल वालों की उसी मोहक पहाड़ की तलहटी में विस्तृत फैली महानगरी मुम्बई के तीस लाख मानवों का किलबिल कोलाहल, अपार दुःख बिल्कुल नज़र नहीं आता था। हवाई महल में हर घड़ी मौजीली हवा तेज़ रहती थी। बहारदार!

30 जनवरी, 1948 की बात। उसी दिन पत्रकार प्रदीप का जन्मदिन था। दिन के दो ही बजे उक्त चारों मित्र जर्नलिस्ट के नवसज्जित बड़े हाल में एकत्रित हो गए। सम्पादक ने किसी को कोलैप्सिंग कुर्सी पर आसन दिया, किसी को कोच पर, किसी को कुशन पर।

"आज मैंने," प्रदीप पत्रकार ने आत्मीयता के भाव से भरकर कहा, "आज मैंने आप लोगों की दावत की एक नयी तरकीब सोची है, यानी खाना वगैरह बिल्कुल तैयार नहीं कराया है..."

"अरे, मार डाला रे!" जननायक माया मुकुन्द मोड़े ने मुड़कर कहा।

"खूब!" सी.आई.डी. का अफ़सर खण्डाला वाला ने कुढ़कर पूछा, "दावत या अदावत?"

"इसके यहाँ पर तर माल मिलेगा, कचराकूट का चान्स; इसी विचार से मैंने कल शाम से ही अनशन कर रखा है।" दैवज्ञ देवदत्त ने खीझ के दाँत दिखाते हुए कहा।

"मगर," अपने शब्दजाल के स्टण्ट से मन-ही-मन प्रसन्न पत्रकार प्रदीप ने कहा, "खाना तैयार न कराने का अर्थ यह नहीं कि खाना मिलेगा ही नहीं। मिलेंगी मित्रों को मनचाही चीज़ें। यह एक-एक 'चिट' लीजिए और अपनी-अपनी पसन्द की एक-एक चीज़ लिख दीजिए। वही अभी तैयार कराई जाएगी, मँगाई जाएगी। अब कृपा कीजिए, लिखिए।"

तीनों मित्रों ने बहस किए बिना अपने पुर्ज़े पर अपनी मनचाही चीज़ का नाम लिखकर सम्पादक को दे दिया। पुर्ज़े पढ़ते ही पत्रकार पहले तो मुस्कराया, फिर बोला, "खुशी की बात है, हैरत की बात। तीनों मित्रों की फरमाइश एक—शराब! भूखा कोई भी नहीं, प्यासे सभी। मुझे कोई आपत्ति नहीं,पर शराब मिलना मुश्किल है। 'प्राहिबिशन' की वजह से मुम्बई की वह ब्यूटी जाती रही, जो अँग्रेज़ी अमलदारी में थी। शहर के कोने में रेस्तराँ गली-गली में, होटल में गुलदस्ते। नगर में मदिरालय, उपनगरों में, उपवनों में ताड़ी का बूथ।"

"अजी लाख प्राहिबिशन हो या मद्य-निषेध, मुम्बई में तो आज भी जहाँ माँगो, वहीं शराब। मेरी आँखों से क्या छिपा है।" सी.आई.डी. बोला।

"तो आप ही मँगा दें, हुज़ूर!" नेता ने पारसी से आग्रह किया, मीठा ताना देते हुए चुस्ती से, "युगों से पारसी मित्र सारी मुम्बई को बढ़िया-से-बढ़िया शराब और ताड़ी पिलाने का पुण्य कर्म करते आ रहे हैं। आप भी चन्द मित्रों को पिलाकर कुछ छोटे पारसी न बन जाएँगे।"

"समझता हूँ साला तेरा ताना!" खुनसाया खण्डाला वाला, "पारसियों ने पिलाया किसी साले के गले में ज़बरदस्ती डालकर। इसी वक़्त सबने शराब ही माँगी, सो किसी पारसी से पूछकर क्या? मैं कहता हूँ जब तक पीने वाले हैं, पिलाने वाले रहेंगे ही, तो पारसी ग़रीब ने पिलाकर किसी का गला काटा? ख्रिस्तान पिलाता तो ठीक? मुसलमान पिलाता तो ठीक? फ़ारसी, जर्मन, अमरीकी पिलाता तो आबेहयात पिलाता क्या, फिर पारसियों ने ही क्या हलाहल दे दिया? शराब बेचने वाले पारसियों में मैं ऐसे-ऐसे दिखा सकता हूँ, जिन्होंने पचासों लाख की शराबें बेचने पर भी एक बूँद खुद कभी नहीं पी। यह योग है, योगाभ्यास। व्यापार योग इसका नाम रख लो। योग के आठ अंग, व्यापार के भी आठों अंग। योगी मुक्ति के लिए तपता, व्यापारी मनी के लिए। पारसी सच्चा व्यापारी है। हाँ, बेची शराब पारसियों ने

व्यापार-योगियों की तरह, मुनाफ़ा देखकर,यह उनकी बुराई है, देख लो और मत देखो पारसियों की उन अमूल्य सेवाओं की तरफ, जो हमारे बुज़ुर्ग एक युग से सारे देश की करते आ रहे हैं। मत देखो दातव्य संस्थाओं की तरफ, अस्पतालों की तरफ, बड़े-बड़े दानों की तरफ, दादा भाई की तरफ, फीरोज़शाह की तरफ। मुम्बई को शराब हमने पिलाई तुम्हें मालूम है; मुम्बई का विकास हमने कितना किया, तुम्हें नहीं मालूम! तुम काले हो काले! कुत्ते को शराब पिला दूँ ज़रूरत पड़े तो स्वर्ग से लाकर, पर तुम्हारे लिए नहीं, तुममें पात्रता नहीं पीने की। तुम्हीं सुरा को बदनाम करने वाले असुर हो।"

"हीयर-हीयर!" पत्रकार उछल पड़ा, "खण्डाला वाला ग्रेट स्पीकर—ए न्यूज़! मगर लेक्चर ज़रा लम्बा हो गया, इस लिहाज़ से कि पीने में देर हो रही है और लानी पड़ेगी हज़रत को ही, क्योंकि आपने सबके सामने मंज़ूर किया है कि देश के सबसे बड़े कलवरिया कर्मयोगी आप ही हैं, कर्मयोगी कोई हो।"

"फिर ताना!" पारसी कुड़कुड़ाया, "प्लेटफार्म पर नाचने वालों का सपोर्टर कलमनचनियाँ, लिट्टी वाले का भाई गँडेरी वाला है। है कलवरिया कर्मयोगी पारसी, पर भाई प्रमोद! यह तो बतलाओ कि गाँजे की वह कली कहाँ से आती है, जिसे गुलाब में मल, सिगरेट में भरकर तुम दिन-रात पिया करते हो? यह नेताजी चुपके से अफीम जो गटकते हैं, उसकी गुटिया भी क्या कलवरिया से ही आती है? और ज्योतिषाचार्य की भंग क्या आसमान से बरसती है? जब कुछ-न-कुछ सभी पीते हैं, तब सभी पियक्कड़ हैं,न कि अकेले शराबी। शराब मैं ला दूँगा ह्विस्की, ब्रैण्डी, रम, पोर्ट, लिकर, शैम्पेन, शैटॅ, ब्यौंड़ा, ठर्रा, जो बोलो वही, पर पहले मिस्टर मोड़े को माफी माँगनी पड़ेगी।"

"माफ कर, बाबा।" मोड़े ने हाथ जोड़कर कहा, "और मेरी मान, तू कांग्रेस में भरती हो जा, नौकरी छोड़ दे, तू प्लेटफार्म पर गजब की स्पीच देगा।"

"मगर मैं तो शराब पीता हूँ, रोज़।"

"शराब पीना बुरा नहीं, बुरा है बेवकूफ़ होना। अक्ल जहाँ, वहाँ बुराई कहाँ? पॉलिटिक्स का अर्थ है—ऐब कर साथ हुनर के!"

चार बज गए चखचख में। तब शराब आई, चारों चखने बैठे, नमकीन चखने के संग बर्फ, सोडा, लेमन। चारों के पेट में पैग उतरा कि सिगरेटें सुलग उठीं, कमरे के वातावरण में धुआँ छाने लगा। सबके चेहरे खिल उठे—एक सी.आई.डी. खण्डाला वाला को छोड़कर। सभी चहक चले, पर वह चुप रहा।

"क्यों रे पारसी के पट्ठे!" पत्रकार ने ठट्ठे की आवाज़ में कहा, "अभी तक

तेरा मुँह सीधा नहीं हुआ। मोड़े ने माफी माँग ली, फिर तूने कुछ कम नहीं सुनाया उसको, फिर? अब क्या बाकी है?''

''मोड़े की बात नहीं। आज सवेरे से ही मेरा माथा भन्नाया हुआ है, उस विक्टर के कारण, वही सी.आई.डी. इन्स्पेक्टर विक्टर। बिना कहे-सुने ग़ायब हो जाता है और लौटने पर बातें बनाने लगता है। सौ बार मैंने उसको सुनाया कि वह सी.आई.डी. नहीं बावर्ची है, उसे मेरे किचन की निगरानी करनी चाहिए, तनख्वाह इन्स्पेक्टरी की ही ले, पर उसे तो हराम में सरकार के पैसे लेने हैं। इधर-उधर सैर-सपाटे कर लौटेगा तो कहेगा—बड़ी कान्सपिरेसी, भारी षड्यन्त्र एक दल विशेष कर रहा है। ख़तरा सुनावेगा। नेहरू, पटेल, आज़ाद, यहाँ तक कि गाँधीजी की जान पर भी ख़तरा। बेवकूफ़ को यह मालूम नहीं कि ख़तरों का खज़ाना इंग्लैण्ड चला गया, अँग्रेज़ी राज्य के साथ ही। अब कांग्रेसी राज है और अमन है, चैन है। कोई बेवकूफ़ ही हमारे नेताओं पर किसी के द्वारा हाथ उठाए जाने की कल्पना कर सकता है।''

''औरों की बातें तो कुण्डली देखकर कल बतलाऊँगा, पर जहाँ तक गाँधीजी का सम्बन्ध है, मैं दावे से कह सकता हूँ कि वह सवा सौ वर्ष की अवस्था में मरेंगे, इसके पहले हरगिज़ नहीं।'' दैवज्ञ देवदत्त ने शराब के हर्ष में आँखें विस्फारित कर कहा।

''बस बहक चले ज्योतिषाचार्य! मैं कहता हूँ, सारे-के-सारे ज्योतिषी हवा में तीर मारते हैं, कुछ नहीं जानते। आप ही बतलाइए—महात्माजी का जन्मदिन, मास, पक्ष, लग्न का पता है आपको?'' नेता माया मुकुन्द मोड़े एक तो स्वभाव से ही ज़रा तीखा बोलने वाला, दूसरे सीने में तेज़रौ शराब। दैवज्ञ ज्योतिषी भन्ना उठा।

''बहके तो नहीं आप, यह प्लेटफार्म नहीं, नक्षत्र लोक है। गाँधीजी का जन्म हुआ था विक्रम संवत् 1926 की त्रयोदशी के दिन, रविवार को।''

''सरासर ग़लत—दिन रविवार नहीं, शनिवार था। ऐसा स्वयं महात्माजी ने लिखा है अपनी आत्मकथा में।'' मोड़े ने ललकारा।

''ऐसा ही कुछ मैंने भी पढ़ा है।'' पत्रकार ने समर्थन किया।

''आप लोगों ने कुछ भी पढ़ा हो, ज्ञान ज्योतिष का मुझे है। बड़े-बड़े ज्योतिषियों ने महात्माजी का जन्मदिन रविवार लिखा है, तब गाँधीजी कुछ भी लिखा करें। वह अन्तर्यामी तो हैं नहीं, दैवज्ञ तो हैं नहीं।''

इस पर दूसरे ठहाका मारकर हँस पड़े। खण्डाला वाला भी, जिसका मुँह

शुरू से ही सूजा हुआ था, खिलखिला पड़ा। ज्योतिषी आवेश में आ गया, दैव-विद्या के प्रति दुष्टों की अवज्ञा देखकर। तमककर बोला वह, "तुम जन्मदिन की बात करते हो, मैं कहता हूँ मुझसे पूछ लो महात्मा का मृत्यु-दिन। जन्मदिन ज्योतिषी ने जाना तो क्या जाना, जिसे चमारिन तक बतला सकती है। मृत्यु-दिन बतलाना भविष्यवक्ता का हिस्सा है—मेरा।" गिलास की शेष मदिरा पेट में उँड़ेलकर फीका मुँह पोंछने लगा वह।

"अच्छा बतलाओ!" पत्रकार ने अशुभ प्रश्न किया, "कब मरेंगे महात्मा जी?"

"तुझे क्या जल्दी पड़ी है जो साधु का ऐसा भविष्य शैतान से पूछता है? सनसनीखेज़ खबर छापने को मरा जा रहा है या महँगे विशेषांक निकालने को?" खण्डाला वाला को बहुत ही बुरा लगा पत्रकार का प्रश्न, "मैं कहता हूँ महात्मा जी कभी न मरें अगर हों!"

"और तू सी.आई.डी. का बड़ा अफ़सर बना मालेमुफ्त उड़ाया कर।" प्रदीप को चढ़ चली ह्विस्की विलायती, "तुझे गाँधीजी की ज़रूरत मुझसे ज़्यादा है। स्टेट रहे तो गवर्नमेण्ट रहे, तो सेना-पुलिस रहे, सी.आई.डी. रहे, तू रहे। गाँधी तेरे लिए अच्छे, मेरे लिए भी तो बुरे नहीं, झूठ न कहूँगा, पर हर बात में जो वह महात्मागीरी की टाँग अड़ा देते हैं, मुझे बहुत बुरी लगती है। वह कहते हैं कि केवल उनका 'हरिजन' अखबार है, बाकी सारे-का-सारा कूड़ा, नापाक। वह कहते हैं कि विज्ञापन न लो, सनसनी को सनकने न दो, अखबार नहीं—'रघुपति राघव राजा राम' निकालो। वह यह नहीं सोचते कि यह जर्नलिज़्म नहीं, उसकी जड़ काटने वाली सलाह है। सभ्य संसार में जर्नलिज़्म एक माना जाता है। आर्ट—टेक्नीड—ट्रेड है। जब-जब गाँधीजी बेसमझी की बात करते हैं, तब-तब मेरे दिल में आता है कि वह हिमालय चले जाते तो बेहतर। उनका ध्येय हिन्दुस्तान को आज़ाद बनाना था, सो पूरा कर चुके।"

"हिमालय महात्माजी सौ जन्म न जाएँगे।" ज्योतिषी ने सहज भविष्य सत्य कहा सुरावेश में।

"महात्माजी को हिमालय भेजना..." मोड़े ने कहा, "महामूर्खता होगी। वह 'स्पेण्ट फोर्स' नहीं, दुनिया जानती है। वह एटम बम से घायल विश्व के हृदय पर शीतल अमर लेप हैं। उनकी हमें अभी बहुत ज़रूरत है।"

"गाँधीजी प्लेटफार्म के बादशाह।" पत्रकार ने लीडर को सुनाया, "तू प्लेटफार्म का गुलाम, हुक्म का गुलाम, अन-ऑरिजनल—अमौलिक, हाई कमाण्ड का

ग्रामोफ़ोन—हिज़ मास्टर्स वॉयस! तू राजनीति नहीं समझ सकता, भले ही वोटों के बल राजदण्ड पा जाए। गाँधीजी के हिमालय जाने से तू तो रसातल चला जाएगा। अरे उस्ताद! तेरी तो पाँचों अँगुलियाँ घी में बापू के भी साथ, बैताल के भी!"

"मैं 'फेथ' नहीं पॉलिसी मानता हूँ—गाँधी की नीति या राजनीति को।" ज़रा झेंपकर माया मुकुन्द मोड़े ने मंज़ूर किया, "चर्खे में मेरा विश्वास नहीं, कभी चलाया हो तो क़सम ले लो। खद्दर में मेरा विश्वास नहीं, हमेशा सिल्क ही पहनता हूँ, दीन जीवन मुझे पसन्द नहीं—चर्चिल की तरह—कार मेरी ब्यूक प्रेसिडेण्ट। इतने पर भी अगर कोई ऑरिजिनेलिटी न परखे तो हो चुका आज़ाद यह देश!"

"ऑरिजिनल! ऑरिजिनल!!" चिल्ला उठा सम्पादक प्रमोद, "तू मोड़े भारी ऑरिजिनल, महा मौलिक मानव रे! क्रिमिनलों की काल कोठरी से निकलकर तू विधान परिषद् में आया, सेक्रेटेरियट में पहुँचा; गड़रिया बन ग़रीबों को भेड़ों की तरह चराया, ऊन काटे, गले मारे और धनी-गनी बन बैठा, जिसके सात पुश्त थूक भरी ज़मीन पर तलवे रगड़ते रहे, वह लक् भरी ब्यूक पर चलता है।"

"कुछ भी मैं करूँ, पर करनी कुछ करके करता हूँ—सारी ज़िन्दगी ख़टा, जेलों में, तपा, 21 देखा, 42 देखा, तब उस जगह पर पहुँचा हूँ। जलता क्यों है क़लम क़साई?" मोड़े भी आख़िर नशे में ही था, "आपकी तो निबेड़! दूसरों की रोग बला, गर्मी सुजाक, स्वप्नदोष, निन्दा और द्वेष पर ही तो चरित्रहीन पत्रकार की मौलिक-माया टिकी है। कहूँ तो नशा हिरन हो जाएगा। पत्रकार ही आज की दुनिया के गले में अनीति का फन्दा कसे हुए अमीरअली ठग है और सारी पत्रकार कला है एक शब्द में ठग वृत्तान्त माला।"

ज्योतिषी को पत्रकार और लीडर की लड़ाई खल गई यों कि देर से वह गाँधीजी का मरण मुहुर्त बतलाने को व्याकुल था!

"लड़ते क्यों हो?" उसने दोनों से कहा, "गाँधीजी हिमालय में नहीं, मरेंगे मैदान में, आज नहीं, 125 वर्ष की उम्र में, 56 साल बाद। तब तक हममें से कौन रहता है, कौन देखता है। गाँधीजी जब मरेंगे, तब शनि शत्रु राशि में चला जाएगा, शनि में शनि का अन्तर और अन्तर में गुरु का प्रत्यन्तर होगा—वही क्षण महात्मा के लिए प्राण-वियोगकारक प्रमाणित होगा।"

नौकर ने आकर अदब से सूचित किया कि खण्डाला वाला साहब से सी.आई.डी. इन्स्पेक्टर विक्टर मिलना चाहता है। कहता है, बहुत ज़रूरी काम है।

"बोलो—बैठे बाहर!" बिगड़ा बड़ा अफ़सर, "दिनों ग़ायब-गुल रहने के बाद आया है ज़रूरी ख़बर सुनाने। मैं इसे निकाल दूँगा। मैंने ऑफ़िस भर को सुना

दिया है। यही सुनकर हरामखोर खुशामद करने आया होगा, मुझे उल्लू बनाने। बोलो—बैठे। साहब को अभी फुर्सत नहीं।''

नौकर सकपकाकर उल्टे पाँव लौटा। खण्डाला वाला ने गिलास खाली किया। फिर सिगरेट सुलगाकर बोला, ''ख़ुदा के लिए मरने का यह सब्जेक्ट ही छोड़ दिया जाए तो बेहतर। शराब के रंग में गाँधीजी की चर्चा ही बेमौजूँ। इस वक़्त तो किसी ऐसे फिलासफर का किस्सा छिड़े, जो पीने वाला हो या रहा हो, जैसे अरे नाम याद नहीं आ रहा।''

''जैसे सुकरात!'' मोड़े ने कहा और पारसी उछल उठा, ''वही! वही! मैं उसका नाम भूल रहा था। वह महात्मा से कितनी सदी पहले जन्मा—महात्मा; यूनानी, महा दार्शनिक। वह डटकर पीता और ज़िन्दगी का नाम ज़िन्दादिली बतलाता था।''

''सुकरात ज़िन्दादिल था, पर अमीरी-पसन्द नहीं था। वह मोटा मैला कपड़ा पहनता, नंगे पाँव घूमता और सबकी कल्याण-कामना करता था,'' मोड़े ने बतलाया, ''पीने का एक दोष उसमें न होता तो ईसामसीह से पाँच सौ साल पहले और महात्माजी से उन्नीस सौ बरस पहले उसने वही करतब किए थे, जो पैगम्बर करे।''

''अरे, साला वह पीता भी था तो मामूली पियक्कड़ की तरह नहीं,'' खण्डाला वाला बोला, ''वह पीता था बम्शंकर की तरह। नशा ही नहीं, हलाहल, 'हेमरॉक' भी।''

''अजी,'' दैवज्ञ देवदत्त ने तुक भिड़ाया, ''पीना मनुष्य की प्रकृति में है। विश्वास न हो तो *गरुड़ पुराण* में देखो, इन्सानी चोले की कलई खोलकर रख दी गई है, जिसमें एक आदमी की देह में क्या-क्या है—रक्त, हाड़-मांस तक का वर्णन। नसों, रोओं तक की गिनती। उसमें लिखा है साफ कि आदमी की देह में ही शराब होती है। भीतरी मद का प्रमाद सभी को होता है, 'पीत्वा मोहमयी प्रमाद मदिरामुन्मत्त भूत्वा जगत्' भर्तृहरि ने लिखा है। गाँधीजी जब-जब मद्य-निषेध पर ज़ोर देते हैं, तब-तब मुझे हँसी आती है—असम्भव बात। समुद्र-मन्थन में वारुणी निकली है—14 सत्य रत्नों में से एक है, अमृत और लक्ष्मी की भगिनी है शराब। सोमपायी ब्राह्मणों ने समझा था इसे। बनिया क्या समझेगा, बकरी का दूध पीने वाला!''

''सुकरात तो खूब ही पीने वाला था,'' मोड़े ने दर्शन-परिचय दिया, ''गाँधी जी चेलों के साथ जैसे चर्खा चलाते, सूत-यज्ञ करते हैं; वैसे ही सुकरात अपने चेलों के साथ पिया करता था। वह चुक्कड़ से नहीं, मटके से पीता था। डटकर

पीने के बाद, इन्तहाए नशा में उसे होश आता और ब्रह्मज्ञान की बातें। गाँधीजी के चेले बड़े-बड़े हैं बेशक, पर सुकरात के चेले कुछ छोटे न थे। उनमें अफलातून था, अरस्तु था, कितने बड़े-बड़े कवि, नाटककार और साहित्य-विधाता थे।''

''अरे साला!'' पारसी को कुछ याद आई, ''एक बार कलवरिया में बड़े-बड़े यूनानियों के संग सुकरात पी रहा था और चर्चा छिड़ी प्रेम की। यही कि प्रेम है क्या आख़िर? कौन-सी बला?''

''हाँ-हाँ, खूब प्रकरण याद आया!'' मोड़े ने प्रशंसा भरे स्वर से कहा, ''मैंने भी वह घटना पढ़ी है। एक ने जवाब दिया था कि—प्रेम परम प्राचीन देवता है—सबसे ज़्यादा शक्तिशाली। तभी तो प्रेम में मामूली मनुष्य भी बड़े-बड़े काम कर गुज़रता है। प्रियतम के सामने कायरता दिखाने से वह मर जाना बेहतर समझता है। मुझे प्रेमियों की एक प्रेम-पलटन कहीं मिल जाए तो मैं पृथ्वी को पराजित करके रख दूँ।''

''कर चुकी प्रेम-पलटन पृथ्वी पर विजय!'' पत्रकार प्रमोद टेबुल पर के सभी गिलासों में पाँचवाँ पैग भरते-भरते बोला, ''प्रेम-पलटन न तो कभी थी, न आज ही तैयार की जा सकती है। आज के हवाई युग, एटमी युग, गन युग में अस्त्रहीन, शस्त्रहीन दुर्बल प्रेम-सेना क्या कर सकती है?''

''क्या कर सकती है। सुख का रास रच सकती है, पवित्र प्रेम-सेना!'' दैवज्ञ जी सनके, ''एटम बम करोड़ों रुपये में जो काम नहीं कर सकता, वही क़त्लेआम प्रियतम के जुम्बिशे अब्रू से एक मुहूर्त-सेकेण्ड में हो जाता है। प्रेम-युद्ध कैसा मधुर! लड़ते हैं मगर हाथ में तलवार भी नहीं! गन तो दूर की बात। मशीनगन पर तो लानत!''

''बहकिए नहीं, सीरियस चर्चा में!'' पत्रकार ने ज्योतिषी को ललकारा, ''प्रेम की ऐसी बातें खयाली कवि ही कर सकता है, पॉलिटीशियन नहीं। सुकरात ने जिस जनतन्त्र की कल्पना की थी, कवि को उसके बाहर निकाल दिया था, कान पकड़कर! देश के व्यवस्थापक दार्शनिक बनाए गए, निस्पृह!''

''कवि क्या दार्शनिक नहीं, निस्पृह नहीं?'' दैवज्ञ ने तमककर पत्रकार से प्रश्न किया।

''है कवि दार्शनिक, पर निस्पृह मैं उसे नहीं मानता।'' पत्रकार ने उत्तर दिया, ''उलटे स्पृहा के ही चश्मों से वह दुनिया के नौवों रंग देखता, अनुभव करता, गाता-रोता है। वह भ्रमर है—कली-कली, गली-गली का रसग्राही। कवि दार्शनिक

उसी रंग का जिस रंग का गिनी–गोल्ड। कसौटी पर कसिए तो असली सोना कुछ और चीज़। वैसा ही निष्काम कर्मवीर सर्वहित–चिन्तक विज्ञानी दार्शनिक होता है।"

"असिल सोना हिरण्यगर्भ कवि है।" दैवज्ञ देवदत्त अड़ गया, "कवि भगवान् का एक नाम है—'कविर्मनीषी परिभू स्वयंभू'। वेदों के मुँह से निर्गुण के बहाने अपना गुण गाकर कवि सत्य को अक्षर बना देता है। कल्पना को सत्य और शाश्वत। सुकरात ने जिस जनतन्त्र की कल्पना मात्र की, उसी का एक्सपेरिमेण्ट भगवान् परशुराम ने दार्शनिक ब्राह्मणों को दुनिया का जन राज्य दे–देकर एक नहीं, इक्कीस बार किया।"

"वेरी गुड!" मोड़े ने दाद दी पण्डित की सूझ–समता की, "यह सही है कि आर्यों ने यूनानियों से लाखों बरस पहले जनतन्त्र का सफल एक्सपेरिमेण्ट किया था, पर परशुराम को मैं ठोस ठण्डा दार्शनिक मानता हूँ, न कि कल्पनाशील कवि, तुकबन्द रागिया।"

"परशुराम केवल कवि नहीं," ज्योतिषी ने जवाब दिया, "वही दशों अवतारों में आदि महाकवि हैं। सुकरात के लकड़ दादा से करोड़ों वर्ष पहले परशुराम ने दुष्टों, फासिस्टों, का दमन कर सर्वहित–चिन्तक उसी जनतन्त्र की कल्पना प्रत्यक्ष कर दिखाई थी, जिसके व्यवस्थापक सर्वस्वत्यागी दयालु ब्राह्मण थे दार्शनिक। कोरा दार्शनिक केवल कल्पना कर सकता है, सृष्टि नहीं, निर्माण नहीं। इसी बात में कवि दार्शनिक से बड़ा, विश्व–विधाता का नाम–रासी है। परशुराम ठण्डे दार्शनिक नहीं, अग्नि–दर्शन थे, जिनके कृपा–कृपीट में जल–बल जलकर संसार का सोना–पाप–मालिन्यरहित उज्ज्वल हो उठा था। एक नहीं, इक्कीस बार। तब जब राम–राज्य क़ायम हो पाया और परशुराम कवि थे तटस्थ, निर्लिप्त, निष्काम, कर्मवीर, रणधीर, शिरोमणि। इक्कीस बार विश्व–विजय करने वाले उस ब्राह्मण ने इक्कीस कौपीनें भी तो न लीं। राम–राज्य क़ायम होते ही भरतखण्ड तक का त्याग कर दिया था भार्गव भगवान् ने। वह किसी दूसरे दूरस्थ द्वीप में जाकर राम भजते थे। परशुराम भगवान् महाकवि थे, शिवदत्त प्रचण्ड परशु उनकी प्रतिभा, प्रलय छन्द, ताण्डव गति, आनन्द भैरव राग। परशुराम की तुलना में सुकरात—हिमालय की तुलना में भुनगा। कवि की तुलना में दार्शनिक, विराट् रूप की तुलना में बहुरूपिया।"

"आई बैट!" खण्डाला वाला ने चमककर कहा, "अब पण्डत फार्म में आ गया है, जैसे दो साल पहले ढोपिंग के बाद घोड़ा 'ब्लैक हुसार'। एक–एक मिनट

में एक-एक रेस जीता नशे में वह घोड़ा। वैसे ही एक-एक मिनट में ज्योतिषी जी अक्ल के घोड़नों को हटा रहे हैं। खूब सपोर्ट किया। परशुराम का, सुभानअल्ला!''

इसी वक़्त पीछे पुलिस लगे चोर की तरह इन्स्पेक्टर विक्टर भागता आता नज़र आया, पीछे पुकारता, चिल्लाता, मना करता नौकर। इन्स्पेक्टर की इस हरक़त से हैरान खण्डाला वाला गुस्से से काँपता हुआ खड़ा हो गया।

''ह्वाट डज़ इट मीन!'' उसने डाँटकर पूछा, ''बिना बुलाए हमारी 'प्राइवेट पार्टी' में तुम कैसे घुस आए? बाहर जाइए! जाओ! मैंने तुम्हें बरखास्त किया!''

''मुझे बरखास्त कर दें, मार डालें,'' विक्टर ने कहा, ''पर मेरी बातों पर एतबार करें। दस दिन पहले मैंने कहा था, नेताओं के विरुद्ध घातक षड्यन्त्र चल रहा है और आप महज़ हँस दिए थे, मुझे गपोड़शंख मानकर। मैं कहता हूँ, आजकल ही में महात्मा गाँधी की जान पर हमला होने वाला है। यह सुराग नागपुर, जबलपुर, ग्वालियर की खाक़ छानने के बाद मुझे लगा है और झूठ नहीं है। आप कम-से-कम अभी टेलीफ़ोन कर दिल्ली की पुलिस को 'एलर्ट' तो कर दें।''

''तुम जाओ! उपदेश हमें न दो!'' सी.आई.डी. सरदार खण्डाला वाला तमका, ''सिखाओ मत मुझे! तुम इन्स्पेक्टर होने के काबिल नहीं, 'कुक' हो, ख़याली खिचड़ी पकाने वाले। होने दो कॉन्सपिरेसी, मरने दो मरने वालों को! मैंने किसी की जान का ठेका नहीं लिया है। भागो यहाँ से! मेरा नशा खराब न करो। मेरा नशा खराब होता है। कह दिया।''

इन्स्पेक्टर आर्त मुँह बनाए, सिर झुकाकर बाहर चला गया। दौर फिर चला। ज्योतिषी ने पुनः भविष्यवाणी की—

''125 वर्ष के होने के पूर्व महात्माजी मर ही नहीं सकते। मरेंगे तब, जब शनि में शनि का अन्तर और अन्तर में गुरु का प्रत्यन्तर होगा। श्लोक तत्सम्बन्धी प्रामाणिक यह है—

*क्रूर ग्रहदशा काले*
*क्रूरस्यान्तर दशाग मे*
*मरणमं तस्य जातस्य*
*भविष्यति न संशयः।''*

''मैं कहता हूँ, महात्माजी की चिन्ता सरकार करे!'' मोड़े ने राय दी।

''सरकार कुछ भी नहीं कर सकती!'' खण्डाला वाला तीखा बोला, ''गाँधी जी की चिन्ता परमात्मा ही करे, जिस पर महात्मा भरोसा करते हैं, पुलिस-सेना पर उनका विश्वास नहीं।''

"उनका विश्वास..." यूरोपियन, खामख़याली पत्रकार प्रमोद ने असन्तुष्ट भाव से कहा, "दुश्मन मारे, तुम दया दर्शाओ, आग लगा दे तो तुम प्रेम बरसाओ, बच्चे हलाल करें, औरतें उड़ा ले जाएँ, पर तुम अहिंसक बने रहो, विश्व प्रेमी गाँधी जी ने कॉन्फ्रेन्स में ही कहा था कि वह भारत राष्ट्र को ऐसा तैयार करना चाहते हैं, जिसका एक-एक बच्चा मौके पर विश्व-कल्याण के लिए आत्मबलिदान कर सके। राजनीति पाँच गाँव, सुई की नोंक बराबर ज़मीन भी दुश्मन को देने को तैयार नहीं, फिर अपना चेहरा बड़ा भाई या राजा युधिष्ठिर ही क्यों न हो। महात्माजी सारा राष्ट्र कुर्बान करने को तैयार!"

"यह चर्चा ही अप्रिय।" खण्डाला वाला ने कहा, "हमें एक बार फिर सुकरात के मयख़ाने वाली चर्चा पर आ जाना चाहिए। ग्रीक महापण्डितों की उस पार्टी में से एक ने तो प्रेम की परिभाषा बतलाई काबिले तारीफ़, उसके मन से युगों पहले स्त्री-पुरुष एक ही शरीर गोल-मटोल, चार भुजाएँ, चार ही चरण और दो मुख, बड़े मज़बूत, बड़े तेज़। बड़ी दिग्विजयिनी-जाति नारी-नरों की ऐसे दीदेदार कि एक बार स्वर्ग पर क़ब्ज़ा करने की तबीयत उनकी हुई! इस पर घबराकर देवराज ने तय किया कि क्यों न इन्हें काटकर दो कर कमज़ोर कर दिया जाए। आज देवराज ने वही कर दिखाया, जो निश्चय किया। तभी से नर-नारी अपनी कमज़ोरी पहचानकर एक-दूसरे में घुल-मिल जाने की कोशिश करते हैं। इसी मिलन का नाम है प्रेम। हा हा हा हा!"

"प्रेम की महर्षि सुकरात ने क्या परिभाषा की?" ज्योतिषी ने पूछा।

"सुकरात ने कहा," मोड़े बोला, "कि आप लोग जैसे विद्वान् वक्ताओं की प्रचण्ड प्रेम-परिभाषाओं के आगे मेरी गति मूढ़ हुई जा रही है। क्या बोलूँ? मेरी समझ में आदमी की देवता बनने की इच्छा का नाम ही प्रेम है। प्रेम-सौन्दर्य खोजी ही नहीं, सुन्दरता का सर्जक भी है, उसे शाश्वत रूप देने का अभिलाषी, मरणशील शरीर क्षेत्र में अमरता का बीजवपन करने वाला। स्त्री और पुरुष एक-दूसरे को रमण कर आत्मा को स्वरूप देते हैं और इस तरह अपने अमरत्व की शृंखला को अनन्त के छोर तक पहुँचाते हैं। यही कारण है कि आदमी बच्चे ही नहीं, शाश्वत सौन्दर्य की तलाश में अपना संगी, सहकारी, उत्तराधिकारी भी पैदा करता है। और क्या है वह सौन्दर्य, जिसे शाश्वत रूप देने के लिए हम जन्मते-मरते हैं? वह है सद्विवेक, सद्‌गुण, सुशक्ति, सम्मान, न्याय और विश्वास। एक शब्द में 'सुन्दरम्' का अर्थ है 'सत्यम्' और सत्य ही परमात्मा के पदों तक पहुँचाने वाला सन्मार्ग है।"

"इसमें नया क्या कहा सुकरात ने?" ज्योतिषीजी चहके, "हमारे यहाँ लाखों बरस पहले कहा गया था—आत्मा वै जायते पुत्र। पिता का आत्मा पुत्र, उसका आत्मा उसका पुत्र, इसी तरह एक ही अनेक रूप में—ओर-छोरहीन। सत्य शाश्वत जो ऋषियों ने कहा, वही सुकरात ने कहा और वही कहते हैं महात्मा गाँधी।"

"लेकिन ऋषियों की बातों में फोर्स, ज़्यादा था।" पत्रकार ने राय दी, "वह सोमरस पीने के बाद ही कुछ बोलते थे। गाँधी बिना पिये ही कहते हैं। अरे सोमा! सोमा!"

सोमरस की याद आते ही मेज़बान प्रदीप को स्मरण आया कि बातों के बतंगड़ में मेहमानों ने अभी कुछ खाया नहीं। सोमा ने सामने आकर सलाम किया!

"अरे बापू!" शराब के नशे में मालिक नौकर से ही मज़ाक कर चला। "कुछ खाना-वाना भी तैयार है या हमारी तरह तू भी बिना पिये ही शाश्वत सत्य की तलाश में था?"

"तैयार है, हुज़ूर।"

"क्या तैयार है? कितने बजे?"

"ठीक पाँच बजे हैं।"

"यह भी कोई खाने का वक़्त!" मोड़े अभी पीना ही चाहता था, "पीते वक़्त खाना पेटूपन है, वह जिसमें नशे की मस्ती का मज़ा ही नहीं आता।"

"अरे अब तो कृपा करो, देशभक्तजी!" देवज्ञ ने ताना दिया नेता को, "इस वक़्त महात्माजी दिल्ली में प्रार्थना करते होंगे।"

"प्रार्थना में मेरा विश्वास नहीं।" मोड़े ने सदम्भ कहा, "राजनीति और धर्म का गुड़-गोबर-घोल देश की वर्तमान अवस्था में घातक होगा। राजनीति-राजनीति है, धर्म-धर्म। सबसे प्रेम ही कीजिए, दण्ड को चूल्हे में जलाकर साग उबालिए, साथ भी रखिए, लकड़ी भी; किसान रखिए, ज़मींदार भी; मज़दूर रखिए, मालिक भी। चल चुकी यह व्यवस्था। टिक चुका यह स्वराज्य। प्रार्थना-प्रार्थना। जब पॉलिटिक्स की ज़रूरत, तब प्रार्थना से क्या होगा?"

"प्रार्थना की रेडियो रिपोर्ट सुनें..." ज्योतिषी रेडियो की मशीन की तरफ झपटा, किंचित् लड़खड़ाता, "कभी-कभी भजन अच्छे गाए जाते हैं। किस मीटर पर दिल्ली बोलती है?"

"आपके रेडियो सेट के किस मीटर पर दिल्ली स्टेशन है!" पत्रकार ने पूछा।

"मैं..." ज्योतिषी ने मंज़ूर किया, "मीटर-सेण्टीमीटर की माया में न पड़ रेडियो की मशीन की मूठ घुमाता जाता हूँ और कहाँ से दिल्ली बोलती है, कहाँ से मुम्बई, मुझे मालूम नहीं।"

"30 मीटर पर सुई लगाइए।" खण्डाला वाला ने रेडियो ज्ञान दिखाया। देवज्ञ ने वैसा ही किया, मशीन में साँय-साँय स्वर भरने लगा पर आवाज़ नहीं आई।

"मारो गोली प्रार्थना में!" नेता मोड़े ज्योतिषी पर तन्नाया, "मज़े के वक़्त खलल की बातें न करो। देश के दो टुकड़े हो गए, शान्ति के सौ टुकड़े और हमारे नेता प्रार्थना ही करते रह गए। सर्वस्व लूटा जा रहा है, हम प्रार्थना कर रहे हैं। बन्द करो! चलो इधर!"

"चलो इधर! चलो इधर!!" तीनों ने ऐसा ललकारा कि ज्योतिषी रेडियो छोड़ टेबुल पर चला आया।

पारसी ने कहा, "प्रार्थना चाहे जब हो। हम तो दोपहर से ही प्रेम-चर्चा कर रहे हैं।"

"मगर चर्चा आपकी रही पछाँही प्रेम की," ज्योतिषी ने कहा, "सुकरात याद आए पर श्रीकृष्ण याद नहीं, भारतीय कवियों की प्रेमोक्ति किसी ने न सुनी।"

"एक शे'र कहो तो मैं सुना दूँ।" पारसी ने कहा, "पर खाना ठण्डा हो रहा है, पुलाव-कबाब का दम निकला जा रहा है, रोगनजोश ठण्डा पड़ा जा रहा है। पहले खा लिया जाए, फिर प्रेम-चर्चा हो।"

"पहले शे'र सुनाओ।" मोड़े ने आग्रह किया।

"पहले शे'र।" प्रदीप ने समर्थन किया।

खण्डाला वाला सुना चला—

*"हम तर्जे इश्क से वाक़िफ़ नहीं हैं लेकिन..."*

और पत्रकार के साथ मोड़े ने दुहराया—

*"हम तर्जे इश्क से तो वाक़िफ़ नहीं हैं लेकिन..."*

खण्डाला वाला—

*"सीने में जैसे कोई दिल को मला करे है।"*

"वाह-वाह, वाह-वाह" की धूम मच गई, पर ज्योतिषीजी न हिले।

"किसका शे'र है? सचमुच वह तर्जे इश्क़ वाक़िफ़ नहीं, सीने में जैसे कोई दिल मल रहा है, इसमें 'मल' है, स्वच्छ दर्शन नहीं।"

"यह शे'र 'मीर' का है और बहुत बढ़िया है," खण्डाला वाला ने दावा किया, "पर उससे भी बढ़िया है उस्ताद गालिब का यह शे'र—"

*"इश्क़ में तबीयत ने ज़ीस्त का मज़ा पाया।*
*दर्द की दवा पाई, दर्द बे दवा पाया।।"*

"यह शे'र शे'र है।" देवज्ञ समझता था, "ज़ीस्त का मज़ा, दर्द बे दवा—निहायत बढ़िया शे'र यह है। फिर से कहिए।"

"अब आप कुछ फरमाइए," पारसी ने पण्डित से कहा, "ज़रा अपने प्रेम की बानगी पेश कीजिए।"

"मुझे तो कुछ याद नहीं रहा।" ज्योतिषी बोला, "हाँ," कबीरदास ने कहा है कि—

*एक मेक होई सेज न सोई, तब लगि कैसो नेह रे!*

प्रियतम से एक होना ही प्रेम की सफलता—प्रेम में दुई ना-काबिले बरदाश्त।

*प्रेम गली अति साँकरी, यामें द्वै न समाई।*

प्रमोद ने आलोचना की, "उर्दू की तरह हिन्दी कविता में जोश नहीं।"

"हिन्दी कविताएँ जोश नहीं, होश में लिखी गई हैं।" पण्डित ने पक्ष लिया हिन्दी का।

"मगर उर्दू कवियों की बेहोशी भी बड़ी होशियार।" प्रेम पर 'नज़ीर' का क़लाम है—

*"दिल अपना भोला-भाला है,*
*और इश्क़ बड़ा मतवाला है।*
*क्या कहिए और नज़ीर आगे,*
*अब कौन समझने वाला है!"*

"वाह-वाह!" मोड़े ने लपककर पारसी के दोनों गाल चूमते-चूमते काट खाया।

"अरे साला!" चिहुँहा खण्डाला वाला, "मैं माशूक नहीं!"

"बस भाई!" पत्रकार ने कहा, प्रेम की इसी गर्मी में पुलाव पर मुँह मारिए! बिसमिल्ला!

"बिसमिल्लाः!" पारसी ने प्रतिध्वनि की।

"ॐ तत्सत्!" गरजकर ज्योतिषी ने कहा और हड्डीले मांस का एक टुकड़ा माथे से लगाकर मुँह तक ले गया। अब भी किसी का निवाला गले से नीचे उतरा न था कि रेडियो रो पड़ा, "यह दिल्ली है!"

"प्रार्थना का रिले!—सुनिए!" पण्डित प्रसन्न हो बोला।

"मारो गोली!" पत्रकार ने तिरस्कार से कहा।

"...गोली मार दी गई महात्माजी को!" रेडियो से आवाज़ आई।

"झूठ बात!" सबका ग्रास मुँह से बाहर निकल आया, मगर रेडियो बोलता ही रहा अशुभकारी स्वर में—

"प्रार्थना के लिए जाते हुए राष्ट्रपिता को, नाथूराम विनायक गोडसे नामक महाराष्ट्रीय नौज़वान ने पिस्तौल से चार गोलियाँ फ़ायर कर शहीद बना दिया।"

# टाम, डिक, हैरी एण्ड कम्पनी लिमिटेड

टाम अँग्रेज़, डिक फ्रेंच और हैरी अमेरिकन—युक्त प्रदेश के रंगपुर शहर में उक्त तीनों ही शैतान से मशहूर या बदनाम विदेशी। तीस वर्ष पहले जब तीनों विदेशियों ने रंगपुर में टाम, डिक, हैरी प्राइवेट लिमिटेड कम्पनी खोली, तब तीनों राष्ट्रों के मानव होने पर भी उद्देश्य उनका एक था—काले लोगों का सफेद धूर्तता से शोषण, दोहन।

इनमें अँग्रेज़ टाम रंगपुर का सबसे पुराना विदेशी था, जिसकी शराब की एक दुकान थी और होटल, बार और बिलियर्ड का सामान। टाम के दादा ने सन् सत्तावन में एक ब्रिटिश सैनिक टुकड़ी के कप्तान की हैसियत से रंगपुर में भयानक-से-भयानक जुल्म कर, अमीरों को खास और जनता को आमतौर पर लूटकर बड़ी रक़म जोड़ ली थी। इतनी कि ग़दर शान्त होने के बाद सैनिक जीवन छोड़ शराब की दुकान और होटल खोलकर वह रंगपुर में मुनाफेदार रोज़गार करने लगा था, जिसमें डिक और हैरी बाद में आकर शामिल हो गए थे और तभी, 'टाम डिक, हैरी एण्ड को.' नाम की प्राइवेट लिमिटेड कम्पनी क़ायम की गई थी।

कम्पनी का उद्देश्य था येन-केन-प्रकारेण रंगपुर शहर और आस-पास के गाँवों का आर्थिक, नैतिक और सांस्कृतिक सर्वनाश कर उन्हें मानसिक, शारीरिक और व्यावहारिक दास, गुलाम बना देना। ब्रिटिश गवर्नमेण्ट और गोरी चमड़ी की कृपा और रंग-रोब से उक्त कम्पनी ने तीस ही सालों में जो ज़बरदस्त कमाई की, उसकी गणना सुनकर दुनिया के बड़े-बड़े धनपति भी दाँतों तले अँगुली दाब लें। दस-दस करोड़ रुपये एक-एक हिस्सेदार के हिस्से पड़े!

यह तो नक़द बँटे मुनाफे की चर्चा है। इसके अलावा सारे प्रान्त में कम्पनी

का विज्ञापन, शहर में आधी दर्जन बड़ी-बड़ी दुकानें, तीन-तीन मिलें और सारे जनपद के खेतों की उपज पर 99 साला कब्ज़ा। रंगपुर और आस-पास की ज़्यादातर पैदावार कपास की, जिस पर टाम डिक हैरी कम्पनी का सर्वाधिकार परमावश्यक, उन तीनों कॉटन मिलों के सबब। इस तरह किसान और मज़दूर दोनों ही कम्पनी के माया पाश से बँध गए।

रंगपुर शहर, आस-पास और सारे प्रान्त का शोषण टाम-डिक-हैरी कम्पनी न कर पाती यदि 'चोर-चोर मौसेरे भाई', नाम की क्रिश्चियन, ब्रिटिश सरकार उनसे मिली न होती। ग़रीब भारतीयों को लूटने में ईस्ट इण्डिया कम्पनी को एक बार जो ब्रिटिश गवर्नमेण्ट ने मदद दी, सो फिर रुकी नहीं। भले ही भारत का शासन-सूत्र आगे चलकर कम्पनी से ब्रिटिश गवर्नमेण्ट ने लिया हो, पर कम्पनियाँ तो बराबर इस देश में बढ़ती ही रहीं। ईस्ट इण्डिया कम्पनी को जो मुनाफा हुआ, उसे तो बहुत लोग जानते हैं, पर ईस्ट इण्डिया कम्पनी के बाद जो कम्पनियाँ भारत में क़ायम हुईं, उन्होंने कितने अरब-खरब का दोहन किया, उसका पता शायद ही किसी को हो।

रंगपुर शहर की टाम-डिक-हैरी कम्पनी ही को लीजिए। कौन-सा ऐसा पाप, अत्याचार-अन्याय होगा, जो कम्पनी वालों ने करोड़ों जनता पर न किया हो। हमारे प्रियतम देश के रुपये अँग्रेज़ या गोरे लूट ले गए। इसका उतना ग़म नहीं, जितना कि उनके द्वारा हमारे अपनेपन, हमारी संस्कृति, हमारे बुजुर्गों द्वारा निर्धारित रीति-नीति नष्ट किए जाने का है। मि. टाम के होटल, शराबखाने और बिलियर्ड की बातें तो आपको मालूम ही हैं, अब फ्रेंच गोरे डिक की गुणगाथा सुनिए। उसने तरह-तरह की मिथ्या आकर्षक फैशनेबिल चीज़ों को अपने देश से मँगाकर रंगपुर ही नहीं, सारे प्रान्त के बाज़ारों को पाट दिया। काँच की चीज़ें, इत्र वगैरह, पाउडर-पेस्ट-लिपस्टिक, तरह-तरह के सूट-बूट, हैट, टाइयाँ, सिगार, सिगरेट के प्रचार का परिणाम यह हुआ कि आत्मा का पुजारी देश, परमात्मा का प्रेमी प्रान्त शरीर का भक्त और राम से विभक्त हो गया।

जो सात पुश्तों से सादा जीवन बिताने के आदी थे, वे ही अब 'जिसका राज उसी की दुहाई' न्यास से वेशभूषा और फैशन में मुक्ति देखने लगे। जिनके बाप-दादे एक जोड़ी धोती और कुरते पर सारा वर्ष गुज़ार देते थे, वे ही अब डिक के चलाए फैशन के दर्जनों कपड़े पास रखने पर भी असन्तुष्ट नज़र आने लगे, इसलिए कि उनके पास इतने सूट-बूट नहीं, जितने अँग्रेज़ों के। सारे जनपद का स्वरूप ही

इस क़दर डिक ने बदल दिया कि लोगों के बुजुर्ग स्वर्ग से उतरकर देखते तो अपने ही परिवारियों को पहचान न सकते। पुराने कारीगर नये कपड़े तैयार नहीं कर सकते थे, इसलिए लोग सिलाई का काम भी टाम-टिक-हैरी कम्पनी से कराने लगे। फलतः ज़्यादातर दर्जी कँगले होकर मर गुज़रे। बचे वही, जिन्होंने आज़ाद धन्धा बन्द कर कम्पनी में नौकरी कर ली।

उधर हैरी (अमेरिकन) ने हमारी कला, साहित्य और शिक्षा पर आक्रमण किया। अमेरिकन फिल्मों से अपनी नैतिकता का प्रचार भारत के भोलों में करते वह हमारे आदर्श मिटाने लगा। रंगपुर में अमेरिकन क्रिश्चियन मिशन के धन से स्कूल और कॉलेज खोले गए। दूसरी ओर हैरी साहब ने सबके खेतों पर या रुई की पैदावार पर एकाधिकार किया। सारी रुई बिक जाने से देश के सारे चरखे बन्द हो गए और ज़्यादातर लोग-लुगाई कम्पनी की मिलों में नौकरी करने लगे।

रंगपुर शहर और आस-पास और सारे देश में टाम-डिक-हैरी कम्पनी के प्रचार में सबसे अधिक ब्रिटिश गवर्नमेण्ट और उसके वश में रहने वाले हिन्दुस्तानी कर्मचारियों ने सहायता की, यहाँ तक कि लोगों को यह पता लगाना मुश्किल हो गया कि कम्पनी सरकार की है या सरकार कम्पनी की। टाम-डिक-हैरी कम्पनी के हित के लिए किसान सताए जाने लगे। मज़दूर मारे जाने लगे। एक तरह संगीनों की नोक से कम्पनी के धन्धे बढ़ाए जाने लगे। शिक्षा, फैशन और भोग-आनन्द रंगपुर वालों की सारी जीवन-पद्धति ही नष्ट कर दी गई। और जनपद में हाहाकार मच गया।

जैसे कम्पनी की मदद ब्रिटिश गवर्नमेण्ट, उसके नीच अधिकारी करते रहे वैसे ही कम्पनी ने सन् बयालीस की क्रान्ति के समय ब्रिटिश अधिकारियों की मदद की। कम्पनी के सभी गोरे नौकर ख़ाकी वर्दी पहन, बन्दूक ले गाँवों में घुस गए, अँग्रेज़ी सेना के साथ और दनादन गोली-बारी कर आज़ाद होने के लिए आतुर भारतीयों को भूनने लगे। चन्दन नामक गाँव तो टाम-डिक-हैरी की निगरानी ही में तबाह किया गया और सो भी किस दानवी ढंग से, जिसकी याद से भी रोमांच हो उठता है।

ब्रिटिश टामियों की एक टुकड़ी के साथ कम्पनी वालों ने पहले तो चन्दन गाँव को घेर लिया। फिर एक-एक घर में घुस सारे-के-सारे मर्दों को बँधवा लिया, फिर सबका मालमत्ता लूटकर सारे गाँव की अबलाओं पर बलात्कार किया गया और संगीनों पर खोंसकर कोमल बच्चों की लाशें गाँव में घुमाई गईं। इसका नतीजा यह हुआ कि ब्रिटिश सरकार के भारत छोड़ने का निश्चय करने पर भी रंगपुर वालों

के मन की धारणा कम्पनी वालों के विरुद्ध गई नहीं। सारे शहर ने एकमत हो प्रस्ताव किया कि टाम-डिक-हैरी कम्पनी वाले विदेशी सत्ता के साथ ही रंगपुर से मुँह काला करें, लेकिन ये विलायती गोरे बड़े अवसरवादी। 42 के भेड़िए 47 की जुलाई में भेड़-से नज़र आने लगे। कम्पनी ने देशी कर्मचारियों की तनख़्वाहें बढ़ा दीं, बोनस बाँटे, बीती ताहि बिसार कर भविष्य में मिल-जुलकर व्यापार करने की अपील निकाली, पर जिनके घर उजड़ गए थे, माँ-बहनें बेइज़्ज़त हुई थीं, भाई शहीद हुए थे, कम्पनी के कटैल कुत्तों ने साम्राज्यवादी जोश से भर जिनके जीवन को क्षत-विक्षत कर दिया था, वे फिर गोरों की व्यापारिक मुस्कराहट में फँसे नहीं। महात्माजी के प्रति अगाध सम्मान रंगपुर वालों के मन में न होता तो इसमें ज़रा भी शक नहीं कि कम्पनी के आततायी भागीदार और कर्मचारी ज़िन्दा जला दिए जाते।

और आया पन्द्रह अगस्त और आई शहीदों के लहू की मेहँदी रची आज़ादी। सारा देश, सारा जनपद उत्साह और उत्सवमय हो उठा। मुम्बई में चार दिनों तक खुशियाँ मनाई गईं, अन्य शहरों में तीन दिनों तक; लेकिन हमारे रंगपुर में तो पूरे सप्ताह धुआँधार धूमधड़ाका बना रहा। लाख दुःखों के बाद भी आज़ादी मिलने की खुशी हिन्दुस्तानियों के मन में फूली-फली समा नहीं रही थी।

बाज़ार का हवा के साथ रुख़ बदलने में उस्ताद टाम-डिक-हैरी ने भी आज़ादी दिवस कम धूमधाम से नहीं मनाया। टाम ने शराबखाने को खद्दर से सजाया, डिक ने बदमाश विलायती छोकरियों को तिरंगे जैकेट पहनाए और हैरी के सिनेमा हाउस की ऊँची खोपड़ी पर इण्डिया का राष्ट्रीय झण्डा फहराया गया। झण्डा फहराया काँग्रेस कमेटी के देशभक्त अध्यक्ष ने और ख़द्दर के चूड़ीदार पाजामा, अचकन और जवाहर टोपी पहनकर टाम-डिक-हैरी तीनों ने नगरवासियों को एक पार्टी देकर प्रसन्न किया। 'आज़ादी मुबारक! आज़ादी मुबारक!!' के नारे लगाते-लगाते तीनों के कण्ठ सूख गए। उन्हें विश्वास हो गया कि रंगपुर के बुद्धू इण्डियन उनके जुल्मों को भूल गए, एतबार हो गया कि आगे भी पुरानी आसानी से वह इण्डिया का दोहन-शोषण कर सकेंगे। इसी वक़्त आए मिलिटरी मार्च करते कोई एक दर्जन शस्त्रधारी भारतीय नौजवान। आते ही झपटकर सैनिकों ने टाम-डिक-हैरी को घेर लिया।

"ह्वाट्स इट?" टाम ने किसी से न पूछ सबसे पूछा।

"हम खुश हैं तुम्हारी आज़ादी से, फिर तुम हमें छेड़ते क्यों हो?" फ्रेंच डिक ने कहा।

"मैं कहता हूँ," अमेरिकन हैरी ने बहुत ही नम्रता से कहा। "आज़ाद होने पर भी आपको हमारे कॉलेजों की ज़रूरत तो पड़ेगी ही, सिनेमा तो देखेंगे ही। आज़ाद लोग ही खाते-पीते हैं, इसलिए टाम के होटल में स्वतन्त्र आदमी ही मज़े ले सकता है। अतएव डिक का रूपसियों से भरा स्टैबलिशमेण्ट फैशन का सामान। मैं दावे से कहता हूँ पुराने मित्र होने के सबब हम आपसे सस्ता व्यापार करेंगे। आप विश्वास करें।"

"मगर हम रंगपुर शहर के नागरिक..." कांग्रेस अध्यक्ष ने ऊँचे स्वर में कहा, "गोरे, नीच, स्वार्थी आततायियों का विश्वास उनकी पैशाचिक रुचि देखने के बाद अब हरगिज़ नहीं कर सकते। हमें तुम्हारी एक भी चीज़ नहीं चाहिए। न शिक्षा, न सिनेमा, न सूट और न शराब। हमारी और तुम्हारी भी कुशल अब इसी में है कि अपनी दुकानें बढ़ा तुम लोग अपने-अपने देश को रवाना हो जाओ। चलो!"

बाहर बड़े-बड़े मोटर ट्रक खड़े थे। विशेष हाँ, न की नौबत क्यों आए, इसलिए सैनिकों ने बरबस उठाकर मैसर्स टाम-डिक-हैरी को लारियों पर लाद दिया, फिर टुकड़ी के कप्तान ने आज्ञा दी, "मुम्बई ले जाओ!"

तीनों गोरों के पीछे टाम-डिक-हैरी कम्पनी की सारी सामग्री भी अच्छी तरह से पैक कर मुम्बई रवाना कर दी गई, यानी खसकम, जहाँ पाक हो गया।

# उरूज़

शहर के मशहूर एम.एल.ए. केवलचन्द की माता दयावती देवी के देहान्त के तेरहवें दिन की बात है। बात, दिन तो क्या, शाम की है और ज़रा प्राइवेट नेचर की है।

शाम को मातमपुर्सी के लिए मिलने को शहर का वह बनिया महाजन आया, खुर्राट लाला घीसालाल—घीसालाल घनघोरलाल फर्म का मशहूर मालिक। मशहूर यों कि घीसालाल जिस तरह भी मिले, पैसे कमाने वाला। पैसे के लिए मक्कारी, बेईमानी, जालसाज़ी आदि को घीसालाल 'बिज़नेस सीक्रेट' मानने वाला।

सारी ज़िन्दगी घीसालाल का बाप घनघोरलाल ब्रिटिश गवर्नमेण्ट के उन फ़ौलादी पंजों में पॉलिश लगाता रहा, जिनसे भारतवर्ष का दम घोंटा जा रहा था। सन् 1944-47 तक घीसालाल भी अपने स्वर्गीय बाप की लीक पर ही चलता रहा। फ़र्क इतना कि घनघोरलाल अगर कच्छप की चाल चलता था, तो घीसालाल साँप की तरह। दोनों में बैलगाड़ी और रेलगाड़ी का अन्तर। घनघोरलाल अँग्रेज़ को भ्रष्ट करता था। घीसालाल अँग्रेज़ के भगाने वालों को भ्रष्ट करने वाला। शहर में बड़ी अफ़वाह कि उसने एम.एल.ए. केवलचन्द को भी 'तर माल' पहुँचाकर बहुत-से परमिट, लाइसेंस और ठेके प्राप्त किए हैं।

"माताजी को कोई रोग नहीं, बीमारी नहीं," एकान्त में केवलचन्द से बातें करते हुए खुशामदाना स्वर में घीसालाल ने पूछा, "मेरी समझ में नहीं आता कि यों अचानक, उनका वैकुण्ठ-गमन हो कैसे गया?"

"रोज़ यह एक ही प्रश्न आप करते हैं, घीसालालजी! और मैं मन मसोसकर चुप रह जाता हूँ, पर आज उत्तर देने को जी चाहता है।"

इधर-उधर देख और अच्छी तरह से समझकर कि कोई नौकर भी उसकी बात सुनने को नज़दीक नहीं, एम.एल.ए. केवलचन्द ने कहा, "तेरह दिनों पहले आपसे जो पचास हज़ार रुपये मुझे मिले, वे फले नहीं। तेरह दिनों से मैं इसी उधेड़-बुन में हूँ कि क्या अम्मा का शरीर उन रुपयों के कारण ही छूट गया? क्या ये रुपये उत्थान नहीं, पतन के अग्रदूत; उरूज़ नहीं, ज़वाल की राह पर झाड़ लगाने वाले हैं?"

"मैं समझा नहीं, महाराज!" पुनः चापलूसी की घीसालाल ने, "मैंने तो गुरु-मन्त्र यही माना है कि फ़ायदे में आती हुई लक्ष्मी में, फिर वह लाभ चाहे जैसे होता हो, कोई भी पाप नहीं, ज़रा भी। यही रुपये अँग्रेज ले जाता तो पुण्य होता और आपकी जेब में गए तो पाप हो गया! छिः! मैं तो सौभाग्य मानता हूँ और अँग्रेज़ की सेवा आधे दिल से करता था तो आपकी सेवा सौ जान से करना चाहता हूँ। आप स्वदेशी, आप तपस्वी, आपको रुपये देना और मन्दिर में चढ़ाना बराबर है। मन्दिर में किसी तरह का भी रुपया चढ़ाया जा सकता है। ताज्जुब है! रुपयों से माताजी के देहान्त का सम्बन्ध क्योंकर हो सकता है?"

"आप मेरी माँ को निकट से जानते नहीं, घीसालालजी। दया और त्याग की तो वह मूर्ति थीं। उनके उठ जाने से मेरे जीवन में जो अवकाश उत्पन्न हो गया है, उसकी पूर्ति इस जन्म में सम्भव नहीं।"

"माताएँ मोही होती ही हैं।" घीसालाल ने कहा, "मेरी माता कपूराबाई आख़िरी दम ही तक भगवान् से यही प्रार्थना करती गईं कि मेरे घर में लक्ष्मीजी टाँग तोड़कर बैठी रहें। और साहब, उनके आशीर्वाद में कितना बल! जिस साल वह मरीं, उसके दूसरे ही साल बंगाल में अकाल पड़ा था। उधर अकाल पड़ा, इधर कलकत्ता की 'घीसालाल घनघोरलाल' फ़र्म ने बंगाल के बाहर पचास गुने अधिक दाम पर कई लाख मन चावल खपाकर पचास लाख रुपये पैदा किए।"

"मेरी माता बड़ी धर्मात्मा..." केवलचन्द ने भावुकता से भरकर कहा, "दयावती उनका नाम ज़रूरत से ज़्यादा सार्थक। जीवन-भर उनकी बड़ी-बड़ी आँखें जीवन-भरी रहीं यानी सहज-सजल। माताजी का चेहरा हमेशा ऐसा दिखता गोया प्रसन्नता से रोकर अभी उठी हों। पिताजी की डॉक्टरी से बड़ी अच्छी आमदनी, पर वह आमदनी से इतनी खुश नहीं, जितना इस बात से कि पिताजी आर्यसमाज के भारत-विख्यात सुधारक नेता थे। मैं अम्मा के मुँह से सुनी उनकी पसन्द की बात बतलाऊँ, तो स्पष्ट हो जाएगा कि मेरी माँ कितनी बुलन्द मिज़ाज की थीं।

"मेरी डॉक्टरी पिताजी से भी बढ़कर चली। रुपये बरसने लगे, पर इससे

अम्मा खुश नहीं हुईं। सन् बयालीस में जब मैं ब्रिटिश गवर्नमेण्ट के विरुद्ध बग़ावत कर जेल में जाने के बाद, साठ दिन अनशन करने के बाद, अधमरा-सा, मरने के लिए छूटकर घर लाया गया और मुझे देखने के लिए सारा शहर उमड़ पड़ा, मस्जिदों और मन्दिरों में दुआएँ-प्रार्थनाएँ होने लगीं, तब वह मेरे पास आईं।'' उन्होंने कहा, ''ग्यारह रुपये हैं? चाहिए।''

''रुपये क्या होंगे, अम्मा?'' उन्हें दस और एक के नोट देते हुए मैंने पूछा।

''हनुमानजी को लड्डू चढ़ाकर बच्चों को बाँटूँगी।''

''क्यों?''

''मैंने मानता की थी तेरे लिए।''

''मेरे लिए क्यों? कब?''

''जब तू पेट में भी नहीं आया था।''

ऐसी मेरी अम्मा जिसने मेरे पेट में आने से पहले ही मनौती मान रखी थी। ''क्या मनौती थी, माँ?''

'' 'उसका किस्सा है।' अम्मा ने पुलकित होकर सुनाया, 'तेरे पिता आर्यसमाज के बड़े लीडर, बड़े ही कट्टर सुधारक। अपनी ज़िन्दगी में उन्होंने ग्यारह सौ मुसलमानों को शुद्ध कर हिन्दू धर्म में मिलाया था। इससे कुढ़कर एक पागल मुसलमान ने उन पर छुरे से दस वार किए। उस वक्त वह न रोकते तो कानपुर में खून की नदी बह गई होती और मरहम-पट्टी से सजकर जब वह घर पर आए तो सारा शहर उन्हें देखने को उमड़ पड़ा। जिधर सुनो, उधर प्रशंसा तुम्हारे पिता की और मैं आर्यसमाज में नहीं, मैं तो पुराने ढंग की सीधी-सादी औरत, पर तुम्हारे पिता का वह गौरव देखकर मेरा हृदय गर्व से फूल उठा। मैंने आँचल पसारकर, इष्टदेव हनुमान का ध्यान कर मनौती मानी कि हे पवन-पूत, राम-दूत! जिस तरह आज मेरे पतिदेव का उरूज़ है, वैसे ही जिस दिन मैं अपने पुत्र का उरूज़ देखूँगी, उस दिन आपको बेसन के लड्डू और चोखे चने चढ़ाऊँगी। वह दिन आज हनुमान जी ने दिखा दिया, सो लड्डू और चने चढ़ाकर बच्चों को बाँटूँगी।' ''

''बड़े ही वीर विचारों की आपकी माता थीं।'' घीसालाल ने गम्भीरता से कहा, ''मगर उन रुपयों की असलियत का भेद उन्हें बतलाया ही आपने क्यों, उनका स्वभाव जानते हुए?''

''मैंने नहीं बतलाया उन्हें।'' केवलचन्द ने कहा, ''मैं अपनी पत्नी के सामने सारी रक़म रखकर कह रहा था कि इससे एक बढ़िया बँगला बनवाना है कि उसी वक्त कहीं से अम्मा जी वहाँ आ गईं। इतनी बड़ी रक़म वहाँ एकाएक सामने देख

उन्हें ताज्जुब हुआ। 'बाबू!' उन्होंने बचपन के नाम से मुझे सम्बोधित कर पूछा, 'इतने सारे रुपये कहाँ से आए?' ''

मैंने बातें बनाईं बूढ़ी के सामने, ''अम्माजी, लक्ष्मी को जब आना होता है, तब नारियल की खोपड़ी के अन्दर पानी की तरह जाने कैसे आ जाती हैं?''

''जाने कैसे आई हुई लक्ष्मी को गृहलक्ष्मी बनाना हमारे विचारों से पाप माना जाता है। डॉक्टरी में इतने रुपये मिलते तो मैंने कभी देखा नहीं। ये आए कहाँ से?''

''मैं एम.एल.ए. हो गया हूँ न, शहर-भर के व्यापारियों की नकेल मेरे हाथ में आ गई है। अब मैं ग़रीब नहीं रह सकता। यह तो आधा ही लाख है, अभी लाखों और आएँगे।''

''जैसे वह समझ गईं कि रुपया नाज़ायज़ तरीके से हासिल किया हुआ है। उन्होंने ऑर्डर दिया कि उसी वक्त जिसकी चीज़ हो, उसके हवाले की जाए। ऐसा धन घर में रखना पेटियों में साँप पालने के समान है।''

''इससे नया बँगला बनेगा, अम्मा! यह पाप की नहीं, तेज़ की कमाई है। इतने दिनों तक देश के लिए तप किया है, फिर फल नहीं मिलेगा? तुम्हारा धर्मज्ञान दक़ियानूसी, जो केवल त्यागना, देना ही जानता है। दुनिया का कर्म त्याग और ग्रहण दोनों में सन्तुलन रखने से ठीक चलता है। एम.एल.ए. हुए हैं, दरिद्र की तरह पाँव पटकते रहेंगे तो कुछ भी नहीं होने का और बँगला तथा मोटर हो जाएगी तो आगे मिनिस्टरी के चान्स हैं।''

''सेवा, त्याग, तप से जैसे एम.एल.ए. बना है, क्या वैसे ही सेवा, त्याग और तप से मिनिस्टर भी नहीं बन सकता? पढ़-लिखकर तूने समझा क्या? मैं तो बिना पढ़े-लिखे जानती हूँ कि केवल राम-राम करने से आदमी इन्द्र-पद भी पा सकता है।'' अम्मा ने मेरे लोभ के विरोध में तीक्ष्ण स्वर में कहा।

''धीरे बोलो, अम्मा, चिल्लाती क्यों हो?'' रुखाई से मेरे मुँह से निकला, ''मैं एम.एल.ए. हूँ, मेरी भी इज़्ज़त है। कोई सुने तो तिल का ताड़, राई का पहाड़ खड़ा हो जाए। आज की राजनीति में पाप करना बुरा नहीं, पकड़ा जाना-मात्र बुरा है। बुराई बुरी नहीं, बदनामी बुरी है। आप लोग पुराने ज़माने की राम-रट लगाएँ, पर राम-नाम लेने से इन्द्रासन तब मिलता है, जब गाँधीजी की तरह गोली खाकर पहले जान दे दे!''

इस पर अम्मा चुप ही रहीं, एक बार मेरी ओर बड़ी-बड़ी आँखों से यूँ देखकर जिसका अर्थ यह, ''अच्छा रे, मेरे पेट का पैदा हुआ मुझे ही ज्ञान सिखाने चला है!'' और वह तेज़ी से हमारे कमरे के बाहर हो गईं। रुपये का मोह महा

था। मेरी मूर्खता थी कि मैंने अम्मा की नाराज़ी पर ध्यान नहीं दिया और दूसरे कामों के सिलसिले में शहर चला गया। लौटा भी देर से, सवा बारह बजे।

और देखता क्या हूँ कि अम्मा चौकी पर तड़प रही हैं, सारा घर सेवा में लगा है। स्त्री से बुलाकर मैंने पूछा, ''क्या हुआ अम्माजी को? कब से यह हालत है उनकी?''

''यह हालत तो अभी पन्द्रह-बीस मिनट से है।'' स्त्री ने बतलाया, ''पर हमारे कमरे से बाहर निकलते ही, तुम्हारे बाहर जाते ही, वह बहुत ही बेकल बन गई थीं।''

''कुछ कह रही थीं?''

''आदमी से कुछ भी नहीं, वह घर के पूजागृह में जाकर देवता के सामने हिचक-हिचककर, पुक्का फाड़कर रोने और सिर पीटने लगी थीं।''

''क्या?''

उन्होंने कहा, ''हे प्रभो! क्या यही दिन देखने के लिए मैंने तुम्हारी इतनी सेवा की थी? पर मैं ही पापिनी हूँ, भगवान! तुम्हारा दोष नहीं। अपराध मेरा, मैंने माना, लेकिन अब तो दया करो, नाथ! अब तो दया करो! जब माता-पिता की नीयत और बुद्धि पर लड़के सन्देह करने लगें, तब भाग्यवान् सो...। भगवान् नहीं, तो यमराज ही सही, बुला लें।''

पत्नी जिस ठण्डे दिल से कथा सुना रही थी, मुझे अच्छा नहीं लगा, या यों कहिए कि अपनी कमज़ोरी का परिणाम सामने आते देख गुस्सा आया औरत पर। मैंने पूछा—

''वह सिर पीटती रहीं और तुम सिनेमा के तमाशे देखती रहीं, ऐं?''

''मैं करती क्या? उन्होंने अन्दर से कुण्डी लगा रखी थी। तब से बराबर तो मैं बाहर से माँ जी, माँ जी! पुकारती रही हूँ। थोड़ी देर पहले दरवाज़ा खोलकर वह बाहर आईं। मैंने देखा—ऐसा तो मैंने उनका रूप कभी देखा ही नहीं था—साक्षात् भगवती! चेहरे से जैसे लपट निकल रही थी। 'बहू!' उन्होंने कहा, 'मेरी तबीयत अच्छी नहीं, देह जैसे ऐंठी जा रही है, दिल जैसे डूबा जा रहा है। वे रुपये घर में हैं न?'—उन्होंने कठोर स्वर से पूछा और मैं चुप रही! और वह कटे रूख की तरह गिर पड़ीं, हाथ-पाँव ऐंठने लगे। हम सबने मिलकर उन्हें चौकी पर लिटाया ही था कि तुम आए, पर, बातें फिर होंगी, पहले कोई डॉक्टर-वैद्य।''

''इसी समय चौकी के पास से घर के दूसरे लोग चीख-चिल्ला पड़े, 'दौड़ो! अम्मा जी...' और जब तक हम पहुँचे, तब तक वह मृत्युलोक का वातावरण छोड़

दिव्यलोक की सीमा में पहुँच चुकी थीं।''

''भाग्यवान् थीं माताजी!'' घीसालाल ने क़िस्सा कोता करने के इरादे से कहा, ''अनायास-मरण बड़ा उत्तम माना जाता है। फिर अब उन्हें देखना ही क्या था? पति का उरूज़ देखा, उससे भी बढ़कर पुत्र का उरूज़ भी देखा।''

''मगर सेठजी...'' केवलचन्द के मुँह से भावावेश में सत्य निकल पड़ा, ''पति का उरूज़ देखने से अम्मा को एक नई ज़िन्दगी का सन्देश मिला था और पुत्र का उरूज़ देखने से दाहक-मरण का। तभी से बराबर यही विचार मेरे माथे में प्रेत-ताण्डव कर रहा है कि क्या अम्मा की मृत्यु का कारण वह रक़म नहीं है? अगर है, तो इस हत्यारी सम्पत्ति से सिवाय सर्वनाश, मृत्यु और नरक के दूसरा होगा क्या?''

''अपना नया बँगला जो बनेगा, उसका नाम माताजी के नाम पर हो—'दयावती-निवास' या 'दया-धाम'। राजनीति-निपुण होकर आप भी कहाँ के भावुक बन चले। अजी, माताजी ने आपके उरूज़-सूर्योदय की हल्की लाली देखी थी, पौ के तो अब बारह होने वाले हैं। प्रकाश तो अब फूटने वाला है। पचास हज़ार भैयाजी, 'वार' के बाद पचास हज़ार तो चमार-सियार के पास हो गए हैं। आजकल हम-आप-जैसे गृहस्थ के पास दस-पाँच लाख रुपये भी अगर नहीं हुए, तो सिवाय रोटी-कपड़े के ऊँचे विचार सूझेंगे कहाँ से?''

''ऊँचे विचार! दस-पाँच लाख! विचारों से लाखों का क्या सम्बन्ध, सेठ जी?''

''बहुत!'' घीसालाल ने सुनाया, ''आप जैसे बुद्धिमान् आदमी को बतलाना, कि यह आर्थिक युग है, न कि आध्यात्मिक, धृष्टता होगी। आप क्षमा करें। एम.एल.ए. बावन गण्डे होंगे, पर पूछ उन्हीं की है, उरूज़ उन्हीं का, जिनके पास चकाचक माल है। मैं झूठ कहता हूँ?''

और देशभक्त एम.एल.ए. चुप रहा, पर उसके चेहरे पर यह भाव कि मालदार आदमी और खूबसूरत माशूक के मुँह से झूठ भी सच मालूम पड़ता है।

बकौल उस्ताद 'ग़ालिब'—

*कहा तुमने कि क्यों हो गैर से मिलने में रुसवाई?*
*बजा कहते हो, सच कहते हो, फिर कहियो कि हाँ क्यों हो?*

# डाभ

बंगाल के कल्याणपुर स्टेशन पर नारियल बेचने वाली के कुच बड़े, आँखें बड़ी, पर मेरे संगी रजनी गोपाल ज़मींदार की नीयत बुरी, तबीयत छोटी। हम पैसेंजर ट्रेन से उतरे बदलकर एक्सप्रेस लेने के लिए, जो दो घण्टे बाद आने वाली थी। ट्रेन से उतरते ही मेरे संगी ने पहले नारियल वाली ही को नज़र मारी। उसी ने बतलाया कि, "मेरी नज़र लड़ते ही साली ने यों त्यौरी चढ़ाकर तरेरा, गोया खा ही जाएगी।"

मैंने कहा, "हिमाक़त है सरासर इस तरह जिस-तिस को ताकना। सरासर सही किया उसने। अरे अपने धन्धे रोज़-रोज़ नारियल बेचने की लाचारी का ख़याल न होता तो वह मार भी बैठती।"

"और मैं मार खा लेता? पिट जाता? आपकी बातें!" रजनी गोपाल ज़मींदार बोला, "अब इतने कमज़ोर रजनी बाबू नहीं कि एक नाज़नी मारे और हाथ-पर-हाथ धरे बैठे रहें।"

बातें धीरे-धीरे चलते हुए हो रही थीं। आगे दो कुलियों पर सामान था। हमने प्लेटफ़ार्म पर छतनार खड़े आम के पेड़ के नीचे ठहरकर ट्रेन का इन्तज़ार करना उचित समझा। अभी सामान रखा ही जा रहा था कि नारियल वाली हमारे सामने से पुनः गुज़री। टोकरी उसकी ख़ाली, माल समाप्त, मगर रजनी गोपाल ज़मींदार के मुँह में लगाम नहीं। आँखों में हया तो है ही नहीं। बेवजह छेड़ख़ानी—

"ओ नारियल वाली! डाभ है—डाभ?" और वह नागिन की तरह चमककर ड्योढ़ी होकर, फन काढ़कर खड़ी हो गई। नागिन के फन होता है या नहीं, मुझे सर्पिणी-रूप का ज्ञान नहीं, पर, बड़े-बड़े कुचों और आँखों वाली वह श्यामा नारियल वाली तो सरासर फन काढ़कर खड़ी हो गई थी!

"पिटोगे और मुझे भी पिटवाकर छोड़ोगे।" रजनी बाबू से नारियल वाली के दूर निकल जाने पर मैंने कहा, "ये लोग गरीब हों, पर स्वाभिमानी होते हैं। अपनी पर आ जाएँ तो खून-खराबा हो जाए।"

"अजी बँधवा दूँ सालों को, जितने हों सबको, खून-खराबा के तो बोल बड़े! रजनी गोपाल ज़मींदार का नाम सुनते ही पुलिस वाले यों वश में हो जाते हैं, जैसे महुअर-स्वर से साँप। ज़मींदार नाम के रौब बड़े। ज़मींदारी है या नहीं, इसे तो कोर्ट-रजिस्ट्रार बतलावेगा। रौब बतलाते हैं रजनी गोपाल ज़मींदार।"

"भाई मेरे, रौब-रौब की जगह बतलाया जाता है; न कि हर जगह।" मैंने समझाना चाहा—सफलता की आशा से उदासीन, "फिर दूसरे की लुगाई पर रौब-बन्दी, उसकी गैरहाज़िरी में, बिल्कुल अनुचित है। *रामायण* और *महाभारत* की दुर्घटनाएँ घटने लगती हैं। ऐसे मामलों में।"

"हा-हा-हा-हा!" रजनी गोपाल ज़मींदार ठठाकर हँसा, "कहाँ सीताहरण, द्रौपदी-चीरहरण और कहाँ यह यौवन की हवा में लपेटकर यात्रियों को नारियल बेचने वाली नीच नारी। जो मर्द ऐसी चरपरी औरत को अपरिचितों की ट्रेन के आगे भेजता है, इसलिए कि मुसाफ़िर उसके हाथों अधिक माल लेंगे, उसे जानना चाहिए, मैं कहता हूँ, तहेदिल से वह जानता है कि क्या कर रहा है? कुछ पैसों के लिए जो ऐसा करती है, वही कुछ और के लिए क्या-क्या न करने पर राज़ी हो जाएगी।"

यहाँ भी मैं आपसे 'एग्री' नहीं करता। मैं अपने निम्न वर्ग में चाहता हूँ बिना आवेश के मर्द, औरत, बच्चे-बूढ़े, वश चलते सभी श्रम करें और हाथ-पाँव हिलाकर हरेक अपनी रोटी कमा ले। नारियल वाली का मर्द पेड़ पर चढ़कर फल उतारता होगा, खेती-बाड़ी सँभालता होगा और घर-गृहस्थी के साथ ही स्टेशन पर नारियल बेचने का काम औरत के हिस्से पड़ा होगा। उसने जवान औरत को मज़दूरी में लगाकर बुरा नहीं किया, न तो भगवान ने औरतों को जवान कामिनी ही बनाकर बुरा किया है। बुरे वे भले आदमी, जो तीन आने का नारियल किसी की लाख-टके की जवानी में लपेटकर लेना चाहते हैं! ऐसे लोग इन्साफ़-पसन्द नागरिक नहीं, डाकू हैं। डाकू किसी का धन लूटना चाहता है, ये किसी का सुनहरी यौवन। और लो! मैंने रजनी बाबू को दूर पर आते नारियल वाली के मर्द को दिखाया, यह लो! डाभ वाली का डाभ वाला आ रहा है। होशियार! ज़रा भी बात करने में चूके और आई मुसीबत।

और देखूँ तो रजनी बाबू का चेहरा सुफ़ैद-सोख़्ता बेदाग़! अनीति कायर होती है।

"वह तो भन्नाया चला आ रहा है।" रजनी ज़मींदार ने कहा, "अब तुम्हीं उलझो बाबा! मैं तो मस्त-मानुस, हँस-बोलकर दिन 'पास' करने का शौकीन। ऐसा काला भुजंग उस डाभ वाली का मर्द होगा और वह धारदार हथियार लेकर ज़रा-सी बात पर लपका आवेगा, मैंने कल्पना भी नहीं की थी। मैं तो भागता हूँ पीछे से।"

"ठहरो!" खिसकते मनचले मर्द को मैंने रोका, "भागने से मुसीबत बढ़ती है। डरते क्यों हो? सामना करो। कोई बलात्कार तो नहीं किया है किसी ने। भागिए मत।"

उसके हाथ में नारियल काटने का धारदार औज़ार, रंग कोलतार, आँखें छोटी और खूनी, "किसको डाभ चाहिए, सरकार!" उसने पूछा, "मेरी लुगाई से कौन डाभ माँग रहा था? आप?" उसने रजनी गोपाल ज़मींदार ही से पूछा। ज़मींदार ना करने ही वाला था कि मैंने इशारे से उसे समझाया कि वह हाँ करे। हाँ करने पर उसने कहा, "ज़रा तकलीफ़ तो होगी, पर हुज़ूर मेरी झोंपड़ी तक चलें, नज़दीक ही है। वहाँ पर ताज़े-ताज़े हरे-हरे डाभ जितने माँगिए उतने। चलिए!"

"चलिए!" ज़बरदस्ती मैंने धकेला घबराते रजनी गोपाल ज़मींदार को और हम चल पड़े। आगे-आगे वह नारियल वाला काला देव, पीछे हम दोनों। स्टेशन से ज़रा ही दूर पर उसकी झोंपड़ी। वह हमें अन्दर ले गया। मैली दरी बिछी खाट पर बैठाकर उसने अपनी औरत, उसी नारियल वाली को बुलाया।

"अरी ओ! सरकार लोग पधारे हैं। इनके लिए पहले धान की लाई और गुड़ ला, पानी भी, तब तक पेड़ पर चढ़कर ताज़े डाभ मैं उतारता हूँ।"

भद्र गृहिणी की तरह नारियल वाली ने सींकों की छोटी टोकरियों में सज्जन के दिल की तरह खिले धान, धुले पलाश के पत्तों पर गुड़, लोहे के घड़े का पानी और लोटा सामने रख दिया, निगाहें नीची किए और फिर दूर कोने में खड़ी हो गई। उधर उसका मर्द कमर में रस्सी बाँध नारियल के पेड़ पर चढ़ गया। मैं उसके सद्व्यवहार और सत्कार से प्रसन्न हो उठा। शबरी के बेरों में भगवान राम को जो स्वाद मिला, उसी के लोभ से मैं धान और गुड़, 'भकोसने' या तेज़ी से खाने लगा। गोया ऐसी चीज़ कभी खाई ही नहीं थी, पर रजनी गोपाल सन्न-साधे खामोश। उसके चेहरे पर गिरगिट की तरह बदलते रंग!

"खाइएजी!" मैंने कहा।

"बुरा ला फँसाया। खाऊँ क्या अपना कलेजा? ज़रा देखो उस औरत की तरफ़, कातिला!"

मैंने देखा, नारियल वाली डाभ तराशने के छुरे को पत्थर पर ताव दे रही थी।

"यह क्या करती हो बहन?" मैंने कहा, "मेरे साथी डरते हैं उस पर धार देते देखकर।"

"उन्हीं के लिए तो इसे तेज़ कर रही हूँ।" उसने बतलाया, "डाभ वाले बाबू के लिए।"

"सुना?" काँपकर रजनी ज़मींदार सट गया मुझसे।

"खाओ, घबराओ मत!" धीरे से मैंने सँभाला, "जब तुम्हीं ने डाभ माँगा तो छुरे पर ताव वह देगी किसके लिए? सच तो कहती है।"

खैर साहब, किसी क़दर उसने भी खाना शुरू किया। अब नारियल वाला पाँच हरे-हरे, बड़े-बड़े डाभ लेकर हँसता हुआ झोंपड़ी में आया।

"धन्य भाग हमारे! जो ऐसे बड़े आदमियों के क़दम आए।" उसने कहा।

पाँचों डाभ हम पी गए। दो मैं और तीन रजनी गोपाल ज़मींदार। चलने के वक़्त जब हमने क़ीमत और इनाम की शक़्ल में दो रुपये देने की कोशिश की तो उसने दाँतों से जीभ काट अपने कान पकड़े, "आप मेहमान—भगवान् नदिया-नाव संयोग कि आपने डाभ चाहे और दर्शन दिए। इधर लोग डाभ नहीं पीते। किसी को खिला-पिलाकर हम कीमत नहीं लेते। झोंपड़ी गरीब हो, पर होटल नहीं है। लौटते वक़्त अगर इस स्टेशन पर रुकना हो तो फिर पधारिए और धन्य कीजिए हमें, धान-गुड़ खा, डाभ पीकर।"

# मों को चूनरी की साध

अजीब लड़की थी वह। उसकी मनमोहिनी चंचलता, उसका आकर्षक लड़कपन देखने वाले आँखे फाड़-फाड़कर देखते थे। उसका नाम तुलसा था।

वह तुलसा के ब्याह का दूसरा दिन था। अभी उसके घर में मेहमानों और हित-नाते के लोग-लुगाइयों की भीड़ लगी ही थी। आँगन में फूल का पुष्पाच्छादित मण्डप देवी-देवताओं की पूजन-सामग्रियों के साथ खड़ा मुस्करा रहा था। तुलसा एकत्र महिलाओं को अपनी लाल चूनरी दिखा-दिखाकर मारे प्रसन्नता के फूटी पड़ रही थी।

हाथों में लाल-लाल मंगलमयी चूड़ियाँ पहने, माथे पर सिन्दरू धारण किए, आग-सी तेजोमयी तुलसा जब एक बूढ़ी पड़ोसिन को अपनी चूनरी दिखाने लगी, तो उसने उसकी माता से पूछा, "कैं बरस की तुलसा हुई बहन?"

"आठवाँ पूरा हो गया, तभी तो कन्यादान दे दिया गया है। पगली जब छः साल की रही, तभी अपने बाप से चूनरी पहनने के लिए लड़ा-झगड़ा करती थी। कहती थी 'मुझे आज ही ब्याह दो, मगर चूनरी ज़रूर मँगा दो।' देखो न, इसे चूनरी क्या मिल गई, मानो संसार का राज्य मिल गया हो।"

बूढ़ी ने तुलसा की ठुड्ढी पकड़कर हिलाते हुए कहा, "मैं ऐसे नहीं देखूँगी री। तू एक बार नाचकर और वही परसाल वाला गीत गाकर दिखा, तो देखूँ।"

तुलसा से बड़ी-छोटी दूसरी लड़कियाँ खिलखिलाकर हँस पड़ीं, मगर वह झेंपी नहीं बल्कि अपने नन्हे-नन्हे लाल-लाल महावर-मण्डित पैरों को चमकाती हुई नाचने और गाने लगी—

*"मों को चूनरी की साध!*
*मों को चूनरी की साध!"*

तुलसा की माँ आँचल में मुँह छिपाकर हँसने लगी; वह बूढ़ी आँखों में आँसू भरकर मुस्कराने लगी। तुलसा की सहेलियाँ अट्टहास करने लगीं; तमाम आँगन में हँसी की तरंगिनी लहराने लगी।

सन्नाटे में आकर तुलसा के पिता ने पूछा, "क्या हुआ?"

किसी भीषण भावी भय से अभिभूत होकर उसकी माँ ने पूछा, "क्या हुआ?"

"गजब हो गया!" समाचार लाने वाले ने रोते-रोते कहा, "जनवास में वर को एक करैत ने काट खाया। वह देखते-देखते..."

समाचार क्या था, वज्रपात था! घर में कोहराम मच गया। चारों ओर हाहाकार का क्रूर नृत्य होने लगा।

इस अचानक रोदन के आक्रमण से चकराई तुलसा ने अपनी एक पड़ोसिन से पूछा, "क्या हुआ, चाची?"

उसके मस्तक का सुन्दर सिन्दूर बरबस पोंछती हुई चाची ने उत्तर दिया, "अभागिनी, तेरा करम फूट गया?"

इतने पर भी कुछ न समझकर उस आठ वर्ष की बालिका ने अपनी माँ की शरण ली, "क्या हुआ, माँ! तुम रोती क्यों हो? क्या ब्याह में रोया भी जाता है!"

"हाय मेरी रानी! उफ्फ! मेरी अभागिनी बेटी तू लुट गई, हम लुट गए, रो-रो-रो!"

उसकी माँ ने देखते-देखते उसके हाथों को सूना कर दिया। सारी चूड़ियाँ तोड़ डाली गईं। इसके बाद चूनरी की बारी आई। एक मैली धोती उसे देती हुई माँ ने कहा, "उतार दे इसे! तेरे भाग्य में चूनरी नहीं है। तू महा-अभागिनी है।"

"ना...ना...ना...! मेरी चूनरी न छीनो! नहीं तो मैं सिर पटककर फोड़ लूँगी, जान दे दूँगी।"

वह माँ के पास से, हाथ छुड़ाकर उस तरह गाती हुई भागी—

*"मों को चूनरी की साध!*
*मों को चूनरी की साध!"*

मगर औरतें कब मानने वाली! उन्होंने ज़बरदस्ती उसे पकड़कर उसकी चूनरी उतार ली और उसे पहनने के लिए पुरानी-गन्दी धोती दे दी।

अब तुलसा की हँसी गायब हो गई। चूनरी छिन जाने पर उसे ऐसा मालूम हुआ, मानो उसका सर्वस्व छिन गया। उसने वह गन्दी धोती नहीं पहनी। नंगी ही आँगन में बैठकर रोने और चूनरी वापस माँगने लगी। लोगों ने प्यार से, दुलार से, मार से, उसे समझाने की चेष्टा की; मगर व्यर्थ। वह रोती और अपनी साध की

चूनरी माँगती ही रही। लोग उसे उसी तरह छोड़ श्मशान की ओर चले गए।

एक सप्ताह तक तुलसा के शरीर पर ज्वर, भयानक ज्वर का कब्ज़ा रहा। वह उसी तरह नंगी चारपाई पर पड़ी रही। रह-रहकर बेहोश हो जाती और होश में आते ही आस-पास के लोगों से चिल्लाकर कहती, ''मों को चूनरी की साध!'' मगर लोग न पसीजे। पसीजते भी कैसे? समाज का नियम जो टूट जाता। भला विधवा बालिका चूनरी पहनेगी!

वह अन्तिम साँस ले रही थी। उसकी माँ सिसकती हुई उसकी ओर ताक रही थी। एकाएक आँख खोलकर उसने माँ से कहा, ''माँ, मों को चूनरी की साध!''

माता का हृदय हाहाकार कर उठा—मेरी बेटी चार गज सूत की चूनरी के लिए मरी जा रही है। समाज और रिवाज़ उसे, विधवा होने के कारण, वह नहीं दे सकते। आग लगे इस समाज में! वज्र पड़े ऐसे रिवाज़ पर! मैं अपनी रानी की साध पूरी करूँगी। उसे चूनरी दूँगी।

पति ने कहा, ''ना!''

मोहल्लेवालियों ने कहा, ''ना!''

मगर माता का हृदय नहीं माना। वह झपटकर चूनरी ले आई। तुलसा सफेद छींट के उस लाल वस्त्र को देखकर कमल की तरह खिल उठी। चसककर बिछौने से उठ पड़ी, ओढ़ने के बाहर हुई और नंगी ही ज़मीन पर उतरकर उसने माँ के हाथ से चूनरी छीन ली। जल्दी-जल्दी शरीर पर उसे सजाती हुई वह एक बार फिर गुनगुनाने लगी—

*''मों को चूनरी की साध!*
*मों को चूनरी की साध!''*

मगर वह बहुत कमज़ोर हो गई थी। उस खुशी का भार न सँभाल सकी। चूनरी पहनते-पहनते ज़मीन पर धम्म से गिर पड़ी। दो-तीन हिचकियाँ लीं और बस। साध पूरी हो गई। श्मशान ने तुलसा को उसकी चूनरी के साथ-साथ अपनी भयानक हँसी—चिता—की गोद में हो-होकर उठा लिया।

# जल्लाद

प्रातः आठ-साढ़े आठ बजे का समय था। रात को किसी पारसी कम्पनी का कोई रद्दी तमाशा अपने पैसे वसूल करने के लिए दो बजे तक झक मार-मारकर देखते रहने के कारण सुबह नींद कुछ विलम्ब से टूटी। इसी से उस दिन हवाख़ोरी के लिए निकलने में कुछ देर हो गई थी और लौटने में भी।

मैं वायु-सेवन के लिए अपने घर से कोई चार मील की दूरी तक रोज़ ही जाया-आया करता था। मेरे घर और उस रास्ते के बीच में हमारे शहर की जिला-जेल भी पड़ती थी, जिसकी मटमैली, लम्बी-चौड़ी और उदास चहार-दीवारियाँ रोज ही मेरी आँखों के आगे पड़तीं और मेरे मन में एक प्रकार की अप्रिय और भयावनी सिहर पैदा किया करती थीं।

मगर उस दिन उसी दिन जेल के दक्षिणी कोने पर अनेक घने और विस्तृत वृक्षों की अनुज्ज्वल छाया में मैंने जो कुछ देखा, उसे मैं बहुत दिनों तक चेष्टा करने पर भी, शायद न भुला सकूँगा। मैंने देखा, मुश्किल से तेरह-चौदह वर्ष का कोई रूखा, पर सुडौल, दरिद्रता से सूखा, पर सुन्दर लड़का एक पेड़ की जड़ के पास अर्द्ध नग्नावस्था में पड़ा तड़प और हिचक-हिचककर बिलख रहा था। उसी लड़के के समाने एक अत्यन्त भयानक पुरुष असुन्दर भाव से खड़ा हुआ रूखे शब्दों में उससे कुछ पूछ-ताछ कर रहा था। यह सब मैंने उस छोटी सड़क पर से देखा, जो उस स्थान से कोई पचीस-तीस गज़ की दूरी पर थी। यद्यपि दिन की बाढ़ के साथ-साथ तपन की गर्मी भी बढ़ रही थी, और मैं थका और अनमना-सा भी था, पर मेरे मन की उत्सुकता उस दयनीय दृश्य का भेद जानने को मचल उठी। मैं धीरे-धीरे उन दोनों की नज़र बचाता हुआ उनकी तरफ बढ़ा।

अब मुझे ज्ञात हुआ-ओह! अब मुझे ज्ञात हुआ कि वह लड़का क्यों बिलख रहा था? मैंने देखा, उसके शरीर के मध्य भाग पर, जो खुला हुआ था, प्रहार के अनेक काले और भयावने चिह्न थे। उसको बेंत लगाए गए थे। बेंत लगाए गए थे उस कोमल-मति गरीब बालक को अदालत की आज्ञा से। उफ्! मेरा कलेजा धक् से होकर रह गया। न्याय ऐसा अहृदय, ऐसा क्रूर होता है!

अब मैं आड़ में लुककर उस तमाशे को न देख सका। झट मैं उन दोनों के सामने आ खड़ा हुआ और उस भयानक प्राणी से प्रश्न करने लगा, "क्या इसको बेंत लगाए गए हैं?"

"हाँ" उत्तर देने से अधिक गुर्राकर उस व्यक्ति ने कहा, "देखते नहीं हैं आप? ससुरे ने ज़मींदार के बाग से दो कहटल चुराए थे।"

लड़का फिर पीड़ा और अपमान से बिलबिला उठा । इस समय वह छाती के बल पड़ा हुआ था, क्योंकि उसके घाव उसे आराम से बेहोश भी नहीं होने देना चाहते थे। वह एक बार तड़पा और दाहिनी करवट होकर मेरी ओर देखने की कोशिश करने लगा, पर अभागा वैसा कर न सका। लाचार फिर पहले ही-सा लेटकर अवरुद्ध कण्ठ से कहने लगा, "नहीं बाबू, चुरा कहाँ सका! भूख से व्याकुल होकर लोभ में पड़कर मैं उन्हें चुरा ज़रूर रहा था, पर ज़मींदार के रखवालों ने मुझे तुरन्त ही गिरफ़्तार कर लिया।"

"गिरफ्तार कर लिया, तो तेरे घरवाले उस वक्त कहाँ थे?" नीरस और शासन के स्वर में उस भयानक पुरुष ने उससे पूछा, "क्या वे मर गए थे? तुझे बचाने—ज़मींदार से, पुलिस से, बेंत से क्यों नहीं आए?"

"तुम विश्वास ही नहीं करते!" लड़के ने रोते-रोते उत्तर दिया, "मैंने कहा नहीं, मैं विक्रमपुर गाँव का एक अनाथ भिखमंगा बालक हूँ। मेरे माता-पिता मुझे छोड़कर कब और कहाँ चले गये, मुझे मालूम नहीं। वे थे भी या नहीं, मैं नहीं जानता। छुटपन से अब तक दूसरों की जूठन और फटकारों में पला हूँ। मेरे अगर कोई होता, तो मैं उस गाँव के ज़मींदार का चोर क्यों बनता? मेरी यह दुर्गति क्यों होती? आह, बाप रे बाप!"

वह गरीब फिर अपनी पुकारों से मेरे कलेजे को बेंधने लगा। मैं मन-ही-मन सोचने लगा कि किस रूप से मैं इस बेचारे की कोई सहायता करूँ, मगर उसी समय मेरी दृष्टि उस भयानक पुरुष पर पड़ी, जो ज़रा तेज़ी से उस लड़के की ओर बढ़ रहा था। उसने हाथ पकड़कर, अपना बल देकर उसको खड़ा किया।

"तू मेरी पीठ पर सवार हो जा।" उसी रूखे स्वर में कहा, "मै तुझे अपने घर ले चलूँगा।"

"अपने घर?" मैंने विवश भाव से उस रूखे राक्षस से पूछा, "तुम कौन हो? कहाँ है तुम्हारा घर? और इसको अब वहाँ क्यों लिये जा रहे हो?"

"मैं जल्लाद हूँ, बाबू!" लड़के को पीठ पर लादते हुए खूनी आँखों से मेरी ओर देखकर लड़खड़ाती आवाज़ में उसने कहा, "मैं कुछ रुपयों का सरकारी गुलाम हूँ । मैं सरकार की इच्छानुसार लोगों को बेंत लगाता हूँ, प्रति प्रहार कुछ पैसे पाता हूँ, और प्राण ले लेता हूँ तो प्रति प्राण कुछ रुपये।"

"फाँसी की सज़ा पाने वालों से तो नहीं, पर बेंत खाने वालों से सुविधानुसार मैं रिश्वत भी खाता हूँ। सरकार की तलब से मैंने तो बाबू यही देखा है बहुत कम सरकारी-नौकरों की गुज़र हो सकती है। इसी से सभी अपने-अपने इलाकों में ऊपरी कमाई के 'कर' फैलाए रहते हैं। मैं गरीब छोटा-सा गुलाम हूँ, मेरी रिश्वत की चर्चा तो वैसी चमकीली है भी नहीं कि किसी के आगे कहने में मुझे कोई भय हो। मैं तो सबसे कहता हूँ कि मुझे कोई पूजे, तो मैं उसके सगे-सम्बन्धियों को 'सच्चे' बेंत न लगाकर 'हल्के' लगाऊँ और नहीं—और नहीं सड़ासड़! सड़ासड़!"

उसने ऐसी मुद्रा बना ली, मानो वह किसी को बेंत लगा रहा हो। वह भूल गया कि उसकी पीठ पर उसकी 'सड़ासड़' का एक गरीब शिकार काँप रहा है।

"मगर इस अनाथ को धोखे में 'सच्चे' बेंत लगाकर मैंने ठीक नहीं किया। इसने जेल ही में बताया था कि मेरे कोई नहीं है, मगर मैंने विश्वास नहीं किया। मैं अपने जिस शिकार का विश्वास नहीं करता, उसके प्रति भयानक हो उठता हूँ, और मेरा भयानक होना कैसा वीभत्स होता है, इसे आप इस लड़के की पीठ पर देखें, मगर इसे 'काट' कर मैंने गलती की है। यही न जाने क्यों मेरा मन कह रहा है।"

"इसी से बाबू मैं इसे अपने घर ले जा रहा हूँ। वहाँ इसके घाव पर केले का रस लगाऊँगा और इसको थोड़ा आराम देने के लिए 'दारू' पिलाऊँगा। बिना इसको चंगा किए मेरा मन सन्तुष्ट न होगा, यह मैं खूब जानता हूँ।"

भैंसे की तरह अपनी कठोर और रूखी पीठ पर उस अनाथ अपराधी को लादकर वह एक ओर बढ़ चला, मगर मैंने उसे बाधा दी, "सुनो तो, मुझसे भी वह एक रुपया लेते जाओ। मुझको भी इस बालक की दुर्दशा पर दया आती है।"

"क्या होगा रुपया बाबू?" भयानकता से मुस्कराकर उसने रुपये की ओर देखा और उसको मेरी अँगुलियों से छीनकर अपनी अँगुलियों में ले लिया।

"इसको दारू पिलाना, पीड़ा कम हो जाएगी। अभी एक ही रुपया जेब में था, मैं शाम को इसके लिए कुछ और देना चाहता हूँ । तुम्हारा घर कहाँ है ? नाम क्या है ?"

मैं शहर के पूरब उस कब्रिस्तान के पास के डोमाने में रहता हूँ। डोमों का चौधरी हूँ। मेरा नाम रामरूप है, पूछ लीजिएगा।"

उस अनाथ का नाम 'अलियार' था। वह मुझे उक्त घटना के सातवें या आठवें दिन मालूम हुआ। ग्रामीणों में 'अलियार शब्द 'कूड़ा-कर्कट' के पर्याय रूप में प्रचलित है। उस लड़के ने मुझे बताया। उसके गाँव वालों का कहना है कि उसे पहले-पहल गाँव के एक 'भर' ने 'अलियार' पर पड़ा पाया था। उसी ने कई बरसों तक उसको पाला भी और उसका उक्त नामकरण भी किया।

अलियार के अंग पर के बेंतों के घाव वधिक रामरूप के सफल उपायों से तीन-चार दिनों के भीतर ही सूख चले, मगर वह बालक बड़ा दुर्बल-तन और दुर्बल-हृदय था। सम्भव है, उसको बारह बेंतों की सज़ा सुनाने वाले मजिस्ट्रेट ने, पुलिस की मायामयी डायरियों पर विश्वास कर उसकी उम्र अठारह या बीस वर्ष की मान ली हो, मगर मेरी नज़रों में तो वह बेचारा चौदह-पन्द्रह वर्षों से अधिक वयस का नहीं मालूम पड़ा। उस पर उसकी वह रूखी-सूखी काया। आश्चर्य! किसी डॉक्टर ने किस तरह उसको बेंत खाने योग्य घोषित किया होगा। जेल के किसी ज़िम्मेदार और शरीफ़ अधिकारी ने किस तरह अपने सामने उस बेचारे को बेंतों से कटवाया होगा।

जब तक अलियार खाट पर पड़ा-पड़ा कराहता रहा, अपने उस बेंत खाने के भयानक अनुभव का स्वप्न देख-देखकर अपनी रक्षा के लिए करुण दुहाइयाँ देता रहा, तब तक मैं बराबर, एक बार रोज, रामरूप की गन्दी झोंपड़ी में जाता था और अपनी शक्ति के अनुसार प्रभु के उस असहाय प्राणी की मन और धन से सेवा करता था, मगर मेरे इस अनुराग में एक आकर्षण था और वह था जल्लाद रामरूप।

न जाने क्यों उसका वह 'अलकतरा' रंग; उसकी वह भयानक नेपालियों-सी नाटी काया; उसका वह मोटा, वीभत्स अधर और पतला ओष्ठ, जिस पर घनी काली, भयावनी तथा अव्यवस्थित मूँछों का भार अशोभायमान था, मुझे कुछ अपूर्व-सा मालूम पड़ता था। न जाने क्यों उसकी बड़ी-बड़ी डोरीली, नीरस और रक्तवर्ण आँखें मेरे मन में एक तरह की सिहर-सी पैदा कर देती थीं, पर आश्चर्य! इतने पर भी मैं उसे अधिक से अधिक देखना और समझना चाहता था।

उसकी मिट्टी की झोंपड़ी में उसके अलावा उसकी प्रौढ़ा स्त्री भी थी। एक दिन जब मैंने रामरूप से उसकी जीवनी पूछी और यह पूछा कि उसके परिवार का कोई और भी कहीं हैं या नहीं, तो उसने अपनी विचित्र कहानी मुझे सुनाई।

''बाबू'' उसने बताया, ''पुश्त-दो पुश्त से ही नहीं, मेरे खानदान में तेरह पुश्त से यही जल्लादी का काम होता है। हाँ, उसके पहले, मुसलमानी राज्य में मेरे पुरखे डाका डाला करते थे। मेरे दादा के दादा ऐसे प्रतापी थे कि सन् सत्तावन की गदर में उन्होंने इसी शहर में उस दक्षिणी मैदान में सरकार बहादुर के हुकुम से पाँच सौ और तीन पचीस और दो दस आदमियों को चन्द दिनों के भीतर ही फाँसी पर लटका दिया था। उन दिनों वह आठों पहर शराब छाने रहा करते थे। और कैसी शराब, मामूली नहीं बाबू, गोरों के पीने वाली, अँग्रेज़ी।''

मैंने उसे टोका, ''रामरूप! क्या अब भी फाँसी देने के पूर्व तुम लोगों को शराब मिलती है?''

''हाँ, हाँ, मिलती क्यों नहीं बाबू, मगर 'देसी' की एक बोतल का दाम मिलता है, विलायती का नहीं, जिसको छान-छानकर मेरे दादा के दादा गाहियों के गाही लोगों को काल के पालने पर झुला देते थे। वही मेरे खानदान में सबसे अधिक धनी और ज़बरदस्त भी थे। लम्बे-चौड़े तो वह ऐसे थे कि बड़े-बड़े पलटनिए साहब उनका मुँह बकर-बकर ताका करते थे, मगर उनमें एक दोष भी बहुत बड़ा था। वह शराब बहुत पीते थे। इसी में वह तबाह हो गए, और मरते-मरते गदर की सारी कमाई फूँक-ताप गए। हाँ, मैं भूलकर गया, बाबू! वह मरे नहीं, बल्कि शराब के नशे में एक दिन बढ़ी नदी में कूद पड़े और तब से लापता हो गए। नदी के उस ऊँचे घाट पर हमारे दादा ने उनका 'चौरा' भी बनवाया है, जिसकी सैकड़ों डोम पूजा किया करते हैं और हमारे वंश के तो वह 'वीर' ही हैं।''

अपने 'वीर' परदादा के प्रति श्रद्धा प्रकट करने के लिए, उनकी कहानी पूरी करते-करते रामरूप ने धीरे से अपने दोनों कान उमेठे।

''रामरूप!'' मैंने कहा, ''जाने दो अपने पुरखों को कहानी। वह बड़ी ही भयानक है। अब तुम यह बताओ कि तुम्हारे कोई बच्ची-बच्चा भी है?''

''नहीं, बाबू!'' किंचित गम्भीर होकर उसने कहा, '' मेरी औरतिया के कोई सात बरस हुए एक लड़का ज़रूर था, मगर वह दो साल का होकर जाता रहा। बच्चे तो वैसे भी मेरे खानदान में बहुत कम जीते हैं। न जाने क्यों, जहाँ तक मुझे मालूम है, मेरे किसी भी पुरखे का एक से ज्यादा बच्चा नहीं बचा। मुझको तो वह नसीब नहीं। मेरी लुगैया तो अधबूढ़ी हो जाने पर भी अभी बच्चा-बच्चा

रिरियाया करती है, मगर यह मेरे वश की बात तो नहीं। मैं तो आप ही चाहता हूँ कि मेरे एक 'वीर' बच्चा हो, जो हमारे इस पुश्तैनी रोज़गार को मेरे बाद सँभाले, पर जब दाता देता ही नहीं, तब कोई क्या करे?''

''जब तक तुम्हारे और कोई नहीं है,'' मैंने उस जल्लाद के हृदय की थाह ली, ''तब तक तुम इसी भिखमंगे को क्यों नहीं पालते-पोसते? तुमने कुछ अन्दाज़ लगाया है, कैसा है उसका मिज़ाज? यह तुम्हारे यहाँ खप जाने लायक है?''

''है तो और मेरी लुगैया उसको चाहती भी हैं।'' रामरूप ने जरा मुस्कराकर कहा, ''पर मेरे अन्दाज़ से वह (अलियार) कुछ दब्बू और डरू है और मेरे लड़के को तो ऐसा निडर होना चाहिए कि ज़रूरत पड़े, तो बिना डरे काल की भी खाल खींच ले और जान निकाल ले। यह छोकरा भला मेरे रोज़गार को क्या सँभालेगा?''

''कोई दूसरा रोज़गार देखो रामरूप!'' मैंने कहा, ''छोड़ो इस हत्यारे व्यापार को। इसमें भला, तुम्हें क्या आनन्द मिलता होगा? गज़ब की है तुम्हारी छाती, जो तुम लोगों को प्रसन्न भाव से बेंत लगाते हो, और फाँसी के तख्ते पर चढ़ाकर अपने परदादा के शब्दों में काल के पालने पर झुला देते हो, मगर यह सुन्दर नहीं।''

''हा-हा-हा-हा!'' रामरूप ठठाया, ''आप कहते हैं यह सुन्दर नहीं! नहीं बाबू, हमारे लिए तो यह परम सुन्दर है। आप जानते ही हैं, मैं आप लोगों की 'नीच जाति' का एक तुच्छ प्राणी हूँ। आप तो नये खयाल के आदमी हैं, इसीलिए न जाने क्या समझकर इस लड़के के प्रेम में मेरी झोंपड़ी तक आए भी हैं, नहीं तो मैं और मेरी जाति इस इज़्ज़त के योग्य कहाँ? मेरे घरवाले यदि जल्लादी न करते, तो आप लोगों के मैले साफ करते और कुत्तों को मारते। मगर... हा-हा-हा-हा—कुत्तों को मारने से तो आदमी को मारना कहीं अच्छा है, इसे आप भी मानेंगे, यद्यपि मेरी समझ से कुत्ता मारना और आदमी मारना जल्लाद के लिए एक ही बात है। हमारे लिए वे भी अपरिचित और निरपराध और ये भी। दूसरों के कहने से हम कुत्तों को भी मारते हैं और कुत्तों से ज़्यादा समझदारों, आदमियों को भी।''

इसके बाद मुझे एक काम के सिलसिले में मुम्बई चला जाना पड़ा और वहाँ पूरे दो महीने रुकना पड़ा। वहाँ से लौटने पर मैं भूल गया उस जल्लाद को, उसके विचित्र परिचित उस अलियार को। प्राय: दो वर्ष तक मुझे उनकी कोई खबर न थी। फुर्सत भी, अपनी मानसिक हाय-हायों से, इतनी न थी कि उनकी ओर ध्यान देता।

मगर उस दिन अचानक अलियार दिखाई पड़ा, और मैंने नहीं, उसी ने मुझको पहचाना भी। मुझे इस बार कुछ अधिक स्वस्थ, प्रसन्न और सुन्दर मालूम पड़ा।

"कहाँ रहते हो आजकल, अलियार?" मैंने दरियाफ्त किया और तुम्हारे वह अद्भुत मित्र कैसे हैं, जिनको तुम शायद सपने में भी न भूल सकते होंगे?"

"वह मज़े में है," उसने उत्तर दिया, "और मैं तभी से उसी के साथ रहता हूँ। तभी से उसकी वह स्त्री मुझको अपने बेटे की तरह मानती और पालती है।"

"तो क्या अब तुम भी वह व्यापार सीख रहे हो और रामरूप की गद्दी के हकदार बनने के यत्न में हो?"

"मुझे स्वयं तो पसन्द नही है उसका वह हत्या-व्यापार, मगर उसकी रोटी खाता हूँ, तो बातें भी माननी ही पड़ती हैं। वह अब अक्सर मुझे फाँसी या बेंत लगाते वक्त अपने साथ जेल में ले जाता है और अपने निर्दय व्यापार को बार-बार मुझे दिखाकर मुझको भी अपना ही-सा बनाना चाहता है।"

"तुम जेल में जाने कैसे पाते हो?" मैंने पूछा, "वहाँ तो बिना अफ़सरों की आज्ञा के कोई भी नहीं जाने पाता। फिर खासकर बेंत मारने और फाँसी के वक्त तो और भी बाहरी लोगों को मनाही रहती है।"

"मगर," उसने उत्तर दिया, "अब तो मैं उसे 'मामा कहकर पुकारता हूँ, और वह मुझे अपनी बहन का लड़का और अपना 'गोद लिया हुआ बेटा' कहकर अफ़सरों के आगे पेश करता है। कहता है, हमारे खानदान के सभी लड़कों ने इसी तरह देख-देखकर इस विद्या का अभ्यास किया था।"

"तो तुम भी अब," मैंने एक उदास साँस ली, "जल्लाद बनने की धुन में हो?—वही जल्लाद , जिसके अस्वित्व के कारण उस दिन जेल के उस कोने में पड़े तुम तड़प रहे थे और अपने भावी मामा की ओर देख-देखकर उसकी क्रूरता को कोस रहे थे, बाप रे! तुम उस भयानक रामरूप को प्यार करते हो, कर सकते हो?"

मेरे इस प्रश्न पर कुछ देर तक अलियार चुप और गम्भीर रहा। फिर बोला, "नहीं बाबूजी, मैं उस पशु को तो कदापि नहीं प्यार करता, बल्कि आपसे सच कहता हूँ, उससे घृणा करता हूँ। जब-जब मेरी नज़र उस पर पड़ती है, तब-तब मैं उसी रूप में देखता हूँ, जिस रूप में उस दिन देखा था, जिसकी आप अभी चर्चा कर रहे थे, पर मैं उसकी स्त्री का आदर करता हूँ, जो हत्यारे की औरत होने पर भी हत्यारिणी नहीं, माँ है। बस, उसी के कारण मैं वहाँ रुका हूँ, नहीं

तो मेरा वश चले, तो मैं उसी रामरूप को एक ही दिन में इस पृथ्वी पर से उठा दूँ, जो लोगों की हत्या कर अपनी जीविका चलाता है। और आपसे छिपाता नहीं, मैं शीघ्र ही किसी-न-किसी तरह उसको इस व्यापार से अलग करूँगा, इसमें कोई भी सन्देह नहीं।''

''वह ऐसा कपड़ा नहीं हैं, अलियार!'' मैंने कहा, ''जिस पर कोई दूसरा रंग भी चढ़ सके। रामरूप को, जहाँ तक मैंने समझा है, स्वयं भगवान भी उसके व्यापार से अलग नहीं कर सकते। दूसरे जल्लाद चाहे कुछ कच्चे वधिक हों, मगर तुम्हारा वह मामा तो ज़रूर ही सभी जल्लादों का दादा-गुरु है। बचना तुम उससे और उसको उसके पथ से विरत करने से। नहीं तो सावधान! वह ऐसा निर्दय है कि कुछ उलटी-सीधी समझते ही तुम्हारे प्राणों तक को मसल डालेगा।''

''पर बाबू,'' अलियार ने सच-सच कहा, '' अब तो वह भी मुझको प्यार करने लग गया है। मुझे तो कभी-कभी ऐसा ही मालूम पड़ता है। आश्चर्य से चकित होकर कभी-कभी मेरी वह नई 'माँ' भी ऐसा ही कहा और सोचा करती है। वह क्रुद्ध होने पर भी अक्सर मेरी माँ को बुरी तरह मारने लगता है, पर मेरी ओर, बड़ा-से-बड़ा अपराध होने पर भी न जाने क्यों, तर्जनी अँगुली तक नहीं उठाता। मुझे अपने साथ ही खिलाता भी है, और यहाँ-वहाँ जेल में और छोटे-मोटे अफ़सरों के पास ले भी जाता है, मगर इतने पर भी मैं उससे घृणा करता हूँ। उसका अमंगल और सर्वनाश चाहता हूँ।''

''क्यों?'' मैंने आश्चर्य से पूछा।

''न जाने क्यों-न जाने क्यों?'' उसने उत्तर दिया, ''मैं उस पशु को कभी प्यार नहीं कर सकता। अच्छा बाबू, आपको भी देर हो रही है, मुझे भी। यहाँ रहा, तो फिर कभी सलाम करने आऊँगा। इस वक्त जाने दीजिए।''

मुझको यह विश्वास नहीं था कि वह दुबला-पतला भिखमंगा बालक अपने निश्चय का ऐसा पक्का निकलेगा कि एक दिन सारे शहर में तहलका मचा कर छोड़ेगा, पर वह विचित्र निकला। एक दिन प्रातःकाल होते ही शहर में ज़ोरों की सनसनी फैली कि आज स्थानीय जिला-जेल से कोई बड़ा मशहूर फाँसी का कैदी भाग निकाला है। यद्यपि उसके भागने के वक्त पहरेदार वार्डरों को कुछ आहट मिल गई थी, पर उससे कोई फायदा नहीं हो सका। भागने वाला तो भाग ही गया। हाँ, भागने वालों में से एक नवयुवक पकड़ा गया है।

समाचार तो आकर्षक था, खासकर इसलिए कि फाँसी का कोई कैदी भागा

था। मेरे जी में आया कि ज़रा जेल की ओर टहलता हुआ चलूँ। देखूँ, वहाँ शायद रामरूप या अलियार मिले। उन दोनों में से किसी के भी मिलने से बहुत-सी भीतरी बातों का पता चल सकेगा।

कपड़े पहन और टहलने की छड़ी हाथ में लेकर जब मैं जेल के पास पहुँचा, तो वहाँ का हंगामा देखकर एक बार आश्चर्य में आ गया। फाटक के बाहर अपने क्वार्टरों के सामने मैदान में ड्यूटी से बचे हुए अनेक वार्डर हताश और उदास खड़े गत रात्रि की घटना पर मंनोरजक ढंग से वाद-विवाद कर रहे थे।

एक ने दरियाफ्त किया, "भीतर बड़े साहब और कलक्टर उसका बयान ले रहे हैं। गज़ब कर दिया उस लौंडे ने! ऐसे ज़ालिम आदमी को भगा दिया, जिसे अब सरकार पा ही नहीं सकती। मैंने पहले इस छोकरे को ऐसा नहीं समझा था।"

"अरे, उसको छोकरा कहते हो!" दूसरे मुसलमान वार्डर ने कहा "साला चाहे तो बड़े-बड़ों को चराकर छोड़ दे, मगर उस पाजी की वजह से बेचारा रामरूप पिस जाएगा, क्योंकि अपना-अपना बोझ हलका करने के लिए सभी गरीब रामरूप पर टूटेंगे। उसी की वजह से वह जेल में आने-जाने और उसके भेद पाने लायक हुआ था। अब देखना है, रामरूप की डोंगी किस घाट लगती है।"

"वह भीतर अफ़सरों के सामने, जेलर साहब, द्वारा बुलाया गया है। शायद उसको भी बयान देना होगा।"

"नहीं।" किसी गम्भीर वार्डर ने कहा, "जेल के कर्मचारियों से जब कोई गलती हो जाती है, तब अपनी सारी ताकत लगाकर वे उसे छिपाने की कोशिश करते हैं। मुझे ठीक मालूम है, जेलर ने जेल के प्रत्येक आदमी को समझा दिया है कि उस लड़के के सिलसिले में रामरूप का नाम लिया ही न जाए और यह साबित ही न होने दिया जाए कि वह पहले से यहाँ आता-जाता था। यह बात रामरूप को और उस लौंडे को भी समझा दी गई है।"

"मगर वह पाजी छोकरा, जिसने इस उस मशहूर डाकू को भगाकर हमारे सिर पर आफत ढा दी है, जेलर की सलाह मानेगा ही क्यों? अगर अपने बयान में वही कुछ कह दे?"

"अजी, कहेगा ज़रूर ही।" किसी बूढ़े वार्डर ने राय दी, "आखिर इस भगाई में एक खून भी तो हुआ है। माना कि खून लड़के ने नहीं, उस डाकू के किसी साथी ने किया होगा, पर अगर दूसरे न पकड़े गए, तो उस वार्डर का ख़ून तो इसी छोकरे के माथे मढ़ा जाएगा। उफ्! बड़े जीवट की यह घटना हुई है। मैं तो तीस साल से इस नौकरी में हूँ। इस बीच में पचासों कैदियों के भागने की बातें

मैंने सुनीं, मगर उनमें ऐसी घटना एक भी नहीं। फाँसी के कैदी का भाग जाना और भाग जाने पाना, कमाल है! अरे, इस मामले में जेल का सारा स्टाफ बदल दिया जाएगा, बड़े साहब से लेकर छोटे जमादार तक। लोग तनज्जुल होंगे, सो अलग।''

इसी समय रामरूप जेल के फाटक के बाहर आता हुआ दिखाई पड़ा। सबकी नज़र उस पर पड़ी।

''वह देखो!'' एक ने कहा, ''वह बाहर आया। ओह! कैसी लाल हैं आज उसकी आँखें! कैसे उसके होंठ फड़क रहे हैं! ज़रा बुलाओ तो इधर। पूछा जाए कि भीतर क्या हो रहा है।''

''क्या हो रहा है, रामरूप?'' अपनी ओर बुलाकर वार्डरों ने उससे दरियाफ्त की, ''क्या कलक्टर के आगे तुम्हारा नाम भी लिया जा रहा है?''

''नहीं बाबू!'' उसने दाँत किटकिटाकर कहा, ''आप लोगों की दया से मेरा नाम तो नहीं लिया जा रहा है। वह छोकरा भी इस बारे में चुप है। कुछ बोलता ही नहीं सिवाय इसके, 'हाँ, मैंने ही उस डाकू को भगा दिया है। मैंने ही मारा भी है उस वार्डर को। मेरी सहायता में और लोग भी थे, मगर मैं उन्हें इस बारे में नहीं फँसाना चाहता। मुझे सज़ा हो, मुझे फाँसी दी जाए। मैं तैयार हूँ।''

''फिर क्या होगा, रामरूप?'' एक ने पूछा, ''लच्छन कैसे दिखाई पड़ते हैं।''

''क्या होगा, इसे आज ही कौन बता सकता है, जमादार साहब?'' उसने नीरस उत्तर दिया, ''अभी तो सरकार उस डाकू और उसके साथियों को पकड़ने की कोशिश करेगी। इसके बाद उस साले भिखमंगे को फाँसी दी जाएगी। इसमें कोई सन्देह नहीं वह पाजी ज़रूर फाँसी पर लटकाया जाएगा। मैं फाँसी पाने वाले की आँखें पहचान जाता हूँ। एक ज़माने से यही काम कर रहा हूँ और सच कहता हूँ, भैरव बाबा की दया से मैं ही उस शैतान के बच्चे को मृत्यु के झूले पर टाँगूँगा।''

न जाने क्या विचारकर रामरूप एकाएक उत्तेजित हो उठा, ''इन्हीं हाथों से मैंने अच्छे-अच्छों और बड़े-बड़ों को फाँसी पर टाँग दिया है। सच मानना जमादार साहब! आज तक चार-बीस और सात आदमियों को लटका चुका हूँ। अब यह साला आठवाँ होगा। हाँ-हाँ आठवाँ होगा! आठवाँ होगा!''

उत्तेजित रामरूप उस भीड़ से दूर एक ओर तेज़ी से बड़बड़ाता हुआ बढ़ गया। उस समय उससे कुछ पूछने की हिम्मत न हुई।

मगर आश्चर्य की बात तो यह है कि धीरे-धीरे वह क्रूर-हृदय जल्लाद उस

अलियार को प्यार करने लग गया था। उस अलियार ने उस दिन बिल्कुल सच कहा था, क्योंकि जब सेशन अदालत से और किसी प्रामाणिक मुजरिम के अभाव में और प्रमाण के आधिक्य से, अलियार को फाँसी की आज्ञा सुनाई गई, तब वही रामरूप कुछ ऐसा उत्तेजित हो उठा कि पागल-सा हो गया।

"हा-हा-हा-हा!" वह अदालत के बाहर ही निस्संकोच बड़बड़ाने लगा, " अब लूँगा, अब बच्चू से लूँगा बदला! क्यों न लूँ बदला उससे? मैंने सरकारी हुक्म से उसको उस दिन बेंत मारे थे, जिसका उसने मुझसे ऐसा भयानक बदला लिया है कि मेरी रोज़ी मारते-मारते बचा। वह तो बचा ही, उस पापी ने मेरी औरत को अपने प्रेम में खाट पकड़वा दी है। अब भोगो, बेटे! अब झूलो पालना बच्चू! हा-हा-हा-हा!"

यद्यपि अलियार की फाँसी की आज्ञा सुनकर जल्लाद रामरूप अट्टहास कर उठा, पर मेरा तो कलेजा धक् से होकर रह गया। मुझको ऐसी आशा नहीं थी कि जिस कहानी का आरम्भ, उस दिन जेल कोने में अलियार और जल्लाद से मेरे परिचित होने से हुआ था, उसका अन्त ऐसा वीभत्स होगा। मैंने बड़े दुःख के साथ उस दिन यह निश्चय किया कि अब मैं कभी उस रामरूप के सामने न जाऊँगा।

मगर संयोग को कौन टाल सकता है? जिस दिन अलियार को दुनिया के उस पार फेंक देने का निश्चय हो गया था, उससे एक दिन पूर्व मैंने उसको अन्तिम बार पुनः देखा। हाथ में एक हाँड़ी लिये परम उत्तेजित भाव से वह शहर की एक चौमुहानी पर खड़ा था, और उसको घेरे हुए लड़कों, युवकों और बेकारों की एक भीड़ खड़ी थी। अजीब-अजीब प्रश्न लोग उस पर बरसा रहे थे और वह उनके रोमांचकारी उत्तर दे रहा था। किसी ने पूछा, "तुम कौन हो भाई?"

"मैं?" वह मुस्कराया, "मैं महापुरुष हूँ। आह! आश्चर्य कर रहे हो कि मैं महापुरुष क्योंकर हो सकता हूँ, क्योंकि मैं तो खानदानी जल्लाद रामरूप हूँ। पर अफसोस! तुम नहीं जानते कि प्रत्येक जल्लाद महापुरुष होता है।"

"अच्छा यार," एक ने कहा, "हमने मान लिया कि तुम महापुरुष हो, पर यह तो बताओ कि आज यहाँ इस तरह क्यों खड़े हो? यह तुम्हारे हाथ में जो हाँड़ी है, इसमें क्या है।"

"यह हाँड़ी..." उसने हाँड़ी का मुँह भीड़ के सामने किया, "इसमें फाँसी की रस्सी है ज़रूर, पर यह असली नहीं है। असली रस्सी तो दुरुस्त करके आज ही जेल में ऐसे ही एक बर्तन में रख आया हूँ। वह रस्सी इससे कहीं सुन्दर, कहीं मज़बूत है। इसको तो केवल अभ्यास के लिए अपने साथ लेता आया हूँ। आज

रात-भर इन उस्ताद हाथों को फाँसी देने का अभ्यास ज़ोर-शोर से कराऊँगा, क्योंकि इस बार मामूली आदमी को नहीं लटकाना है। इस बार उसको लटकाना है, जिसके झूलते ही कोई आश्चर्य नहीं, जो मेरी औरतिया भी इस दुनिया से कूच कर जाए, क्योंकि वह उस पापी को प्यार करती है।''

किसी ने कहा, ''ज़रा अपने गले में इस रस्सी को लगाकर बताओ तो रामरूप कि फाँसी की गाँठ कैसे दी जाती है?''

''हाँ-हाँ,'' उसने रस्सी को अपने गले के चारों ओर लपेटकर गाँठ देना शुरू किया, ''यह देखो, यह गले का कण्ठा है...और ये हैं मेरी मृत्यु-गाँठें। बस अब केवल चबूतरे पर खड़ा कर झुला देने की कसर है। जहाँ एक झटका दिया कि बच्चू गए जम-धाम। यह देखो! या देखो!''

अपने गले में उस रस्सी को उसी तरह वह उन्मत्त रामरूप हाँड़ी फेंककर, भीड़ को चीरता हुआ, एक ओर बेतहाशा भाग गया।

दूसरे दिन अलियार को फाँसी देने के लिए जब सशस्त्र पुलिस, मजिस्ट्रेट, जेल सुपरिटेंडेंट और अन्य अधिकारी एकत्र हुए, तो हुआ कि जल्लाद रामरूप हाज़िर नहीं है।

पुलिस दौड़ी, जेल के वार्डर दौड़े, उसको ढूँढ़ने के लिए, मगर वह मिल न सका। न जाने कहाँ गायब हो गया। अलियार को उस दिन फाँसी नहीं हो सकी।

मगर उसी दिन दोपहर को कुछ लोगों ने रामरूप को शहर के बाहर एक बरगद की डाल में फाँसी पर टँगे देखा! उसकी गर्दन में वही रस्सी थी, जिसको कुछ घण्टे पूर्व शहर के अनेक लोगों ने उसके हाथ में देखा था। उस समय भी उसकी आँखें खुलीं, भयानक और नीरस थीं। जीभ मुँह से कोई बारह अंगुल बाहर निकल आई थी, और उसका दानवी रूप ऐसा रोमांचकारी हो गया था कि बड़े-बड़े हिम्मती तक उसकी ओर देखकर दहल उठते थे!

❑❑❑